표면의 시학

표면의 시학

이수명 시론집

난〉〈다

『횡단』을 내고 7년 만에 두번째 시론집 『표면의 시학』을 묶는다.
시론은 시쓰기와 직접적 관련은 없다. 시로 향한 길을 내는 것이 아
니라 시쓰기와 평행하게 달리는 일로 여겨진다. 시를 향해 낼 수 있
는 길은 없는 것 같다. 시에서 나오는 길도 없기에 따라갈 수도 없
다. 그러니 시론을 쓴다는 것은 방어적일 수밖에 없다. 그것은 언제
나 시의 부재를 감수해야만 한다. 또한 가능하지도 않지만 시보다
앞서게 된다면 시의 존재를 일그러뜨리고 말 것이다. 이렇게 앞도
뒤도 아니고, 적절하게 들어설 수도 없다는 의미에서 시론은 시와
평행하게 달리기이다. 그러나 이것이 시론의 가능성이다.

　개인적으로 이 달리기에 흥미로운 지점이 있다고 느껴왔다. 여기
에는 거리두기를 좋아하는 사람들을 자극하는 그 무엇이 있다. 시
론은 적절하게 시와의 거리두기여서, 긴장을 내내 유지할 수 있게
해준다. 물론 이 거리로 인해 역설적으로 시와 가까이 있을 수 있다

고 느끼기도 한다. 더불어 시론을 쓸 때 느껴지는 세속성, 여러 가정과 시도와 판단의 세속적인 오류가 주는 즐거움 역시 측량할 수 없다. 시쓰기는 판단이 아니고 일종의 모험이므로, 시론에서 판단의 놀이를 해볼 수가 있는 것이다. 시론이란 이렇게 저렇게 틀린 선을 불쑥 그어 선명하게 보는 일이 아닐까.

『횡단』이 주로 2010년 이전에 쓰인 글들을 모은 것이라면 이번 시론집은 2010년 이후에 발표한 글들로 이루어져 있다. 『횡단』에서 마주했던 시쓰기가 갖는 혼돈을 공유하면서 이번 시론집은 좀 더 분화된 각도로 움직이고 있다. 혼돈의 지류를 따라 더 나아가 본 것이다. 혼돈의 표류이고 발산이랄까. 이러한 파고는 시쓰기의 곤란을 『횡단』에서처럼 전면화하고 있지만, 이번 시론집에서 새삼 맞닥뜨린 곤란 중의 하나는 '표면'이다. 시쓰기가 곤란한 것은 아마 시쓰기가 기어이 표면에 닿기 때문일 것이다. 그리고 언제나 표면이기 때문이다. 어떻게 보면 '횡단'의 선들이 분방하게 움직이며 '표면'으로 나아간 모양새다. 그리하여 엉키고 흩어지는 선들이 출몰하는 '표면'이고 '표면의 시학'이다.

'표면의 시학'이라는 말은 언뜻 선언적으로 보이기는 하지만 의미 있는 무엇인가를 함의하지 않는다. 상징적인 탐구의 대상도 아니다. 말 그대로 시는 표면의 자리에 있고, 시론은 표면에 있는 시를 보는 것이라는 데에 지나지 않는다. 표면은 내면이 아니고 이면도 아니다. 보이는 부분이다. 따라서 시는 보이는 것을 보는 것이라는 생각이 여기에는 들어 있다. 시는 보이는 것을 잘 보게 하는 것이다. '표면의 시학'은 이러한 생각에 부합한다. 그것은 단지 표면을 본다. 아이러니하게도 우리가 눈을 가지고 있기에 보지 못하는 표면을 보게 해준다. 표면을 떠돌며, 표면을 가로지르며, 그러면서 한편으로 표면을 겨냥하는, 모순적으로도 보이는 시학이다.

보르헤스는 말년의 소품 「원반」의 마지막 부분에서 어느 왕의 입을 빌어 이렇게 말하고 있다. "오딘의 원반이오. 이것은 한쪽 면밖에 없소. 이 세상에 오직 한쪽 면밖에 없는 것은 이것 하나뿐이오." 이 수수께끼 같은 대사에서 "한쪽 면밖에 없"는 것의 형체를 떠올리기는 쉽지 않은 일이다. 소설은 그 형체를 묘사하지 않고 그것이 섬광처럼 반짝였고, 곧 사라졌고, 그를 본 화자가 평생(지금도) 그것을 찾아 헤매고 있다고 쓰고 있을 뿐이다. 한 면밖에 없는 이 원반에는 내면도 이면도 존재하지 않는다. 표면의 순간밖에 없다. 그리고 그 존재는 어쩌면 표면밖에 존재하지 않는 세계인 문학에 대한 일종의 우화에 가까운 것일지도 모른다.

책은 총 4부로 구성되어 있다. 시를 쓴다는 것은 무엇인가를 둘러싸고 시론을 개진한 것이 1부이다. 시를 쓰는 순간에 밀착하여, 창작의 자리에서 시란 무엇인가에 대해 전개한 것들로부터 시작하고 있다. 창작론에 이어지는 글들은 시에서 문제적으로 생각되는 것들을 다루고 있다. 제목에서 알 수 있듯이 시에서의 상상이나 은유, 묘사 같은 고전적인 전제들이 실제 시작 과정이나 특히 최근에 어떻게 달리 나타나고 있는지 추적하기도 하고, 시가 나아가고 있는 방향을 가늠해 보기 위해 시에서의 옹호나 지향의 관점을 들여오기도 하였다. 뒷부분에서는 범주를 좀 더 확장하여 시를 정보나 인공지능의 담론들과 관련지어 보고 있다.

1부의 시론적 성격에 비해 다른 글들은 평문이라 할 수 있다. 2부는 시문학사를 의식하게 하는 글들로 구성되어 있다. 한국 현대시의 좌표를 작성하기도 하고, 2000년대 이후부터 최근의 시를 살펴보는 자리를 마련하고 있다. 현대성이나 시대성을 특징짓는 것이 무엇일까를 고민해 본 글들이다. 3부는 시인론과 작품론을 아우른다. 이상이나 김구용의 문제적인 시에 대한 분석과 근래에 출간된 몇몇 시인들의 시집을 해설한 것이다. 한편의 시에 대한 천착에서부터 시집 해설에 이르기까지 해당 작품에 집중하여 쓴 것들이다. 그리고 4부는 세계의 시인들과 예술가들의 작품에 대한 단상을 담고 있다. 텍스트의 성격과 현대적 의미를 살펴보는 것으로 이브 본느프와, 파울 첼란, 앤디 워홀 등의 작업을 다루었다.

책에 실린 글들은 근 7년에 걸쳐 쓰인 것으로, 또 발표 당시의 수록 지면의 성격에 따라 문체와 어조의 차이가 있다. 그 차이가 오히려 한 권의 시론집으로 성립하는 데 일조하기를 바라 마지않는 마음이다. 차이를 가능하게 해준 것은 다양한 문예지의 기획과 특집이다. 초대해준 많은 잡지들에 이 자리를 빌려 감사드린다. 무엇보다 한 권의 책으로 대화해 준 시인들, 사상가들, 예술가들에게 새삼스럽지만 너무도 당연한 존경을 바친다. 그들의 고민과 모색이 있기에, 문학과 예술의 역사가 있기에, 그들과의 동행 속에서 역사 너머를 품을 수 있다.

봄비가 내리는 아침이다. 아주 멀리까지 나아가는 비를 보면서 언제나 맞닥뜨리는, 시의 부재를 본다. 시의 부재 앞에 서 있기를

좋아한다. 부재가 넓을수록, 미세하게 시의 존재가 감지되는 까닭
이다. 이렇게 아무 것도 아닌 것으로부터 다시 출발해야 할 것이다.
책을 만들고 고생해준 김민정님께 다시 한번 감사드린다.

2018년 7월
이수명

제1부

그러나 시를 쓴다는 것

*

시를 쓴다는 것, 창 너머로 모래바람이 불고 있다. 창은 움직이지 않는다.

*

아직은 아니다. 아직은 시가 존재하지 않는다. 시가 존재하지 않을 때, 시의 가능성이 조금 넓어 보인다. 그러나 아직은 모른다. 시가 존재하는 순간을, 존재하는 곳을, 물론 이후에도 모를 수 있다. 시가 존재할 때, 시는 존재하지 않을지도 모른다.

*

시가 존재할 때, 그것은 존재하지 않으려는 표시일 수 있다. 어디에도 속하지 않으려는 것이다. 마치 과거와 단절하고 현재를 중지

하며 미래를 거절하는 것만 같다. 그토록 과거를 확인하지 않고 현재를 일깨우지 않으며 미래를 불러들이지 않으려는 듯 보인다. 그런 의미에서 역사의 폐기이면서 아직 역사 속으로 들어가지 않은 잠재적 역사의 폐기이고 훗날의 역사의 폐기이다. 한 편의 시는 도대체 역사를 싫어한다. 그 무엇인가가 뭉쳐지고 형성되는 것을 싫어한다. 현재의 패권을 좋아하지 않는다. 모든 관련으로부터의 도피이다. 관련이란 몸을 저당잡히고 불확실을 반납하는 일이다. 시는 불확실을 확실성으로 대체하는 투항으로부터 거리가 멀다. 시는 자신이 어디에 있는지 알지 못하는 불확정성 안에 기필코 머문다. 시는 자신을 짓지 않는다. 아무것도 짓지 않으려 한다.

*

시는 자율적 교란이다. 생각을 하지 않는다. 생각을 수립하는 것과 반대편에 있다. 혹 시가 생각과 함께하는 순간에 처해도 시는 언어다. 생각을 이리저리 빠져나가는 언어다. 시의 언어가 생각을 빠져나갈 수 있는 것은 그것이 몸을 가지기 때문이다. 몸은 생각을 놓치게 되어 있다. 생각과 멀어지게 되어 있다. 시는 언어가 몸을 만드는 과정이다. 이 몸이 어떠한 방향으로 움직일지는 예단할 수 없다. 시는 오직 스스로 움직이는 자생의 몸인 까닭이다.

*

돌파,

어떠한 기획도 없이 어떠한 목표도 없이 불순하게 돌파하기, 무엇을 어떻게 돌파하는지 모르지만 아무것도 붙잡지 않고 아무 저항도 하지 않고 돌파하기, 그렇게 시는 사로잡힘으로부터 놓여난다. 집중과 모색 밖으로, 빙빙 도는 깃털 밖으로 나간다. 나가면서 밖을 만든다. 언어는 밖으로 향한 창이다. 미끄러지는 창이다. 시는 밖에 서 있는 사람들을 본다. 깃털 없는 사람들을 본다.

*

전진,

모순이 나타난다. 모순이 언제든 움직인다. 어떠한 뿌리도 없이 서성대면서 길 양쪽에 기다리고 있다. 이것을 빠져나갈 수는 없다. 그러나 전진한다. 모순이 나타나면, 모순에게로 다가가 모순보다 높이 솟아오르면, 모순은 시를 무효화하려 든다. 그러나 전진한다. 모순은 낫지 않는다. 모순은 날마다 불러내어지고 날마다 새로 쓰이고 날마다 발전하고 더 그윽하게 에워싼다. 아무 준비 없이 시는 모순과 한편이 된다. 모순을 선전한다. 그러나 전진한다. 그러다가 잠시 모순이 풀리는 듯한 순간, 모순이 더러운 손을 씻는 순간, 모순은 모순을 벗어난다. 마치 그림자 없는 태양 같은 것이 되고 만다. 그러나 전진한다.

*

무능으로 깊숙이 들어설 때까지 전진한다. 이것과 저것을 힐끗거리고 이것저것을 건드리는, 이것과 저것으로 앞서 나가고 이것저것에 불과한 무능이다. 이쪽 손을 들어보고 저쪽 손을 내리는 일이다.

한꺼번에 올리는 깃발과 동시에 내리는 깃발이다. 앞으로 나섰다가 뒷걸음질하는 무대, 무대에서 전진한다.

*

배치한다고 생각하면서 배치된다. 배치의 친근함, 배치의 친절함, 배치의 고통, 배치는 놀라지 않는다. 탐구하지 않는다. 배치의 확신, 배치의 방황, 배치는 갇혀 있다. 배치는 숨을 쉬지 않는다. 배치는 끝을 낼 수가 없고 시작할 수가 없고 멈출 수가 없다. 더 많은 공간과 더 빠른 속도 더 강력한 무위, 배치는 두렵고 배치는 배치를 낳고 배치는 시 속에서 죽지 않는다. 배치의 공격, 배치는 시를 염려하고 시를 송두리째 망친다. 배치는 더이상 포즈가 없다. 가망이 없다. 배치의 실패, 배치의 불가능, 그러나 다시 배치의 회복, 아랑곳없는 재배치, 배치는 뛰어나다. 배치처럼 보인다. 사실상의 부재를, 어디에도 없는 배치를 확신하는 것처럼 보인다. 결코 배치되지 않는 배치.

*

시는 기억이 없다. 판단하지 않는다. 정보를 저장하려 하지 않는다. 무미건조하도록 아무것도 축적하지 않는다. 오히려 쓸모없는 것에 관심을 갖는다. 권력이 없는 것들에 본능적으로 다가간다. 지푸라기와 같이 쓰러지는 것을 시는 반긴다. 음성이 깃든 발화보다는 아무도 주우려 하지 않는 허사들, 차라리 소음과 함께 부대낀다. 부스럭거림, 삐걱거림, 펄럭임, 찰랑거림, 손을 내밀지 못하는 부스러기들의 세계 속으로 들어선다. 내용 없는 것들, 잡을 수 없는 세계, 시는 시가 아닌 것으로 흘러간다. 시 안에서의 순환을 그만둔다. 그리고 시가 이렇게 시 밖으로 나가려 할 때, 허공으로 뛰어내릴 때, 시는 스스로 현기증이 된다. 말라르메는 시를 "위태로운 상태의 언어"라 했다.

*

표현하는 것이 아니라 근접한다. 언어는 사물을 표현하지 않는다. 사물을 이해하는 것이 아니며 사물을 덮을 수도 없다. 언어는 권능적이지 않으며 반대로 흠이 많고 구멍이 숭숭 뚫려 있어서 무언가를 잘 포괄하지 못한다. 사물을 조이거나 건져내지 못한다. 언어의 부실함과 미숙함은 사물과 결합하지 못하게 하고, 사물에 한없이 다가서도록 만들 뿐이다. 그리하여 언어가 사물을 표현하는 것이 아니라 사물에 근접해가는 것이라 해야 한다. 이 과정에서 사물이 언어에 어른거린다. 언어가 너무 과격한 운동을 하면 어른거림이 흔들려 깨진다. 바로 시에서의 추상이다. 추상은 시인이 언어에 너무 많은 권능을 부여한 결과이다. 시인이 언어를 끌고 다닌 것이다. 시인이 한 발자국 물러서고, 사물의 어른거림을 유지하면서 언어가 아슬아슬하게 앞으로 나아가는 것이 시다.

*

하려던 것이 무엇인지 모른다. 기다리던 것이 지나가도 모른다. 멀리서 온 것들을 버린다. 예감을 방기한다. 영감을 폐기한다. 영감을 향해 손을 벌리지만 그것을 잡아당겼을 때 초라한 범용에 지나지 않는 경우가 많다. 영감은 대개 언어화되지 못하거나, 언어화되었을 때 일그러지기 일쑤다. 아니면 언어의 스스럼없는 체조에 자리를 빼앗긴다. 때로 영감은 구태이기도 한다. 이러한 때 시를 쓰는 일은 영감과 싸우는 것이다. 이상한 일이지만 영감이란 것은 밖에서 오는 낯선 손님이라기보다 익숙한 사유의 부산물이기 십상이다. 시가 자신의 사유방식과 싸울 때 그것은 영감과 싸우는 모습이기도 하다. 오히려 영감보다 언어의 재료들이 새로운 형상을 초래할 때가 많다. 그런 의미에서 시는 불현듯 눈앞에 펼쳐지는 길을 따라가는 것이 아니다. 언어를 따라 무수히 많은 방향이 동시에 움직이는 것이다. 언어의 운동과 함께 다른 길이 펼쳐진다.

*

차라리 포즈를 취한다. 영감을 기다리기보다 구겨진 옷을 입는다. 내일이면 더 구겨진다. 옷 속에서는 아무 일도 일어나지 않는다. 아무도 입지 않는 종류의 옷을 입고 이 방 저 방 돌아다닌다. 무얼 찾아다니는 것이 아니다. 포즈는 눈을 뜨지 않는다. 찾는 일을 그만두었다는 표시다. 그것을 그만두었는지도 모른다. 단지 아무것도 없음에 동의할 뿐이다. 아무것도 없을 때에 튀어나오는 포즈다. 거대한 허무, 돌이킬 수 없는 춤을 혼자 추는 일이다. 포즈의 시.

*

시가 실패하기까지 계속 떠돌고 있는 시도들이 있다. 실패를 통과하기 위해 기다리는 욕망들이 있다. 아직도 실패를 알지 못하는 허황된 구애들이 있다. 시를 쓰려고 해서는 안 된다. 시와 함께하려 해서는 안 된다. 너무 강력한 시도들이 시를 무너지게 한다. 하려는 말들이 시를 실패하게 한다. 이렇게 시는 실패한다. 이것은 또한 시를 쓰려는 자의 실패다. 쓰려는 자가 없어야 시가 된다. 쓰려는 자를 무너뜨리지 않고는 시는 쓰이지 않는다. 그의 실패가 확연해졌을 때 시가 온다.

*

온갖 다툼이 벌어진다. 지루한 다툼이다. 색과 소리의 다툼을 뭉쳐놓은 것이 이미지다. 다툼을 기어코 획득한 것이 이미지다. 이미지가 만들어질 때 사물은 남아 있지 않다. 사물은 이미지라는 소용돌이 속으로 사라져버리는 듯 보인다.

그러나 한편 아니다. 당분간 사물은 싸운다. 이미지와 싸운다. 이미지가 되기 이전으로 돌아가려 하고 이미지가 되기를 거부한다. 이미지에 맞서 사물을 회복하려는 듯 보인다. 물론 아무런 노력을 기울이지 않는 희한한 싸움이다. 사물 자체이기만 하면 되는 싸움, 사물은 이미지를 이기려들지 않고 이미지를 이긴다. 그것은 사물이 처음 의미에 포획되었을 때 터득했던 것이다. 의미를 이기려들지 않고, 사물은 자신에게 머물러 있기만 하면 되었다. 이미지가 왔을 때도 마찬가지다. 사물은 자신을 덮는 것이 무엇이든지, 의미든 이미지든 그것이 없는 것처럼 무심하다. 물성 외에 그가 납득하고 있는 것은 없다.

*

시는 온몸으로 나아가지 않는다. 온몸으로 달아난다. 시는 온몸이 없다. 시는 달아나지 않는다. 여기저기 흩어져 있다.

*

쓸모없는 것들, 이 세계를 쓸모없는 행위들이 채운다. 시가 그렇고 시론이 그렇다. 이 두 행위의 쓸모없음은 잘 알려져 있다. 그것들은 맛있지도 부드럽지도 않다. 그런데 무엇 때문에 이러한 쓸모없음이 가치 있는 것처럼 생각되는 것일까. 이로부터 터무니없는 위의를 꿈꾸기도 한다. 아무튼 이런 식으로나마 시가 소비된다면 소비를 존중하기 마련인데, 시는 이러한 소비마저 폄하한다는 점에서 더욱 쓸모없다. 시론은 그러한 시를 부추긴다. 시론은 시에 대해 말하든 시가 아닌 것에 대해 말하든 여전히 헛소리다. 시와 별다른 관련도 없다. 그것까지 시론은 알고 있다.

*

나와 너, 사물, 세계, 시, 낯선 명단을 건네받는다. 시를 읽고 시를 쓴다. 시는 언제나 시를 넘어서고, 시를 지나친다. 시론을 쓰는 것은 이러한 시를 쓰는 일만큼이나 어리석은 일이다.

*

시에 손을 대서는 안 된다.

*

모래바람이 멈추었다. 모래바람은 이제 모래바람이 아니다. 그러나 창이 움직인다.

그냥 무엇

1. 질문 없이

시란 무엇인가, 라는 질문은 내게 무익한 질문임에 틀림없다. 나는 이러한 질문을 좋아하지 않는다. 아니, 나는 질문을 좋아하지 않는다. 나는 질문이라는 상태에 도달하지 않는다. 시는 질문을 무너뜨리고 어둠 속으로 들어선다. 말을 이루지 않는 말들이 여기에 있다. 이 말들을 가질 수 없다. 말은 나를 거절한다. 시는 말의 거절이다. 나는 이 거절을 맛보면서 동시에 적합하게 이해할 수 있을 것 같지가 않다. 나는 도무지 시를 이해할 수 있을 것 같지가 않다. 나는 단지 어떤 동요를 따른다. 어둠 속, 나를 이끄는 것이 무엇이든, 그 무엇에 잠시 동행할 수 있음을 기꺼워한다. 질문으로 그 무엇을 몰수하고 싶지가 않다. 나는 홀린 듯이 무엇이 지속되기를 바란다. 무엇이 아무것도 아니어서, 무엇이 불가능이어서, 무엇이 존재하지 않아서, 나는 도대체 무엇을 잃어버리고 싶지가 않은 것이다.

2. 그냥 무엇

이 무엇을 그냥 '무엇'이라고 놔두자. 아직은 무엇이다. 그리고 어쩌면 영원히 무엇이다. 우선 무엇은 아무것도 아닌 것, 존재하지 않는 것이라고 나는 썼다. 하지만 어쩌면 존재할지도 모른다. 나는 존재하지 않는 것들이 존재하지 않으면서 존재하는 어느 불성실한 미분의 세계를 떠올려본다. 어쩌면 무엇은 비존재에 도사리고 있는 존재일 것이다. 얼굴 없는 도사림일 것이다.

나는 우선 무엇이라고 놔둔, 이 '그냥 무엇'의 흘러다님과 함께 있다. 나는 '그냥 무엇'을 비존재로 숨겨두지 않으며, 존재로 만져보지 않으려 한다. '그냥 무엇'은 부재의 심연 속에 있는 것이 아니라 부재의 명랑한 감각 속에 있다. 존재의 슬기 속에 있는 것이 아니라 존재의 무지 속에 있다. 어디선가 까르르 웃는 소리가 들린다. 무심한 얼굴로 사람들이 지나간다.

나는 문득 '그냥 무엇'을 사랑한다고 느낀다. 아무 느낌도 없이 사랑을 느낀다. 김밥은 '그냥 무엇'인가? 그렇다. 굴러가는 깡통은 '그냥 무엇'인가? 그렇다. 깡통은 일그러지기를 멈추지 않을 것이다. 손에서 녹는 시간은 '그냥 무엇'인가? 그렇다. 흔들리는 눈동자는? 그렇다.

3. 지체 없이

나는 내가 존재한다고 느끼지 않는다. 나는 어느 순간 예기하지 못하는 채널에서 발생하는 것이다. 발생의 신비함, 발생은 언제나 시간을 눈멀게 하며, 통찰을 무력하게 만든다. 발생은 그저 직면이다. 발생만이 존재의 월등함, 존재의 위험을 표시해준다. 나는 발생하는 존재에 손댈 수 없다. 발생만이 존재를 포장할 수 없게 만든다. 그것은 존재를 즉각적인 사태로 버려두는 것이다. 존재는 발생을 통해 지체 없이 존재가 된다. 존재의 부적절성, 불확실성, 혼돈을 꺼트리지 않는다. 처리할 수 없는 사태, 그것이 발생으로서의 존재일 것이다.

나는 존재하지 않는다. 다만 제어할 수 없이 발생할 뿐이다. 나는 가슴이 찢어진다. 나는 나의 발생을 이해할 수 없으며, 어떤 알 수 없는 것이 나를 가득 차지하고 있다고 느낀다. 이것들이 무엇이지? 당분간, 이것들의 소환에 내가 지속적으로 불려나가게 되는 나의 발생, 이 현재화를 다시 당분간, 존재라고 해두자.

4. 가역성

하지만 무력하게도 존재란 이토록 비약이어서, 이것은 곧바로 미몽과 같은 것에 지나지 않는다. 발생은 그 자체에 이미 죽음을 내포하고 있다. 발생은 스스로의 격렬함과 어리석음에 매혹되어 스스로 죽음으로 들어선다. 이 사태는 존재를 춤추는 그림자로 만들어버린다. 발생의 난입을 통해, 마멸을 통해, 발생은 가파르게 존재를 없애버리곤 한다. 발생과 동시에 가능해진 존재는 발생의 죽음과 함께 존재에서 멀어진다. 다시 존재하지 않으려는 경향으로 돌아간다. 존재를 알지 못하던 곳으로, 그 심연으로. 그곳은 존재의 허구가 닥쳐오지 않는 곳이다. 그리고 다시 불가능으로 돌아감으로써, 다시 능욕을 가능으로 삼게 되는 곳이다.

그러나 어느 쪽의 능욕인가? 지금 내 앞에 사과가 있다. 사과가 이렇게 있는데, 사과의 이 감동스러운 있음은 아마도 사과의 없음과의 야합일 것이다. 없음을 불신한다는 듯이, 하지만 없음을 놓지 않으려는 듯이 말이다. 그리하여 없음을 통해 있음이라는 존재의 처벌을 받는 듯이 보인다. 있음은 없음을 능욕하고, 없음은 있음을 능욕한다. 없음 위로 튀어나온 듯이 보이는 사과라는 순간은 실은 그 존재로 없음을 지속하고 있다. 존재와 비존재는 항시 서로를 찌른다.

이상한 이야기지만 나는 때때로 알 수 없는 상태에 빠져서, 존재와 비존재의 가역성에 화를 낸다. 나는 어느 쪽에도 다가갈 수 없는 듯이 보이는 것이다. 나는 존재인가, 비존재인가. 나는 아무것도 향하고 있지 않은데, 어찌하여 모든 것을 향하고 있는가. 가까이 가지도 못하는 채 이처럼 횡행하는 것인가. 나는 지금 어디에도 없는데, 붙들려 있다. 아무것도 아닌 먼지처럼, 오직 먼지로서 세계에 다시 내려앉는다.

5. 공격, 그리고

그렇게 존재와 부재를 떠도는 '그냥 무엇'을 다시 본다. 나는 그
냥 무엇이다. 너는 그냥 무엇이다. 무엇이 아닌 채로 무엇이다. 이
그냥 무엇, 이 자체를 쓸모없이, 공격이라 생각할 수 있을 것 같다.
공격의 행위이다. 손톱을 물어뜯는다든지, 화분에 물을 준다든지,
눈물을 흘린다든지 하는 익명의 행위들이 오늘 하루 나를 뒤덮는
다. 나도 모르는 사이에 나를 차지한다. 정체 모를 공격이다. 하지
만 무엇이 무엇을? 공격한다는 것은 어쩌면 공격을 받는다는 것인
가. 공격하는 것은 먼저 무너진다는 것인가. 그럼으로써 공격은 스
스로의 공격의 행위 속으로 사라지는 것인가.

'무엇'은 '무엇을 하다'와, 또 '무엇을 하지 않다'와 어떻게 다른
가. 무엇이 무엇의 행위 속으로 소멸함으로써, 무엇의 외곽이 지워
지는 곳에서, 무엇이 이제 자동적으로 발생한다. 경계도 없이, 감쌀
수 있는 피부도 없이, 우리는 쏟아진다. 넘나든다. 우리는 얼마나
많은 무엇들인가. 행위들이 뒤엉키며 흩어지는 것을 바라본다. 결
집도 소멸도 이제 무위로 넘쳐흐른다. 이 끝없는 발생과 이 한없는
소멸 속에 우리는 있다. 무엇은 가까워지면서 스스로 멀어져가는
파토스이다. 무엇의 충동을 지나 무엇이 되지 않으려는 충동이다.
발생의 충동이다. 소멸의 충동이다. 이 충동을 지나치자. 무엇은 희
열이다.

희열은 얼굴이 없다. 여기 있을 수 있어서, 여기 있을 수 없어서

희열이다. 터무니없이, 아무것도 이루지 않는 공격이다. 내가 공을 튀기는 것은 공을 튀기는 것을 내 것으로 할 수 없다는 희열에 지나지 않는다. 나아가 공을 튀기는 것을 공을 튀기는 행위 속으로 풀어 버리는 희열과 다름없다. 희열은 영원히 사라지는 것을 지속적으로 사라지게 하는 것이다.

6. 희열로서의 시

한 편의 시를 떠올려본다. 존재와 부재의 환영을 가로질러, 희열이 싹튼다. 희열은 무산시키는 것이다. 출발하는 자를, 돌아오는 자를 무산시키는 것이다. 나는 결코 내가 시를 쓰는 것이 아니며, 내가 쓰여질 수 없으리라는 것을 안다. 시 안에는 아무것도 없다. 나는 입안 가득, 아무것도 없다. 나는 구별이 되지 않는다. 다만 끝없이 대체된 희열이 있을 뿐이며, 희열이 또다시 대체되고 있다. 이 공격의 사슬 속에서 모든 것은 무의미한 공격자이다. 나는 아마도 영원히 시도되지 않을 것이다. 나는 계속되고 있지만, 계속 무산된다.

시를 쓴다는 것은 내가 존재하지 않음에 대한 인식, 나에게 접근할 수 없음에 대한 이해이다. 나는 나도 모르게 발생하지만 나의 발생의 주인이 아니다. 무엇이 나를 잠시 쳐들었을까, 그리고 재빨리 벗어나고 있을까에 대한 고려 없이, 나는 버림받을 나의 동요들에 잠시 머무르게 되는 것이다. 나는 나를 이끄는 이 동요들 속으로 사라져갈 것이며, 이러한 방식으로 이 동요들을 소홀히 할 것이다.

그리하여 아직 굳어지지 않은 것들, 아직 동요인 것들을 동요인 채로 놔둘 것이다. 무수히 많은 그냥 무엇들이 이 지대에 있다. 시의 안과 밖을 들락거린다. 텍스트는 풀어져 떠돌고 있다. 시는 이 그냥 무엇들로 인하여 언제나 숨막히게 한계에까지 이르고, 그 한계는 계속 다른 한계에까지 이른다. 시는 그 한계 너머로 나아간다. 숨결이 항상 존재를 넘어서듯이, 시는 그냥 무엇들이 스스로를 넘어 들끓고 있는 것이다.

나는 이 들끓음에 의해 무시된다. 나는 끝내 시의 행위자도 행위의 대상도 되지 못할 것이다. 나는 이러한 소동 가운데 들어서 있는 나 자신을 잘 알아차리지 못한다. 나는 타자이다. 나를 알아차리지 못하는 시는 타자이다. 시는 그냥 무엇, 아무것도 아닌 것이다. 시는 드러나지 않는다. 가장 명확하게 드러냄으로써 드러나지 않는다. 아무것도 되찾을 것이 없는, 아무것과도 같이하지 않는 동행으로서의 시, 희열로서의 시, 시의 희열은 이토록 무심하다.

7. 이 세계에 남아서

시를 바깥에 버려둔다. 저잣거리에서 거리의 소음이 뚫고 지나가게 둔다. 새떼들이 쪼아먹게 놓아둔다. 한 편의 시를 끌어안고 있었을 때, 나는 내가 아무것도 이루려 하지 않았음을 본다. 시는 결코 시가 되지 못했음을, 아무것도 만들어내지 않았음을 본다. 그럼에도 시는 이 세계의 한복판에 남아서, 같이 소음이 되어가면서, 마치

아직 종결에 이른 것이 아니라는 허튼 몸짓을 하고 있는 듯하다. 진
정시킬 수 없는 그냥 무엇들이 언제나 이 세계에 닥쳐오고 있다고,
그냥 무턱대고 소스라치고 있는 듯하다.

시는 어디에 있는가
―표면의 시학

1. 시는 혼자 있다

시는 혼자 있다. 시는 언제나, 무엇과도 함께하지 않는다. 내가 시를 쓰거나 읽을 때, 더욱이 시에 대해서 말할 때, 시는 자신의 출현을 채우기보다는 이를 구경하는 것 같다. 자신이 어떻게 쓰여지고 읽히는지, 규정되는지 물끄러미 지켜보면서 말이다. 하지만 그뿐이다. 아무래도 좋다는 듯이, 시는 자신의 운명에 무관심한 것처럼 보인다. 운명을 거부조차 하지 않음으로써 운명에서 멀어지는 것으로 여겨지기도 한다. 요컨대 시는 무엇과도, 자신에게조차도 관련되지 않으며, 그러므로 최후까지 스스로에게 도달하지 않는 것으로 내게는 생각되는 것이다. 그것이 바로 시다. 시는 혼자 있다.

그렇다면 혼자서, 어디에 있는 것일까. 시는 사실상 매순간 모든 작품에 소환되어 나타나는데, 내가 쓰고 있는 시들, 쓰다가 버린 시들, 삭제되었다가 다시 튀어오르는 시들에 항상 불려 나오는데, 그럼에도 불구하고 이러한 작품들에 있지 않다면 시는 어디에 있는 것일까. 작품이라는 존재를 부정하고 존재할 수 있을까. 존재의 추인을 받지 않은 채 어느 곳엔가 존재한다고 생각할 수 있는 것일까. 존재하지 않음에서 존재를 유인해낼 수 있기나 한 것일까.

나는 이러한 생각들이 어떤 실재에 대해서 가정해보는, 또다른 관념으로 흐르지 않기를 바란다. 시의 실재라는 것은 시에게는 성립될 수 없는 추상이다. 내가 생각하고 있는 것은 보다 실제적인 것이다. 스스로와도 같이하지 않는, 시의 혼자 있음. 그것은 시가 존재할 수 있는 불가능한 가능의 방식이요, 누구도 따를 수 없는 노련한 첨병으로서의 자세이다. 그것은 존재의 유보도 아니고, 존재의 추상도 아니다. 시는 언제나 매 편의 시에서 출현한다. 그러나 자신의 출현과 동시에 자유로워진다. 출현으로부터, 존재로부터 분리되어 나가는 이러한 시의 방식은 내가 시를 홀로 있음으로 느끼는 근거가 된다. 시는 자유로워지기 위해, 자신의 존재마저 아랑곳 않는다. 그것은 존재와 동시에 비존재화되는 것이다.

하지만 어쩌면, 이 비존재화야말로 시의 유일한 존재 방식일 것이다. 시는 존재에 머물지 않는다. 확정되는 것은 아무것도 없다. 시가 어디에 있는지 나는 알지 못한다. 지금 한 편의 시가 쓰여졌다고 해서 시가 반드시 여기에 있다고도 생각되지 않는다. 그것이 시의 유의미한 근거가 되지 못하는 것이다. 오히려 시는 자신의 근원을 충족시키지 않는 방식으로 존재한다. 따라서 시의 홀로 있음은, 시가 어디에 있는지 알 수 없음을 가리키는 말에 지나지 않는다.

이렇게 생각해보니 시가 어디에 있는가 하는 것은 처음부터 난처한 질문이었음에 틀림없다. 시는 시로 구성된 듯한 무엇이면서 동시에 구성되지 않은 듯한 무엇이다. 여기서 중요한 것은 아마도 ~듯하다일 것이다. 구성된 듯하다는 것은 시의 비구성을, 그리고 구성되지 않은 듯하다는 것은 시의 구성을 역설적으로 가리킨다. 다시 말하면 구성된 듯한 비구성과, 구성되지 않은 듯한 구성이라는 양가적인 특성을 동시에 성립시키고 있는 것이 시라면, 시가 어디에 있는지 알 수 없다는 것에 대한 다소의 해명이 될지도 모른다. 나는 이러한 대립이 대립으로 머물지 않고 언제나 가역적으로 되는 시의 세계를 두고 부질없이, 시가 어디에 있는지 물음을 던진 것이 아닐까. 사실상 시가 이 양가성 속에서 무엇을 하려 하는지 알 수 없는 일이다. 다만, 시의 생산성이라는 것은 이 중 어느 쪽인가에 속해 무언가를 말하는 것에 있지 않고 이로부터 자유로운 것에 있다고 할 수 있을 따름이다. 말이 스스로 목적이 되는 바로 그 자리에서 말이 풀려버리는 것, 시는 말을 실현시키면서 말을 회수한다.

2. 바깥에

시가 어디에 있는지를 생각해보는 자리에서 블랑쇼의 인식은 내게 아주 흥미로운 것이다. 블랑쇼는 니체가 한 말, "우리는 진리에 의해 침몰당하지 않기 위해 예술을 가지고 있다"에서 자신의 사유를 발전시켜나간다. 블랑쇼가 보기에 이 말은 예술이 어디에 있는

지에 대해 자신이 전개해나갈 통찰의 중요한 시발점이다. 그는 곧 니체에 힘입어 "예술가는 진리에 속해 있지 않다. 왜냐하면 작품은 그 자체로 진리라는 것의 움직임을 벗어나고, 어떤 측면에서 작품은 언제나 진리라는 것을 철회하고 의미를 벗어나기 때문이다"(모리스 블랑쇼, 『문학의 공간』, 이달승 옮김, 그린비, 2010, 347쪽)라고 선언한다.

니체와 블랑쇼에게서 공히 나타나는 예술에 대한 이와 같은 태도는 우선, 예술이 비록 철학의 방식으로는 아니더라도 그 근원에 있어서 진리에 관여하고 있다는 식의 전통적으로 통용되었던 예술의 면죄부, 혹은 특권화를 스스로 벗어버린 것이다. 명확하지는 않지만 예술이란 그 자체의 방식으로 진리에 가담하고 있는 것이라는 통념을 깨고 예술은 진리와 무관하거나 대립적인 것이라는 인식을 들여오게 된 것이다. 이로써 예술이 개연적으로, 그리고 궁극적으로 형이상학에 관련되어 있다고 생각하는 미학의 역사는 새로운 국면을 맞게 되는데, 그것은 예술의 비진리성이라는 테제가 그동안 예술이 형성해왔던 철학과의 모호한 연대에 대한 날카로운 이반으로 보이기 때문이다. 사실 예술은 진리에 복무하는 존재가 아니었던 것이다. 오히려 진리를 불편하게 만드는 쪽이었는데, 이 의심스러운 예술의 정체가 또렷하게 드러나게 된 것이다.

이와 더불어 블랑쇼가 니체에게서 발전시켜나간 부분을 좀더 살펴볼 필요가 있다. 니체는 "진리에 의해 침몰당하지 않기 위해 예술을 가지고 있다"고 했고, 블랑쇼는 (예술 작품은) "진리라는 것의 움직임을 벗어나고" 있다고 표현한다. 미묘한 차이에 주목했을 때

니체에게서의 블랑쇼의 전진은 의미가 있는데, 왜냐하면, 니체의 전언에서는 예술이 진리의 전면화에 대한 (방어적) 예외성으로 설정되었던 것이 블랑쇼에 와서 진리를 '벗어나'는 영역으로 나아가기 때문이다. 그는 그 영역을 '영원한 바깥인 장소' '외부의 암흑' 등등으로 일컫는데, 바로 이 '바깥' '외부'라는 명명들로 인해 진리의 반대편에 비진리라는 예술의 자리를 마련할 수 있는 계기가 블랑쇼에게서 가능해진 것이다. 요컨대 니체에게서의 예술이 진리의 영역에서의 진리의 무력화라고 한다면, 블랑쇼에게서의 그것은 진리 밖의 영역에서의 진리와의 길항이라 할 수 있다. 이것이 예술의 자리이다. 예술은 진리가 아우르지 않는, 그 너머의 어떤 영역인 것이다.

블랑쇼는 '바깥'의 사유자이다. 그의 특유의 '바깥'의 사유는 예술뿐 아니라 시에 대해서 이야기할 때도 두드러지게 나타난다. 그는 시를 기본적으로 추방이라 생각한다. 추방이라는 것은 경계 밖으로 던져지는 것이다. 시인은 안에 머물지 않으며 밖으로 추방된 자이다. 그는 자신의 바깥에, 고향 바깥에, 이방인에 속하는 존재이며, 시가 시인을 떠도는 자, 길 잃은 자, 현전과 거주를 빼앗긴 자로 만든다. 블랑쇼가 생각하는 추방은 예술의 비진리성과 관련이 깊다. 이 세계에서 추방되었다는 것은 치명적인 진리가 지배하는 이 세계에 속하지 않는다는 것을 의미한다. 진리의 바깥에 즉 비진리에, 시가 있고 시인이 있다. 블랑쇼는 이 비진리의 자리를 다시 여러 가지로 표현한다. 진리의 영역에 속하지 않는 바다, 붕괴, 근거의 부재, 순수한 공허 등등이 그가 생각하는 추방의 자리이다. 어느 것이 되었든 그는 진리가 작동되지 않는 위험과 혼돈의 장소에 시가 있고 시인이 있다고 말하고 있다.

시에 대한 블랑쇼의 생각에서 내가 주목하는 것은, 예술의 경우에서와 마찬가지로 그가 바깥의 사유를 통해 시의 자리를 드러낸 점이다. 시가 진리의 경계 밖에 있다는 것, 그로 인해 적어도 시의 어느 부분, 분명히 중요해 보이는 어느 부분이 이제 노출되었을 것이다. 시는 진리가 아니며, 우리를 지혜롭게 하지도 않는다. 우리는 시를 통해 빛으로 한 걸음 더 다가갈 수도 없다. 그것이 비진리의 자리일 것이다.

하지만 비진리라는 자리를 가리켜 보인다고 해서 그 자리의 윤곽선일망정 뚜렷하게 그어지는 것은 아니다. 바깥이란 무엇인가. 진리가 지배하는 안과 모든 것이 다를 텐데, 그렇다면 그곳을 지배하는 것은 무엇인가. 그것을 안의 세계처럼 과연 설명할 수 있을 것인가. 어려움은 다시 시작되는 것 같다. 다만 말할 수 있는 것이 있다면 그곳에서는 궁극적인 것은 아무것도 없다는 것이다. 행위는 사건이 되지 못하고, 사건 역시 행위가 되지 못한다. 발생한 것은 시작하지 않고 발생하고 있으며, 끊임없이 발생해도 확실한 것은 아무것도 없다. 오직 불확실성과 불확정성이 흐르고 있는 세계, 블랑쇼에 의하면 시는 이러한 세계에 있는 것이다.

3. 다시

시와 예술에 대한 블랑쇼의 생각은 분명, 시가 가지고 있는 가장 유니크한 특성을 첨예화한 것이라 할 수 있다. 시가 막연히 진리의 편에 서 있다고 한다면, 그것은 실상 비능률적인 처리일 수 있다. 시가 진리에 일조한다는 것을 증명하기 위해서는 예상하기 쉽지 않은 복잡한 과정이 뒤따라야 할 것이다. 이보다는 시의 '암흑' '혼돈' '위험' '공포' 등등을 진리의 반대편에 설정시켜봄으로써 블랑쇼는 결과적으로 시의 뇌관을 드러내 보이게 된 것이다.

현대의 미학에 많은 영감을 준 블랑쇼의 사유와 핵심적인 것을 공유하면서도 나는 여기서 한 번의 우회를 해야 할 것 같다. 예술이 진리를 벗어나고 비진리에 속하는 것이라면, 예술은 과연 거짓인가? 하는 동어반복적인 질문을 다시 던져보는 것이다. 여기서 난점은 다시 나타날 것 같다. 픽션을 거짓으로 설정하는 것이 단순한 일만은 아닌 것이다. 비록 블랑쇼의 텍스트가 진리와 비진리의 내포와 외연에 대한 다중적인 모순을 생략하지 않으면서, 양자의 대립에 대한 부득이한 설정 위에 예술을 비진리에 연관시키고 있다 할지라도 말이다. 진리를 불편하게 하고 진리를 싫어한다고 해도, 예술을 효과적으로 비진리나 거짓으로 위치짓는 것은 또다른 함정으로 기우는 것인지도 모른다. 어쩌면 비진리라는 자리의 설정은 진리의 설정만큼이나 예술을 확정짓는 것이 아닐까 하는 생각이 드는 것이다. 그것 역시 예술을 가두는 것일 수 있다.

내가 돌아가 생각해보고 싶은 것은 시이다. 시는 어디에 있는가 하고 질문을 던졌을 때, 나에게 남아 있는 문제는 시는 사실상 진리인지 비진리인지로 그 자리를 영역화시키기 어렵다는 점이다. 그리고 여기서 내게 중요한 것은 이 어려움을 해소하지 않으려는 것이다. 나는 이 전제를 극복하는 것이 극복이 아니라 투항같이 여겨진다. 오히려 시가 진리라기보다는 진리인 듯이 보이는, 또 항상 비진리라기보다는 비진리인 듯이 보이는, 이 한 발짝의 거리, 이탈에서 나는 시라는 것을 느낀다. 시는 항상 무언가로 귀속되기보다는 거기서 떨어져나간다. 그것은 시가 이 세계가 제시하는 정합적인 구획 속에 놓이지 않는 탓이겠지만, 그보다는 어느 한편으로의 편입과 완성 속으로 소멸되지 않는 시의 혼자 있음을 말해주는 것이다. 시는 결정되기 전에 떠난다. 시는 부유한다. 한 발짝의 이탈로 진리와 비진리에 동시에 어른거리면서, 양자를 동시에 편들고, 경계를 움직이게 한다. 이것이 아마 시의 위의일 것이다. 시는 진리의 얼굴을 하고 있는 비진리이거나, 역으로 비진리의 얼굴을 하고 있는 진리로 나타날 것이다. 시가 의미가 있는 것은 이 이중성이다. 불가피한 위장이다. 다만 위장한 것을 모르고 있는 위장일 것이다.

내게 시는 이 모순을 유지하고 있을 때의 시이다. 모순을 제거하고 어느 한쪽으로 정처하고 있는 시를, 그러한 시에 대한 생각들을 나는 별로 좋아하지 않는다. 이러한 모순을 생명으로 삼으면서 어느 순간, 시가 진리인 듯 느껴지는 것은 얼마나 아름다운가. 마찬가지로 시가 거짓인 듯이 느껴지는 것 또한 얼마나 빛나는 일인가. 진리를 무력화시킬 수 있을 때, 비진리 역시 힘을 잃을 수 있어야 한다. 이 회로의 어디에 시가 있는지 면밀히 따져보기 이전에 회로를 닫아버리지 않으려는 천진함이 필요할 것 같다. 그러므로 시는 어디에 있는가 하는 착상은 안개를 걷어내려는 방식으로 진행되기보다 다른 방식의 전환이 요구되는 것이다. 문제는 안개를 해소하는

데 있는 것이 아니라, 안개를 이동시켜보는 것에 있다.

4. 표면의 탈환

시가 비진리, 추방된 곳에 있다는 설정이 주는 강력한 효과에도 불구하고 정말 그러한가, 하고 재래의 질문으로 돌아가버리고 만 것은 이러한 영역이나 경계의 설정이 다소 철학적이고 이데올로기적이라는 느낌 때문이다. 예술, 시를 이야기할 때 철학의 잣대를 가져와야 하는 부담에서 벗어날 필요도 있는 것이 아닐까. 나는 솔직히 말하면 예술과 시가 진리인지, 비진리인지에 별로 관심이 없다. 진리를 싫어하고 진리로부터 도피하려 한다고 생각하는 것은 역설적으로 진리의 자리에서 진리를 중심으로 생각한 결과일 수도 있다.

나는 여기서 블랑쇼의 '바깥'의 통찰을 보다 문학적으로 이동해 보려 한다. '바깥'을 진리 밖의 비진리에 연관시키기보다는, '표면'이라는 항으로 수평이동시키는 것이다. 블랑쇼가 바깥을 통해 말하고 싶었던 것은 추방, 무의미, 불확실, 혼돈과 같은 것들이다. 그는 이와 같은 "진리가 아닌 것에 본래성의 한 본질적 형태를 관련시키려 한다"(같은 책, 349쪽)고 말한다. 그러나 이것들을 비진리의 자리에 수직적으로 배치하는 것은 그가 원하지 않는 판단과 가치를 개입시키는 것인지도 모른다. 판단은 예술적인 것이라기보다는 철학적인 것에 속할 것이다.

나는 블랑쇼가 말하고 싶었던 것을 문학적으로 전횡하여 '표면'으로 표현해보고 싶다. 표면은 바깥으로 함의했던 혼돈과 불확실을 그대로 보유하면서도 바깥보다 '추방'의 의미가 약해진 것이다. 추방된 곳이라기보다 표면은 일차적인, 우선적인 거류지이다. 따라서 바깥보다 더 전면적이고 광범위하게 편재해 있다. 우리는 표면에서 살고 있다. 우리가 거느리는 것, 거느리지 못하는 것, 그러한 것들이 모두 뒤섞여 있는 곳이 표면이다. 표면은 짧거나 길게 부유하는 것들, 부유하는 것에 기생하는 것들, 한편으로 용이하게 걸러져버리는 것들이 떠다닌다. 아니, 걸러지지 않는 것이 있을 수 있을까. 그런 의미에서 표면은 전부다. 그리고 모두가 속해 있는 이러한 표면은 의미 이전의, 존재의 세계이다.

표면에서 내가 생각하는 것은 세계의 전모이다. 이것이 세계이다. 감추어진 것은 사실상 없다. 하지만 감추어져 있다고 생각하고, 감추어진 어떤 것을 찾는 것이 우리의 관념이다. 물론 찾는 것은 감추는 것을 전제로 하므로, 우리는 사실상 찾는 것이 아니라 감추는 것이다. 그런 의미에서 이면은 하나의 덧붙여진 체계이다. 인간에게 지속되어온 이 질서는 우리를 강박하는 기제라고 할 수 있다. 이면이야말로 진리가 깃드는 곳이 아닌가. 진리는 아마도 이면을 담보로 한 인간의 상상에 지나지 않을 것이다. 그리고 이렇게 이면의 자리, 인식의 자리를 만들어내는 것으로 상상은 감추어진 것을 드러내는 것이 아니라 드러나 있는 것을 감추는 역할을 해온 것이다.

나는 왜 예술이, 문학이 보이지 않는 것을 보이게 하는 것이라는 오랜 오해 속에서 움직여왔을까 문득 생각해본다. 표면을 보지 않으려 하면서 이면을 제조하고, 상징으로 무거워지는 것을 문학의 독창성으로 여겼을까 궁금해지는 것이다. 사실상 우리가 만들어낸 것에 스스로 묶이면서 자유를 반납하는 것, 이러한 경향과 시는 무관함에도 불구하고 말이다. 이와 정반대로 눈앞에 있는 것, 드러난 것을 드러나게 하는 것, 이 강력한 직접성이 바로 시이고 예술이라 할 수 있지 않을까.

나는 무거운 시를 좋아하지 않는다. 자꾸 이면으로 정향되어 추방과 추방의 깊이를, 관념과 인생의 심연을 가리키는 시에 끌리지 않는다. 비록 그것이 한순간 시적인 것으로 통용될 수는 있지만, 시는 시적인 것에 갇히지 않는다고 생각한다. 시는 표면을 찾아 움직인다. 지속적으로 시적인 것으로부터 도피하면서 표면으로 올라가 그 무심한 격랑과 무차별 속에 떠다닌다. 그물이 잔뜩 드리워져 있는 이면에서 벗어나 일시적이고 번뜩이는 표면을 탈환하는 것, 표면으로의 탈출, 이것이 시의 생명이다. 표면은 눈이 없다. 아무것도 구별하지 않는다. 따라서 이 광대한 표면이 무엇인지는 누구도 알 수 없을 것이다. 요컨대 표면은 알 수 없는 영원한 사물의 세계이며, 여기서는 인간도 사물인 것이다. 사물은 진리를 모른다. 사물은 원래 의미가 없다.

시는 상상하지 않는다

　시에 대해서 이러저러한 이야기를 하고 글로 쓰기도 했지만 실은 시에 대해서 아무 말도 하고 싶지가 않다.

　무슨 말인가를 하면 곧 그 말을 싫어하게 되고 탐탁지 않게 여기게 되어 청산해버리기 때문이다. 시에 대해서 뭐라고 말을 하는 일체가 편치 않다. 지금 이 글도 일주일 넘게 썼다 지우고를 반복하며 제자리 상태다. 한 문단을 썼다가도 어조가 마음에 안 든다든지 내용이 그렇고 그렇다든지 하는 핑계로 연신 삭제해버렸다. 시에 대해 어떠한 의견을 개진하는 거나 설명을 하는 것, 또는 무슨 발견처럼 전개하는 것 모두가 도무지 적절하지 않게만 여겨진다.

　메타성,
　내가 염증을 내고 있는 것이 바로 이것이다.

무엇 그 자체는 아니고 무엇에 대한 진술이라는 메타성이 신경을 건드린다. 시에 대해서도 메타적 진술을 해야 하는가. 아니면 진술이라는 것이, 어차피 대상을 아우르고 넘어서는 메타성을 피하지 못하는 것일진대, 시에 대한 메타적 진술 역시 불가피한 것인가. 그러나 그렇다 하더라도 시에 대한 메타가 가능하기는 한 것이며 의미가 있는 것인가. 도대체 시란 어떤 것이라고 하는 순간 그 속에 시가 있는가 말이다. 시를 가리키는 진술은 그 어떠한 것이든 간에 무색하게 되고 마는 것은 아닌가.

요컨대 메타성이라는 것이 환기하는 초월성, 지시성이 불편하게만 여겨진다. 누가 무어라고 하는 것이 그저 소란스럽게만 보이는 것이다. 그리고 시에 대해 뭔가를 말하려는 듯한 태도를 보면 이 불편이 그야말로 부당함으로 바뀌고야 만다. 시에 대해서는 아무 말도 하지 말 것, 아무 말도 하지 않는 시일 것, 오로지 그래야만 할 것 같다.

그런데 이 느낌은 사실 매우 작위적이고 복잡한 것이라 아니할 수 없다. 시에 대한 진술은 차치하고라도 모든 시는 엄밀히 말해 메타시가 아닌가. 시 자체라는 것이 과연 무엇이며, 그것이 있다 하더라도 그것을 알 수 있기는 한 것일까. 우리는 시 자체를 알지는 못하며, 단지 시에 대해 이러저러한 이야기를 늘어놓는 것이 전부가 아닐까. 그리고 이 이러저러한 이야기가 곧 시가 아니라고 할 수 있는 것일까. 모든 시는 시가 되는 순간 메타성의 운명을 피하지 못하는 것이 아닐까 등등. 혼란과 자괴감에 빠져 뒤죽박죽이 되는 것이다.

그렇다.

내가 아무리 메타성을 싫어하더라도 그것을 피할 길은 없는 것이다. 다만 나는 계속해서 메타에 대한 부정을 실행할 따름이다. 피할 수 없다고 해서 나의 부정을 거둘 수는 없는 노릇이니까. 나는 지속적으로 나의 생각, 나의 사유, 나의 감정을 건축하기보다는 이것들로부터 멀어지기 위한 길을 걸어온 셈이다. 이것들로 시를 오염시키지 않기 위해서다. 시란 이러한 것이라는 자세를 드러내지 않는 시, 이것이 과연 가능한 것일까 하고 회의에 빠지면서도 가능한 한 내가 발견한 것들에 시를 가두지 않기 위해서 나의 사유를 지속적으로 허물면서 시를 써온 것이다.

여기서 무엇보다 내가 이렇게 힘겨운 싸움을 벌이는 이면에는 시가 상상의 산물이라는 공유된 가정이 있기 때문임을 밝혀야 할 것 같다. 이 가정은 물론 좀처럼 흔들리지 않는, 대단히 보편적인 설득력을 지니고 있는 것이다. 주지하듯이 시는 상상의 일종이며 결과일 것이다. 시가 일상어처럼 말을 사용하는 것이 아니며 사용의 용례로 존재하는 것이 아니기에, 말이 무엇일 수 있는가, 혹은 말이 우리가 공히 알고 있는 말이 아닌 것으로, 도대체 말처럼 되지 않을 수 있는가에 대한 탐색으로서의 시는 당연히 상상의 영역에 들어 있지 않을 수 없다. 그만큼 시에 있어서 상상의 가치와 특권은 동서고금을 막론하고 불문에 가까운 것이 되어 있다.

하지만 "시인의 눈은 광기에 가까운 황홀 속에 뜬 채 하늘에서 땅으로 땅에서 하늘로 향해 있다. 그리고 상상력을 통해 이때까지 사람들에게 알려져 있지 않던 것에 모양을 주는 것과 동시에 펜은 그 모습을 그려낸다"(셰익스피어)로부터 "시란 우리들이 상상 위에 환상을 불러일으키는 방식으로 언어를 사용하는 기술, 즉 화가가 색채로 하는 일을 언어로 하는 기술"(매콜리), "시는 일반적 의미에서 상상의 표현"(셸리), "시는 상상력과 정열의 언어"(헤즐리트), "상상력은 인간이 지닌 능력의 여왕이며 세계는 그 힘에 의해서 만들어짐"(보들레르), "상상력은 전에 체험했던 것을 기억하여 그것을 다른 환경에 적용하는 능력"(스펜더)에 이르기까지 상상에 쏟아진 수도 없는 예찬은 어떻게 생각하면 시를 지나치게 덮어버리는 모포 같은 것은 아닐까. 시는 상상을 제외하고는 말할 것이 없는 것처럼 여겨질 정도이다.

이제 모두가 다 알고 있는 것에 대해 불쑥 질문을 던져보고 싶다. 이 상상은 누구의 상상인가? 위의 수많은 진술을 앞, 뒤, 다 뒤집어 보아도 의심의 여지없이 같은 답이 나오지만 그래도 다시 한번 던져보고 싶다. 시에서 상상하는 것은 누구인가?

두말할 것도 없이 시인이다. 시는 시인의 상상의 결과물이라는 것이다. 우리는 시를 말할 때 시인을 벗어나서 생각해본 적이 없으며 이것은 사실 불가능하게 여겨진다. 하지만 상상을 강조하면서 과도하게 시인에 초점을 맞추고 있는 것은 아닐까. 상상은 시인의 주관적 영역을 절대화한 것은 아닐까. 시가 상상의 산물이라는 것은 결국 시를 시인이 만들어낸 것으로 확정하는 인증과도 같다.

상상은 시인의 전적인 권력이다.

물론 상상한다는 것은 많은 것을 가능하게 한다. 상상으로 우리는 자아를 만들고, 타자를 만들고, 존재를, 기억을, 무를 만든다. 모든 것을, 모든 것 속의 아무것도 아닌 것을, 아무것도 아닌 것으로 중요한 것을 만든다. 지금도 만드는 중이다. 하지만 상상이 작동한다는 것은 무얼 만들어내는 것이면서 동시에 상상 속에 가둔다는 것은 아닐까. 상상은 일면 억압이 아닐까. 상상은 자아가 상상할 수 있는 것만을 상상한 결과이기 때문이다. 그것은 이색적인 억압이며, 자아의 억압이다.

상상은 내가 세계와 표면적으로 만날 수 있는 기회를 빼앗는다. 상상은 세계의 살갗을 보지 못하게 한다. 세계의 피상성을 나의 몽롱한 시선으로 대체한다. 나를 바깥으로 나가지 못하게 하고 자아의 나락으로 끌어내린다. 상상은 자아를 확장하는 것이며 자아의 한계를 확정하는 것이다. 결국 상상은 주관적 관념론의 소산인 것이다. 시는 자아의 상상 속에 갇히게 된다. 자아의 그림이 되고 마는 것이다.

상상의 비좁음
상상의 루트

최근에 나는 시를 쓸 때마다 상상하지 않을 수 있다면 하고 생각한다. 상상을 통해 나를 연장하지 않기를 바란다. 그런 의미에서 나의 작업은 내게서 비롯되는 상상과의 싸움이다. 상상의 거부를 통해 시가 나를 앞서기를 바라는 일련의 과정인 것이다. 상상을 제어함으로써 시가 돌출하도록 말이다.

내가 상상하지 않는 곳에, 상상할 수 없는 곳에 시가 존재한다. 내가 모르는 곳에, 모름으로써 시가 존재한다. 나는 시가 느닷없이 떠오르기를 바란다. 나는 나의 상상을 보는 것이 아니라 시를 보기를 바란다.

시는 상상하지 않는다.

시에는 내가 알지 못하는 신비한 동력이 있다. 나는 알지 못하지만 시 스스로 운신해가는, 모종의 자명함 말이다. 그런 의미에서 인간의 상상으로 시가 가능한 것이 아니라 시 스스로의 출현에 의해 인간의 상상이 가능해지는 것이라고 해야 한다. 시는 인간의 상상

을 가능하게 하는 불가능한 상상이다. 그러므로 시가 상상의 산물
이라는 것은 원칙적으로 재고되어야 한다. 시는 단지 인간의 상상
을 살짝 타고 지나가는 것이리라. 이렇게 나는 상상의 거부를 통해
서만 상상을 용서할 수 있을 것 같다.

현대시는 현대에 기대지 않는다

시를 쓰는 일보다 산문을 쓰는 일이 더 어렵다. 산문을 쓰는 일보다 시를 쓰는 일이 더 어렵다. 시를 쓰고 나면 시는 산문이 되고 산문을 쓰고 나면 산문이 시가 되기도 하는 기이한 요즘이다. 말도 안 된다. 시는 시이고 산문은 산문이 아닌가. 그럼에도 시가 시로 서지 않으려 하고 산문이 산문으로 처리되지 않으려 한다. 밖을 넘보고 경계를 넘어가고 결국에는 무언가 다른 것이 되어버린다.

시인지 산문인지 아니면 뭐가 뭔지 알 수 없는 어떤 것, 그런 글의 체험, 언어로 하는 모험을 해왔다. 대로에서 군중 속에서 골방에서 언어는 위기이고 불가능이고 그 틈 사이로의 무한한 가능이었다.

오랫동안 시, 현대시란 무엇인가에 대한 고민을 했을 것이다. 맘

소사, 현대에의 고민이라니, 사실은 그렇게 거창한 것이 아니라 다만 좀더 살아 있는 이미지, 살아 있는 언어, 생생하고 작동하는 언어를 찾아 움직였다는 말이 적절할 것이다. 내게 현대라는 것은 이렇게 살아 있는 것, 즉 언제나 당대였고, 당대라는 것은 내가 지금 느낄 수 있는 상태를 의미했고, 이상과 김구용이 당대였고, 그것은 구축이라기보다는 발생이었고, 발생의 현장이었고, 영원히 발생하는 어떤 것이었다. 현대란 발생이다. 아름다움의 발생, 추와 미지의 발생, 감정과 이미지의 발생, 파괴의 발생, 리듬의 발생, 미학의 발생, 그러므로 시의 발생이다. 발생의 프로세스로서의 시,

그러나 발생은 언제 발생하는가. 어떻게 가능한가. 발생이란 발생이 멈춘 것을 결여한 듯한 모습으로 나타나는 것은 아닌가. 발생은 일종의 운동인데, 이 운동은 은둔에서, 정지라는 명석한 은둔에서 발원하는 것이 아닌가 말이다. 그리하여 발생은 발생하지 않는 장소를 염탐하고 가로지름으로써 시발된다. 그것은 레디메이드를 포위하고 질투하고 넘쳐흐름으로써 불필요한 동요로 이동시키는 것이다. 무분별한 이동이 확산된다. 발생은 발생이 일어나지 않을 것으로 보이는 사물, 장소, 언어에서 그 무를 전유하려 한다. 무를 풀어버리는 것이다. 무를 철회함으로써 무를 지속적으로 무로 되돌리는 것, 발생은 발생하지 않는 것의 발치에 기꺼이 서려는 것이다.

현대시는 그리하여 어느 곳에나 있다. 무엇이 되었든 발생과 함께라면, 발생이 발생 불가능과 함께하는 곳이라면 현대시는 존재한

다. 숨을 멈춘 곳에, 기계들과 인형들, 풀 깎는 기계, 구획된 노선과 일정한 간격으로 달리는 고속버스, 닫혀버린 창들과 그 안의 익명의 사람들에게, 그들이 들고 있는 스마트폰에서 방금 삭제된 앱에 현대시는 있다. 없다고 생각되는 곳에 현대시가 있다. 누군가 허공에서 빈 손뼉을 치고 있다. 두 손이 닿기 전에 멎어버린 곳에 현대시가 있다.

시가 더이상 존재하지 않는 것이 아니라 그토록 많은 현대시가 있다고 보아야 한다. 시가 텅 빈 방사임을 알아차렸다는 듯이, 무차별하게 보이는 발사를 무의미하게 진행할 뿐이라는 듯이, 죽은 자까지도 두서없이 무덤에서 나와 무의미의 대열에 합류하고 있다. 전 방향으로의 무차별 난사, 이것이 지금의 현대시다. 현대시가 어렵다고 느껴진다면 바로 현대시의 각도가 최대화되어 있기 때문일 것이다. 그것은 앞으로 나아가려 하고 갔던 곳으로 돌아가려 한다. 몇 개의 길에 걸쳐 있으려 하고 그것들을 건너뛰려 한다. 떠 있으려 하고 붙어 있으려 한다. 함께, 혹은 홀로 있으려 한다. 현대시는 이 모든 것을 동시에 한다. 불필요한 짓을 한다. 무위와 다를 바 없는 유위이다.

현대시는 이제 부정과 파괴로만 존재하지 않는다. 아방가르드, 전위만 현대시가 아니다. 그러한 수고에서부터 그 수고가 촌스러워 보이는 지점으로까지 현대시는 넓게 펼쳐져 있다. 현대시는 특정한 영역의 것을 지칭하는 것이 아니라 특정에 국한되지 않는 작금의 경향을 일컫는 것이라고 보아야 한다. 영역이 없는 영역 그 자체이다. 의식과 기억과 감각의 세팅에 있어 지금 현대시는 현대에 기대는 것조차 하지 않는다. 그것은 이미 현대를 넘어서 있다.

무엇을 쓸 것인가, 무엇을 쓰고 있는가, 어떻게 볼품없어지는가, 새롭게 무력한가, 현대에는 많은 것이 다채롭게 보잘것없는데, 이 보잘것없음의 특권을 현대시는 어떻게 다채롭게 누리고 있는가. 내가 무슨 짓을 하든 개의치 않고 글들은 스스로 현대시의 드넓은 극미의 운명을 향해 나아가고 있다. 이에 대해 생각이라는 게 잘되지 않는다. 그런데 한편 생각이 잘되지 않을 때가 가장 잘 알고 있는 때 같기도 하니 도대체 무슨 환유가 이러한가.

은유 없는 세계 은유 없는 시

국내에 번역된 프랑시스 퐁주의 『사물에 대한 고정관념』(권오룡 옮김, 청하, 1986)이나 『일요일 또는 예술가』(박동찬 옮김, 솔, 1995)는 오랫동안 꾸준한 반향을 일으킨 시집들이다. 이에 자극받아 다양하게 변형된 사물현상학적인 시나 산문시가 출현하기도 했다. 무엇보다 릴케의 사물시와는 다른 종류의 유물론적 관점을 맛보게 했다는 점에 퐁주 시의 위의가 있다. 그의 시도가 다분히 상상된 사물주의라는 혐의를 벗지는 못한다 해도, 그럼에도 그의 유물론이 사물 세계로의 잠입을 이루었다는 데에는 이의가 없다.

그는 어떻게 이것을 감행할 수 있었을까. 오랜 형이상학적인 전통을 끝장내고 인간의 자리를 벗어나 사물의 자리로 옮겨갈 수 있었을까. '사물의 편'을 드는 것은 말처럼 쉬운 일이 아니었을 텐데, 그렇게 하고 싶다는 마음만으로 할 수 있는 것도 분명 아닐 텐데 말이다. 이것은 차라리 어떤 구체적인 실천이다. 물론 그의 시작의 비밀이기도 하겠다.

나무줄기가 있어, 그것이 모든 것을 떠맡으리라고 생각하지. 나
무들은 서로 숨고 뒤섞이려고 노력한다네. 나무들은 모든 것을 말
하고, 다양한 말에 의해 세계를 완전히 뒤덮을 수 있다고 생각하지.
단지 나무라는 말밖에는 말하지 않으면서도. 그토록 신기한 꽃들
을 피워냈다고 흥겨워했을 때도 나무는 나무에서 다시 떠나가려는
새들을 붙들어둘 수는 없어. 언제나 동일한 잎, 언제나 동일한 양식
의 펼침, 그리고 동일한 한계, 언제나 대칭적으로 매달려 있는 대칭
적 잎사귀들! 여전히 하나의 잎사귀를 펼쳐내려고 시도하지. 동일
한 것일 뿐인데! 다시 다른 잎사귀 하나를! 그러나 동일한 것을!
　　　　　　　　　　　　　—「계절의 순환」, 『사물에 대한 고정관념』

　이것이 흔히 우리가 생각하는 시와 좀 다르고, 시 같지 않게 여겨
지는 것은 단지 산문적 형태를 지니고 있기 때문이 아니다. 가시적
리듬은 아니더라도, 리듬의 혼령이 작품에는 들어 있다. 파악할 수
는 없지만 감지할 수 있는 종류의 호흡이 살아 있는 것이다. 그러므
로 이 작품을 보통의 시 같지 않게 느껴지게 하는 것은 리듬이나 형
식의 문제가 아니다. 단적으로 말해 은유 때문이다. 이 시에는 전형
적인 은유가 없다.
　주지하다시피 클리언스 브룩스가 시를 특별한 종류의 말하기라
했을 때, 그는 두 가지 근거를 들고 있다. 바로 리듬과 은유다. 시
는 리듬과 은유에 의해 비로소 가능해진다. 여타의 무엇과도 비교

할 수 없는 특별한 말하기가 된다. 그가 설명하는 리듬도 포괄적인 것이지만 은유 역시 단지 수사에 그치는 것은 아니다. 은유적 사유, 시선, 표현이 두루 고려된다. 그리하여 은유는 말하는 방법일 뿐만 아니라 말해진 내용도 대표하기에 이른다. 브룩스에 의하면 은유에 의해 시는 정보를 넘어서는 무엇인가가 포함되어 있다고 여겨지는 것이다. 그 무언가를 위해 사물 세계는 재편된다. 인간과 연결되고 의미를 부여받는다.

풍주는 이러한 전형적인 은유를 잘 쓰지 않는다. 의식적으로 쓰지 않으려 한다고 할 수 있다. "나무들은 서로 숨고 뒤섞이려고 노력한다네", 혹은 "언제나 대칭적으로 매달려 있는 대칭적 잎사귀들! 여전히 하나의 잎사귀를 펼쳐내려고 시도하지"라는 진술을 보자. 나무나 나뭇잎들이 어떤 관념적 상태로 정의되지 않는다. 비가시적인 정신의 표상으로 세워지지 않는다. 명사보다는 동사가 선호되고, 나무는 나무의 존재론적 운동을 하고 있다. 나무의 세계에 있다.

풍주의 시는 브룩스가 생각한 시에서 멀어 보인다. 브룩스의 생각뿐 아니라 기성의 시에 잘 들어맞지 않는다. 대개의 경우, 은유가 없으면 시는 부적합하거나 미흡한 것으로 여겨지는 까닭이다. 풍주가 생각한 '반휴머니스트'라는 것은 결과적으로 일종의 반은유에 가깝다고 할 수 있다. 은유를 멀리함으로써, 사물에 대한 인간의 개입을 최소화하게 된 것이다. 이로써 사물은 인간과 연결되지 않고, 인간에 동원되지 않고, 사물 자체로 존재할 수 있게 된다.

요컨대 은유로부터의 도피라는 것은 그동안 시가 누릴 수 있었던 인간적이고 즉각적 권위를 부정하는 것이라 할 수 있다. 은유는 무엇보다 짝을 짓는 것이고, 짝짓기의 수혜자는 명백히 관념 쪽인 까닭이다. 은유를 통해 주체는 감정을 방출하고 주체 우위의 방법론을 정초하게 된다. 그러므로 은유를 피한다는 것은 인간 정신의 면면에 가시적으로 결합되어 있는 사물을 해방시키는 일이다. 은유를 버리면 사물이 보조적인 지위에서 벗어나게 된다.

생각해보면 은유라는 것은 시인의 한계를 가리키는 것에 다름 아니다. 시인의 개인적인 상상의 한계, 사유의 한계 말이다. 시인은 은유를 통해 사물과 관념을, 사물과 또다른 관념화된 사물을, 관념과 관념을 자신의 인식론 내에서 연결한다. 연결하여 맞추어본다. 은유를 쓴다는 것은 두말할 것 없이 이 사유에 따르는 불가피한 한계를 노정하는 것과 다를 바 없다. 연결은 가장 그럴듯해 보이는 순간조차 세계를 이분화해 접게 된다. 두 항목 사이에 접는 선을 관념적으로 만들어낸다. 세계는 접히고 일그러진다. 시인이 손을 댄 것이다. 누추한 손길이다.

상징은 은유의 심화된 형태이다. 상징은 세계를 낮은 물질 세계와 높은 이념 세계의 수직적 연결로 생각한다. 그것은 사물 위로 높은 이념을 위한 자리를 마련하는 것이며, 일종의 관념적 가정이다. 이 관념이 가장 부풀려진 것이 상징주의다. 상징주의에서 사물은 관념의 표상으로 해석되며 이 까다로운 작업은 가장 권위 있는 정신의 활동이 된다. 상징주의는 인간이 시도할 수 있는 가장 높은 시선을 마련한 것이다. 하지만 유감스럽게도 현대에 들어서 수직적 사고가 사라지면서 상징은, 그리고 은유는 외려 고색(古色)의 근거

로 보이기조차 한다. 은유의 제왕적 지위가 아직도 유지되고는 있
지만 한편으로 현대의 병렬과 평행, 수평과 확산에 걸림돌로 비치
기도 한다. 은유와 상징의 목적적 정향성은 한 편의 시 안에서 현대
적 풍경에 떠밀려 종종 고립무원의 처지에 몰리곤 하는 것이다.

풍주를 빌려오지 않더라도 생각해보고 싶은 것이 이것이다. 은
유, 다시 말해 비유 없이 세계를 만날 수 있을까. 이 세계는 애초에
은유가 없는 것이니 말이다. 사물 세계, 현상 세계는 단지 무변광대
할 뿐이다. 주기를 두고 반복되는 것처럼 보일 때에도 반복되는 것
은 없다. 반복되는 듯한 무는 더 큰 무만큼이나 무한하다. 현상 세
계는 접혀 있지 않다. 현상의 무를 붙잡고, 위치 지우고, 한정하는
것은 은유이다. 우리는 은유로 세계에 주름을 만들고 있다. 은유가
많은 시야말로 분명 토굴 같은 시일 것이다. 주름으로 가득한 토굴
말이다.

은유 없이 온전히 시를 쓸 수 있을까. 사물을 태워버리는 자아(주
체)라는 렌즈 없이 세계를 바라볼 수 있을까. 수직이 아닌 수평적
시선으로 세계의 넓이에 조응할 수 있을까. 마치 미다스 왕의 손처
럼 시인이 건드리면 비유가 벙글고 마는 시에서, 어떻게, 가능할까.
일회적이고 무한한 세계를 일회적 무한으로 맞이하는 일은.

시가 어떤 것도 정의하지 않고, 연결하지 않고, 이 세계를 지나갈
수 있기를 바란다. 사물과 인간을, 사물과 사물을, 인간과 인간을
묶지 않기를 바란다. 짝짓기하지 않고, 의미로 구획하지 않고, 관념
으로 포획하지 않기를, 은유가 없는 시를 바란다. 아니, 그것이 아
니라면, 그와 반대로, 차라리 불가능한 연결을 할 수 있기를 바란

다. 이를테면 '수술대 위에서의 우산과 재봉틀의 만남'처럼 인간이 할 수 없는 불가능한 연결이어서, 결코 은유가 될 수 없는 것 말이다. 이것은 결단코 만남이랄 수 없는 만남이다. 슬픈 만남이다. 은유 없는 세계에의 반증이며, 역설이다. 현대시는 이러한 불가능한 만남을 통해 은유를 무력화시키며, 인간을 피하고, 관념의 조작을 제어한다. 이 세계에서의 적절한 만남이라는 인간의 의지를 배반한다. 이것이 초현실주의의 진정한 자리이다.

반(反)묘사

고유명사는 날것 상태의 시이다. 모든 시가 그렇듯
고유명사는 번역이 불가능하다.
―W. H. 오든

　최근 시단에 이름이라는 말이 유독 많아졌다. "더없이 많은 숫자
들이 다시 헤아려야 하는 이름 때문에/이 물질의 이름은 부적합하
다"(김언, 「이 물질의 이름」), "오늘 자신의 수명을 모르는 꽃은 내
일 자신의 이름을 알게 된다"(김경주, 「연두의 시제」), "키 큰 나무
들이 아이들의 머리칼을 쓰다듬으며/수만 가지 아름다운 이름들로
불러주었다"(강성은, 「물 속의 도시」), "너를 왜 자꾸 이름으로 부르
고 있나"(이영주, 「우리는 헤어진다」), "네 이름만이 내 전생의 마르
지 않는 고해이다"(이현호, 「새로 쓰는 서정시」) 등 이름이라는 말이
폭발적으로 등장하고 많은 시인이 이름에 대해 쓰고 있다. 이준규의
「삼척」, 김이강의 「핀란드」, 황인찬의 「종로1가」에서 「종로5가」까지
의 종로 시리즈 등 지명, 구체적으로 고유명사도 많이 등장하고 있
다. 이것은 어떤 징후인가? 이 현상을 어떻게 설명해야 할까? 이름
이나 인명, 지명에 쏟아지는 관심을 어떻게 이해할 수 있으며 여기

에는 어떤 문학적 움직임이 있는 것일까?

사실 이름이나 인명은 아니더라도 고유명사는 이전에도 더러 쓰였다. 신동엽의 「금강」이나 김용택의 「섬진강」은 대표적이다. 이성복의 「남해 금산」, 장정일의 「길안에서의 택시잡기」, 곽재구의 「사평역에서」도 떠오른다. 하지만 이전의 고유명사의 호명과 최근의 현상들 간에 어떤 편차가 있는 것 같다. 전에는 고유명사가 시인이 하고 싶은 말들을 결집시키는 역할을 한 반면, 이제는 고유명사가 그런 역할을 하지 않는다. 즉 고유명사가 핵심이 되어 내용을 밀도 있게 만들어간 쪽과, 내용과 아무런 관련이 없는 채 떠다니는 차이다. 이 차이를 우선 주목하고 지나가야 할 것이다.

이름이나 고유명사는 본래적으로 설명할 수 없는 것이다. 왜 그렇게 불리는지 전혀 알 수가 없다. 또 시인이 고유명사를 차용해서 쓸 때, 시인이 고유명사와 맺고 있는 관계 역시 측량할 수 없다. 다만, 텍스트가 함유하고 있는 이데올로기적 요인에 의해 고유명사는 성격을 갖게 되는 것 같다. 어떤 이데올로기가 텍스트를 채우고 있을 때는 고유명사가 내용을 띠는 것처럼 보이고, 최근처럼 채워져 있지 않을 때에는 고유명사 역시 무의미하게 떠다니는 것으로 보인다. 다시 말하면 고유명사나 이름 자체는 시인이 설명할 수 있거나 시적으로 묘사할 수 있는 것이 아니다. 텍스트의 환경 안에서 성격지어질 뿐이다. 사실 '삼척'을, '종로1가'를 묘사할 수 있을까. 묘사하는 것은 엄밀히 말해 '삼척'이나 '종로1가'가 아니라 '삼척'이나 '종로 1가'에 대해서, 그곳의 풍광, 인상에 대해서이다. 이 지명은 불려 나오기는 했지만 불려 나왔을 뿐이다. 지명은, 고유명사는 묘사할 수 없다.

묘사라는 말은 시에서 자주 쓰이는 말이다. 어떤 사물이나 대상을 마치 그림을 그리듯이 언어로 표현하는 것이 묘사다. 시각적 기울기이며, 상대적으로 청각으로 기울었을 때는 진술이다. 시가 묘사를 좋아하는 것은 주지하다시피 묘사를 통해 이미지를 제시하기 때문이다. 우리가 알고 있듯이 시는 언어로 눈앞에 잡힐 듯이 심상을 포착한다. 이렇게 함으로써 추상화(化)로 기울지 않게 되고, 논리와 추론보다는 감각과 현상에 의지하게 된다. 물론 이것이 시를 시답게 만드는 요인이다.

묘사의 예로, 잘 알려진 김수영의 「폭포」를 보자. "폭포는 곧은 절벽(絶壁)을 무서운 기색도 없이 떨어진다"라는 구절은 폭포가 깎아지른 절벽 아래로 거침없이 떨어지는 장면이 그려진다. 폭포의 기세가 연상되고, 뒤에 나오는 "고매(高邁)한 정신(精神)"으로 적절하게 연결된다. 폭포를 선명하게 묘사하고 있으며, 눈앞에 떠오르는 폭포의 위용은 폭포의 성격까지도 가늠하게 해준다. 묘사만으로 폭포의 내용이나 의미를 알 수 있는 것이다.

묘사의 중요성은 이렇게 시에서 아무리 강조해도 지나치지 않다. 하지만 모든 시들이 묘사에만 전적으로 충실한 것은 아니다. 묘사가 언제나 모든 상황을 이끌어가는 것도 아니다. 「폭포」는 문학적 묘사로 기울어진 작품이지만, 앞에서 살펴본 이름이나 고유명사를 포함하고 있는 구절들은 딱히 묘사에 속하지 않는다. 김수영은 묘사에 충실한 작품을 많이 쓰긴 했어도, 무기 이름인 네이팜탄이나 VOGUE지, 엔카운터지 같은 고유명사를 종종 호출하기도 했다.

물론 이 이름들이 지금처럼 완전히 무의미해지지 않는 지형 안에 서이기는 하지만 말이다. 그에게는 문학적 아우라, 이데올로기, 그리고 현실의 충돌이 있고, 이들의 조합으로 고유명사는 복잡한 양상을 띠고 있다.

그러나 김수영 시대보다 덜 이데올로기적이고, 이름이나 지명이 더 압도적으로 등장하는 최근의 시들은 이제 묘사의 전능과 본격적으로 대치하는 것으로 보인다. 여기서 이름이라는 것은 단지 표시이며 레디메이드이다. 한번 만들어지면 그대로 돌아다니기에 등록적 성격을 가질 뿐이다. 이 표시는 묘사의 문학성과 상반된 듯이 보인다. 일종의 기호이기에 시 안에서 어떤 작용은 하지만 말이다.

지젝은 반(反)묘사라는 특이한 개념을 생각했다. 간단히 설명하면 이렇다. 묘사는 "connotation(함축, 내포)이 denotation(외연, 지시 대상)을 소유"하는 것임에 반해, 반묘사는 한 단어가 "최초 세례를 통해 한 대상에 연결"될 뿐이다. 구체적으로 살펴보면, 묘사주의자에게 "단어는 그것의 의미의 내재적, 내적 필연성에 의해 대상을 지시"하는 것이고, 반묘사주의자에게 단어와 대상의 연결은 "일련의 묘사들로 근본적으로 축소 불가능한 외적 인과성에 의존"한다. 여기서 외적 인과성은 최초의 연결, "최초 세례"를 일컫는 것으로 보인다.

요컨대 묘사라는 것이 의미의 필연성으로 대상을 지시하기에 묘사의 언어로 대상을 소유하는 것이라면, 반묘사는 묘사의 언어와 대상 간의 관련이 내적 필연성이 아닌 외적 인과에 의한 것이기에 언어가 대상을 포함하지 못한다는 것이다. 반묘사에서는 어떤 단어가 왜 그러한 대상과 연결되는지에 대해 의미 있는 대답을 하지 못한다. 단지 그렇게 전승되었을 뿐이다. 실제로 지젝은 '피에르'라는 이름은 피에르라고 명명된 외적 인과에 의한 것일 뿐, 피에르에서 피에르적인 속성을 찾아낼 수는 없다고 하고 있다. 이름은 묘사의 성격에서 벗어나는 것이다.

이것은 우리 시의 이름 현상을 설명할 수 있는 적절한 렌즈가 될 수 있을 것 같다. 지젝에 의거해 생각해보면 우리 시에서 이름이나 고유명사가 많아지는 것은 묘사보다 반묘사가 많아지기 때문이다. 묘사할 수 있는 것보다 묘사할 수 없는 것으로 전체적인 시의 반향이 바뀌어나가는 것이다. 고유명사 유행은 이러한 관점에서 보는 것이 좋을 듯하다. 최근 시에 나타난, 묘사에의 저항이다. 묘사 언어에의 저항, 묘사하는 시에의 저항이다. 이제 묘사 없는 시가 가능하며, 널리 확산중이다.

삼척은 삼척. 삼척은 삼척. 삼척은 삼척. 삼척은 삼척. 삼척은 삼척. 삼척은 삼척. 삼척은 삼척. 삼척은 삼척. 삼척은 삼척. 삼척은 삼척. 삼척은 삼척. 삼척은 삼척. 매미는 흔들리고. 삼척은 삼척. 너는 위에서 아래로 떨어지고. 삼척은 삼척. 케이크를 잘라. 삼척은 삼척. 왜 전화 안 받니. 삼척은 삼척. 잔을 들어라. 삼척은 삼척. 술이나 쳐. 삼척은 삼척. 방 있어요. 삼척은 삼척. 너무해. 삼척은 삼척. 난 네가 싫어. 삼척은 삼척. 칼바도스 한 병 부탁해. 삼척은 삼척. 럭키 스트라이크도. 삼척은 삼척. 제발. 삼척은 삼척. 한 번만. 삼척은 삼척. 그러지 말고 잠깐만. 삼척은 삼척. 아니야. 아니야. 삼척은 삼척.

그래. 그래. 삼척은 삼척. 죽이겠어. 삼척은 삼척. 전진. 삼척은 삼척.
흩어져라. 삼척은 삼척. 잊어라. 삼척은 삼척. 저것 좀 봐. 삼척은 삼
척. 매미가 추락하는군. 삼척은 삼척. 저 비를 좀 봐. 삼척은 삼척.
바다에 가자. 삼척은 삼척. 바다에 가자. 삼척은 삼척. 돌아가고 싶
지 않아. 삼척은 삼척. 너는 시를 쓰고 있니. 삼척은 삼척. 너는 시인
이 되었구나. 삼척은 삼척. 삼척은 삼척. 삼척은 삼척. 풀무치 잡으
러 가자. 삼척은 삼척. 삼척은 삼척. 더덕 좀 캐봐. 삼척은 삼척. 삼
척은 삼척. 칡즙이야. 삼척은 삼척. 삼척은 삼척. 올드 파 사와. 삼척
은 삼척. 삼척은 삼척. 조니 워커도 좋고. 삼척은 삼척. 삼척은 삼척.
둑이 없어졌어. 삼척은 삼척. 삼척은 삼척. 긴장 되니. 삼척은 삼척.
삼척은 삼척. 장하다. 삼척은 삼척. 삼척은 삼척. 욕봤다. 삼척은 삼
척. 삼척은 삼척. 파스티스 마시러 가자. 삼척은 삼척. 삼척은 삼척.
한 잔 더 마시자. 삼척은 삼척. 이 길을 마셔버리자. 삼척은 삼척. 내
가 길을 사줄게. 삼척은 삼척. 나는 걸어서 바다를 건너겠어. 삼척
은 삼척. 매미가 운다. 삼척은 삼척. 가을이다. 삼척은 삼척. 삼척은
삼척. 삼척은 삼척. 삼척은 삼척. 삼척은 삼척. 삼척은 삼척. 삼척은
삼척. 삼척은 삼척. 삼척은 삼척. 삼척은삼척은삼척은삼척은삼척은
삼척은삼척은삼척은삼척은삼척은삼척은……

　　　　　　　　　　　　　　　　　　　　　─이준규, 「삼척0」 전문

　이준규의 시는 고유명사 '삼척'을 쉴 새 없이 부르는 것으로 되
어 있지만 '삼척'을 묘사하는 것은 결코 아니다. 요컨대 이 시는 '삼
척'에 대한 시가 아니다. '삼척'은 의미도 없고 내용도 없는 기호로

떠다닌다. 마치 주문처럼, 호흡처럼 동원될 수 없고 그 자체로만, 오직 '삼척'이라는 말로만 존재한다. 그 위에 아무것도 덧씌울 수 없는 "날것 상태의 시"다. '삼척'은 반묘사가 무엇인지를 즉석에서 보여준다. 바로 반묘사가 시가 되는 현장이다.

중요한 것은 이와 같은 시의 출현이 단지 수사상의 변화라기보다는 현대시의 변천의 일환이라는 점이다. 현대시는 내용과 관념으로 포커스를 맞추어나가기보다는 형식과 허사, 빈말들을 향해 움직이고 있기 때문이다. 묘사라는 것이 눈앞에 그리는 대상을 그것이 내포하고 있는 것들로 나아가게 하는 시선이라면, 그리하여 의미 속으로 들어서서 의미에 포획되는 일이라면, 이에 비해 반묘사는 이 연결 고리를 끊어버리고 대상이 말과 연결되는 것을 우연성, 외재성, 일시성으로 돌려버린다.

반묘사의 대두는 지금까지 특별한 이의 없이 추종해온 묘사라는 것을 다시 생각해보게 한다. 우리는 언어로 대상을 묘사하려 했으며, 묘사할 수 있다고 믿었으며, 묘사했다고 생각했다. 이 모든 단계에서 별 망설임이 없었다. 어려움이 있어도 그것은 묘사하는 행위의 어려움이었지, 묘사 자체의 문제는 아니었다. 그렇게 아무런 반성 없이 묘사에 전념하고 충실할 만큼 묘사의 위의는 강렬했다. 하지만 우리가 좋은 시라고 생각했던 것은 결국 묘사의 언어로 대상을 붙들어놓는 일이었다. 물론 언어로 대상을 한정하는 것이 실제적으로 가능한 것이었는지의 여부는 차치하고 말이다.

이제 우리는 표현하고 싶은 그 무엇이 사라져버린 것 같은 현대에 시를 쓰고 있다. 들여다보아야 할 내면도, 대상과의 연계를 위한 감정도 잡히지 않는다. 단지 가시적으로 우리가 날마다 소비하는 것들과 영문 모를 관계에 놓여 있을 뿐이다. 이름이나 지명 등이 그렇다. 왜 그렇게 불리는지, 원인도 사정도 알지 못할 '삼척'과 같은 고유명사들이 우리를 에워싸고 있다. 이 낯설고 뚜렷한 표시들에 현대시는 매달린다. 묘사할 수 없는 것들을 묘사하지 않으면서, 반 묘사로 출렁이는 중이다.

메타시는 없다

시쓰기란 하나의 모험이다, 라는 말을 많이 듣는다. 다양한 방식이나 태도로 사물에 접근하는 것이나, 발화의 위치와 편성을 달리 해보는 것, 또는 시를 이루는 여러 축에 변화를 가미해보는 것 등등이 떠오른다. 어느 쪽에서 모색을 하든지 독특한 모험을 전개할 수가 있을 것 같다. 모험의 즐거움과 과정이 시쓰기를 새롭게 한다.

그러나 이러한 시도들이 언제나 새로울 수만은 없다. 모험을 계속하는 자는 결국 모험의 룰을 바꾸어야 할 것 같은 지점에 도달한다. 지금까지와 같은 방식이 아니라 새로운 차원으로의 도약이 필요하다고 느끼게 된다. 이 순간에 이르렀을 때야 모험이라는 것이 무엇인가를 새삼 실감하게 되는 것이다. 그것은 시쓰기란 무엇인가, 전진만 하는 것이 아니라—물론 이것도 쉽지만은 않지만—, 전진 외에 도대체 어떻게 휘어지거나 튀어오를 수 있는가를 고민하는 일이다. 판을 바꾸는 일이다. 지형을 뒤집어보는 것이기도 하다.

사실 문학사에서는 이런 일들이 종종 벌어진다.

모험 가운데서도 메타시는 인상적 시도이다. 메타시는 주지하다시피 시에 대한 시로 정의된다. 시에 대해, 시와 함께, 시를 넘어서는 시라는 것으로, 시에 대해 무언가를 추가하든 번복하든, 어찌됐든 시쓰기에 대한 문제적 인식이 시를 낳는 계기가 되는 시이다. 이것은 시인가? 아니라면 왜 시가 아닌가? 이러이러하게 시 쓰는 것이 어떻게 시가 되어가는가? 등의 측면들을 그대로 보여주는 시인데, 이는 지금까지의 모험과는 전혀 다른 지형에 시를 놓는 것이다. 단지 이러저러한 길을 가본다는 데에 그치지 않고 길이 만들어지는 과정을 드러내기 때문이다. 그리고 이렇게 제작의 배후를 드러냄으로써 한편으로는 시라는 글쓰기의 묵계에 대한 반칙으로 보이기기도 한다.

예를 들어보자. 오규원 시인의 「안락의자와 시」는 우리에게 잘 알려져 있다. 이 시는 한 편의 시를 쓰는 과정으로 되어 있다. 시도하고 지우는 과정, 즉, 이러저러한 난관에 부딪쳤다가 돌아와 다른 모색을 진행하는 작업을 가감 없이 보여준다. 그러는 가운데 계속 시쓰기의 한계를 자각하고, 한계를 드러내면서, 혹은 한계 너머로 시를 풀어보려 한다. 그 너머로 나아갈 수 있는가, 그것이 가능한 것인가, 하는 것이 그가 고심했던 지점이다.

내 앞에 안락의자가 있다 나는 이 안락의자의 시를 쓰고 있다 네 개의 다리 위에 두 개의 팔걸이와 하나의 등받이 사이에 한 사람의 몸이 안락할 공간이 있다 그 공간은 작지만 아늑하다…… 아니다 나는 인간적인 편견에서 벗어나 다시 쓴다 네 개의 다리 위에 두 개의 팔걸이와 하나의 등받이 사이에 새끼 돼지 두 마리가 배를 깔고 누울 아니 까마귀 두 쌍이 울타리를 치고 능히 살림을 차릴 공간이 있다 팔걸이와 등받이는 바람을 막아주리라 아늑한 이 작은 우주에도…… 나는 아니다 아니다라며 낭만적인 관점을 버린다 안락의자 하나가 형광등 불빛에 폭 쌓여 있다 시각을 바꾸자 안락의자가 형광등 불빛을 가득 안고 있다 너무 많이 안고 있어 팔걸이로 등받이로 기어오르다가 다리를 타고 내리는 놈들도 있다…… 안 되겠다 좀더 현상에 충실하자 두 개의 팔걸이와 하나의 등받이가 팽팽하게 잡아당긴 정방형의 천 밑에 숨어 있는 스프링들 어깨가 굳어 있다 얹혀야 할 무게 대신 무게가 없는 저 무량한 형광의 빛을 어깨에 얹고 균형을 바투고 있다 스프링에게는 무게가 필요하다 저 무게 없는 형광에 눌려 녹슬어가는 쇠 속의 힘줄들 팔걸이와 등받이가 긴장하고 네 개의 다리가…… 오 이것은 수천 년이나 계속되는 관념적인 세계 읽기이다 관점을 다시 바꾸자 내 앞에 안락의자가 있다 형광의 빛은 하나의 등받이와 두 개의 팔걸이와 네 개의 다리를 밝히고 있다 아니다 형광의 빛이 하나의 등받이와 두 개의 팔걸이와 네 개의 다리를 가진 안락의자와 부딪치고 있다 서로 부딪친 후면에는 어두운 세계가 있다 저 어두운 세계의 경계는 침범하는 빛에 완강하다 아니다 빛과 어둠은 경계에서 비로소 단단한 세계를 이룬다 오 그러나 그래도 내가 앉으면 안락의자는 안락하리라 하나의 등받이와 두 개의 팔걸이와 네 개의 목제 다리의 나무에는 아직도 대지가 날라다준 물이 남아서 흐르고 그 속에 모래알 구르는 소리 간간이 섞여 내 혈관 속에까지…… 이건 어느새 낡은 의고주의적 편견이다 나는 결코 의고주의자는 아니다 나는 지금 안락의자의 시를 쓰고 있다 안락의자는 방의 평면이 주는 균형 위에 중심을 놓고 있다 중심은 하나의 등받이와 두 개의 팔걸이와 네 개의 다리를 이어주는 이음새에 형태를 흘려보내며 형광의 빛을 밖으로 내보낸다 빛을 내보내는 곳에서 존재는 빛나는 형태를 이루며 형광의 빛 속에 섞인 시간과 방 밑의 시멘트와 철근과 철근 밑의 다른 시멘트의 수직과 수평의 시간 속에서…… 아니 나는 지금 시를 쓰고 있지 않다 안락의자의 시를 보고 있다

그가 하려고 했던 것은 단지 안락의자를 묘사하는 일이다. 그러나 얼핏 단순해 보이는 이 일이 결코 쉽지 않을뿐더러 계속 시도를 철회해야 하는 상황에 직면한다. 안락의자를 묘사하면서 "인간적인 편견"이나 "낭만적인 관점" "관념적인 세계 읽기", 그리고 "의고주의적 편견"에 계속 부딪치게 되는 까닭이다. 그는 "현상에 충실"한 시를 쓰려고 하는데, 결국 불가능한 것으로 드러난다. 고투는 끝내 실패로 돌아가고 만다. 이것은 물론 시쓰기의 불가능성을 말하는 것이다. 불가능으로의 향로(向路)이다. 그리고 분명한 것은 이렇게 실패의 방식과 과정을 제시함으로써, 시쓰기의 난관 그 자체를 드러내고 그것을 넘어서고자 하는 모험이 되고 있다는 점이다.

이 시가 유니크한 것은, 지금까지 진행되어온 것 같은 언어의 직조만으로는 시가 불가능하다는 자각이 중심에 놓여 있기 때문이다. 그래서 시쓰기의 곤경을 묘사하는 일이 동시에 곤경 탈출의 모색

으로 보인다. 즉 시가 밋밋한 일방향의 진술이 아니라, 작품이라는 전제를 흔들어보는 방식으로 진행되고 있다. 작품과 창작자의 분리를 해체함으로써, 작품에 시인이라는 외부적 차원을 도입하는 것이다. 시인이라는 현장성이 투입되고 그의 기획의 성패를 그대로 보여주면서 진행되기에 시의 일면성은 깨지고 만다. 작품은 계속 평가받거나 수정되면서 다시 쓰여진다. 이것이 바로 메타시로 여겨지는 측면이다. 언어가 있고, 언어의 위에서, 언어 너머에서 작용하는 또 한 층위의 언어가 가정되는 것이다. 이러한 방식이 언어의 곤경을 뚫고 나가는 길로 여겨지게 만든다.

「안락의자와 시」 외에도 떠오르는 시가 있다. 장정일의 「길안에서의 택시잡기」도 비슷한 여정을 보여준다. 계속 종이를 갈아끼우면서 시쓰기를 고쳐나가고 새로 시도하는 과정이 들어 있어 오규원의 시와 상당히 흡사한 길을 간다. 이와는 상당히 다르지만 젊은 이우성의 시는 '이우성'이라는 인물을 시에 계속 대입하거나 추가하는 방식으로 시의 일면성을 깨뜨리고 있다는 점에서 역시 메타적 요소를 가지고 있다고 할 수 있다. 앞으로도 이러한 시도는 끊임없이 출현하고, 새로운 탈출을 기도하는 양식이 될 수 있을 것이다.

그러나 이쯤에서 한편으로 의문이 들기도 한다. 오규원 시인이 시도했던 것이 기존의 방식에 대한 부정과 함께 이른바 메타적 탈출이었을까, 그것이 가능하다고 생각했을까, 시 밖으로 걸어나가는 시라는 것을 그가 염두에 두었을까, 하는 점이다. 이 판단은 쉽지 않다. 그러나 무엇보다도, 그가 어떠한 모험을 감행했더라도, 시를 넘어서 다른 무엇을 했다고 생각하는 것은 섣부른 판단일 것이다.

메타시에 대해서도 그렇다. 그가 시에 대한 고찰을 하면서 시 위의 시를, 시에서 두 개의 레이어를 상정하는 메타시라는 것을 설정하고 썼다고는 생각되지 않는다. 그는 오직 시를 썼을 것이다. 그리고 아마 그는 알았을 것이다. A라는 텍스트를 관찰하고 고쳐나가는 B라는 텍스트는 시인의 머릿속에만 존재하는 것임을. A와 B는 실상은 섞여 있는 덩어리에 지나지 않음을. A에 대한 B, 원래의 텍스트에 대한 논평이라는 방식은 단어 몇 개 추가한 것에 지나지 않는 것임을 말이다. A와 B, A 위에 있는 B라는 것은 창작이 아니라 독해에서의 편리한 가정에 지나지 않는다.

메타시는 시라는 장르 밖으로 걸어나가려 한다는 점에서 혁명적인 시도임에 분명하다. 시라는 언어 밖으로 나아간 진술을 하려는 것이고, 이는 기존의 언어 조직, 관성에 대한 피로에서 벗어나기 위한 것이다. 하지만 이러한 시도 역시 크게는 시와 언어의 일환으로 보아야 하는 것이 아닐까. 시 밖의 시는 없으며, 언어 밖의 언어 역시 마찬가지일 것이다. 메타시는 차라리 시쓰기의 불가능을 수행하는 시쓰기를 내용으로 구성하는 것이라고 보아야 한다. 메타시로 생각되는 시쓰기가 있지만 메타시 자체는 없는 것이다. 그런 점에서 「안락의자와 시」는 시의 모험과 실패를 적시한 시쓰기의 시이며 이를 단지 메타시로 규정하는 것은 이 시의 넓이와 의미를 좁히는 결과에 이르는 것이다.

라캉은 "편지는 반드시 목적지에 도착한다"고 했다. 도착한 편지(letter, 문자)만이 편지이며, 목적지에 도착하지 않은 편지의 존재라는 것은, 우리가 그 존재를 생각할 수는 있지만 사실은 상정할 수 없다는 것을 깨달으면서 취소된다는 뜻이다. 이러한 사유 속에서는 실현되지 않은 언어를 가정할 근거가 없다. 도착하지 않은, 미끄러진 언어, 내면이라고 추정할 수 있는 언어를 여기서는 전제하지 않는다. 내면이라는 추상을 문제삼지 않는다. 그러한 높은 자리, 다른 언어들의 연쇄에서 벗어나 그것을 논평하는 메타의 자리를 인정하지 않는 것이다. 따라서 라캉에게 "메타언어는 존재하지 않는다". 아마도 메타시 역시 마찬가지일 것이다.

어떤 시를 옹호해야 할 것인가

―개척이냐 세련이냐

1. '옹호'의 의미

시라고 하는 것은 무언가 다른 것이다, 이를테면 시는 정치와 다른 것이다, 라고 생각하고 싶어하는 사람은 이 글의 주제인 '시의 옹호'에 대해서 언뜻 불편함을 갖게 될 것이다. 옹호라는 것은 여하한 경우에도 편을 들어주는 것이고, 시는 어떠한 종류의 편들기와도 가깝지 않은 것이 아닐까 짐작되기 때문이다. 그에게는 다음과 같은 원론적인 문제들, 즉 시를 무엇으로부터, 어떤 상황으로부터 옹호해야 하는가, 그러한 경우에도 시를 옹호할 필요가 있는 것인가, 나아가 여러 정황을 차치하고 시는 옹호될 수 있는가, 시를 옹호하는 것은 불가능한 것이 아닌가 하는 복잡한 생각들이 잇달아 떠오르게 되는 것이다. 확실히 이러한 문제들 각각은 시에 대해 생각해볼 수 있는 중요한 면면들을 가지고 있다. 더욱이 '문학 자체가 문화의 아웃사이더가 된 시대*에, 구체적으로는 시의 영향력과 영역이 나날이 축소되어가고 있는 때에 시의 옹호를 둘러싼 이러한 문제제기들은 민감하면서도 방어적인 논쟁으로 비춰질 수도 있을 것 같다. 요컨대 시의 옹호라는 것은 단지 시만은 아니고 시가 놓이게 되는 정황과 시의 통시적, 공시적 성격 전반을 아우르게 되는 것이다.

하지만 이 글은 이러한 맥락을 따라가지 않으려 한다. 시의 옹호를 둘러싼 전반적인 논의가 아니라 어떠한 시를 옹호할 것인가 하는, 다소 각론적인 과제에 초점을 맞추려는 것이다. 이는 여러 복잡한 논의에도 불구하고 우리가 시를 옹호해야 한다면 과연 어떠한 시를 옹호하는 것이 옳은가 하는 단도직입적인 문제제기이다. 그리고 이러한 구체적인 개진은 역으로, 산적한 원론적인 문제들을 해결하는 데 일정한 역할을 할 수도 있을 것이다.

그런데 이 각론적인 주제는 석연찮은 느낌을 주는 것임을 먼저 고백해야 할 것 같다. 어떠한 시를 옹호할 것인가 하는 제기는, 시의 옹호라는 보편성을 넘어서서 무언가 파당적인 냄새가 나는 듯 여겨진다. 적절한 옹호가 되었든, 잘못된 옹호가 되었든, 옹호라는 것이 이제는 편을 나누고 드러내놓고 지지를 하려는 것은 아니냐는 의심을 불러일으키게 되는 것이다. 무엇보다도 정치적인 이해타산의 논리와 시의 위의를 엄정하게 구별하고 싶어한다면 이 의심은 설득력을 갖는 것으로 보이기도 한다.

---

* 보토 슈트라우스, 『커플들, 행인들』, 정항균 옮김, 을유문화사, 2008, 112쪽.

이에 대해서는 한편으로 다음과 같은 상황도 기여하는 바가 있다. 오늘날 시가 순수하게 문학적으로 수용되는 것이 가능한가, 시가 제도 속에서 작동하는 한 이데올로기적 옹호와 같은 비문학적인 권력의지와 결합하는 것이 아닌가 하는 의구심이 바로 그것이다. 이것은 예전과는 비교도 할 수 없을 정도로 시의 유통이 비평이나 특정한 문학 잡지사, 출판 권력과의 공생을 그만둘 수가 없는 작금의 상황에서 어떤 시의 옹호를 거론하는 것 자체가 문학적 패권을 둘러싼 각축으로 보일 우려가 있다는 점에 기인한다. 요컨대 어떤 시를 순수하게 옹호하는 것은 있을 수 없다는 생각을 무시할 수 없는 것이다.

실제로 특정한 시, 특정한 유파의 시를 옹호하는 것은 파당성과 이를 둘러싼 비문학적 의도의 개입이라는 이데올로기적인 혐의를 받을 수 있다. 이를테면 서정 시인의 시를 옹호한다거나 아방가르드의 어느 시편들을 옹호하는 것은 시문학사에서 숱하게 진행되어 온 입장과 논쟁의 재현이나 반복이며, 이의 확인에 귀속되는 것이다. 물론 문학이 진공 속에서 움직이는 것이 아니라 제도이고 역사이며, 대결이고, 영향인 것을 간과하는 것은 아니다. 어느 한편으로 보면 문학은 이데올로기적으로 옹호되거나 비옹호될 뿐, 다른 가능성이 없어 보이기까지 하는 측면도 있다. 모든 예술이 그러하듯이 문학도 결국 입장과 태도의 산물인 면이 있으며 작품에 대한 평가역시 이와 같은 관점에서 자유로울 수가 없는 것이다. 오히려 결과적으로만 본다면 어떤 작품에 대한 옹호란 부득이하게도 필연적인 것이며, 부작용을 낳으면서 실체를 얻는다고도 할 수 있다.

하지만 이렇게 충돌하는 상황을 모두 고려한다 하더라도 특정한 개인이나 유파의 시를 들어 옹호를 하는 것은 경우에 따라 문학적이고 생산적인 행위는 아닐 수 있다. 그보다 어떠한 시를 옹호할 것인가 하는 야심찬 문제는 스스로 질문의 불순성과 무의미를 벗어나 보다 본질적인 문제로 전환될 필요가 있다. 이를테면 옹호를 특정한 시인의 시, 특정한 유파의 시에 대한 지지에서 시의 어떤 특정한 성격에 대한 지지로 대체하는 것이다. 얼핏 보면 크게 다를 바 없지만 양자는 분명하게 다르다고 해야 한다. 전자는 문학의 유통에 보다 더 관계된 것이요, 후자는 생산 쪽에 더 근접한 문제이기 때문이다. 후자는 어떤 시를 옹호해야 할 것인가 하는 문제를 원론적이고 본질적인 문제로 정향시키는 발상이라 할 수 있다.

이 글은 이와 같은 인식하에 어떠한 시, 즉 어떠한 성격의 시를 옹호해야 할 것인가를 생각해보는 글이 될 것이다. 시의 위기라고들 한다. 이상한 이야기지만 시가 게토화하는 현상과 많은 시가, 많은 사람에 의해 쓰이는 현상이 공존하고 있다. 시의 영향력은 줄어드는데 이 축소된 영토 안에서, 생산과 소비의 시간적, 공간적 거리가 사라져가는 시의 민주주의가 전개되고 있다. 시의 위기와 시의 민주주의는 서로 관련이 있는 것인가? 그렇다면 시라는 것이 누구나 쓸 수 있고 향유할 수 있는 것이 되어가는 상황에서 시의 어떠한 성격을 들여다보고 옹호하려는 것은 무슨 의미가 있을까?

2.「공자의 생활난」과「풀」

한 시인이나 시대를 예를 들어 말할 때 우리는 시기별 특성으로 살펴볼 때가 있다. 썩 마음에 내키지는 않지만 우리는 아직도 태동기나 성숙기, 발전기, 쇠퇴기 등등으로 표현하여 대상이 된 문학의 특징을 설명하려 한다. 이러한 구분의 지표는 무엇일까. 또한 이 구분이 반드시 연대기적인 것이 아닐 때에도 사용될 수 있다면 그 기준은 무엇일까. 왜 한 시인의 시가 초기와 후기가 다른 것이며, 다른 예술의 장르보다도 유독 시에서 초기 시가 후기 시보다 더 의미를 갖는 경우가 많을까.* 우리는 왜 젊은 시인의 출현에 관심을 기울이며, 그들의 미숙함에도 불구하고 탄성을 갖다 바치고, 그들이 조정과 성숙의 시기에 들어서기가 무섭게 몸을 돌려 또다른 젊음의 침입을 찾고자 두리번거리는 것일까. 아마도 이러한 문제들은 유사한 어떤 지점에 원인을 두고 있는 것이 아닐까 생각된다.

여기서 한 예를 들어보는 것이 좋을 것 같다. 김수영의 잘 알려진 시 두 편을 비교해보기로 하자.

---

* 일률적으로 말하는 것에 무리가 있지만 초기 시의 시적 의미는 후기 시를 능가하는 경우가 더 많다고 보아야 한다. 물론 릴케의 경우처럼 최후에 쓴 『두이노의 비가』나 『오르페우스에게 바치는 소네트』가 자타가 공인하는 시인의 대표작이 되는 경우도 있다. 하지만 릴케의 경우에 있어서조차, 아니, 더 적절한 예로 릴케의 후기 시는 그의 이전의 사물시편에 비해 관념적이고 사유의 침거로 기울어져 있다고 생각된다. 시가 현자가 되기 위한 것이 아니라는 데 동의한다면, 그의 후기의 시적 모험은 그 넓은 날개에도 불구하고 형이상학의 전개로 무거워져버렸음을 바로 간파할 수 있다.

꽃이 열매의 상부(上部)에 피었을 때

너는 줄넘기 작란(作亂)을 한다

나는 발산(發散)한 형상(形象)을 구하였으나

그것은 작전(作戰) 같은 것이기에 어려웁다

국수―이태리어(伊太利語)로는 마카로니라고

먹기 쉬운 것은 나의 반란성(叛亂性)일까

동무여 이제 나는 바로 보마

사물(事物)과 사물의 생리(生理)와

사물의 수량(數量)과 한도(限度)와

사물의 우매(愚昧)와 사물의 명석성(明晳性)을

그리고 나는 죽을 것이다

                              ―공자(孔子)의 생활난(生活難), 1945

풀이 눕는다

비를 몰아오는 동풍에 나부껴

풀은 눕고

드디어 울었다

날이 흐려서 더 울다가

다시 누웠다

풀이 눕는다

바람보다도 더 빨리 눕는다
바람보다도 더 빨리 울고
바람보다 먼저 일어난다

날이 흐리고 풀이 눕는다
발목까지
발밑까지 눕는다
바람보다 늦게 누워도
바람보다 먼저 일어나고
바람보다 늦게 울어도
바람보다 먼저 웃는다
날이 흐리고 풀뿌리가 눕는다

—「풀」, 1968

　「공자의 생활난」은 「묘정의 노래」와 함께 김수영의 최초의 시이
며 「풀」은 그가 생전에 남긴 최후의 시이다. 23년의 격차를 두고 쓰
인 최초와 최후라는 이 두 편의 시는 평자들로부터 거의 상반된 평
가를 얻었다. 대개의 평이 「공자의 생활난」은 모더니즘의 미숙한
포즈이며, 「풀」은 시적으로 성숙한 완성미에 도달한 시라는 것이

다.* 우선 이러한 평가의 기준이 되는 것이 무엇인지를 생각해볼 필요가 있다. 성숙과 완성미라는 것이 가리키는 것은 무엇일까.

김수영을 예로 들어 한 시인의 기나긴 시력을 두고 볼 때 가장 있음직한 경로는 세련화일 것이다. 정제와 세련화는 시인이 말의 구사의 폭과 묘미를 이해하고 언어의 선택과 배열에 능숙해진다는 것을 의미한다. 이러한 능력은 각고의 노력에 힘입어 결과하는 것이며, 한편으로 의미와의 긴밀한 관련이 결정적인 역할을 한다고 할 때 시인의 연륜이 더해져 인간과 세계에 대한 사유가 깊어져갈수록 시가 정교해지리라는 것은 미루어 짐작할 수 있다. 요컨대 시를 읽고 쓰고 경험할수록 나날이 시인의 언어가 성숙해지며 이른바 우리가 한 편의 시에서 취할 수 있는 사유와 언어의 복합적인 숙성도가 높아지리라는 것을 기대할 수 있는 것이다.

확실히 김수영의 시에서 「풀」은 「공자의 생활난」에 비해 많은 사람들이 생각하는 것과 같은 절제와 완숙의 미가 있어 보인다. 풀/바람, 눕는다/일어난다, 운다/웃는다의 간결하고 거의 정확한 배치

---

* 김수영의 문학 세계에 대한 논문들을 모아놓은 『김수영의 문학』(민음사, 1983)에서 두 시에 대한 평문들을 찾아볼 수 있는데 대개 「공자의 생활난」에 대해서는 혹평을 하고, 「풀」에 대해서는 상찬을 하고 있다는 점에서 논자들의 의견이 크게 다르지 않다. 「공자의 생활난」에 대한 혹평을 예로 들어보면 염무웅은 "반쯤 장난삼아 억지로 만들어낸 작품" "독자를 낭패시키는 소격 효과" "전형적인 모더니즘 계열의 난해시"(「김수영론」, 141~142쪽)로, 유종호는 "난해의 포우즈" "모더니즘 특유의 촌스러운 현학 취미"(「시의 자유와 관습의 굴레」, 244~245쪽)로 비판했다. 이에 비해 「풀」은 대부분의 논자에게서 좋은 평을 얻고 있는데 대표적으로 김종철은 "탁월하게 균형 잡힌 시적 세계" "일체의 군더더기가 배제된 거의 완벽한 언어 경제" "뛰어난 형상화" "유례없는 시적 성취"라는 말로 극찬하고 있다(「시적 진리와 시적 성취」, 99~101쪽). 김주연은 두 시 사이의 간극에 주목하면서 "두 작품에서 느껴지는 첫인상은 물론 시 자체의 성숙도에 관한 것뿐 아니라 그 세계가 매우 다르"며, 따라서 그 차이는 김수영이 "얼마나 큰 시적 성장을 이룩했는지를 압축해서 보여준다"고 술회하고 있다(「교양주의의 붕괴와 언어의 범속화」, 262쪽).

는 있을 법한 혼란과 미숙함을 몰아내고 풀의 전형적인 존재론을 창출해 우리 앞에 시연해 보인다. 이 대구와 대조, 반복과 병치는 그 자체의 언어적, 구성적 쾌감을 이끌어내는 건축의 원리와도 같다. 따라서 「풀」에서 특유의 리듬 감각을 읽어내는 것*은 김수영의 언어 배치에 조금만 주의를 기울이면 금방 공감할 수 있는 일이다. 「풀」은 사실상 리듬에 의해 압도된, 한 편의 음악의 차원으로까지 여겨지는 바가 있는 것이다.

시에서 언어의 선율과 화음의 중요성에 주목한 것은 엘리엇이었다. 그는 한 평문에서 "시가 어떠한 형, 정교한 패턴으로 돌아가려는 경향은 영속적"**이라 했다. 이 말은 시의 발전이라는 것이 무엇인가에 대해 많은 것을 시사해준다. 시는 사실상 자유에 머무르려하지 않는다는 것이다. 시의 자유라는 것은 수많은 어리석음과 혼란, 모험과 날것의 거친 언어들이 횡행하는 것과 다르지 않다. 이 지대에 머문다는 것은 시인의 미숙함 때문이지 선택은 아닌 것이다. 시는 필연적으로 더 정교하고 세련된 방향으로 나아간다. 패턴으로 돌아가고자 한다는 것은 정제되고 고도로 구조화되는 방향으로 흘러갈 수밖에 없는 시의 운명에 대한 암시라 할 수 있다. 엘리엇은 이를 음악적으로 추상화되는 방향으로 생각했다. 「풀」이 음악에 가깝다고 느낄 때, 우리는 이 시에서 풀의 패턴화된 공명과 화음, 선율을 듣는 것이며, 이로써 감동과 쾌감을 느낀다. 이 세련미는 아주 쾌적한 것이다. 우리는 이 시에서 풀의 비선율은 도무지 들

---

* 서우석, 「김수영: 리듬의 희열」, 같은 책, 183~185쪽.
** T. S. 엘리엇, 「시의 음악성」, 『엘리어트 문학론』, 최창호 옮김, 서문당, 1972, 58쪽.

을 수가 없다. 이것이 「풀」의 감동이요, 미덕인 셈이다.

하지만 한편으로 생각해보고 싶어진다. 그 자체로 비정형적이고 비결정적이었던 풀의 선들은 다 어디로 갔을까. 그 무수하고 다양한 몸짓들은 어떻게 통일된 것일까. 아름다워지고 쾌적해지기 위해 풀을 질서지웠는데, 덩달아서 아름다움이라는 것도 질서화되어버린 것은 아닐까. 분명한 것은 풀의 화음에의 가담은 부득불 풀의 비가담을 억누른 효과라는 점이다. 풀은 무엇인가를 잃어버리게 되었다. 풀은 추상화되었으며 이제 그것은 자유가 없다.

세련되고 정교해진다는 것은 필연적으로 내밀화되는 과정과 연결된다. 이 과정의 가치는 물론 강조할 필요도 없이 자명한 것이다. 하지만 이러한 내면화는 부득이하게 구체적이고 시끄럽고 활기찬, 아직 의미의 조준을 받지 않은 언어의 많은 생살을 도려내게 된다. 이것은 부유물이고 유동적이고 포획되지 않는 부분들이다. 이 부분을 말끔히 제거하고 깔끔한 언어의 구획을 이루는 것을 지금까지 우리는 시의 성숙이요 발전이라고 부른 것은 아닐까.

「공자의 생활난」은 누가 보아도 「풀」에 비해 미학적 처리가 미숙해 보이기만 하는 면이 있다. 거칠고 매끄럽게 연결되지 않으며, 무엇보다 다음과 같은 말들, 즉 "국수—이태리어(伊太利語)로는 마카로니라고/먹기 쉬운 것은 나의 반란성(叛亂性)일까" "동무여 이제 나는 바로 보마/사물(事物)과 사물의 생리(生理)와/사물의 수량(數量)과 한도(限度)와/사물의 우매(愚昧)와 사물의 명석성(明晳性)을//그리고 나는 죽을 것이다"는 전혀 시적인 말로 보이지 않는다. 서투르게 튀어나와 있는 이 직설적인 구어체는 우리를 어리둥절하게 만드는 것이다. 이렇게 직접적인 언어 구사를 시에서 할 수 있는 것일까. 이제부터 사물의 이러저러한 면모를 바로 보겠다, 그리고 죽을 것이다, 라는 공언이 어떻게 시가 될 수 있을까. 이것은 노골적으로 일상적인 말의 화법에 지나지 않는 것이 아닌가?

여기 언어의 두 극단적인 축이 있다. 한쪽은 극히 정교하고 다듬어져 있고 구성적이며 수사적 체계를 거느리고 있고, 따른 한쪽은 무차별적이며 질서화되지 않고 연결 고리가 형성되지 않은, 그야말로 허술하기만 한 것이다. 새삼스럽지만 지금까지의 문학비평은 일제히 전자를 시의 기준으로 삼는 것을 당연시했다고 할 수 있다. 이와 같은 관점에서 「공자의 생활난」은 「풀」과 같은 작품이 될 때까지 끝없이 버려지고 고쳐지고 정련되어야 하는 미흡한 것으로 여겨진 것이다. 혼돈 속에서 하나의 질서를 건조하는 것, 이것이 의심할 바 없는 시의 정향이 되어온 까닭이다.

하지만 만약, 전자뿐 아니라 후자도 나름의 좋은 시라면? 나아가 오히려 이것이 더 시의 본령에 가까운 것이라면? 시에는 발전이라는 것은 없고 피차 상이한 가치와 동기들이 들어 있기 마련이라는 것을 받아들인다면? 이와 같은 가정들을 가지고 우리는 이제까지의 평가를 한번 되짚어볼 수도 있을 것이다. 사실 시의 정교화라는 것은 우연적이고 일시적인 요소들을 제거하고 상대적으로 높은 수준의 질서를 구축하는 것에 다름아니다. 하지만 이것은 한편으로 삶과 세계의 구체성으로부터 멀어지는 것이다. 이 과정은 엄밀히 본다면 시보다는 음악이나 철학에 훨씬 익숙한 것이기 쉽다.

그러므로 달리 생각해보는 것이 좋을 것 같다. 시는 이렇게 제거하기보다는 지속적으로 접촉해나가는 것이라고. 부유(浮游)를 질서짓는 것이 아니라 질서를 부유하게 하는 것이라고. 어쩌면 시는 부유일지도 모른다. 엘리엇은 또 한편 같은 글에서 "시에 있어서의 모든 혁신은 일반적인 담화로 복귀하려는 경향"*이라는 주목할 만한 발언을 하고 있다. 일반적인 담화, 즉 구어는 살아 움직이는 언어이다. 그것은 현재적인 것이며, 생장과 소멸, 변화의 소용돌이에 있는 것이다. 시가 질서화되고 미적으로 양식화되는 것은 바로 이 살아 있는 언어와 멀어지는 것이다. 체계는 완성되고 곧 낙후될 것이다. 그러므로 혁신이라는 것은 질서로의 일방통행을 뚫고 일반적인 담화의 살아 꿈틀대는 현재성, 표류성으로 돌아가고자 했을 때 가능한 것이다.

역사를 되돌아보건대 모든 위대한 시는 혁신시키는 시이다. 시가 위대한 것은 시가 언어의 혁신 쪽에 서 있기 때문이다. 김수영의 위대성은 정밀한 형식의 탐구에서 찾아질 수 있는 것이 아니다. 사실 그의 시에서 「풀」과 같은 완성도가 높은 시는 많지 않다. 그의 시는 시종 와자지껄하거나 우물쭈물 중얼거리거나 이렇게저렇게 두리번거리고 흘러다니는 말들의 유동성으로, 마구 출현하는 돼먹지 못한 말들이나 새로운 언어들의 혼잡으로 채워져 있다. 정제되지 않은 놀라운 구어체의 혁명이 그의 시를 시종 관통하고 있는 것이다. 이것이 가장 김수영다운 것이다. 조직화되지 않은 일상어가 직접적으로 일어서 있는 이 풍경은 그야말로 시의 혁신이었다. 그의 생각

---

* T. S. 엘리엇, 「시의 음악성」, 같은 책, 50쪽.

이나 언어는 스스로 회로를 만들고 패턴화되기보다는 세속과 현재에 부단히 몸 섞기를 실천한 것이다.

3. 시적인 것의 단념

엘리엇은 "시인의 직무가 주로 그리고 언제나 언어의 혁신을 수행하는 것이라고는 믿고 있지 않다"라면서 "개척 시대가 있고, 한편 그 개척한 영역을 발전시키는 시대도 있는 것"[*]이라 말하고 있어서 시의 개척이나 발전을 각 시대별 특성으로 구분지어 평이하게 설명한다. 하지만 개척이 없는 발전이란 불가능한 것이요, 시문학사라는 것은 개척의 지점들을 연결한 지도에 다름아니라는 사실을 상기해본다면 개척의 중요성은 아무리 강조돼도 지나치지 않다. 발전은 개척에 뒤이어 오는 것이지만 개척은 발전을 기다리지 않는다. 그것은 어느 때라도, 발전의 시대라 할지라도 일어날 수 있고 일어나야 한다. 시의 혁신이라는 것은 지속적인 쇄신이 가능한 무궁한 창조의 영역인 것이다. 나아가 지속적인 개척만이, 이것이 가능하게 되었을 때에야, 크게 보아 발전이라 할 수 있다.

이렇게 생각했을 때, 좋은 시인은 자신의 시대가 개척이냐 발전이냐의 성격과 무관하게 개척하는 시인이라 할 수 있다. 이 말을 좀 더 진전시켜보면 좋은 시인은 자신의 시가 발전의 양상으로 접어

---

[*] T.S. 엘리엇, 같은 글, 57쪽.

들었을 때 이를 추수하기보다는 발전과 동시에 혁신을 꾀할 수 있는 시인이어야 한다는 것이다. 지속적으로 개척하는 것은 물론 쉽지 않은 일이며 몹시 소진적인 일일 수 있다. 하지만 이 지난한 일을 우리는 시에서 기대한다.

개척에서 발전까지의 면모를 보여준 예가 김수영이다. 혹자는 김수영의 마지막 시인 「풀」을 들어 그가 좀더 살았더라면 「풀」과 같이 원숙하고 정련된 시들을 이후에 선보였을 거라는 기대와 아쉬움하에 김수영의 시가 발전해나간 양상에 고무되었을 수도 있다. 물론 생존했다면 김수영이 「풀」 이후에 어떠한 시를 썼을지에 대해 함부로 예단할 수는 없는 일이다. 하지만 「풀」과 같은 방식으로 일방적으로 진행된다면 김수영적인 혁신, 언술의 혁신은 사라지고 말지도 모른다. 문학적 정련이라는 것은 정확히 말해서 낙후와 아주 가까운 곳에 위치하고 있는 까닭이다.

이제까지의 논의를 종합해보았을 때 시라는 것은 개척적이고 언제나 새로워야 한다는 것을 부연할 필요도 없어 보인다. 새롭다는 것은 동시대성을 느끼게 하는 것이다. 동시대의 언어, 동시대의 담화라는 육체말이다. 그리하여 현재가 미증유의 모습으로 우리 앞에 드러나야 한다. 혁신이란 바로 현재를 전면화하는 일이다. 거기에는 아직 체계화되지 않은 불확정성이 있다. 자유냐 세련이냐, 개척이냐 발전이냐, 라는 지금까지의 구분이 실로 거칠고 딱딱한 분류임에 틀림없다 할지라도 이 양극의 어느 쪽을 중요하게 생각하느냐는 매우 중요한 관건이다. 어느 쪽의 시를 택하느냐에 따라 어떤 시를 옹호해야 하는가 하는 애초의 우리의 문제 제기는 명백해진다.

어디로 가도 싶다고 했었죠?
네?
어딘가로 가고 싶다고 하지 않았어요 지난번에?
제가 그랬나요?
스칸디나비아반도 근처였던 것 같은데요
아, 핀란드요?
아, 핀란드

맛도 없는 싸구려 와인을 몇 곱절의 값을 내고 마시던 저녁이었다
비가 오지 않았더라면 놀이터에 앉아서 맥주를 마셨을 거였다

핀란드에는 왜 가고 싶어요?
그냥요, 겨울만 있잖아요
추운 게 좋아요?
예전에는요

—김이강, 「핀란드」 부분

"새는 냄새가 거의 나지 않습니다. 새는 스스로 목욕하므로 일부러 씻길 필요가 없습니다."

나도 모르게 소리내어 읽었다 새를

키우지도 않는 내가 이 책을 집어든 것은

어째서였을까

"그러나 물이 사방으로 튄다면, 랩이나 비닐 같은 것으로 새장을

감싸주는 것이 좋습니다."

— 황인찬, 「구관조 씻기기」 부분

금요일 밤인데 외롭지가 않다

친구에게서 전화가 온다

집에 있는 게 부끄러울 때도 있다

줄넘기를 하러 갈까

바닥으로 떨어진 몸을 다시 띄우는 순간엔 왠지 더 잘생겨지는

것 같다

얼굴은 이만하면 됐지만 어제는 애인이 떠났다

나는 원래 애인이 별로 안 좋았는데 싫은 티는 안 냈다

애인이 없으면 잘못 사는 것 같다

야한 동영상을 다운 받는 동안 시를 쓴다

불경한 마음이 자꾸 앞선다 근데 왜 내가 뭐

그래도 서른한 살인데

머릿속에선 이렇게 되뇌지만 나는 인정 못 하겠다

열 시도 안 됐는데 야동을 본다

금방 끈다

그래도 서른한 살인데

침대에 눕는다

잔다 잔다 잔다

책을 읽다가 다시 모니터 앞으로 온다

그래도 시인인데

애인이랑 통화하느라 못 쓴 시는 써야지

애인이랑 모텔 가느라 못 쓴 시는 써야지

야동 보느라 회사 가느라 못 쓴 시는 써야지

만두 먹어라 어른이 방문을 열고 들어온다

다행히 오늘은 바지를 입고 있다

—이우성, 「이우성」 전문

최근의 젊은 시인들의 첫 시집에서 한 편씩 골라보았다. 세 편의
시에서 공히 느낄 수 있는 것은 지금까지 시적인 것, 시적인 상태라
고 여겨져왔던 것의 일대 전환이다. 의미와 상징의 질서라는 겹겹
의 숲으로 인도되었던 지금까지의 시들과 달리 이 시들에는 그러
한 숲이 없다. 원근법으로 이루어진 숲이 없다. 원근법이 없으므로
우리는 이것을 어떻게 읽어야 할지 당혹감을 느낄 수도 있다. 즉물
적인 상태로 보이는 이 시들은 지금까지의 시의 문법으로 본다면
문학적 제련을 더 받아야 할 것 같은, 아직 비문학적인 것으로 보일
수도 있다. 다시 말하면 이 시들은 질서나 포장이 없는 그대로 드러
나 있다.

하지만 생각해보면, 시의 혁신이라는 것은 우리에게 익숙한 질서에서 몸을 일으킬 때 가능해지는 것이다. 이 시들은 시적 정련이라고 하는 길에서 무심하게도 튀어나와 있다. 이들의 문학사적 의의는 조금 더 기다려 시간의 판정을 받아야 할 것이지만, 다만 여기서 지적할 수 있는 것은 화장을 하지 않은 맨얼굴 같은 이 시들은 문학적 담화에서 일반적인 담화로 포진해 들어간 시들이라는 점이다. 소위 문학적인 것, 그 정제된 가공에서 몸을 돌려 일상어로 들어설 때, 혁신이 일어난다는 것이다. 이것은 자유이고, 일상어의 자유이다. 그리고 이 자유 속에서 우리는 지금, 여기에 있는 현존재를 발견한다. 아직 관념화되지 않은 우리의 존재론이 가능해지는 순간을 본다. 문학에서 현재가 언제나 가능한 것은 아니다. 오히려 몇몇 시인에게서, 몇몇 작품에서 현재가 가능해지는 것이라 말해야 한다. 그것은 엄밀히 말하면 문학적인 것, 시적인 것의 포기 위에서 가능해진 현재이다. 문학의 역사는 역설적이게도 문학적인 것의 포기를 통해 다시 가능해지고 혁신된다. 현재는 언제나 불시착의 현재이기 때문이다.

시가 있을 곳은 바로 여기이다. 언어가 가장 왕성하게 운동하고, 질서의 호위를 받지 않는 곳, 관습으로 촘촘해지지 않는 곳, 느슨한 곳, 여기에 시는 있어야 한다. 언어의 전선, 언어의 변방에 시는 있어야 한다. 하지만 이 변방은 첨단이다. 우리가 옹호를 해야 한다면 시적인 것을 정제하고 추구하고 있는 시가 아니라 지속적으로 시적인 것을 단념하는, 이와 같은 첨단의 시를 옹호해야 하는 것이 아닐까. 시가 여기에 있는 한 시는 소멸하지 않는다.

지향하지만 지향하지 않는 것

1. 시의 위치

시란 무엇인가, 시는 소멸하고 있는 것이 아닌가, 하는 질문은 언제나 존재해왔다. 이러한 질문들이 제기되는 이면에는 여하간 시는 좀 별다른 것이라는 생각이 들어 있을 것이다. 그렇지 않다면 그것은 대체 무엇인가 하는 물음이 특별히 있지도 않을 것이며, 또한 소멸하든 말든 의식되지도 않을 것이기 때문이다.

여기서 시란 어떠한 종류의 글쓰기이며, 무슨 운명을 맞이하고 있는가에 대한 이야기 자체가 시의 고유성을 시사하는 것이라는 당연해 보이는 지적에서 시작하려 한다. 하지만 이를 시의 내용이나 형식 면에서 접근하지는 않을 것이다. 한 편의 시를 이루고 있는 내용들, 주체나 대상, 세계의 문제들, 그리고 이를 표현하는 형식의 문제, 기법이나 양식으로 분석을 하려는 것이 아니다. 시를 내용과 표현의 문제로 보는 것은 언제나 효과가 따라붙는 적절한 해법은 아니다. 이러한 태도는 시란 무엇인가에 대해서 안전하게 포괄적인 논의를 불러일으킬 따름이다. 이 글은 그렇게 전반적인 문제를 다룰 준비도, 의도도 가지고 있지 않다.

이 글은 시란 무엇인가, 어떤 시를 지향하고자 하는가, 하는 논의를 내용이나 형식 면에서가 아니라 위치에 의해 살펴보고자 한다. 다시 말해 시란 어디에 있는 글인가, 어디에 있어야 하는가, 또한 어디를 넘어서는가 등등이다. 위치를 묻는다는 것은 시의 언어적 성격의 의의를 통시적이고 공시적으로 조망하는 것이다. 이러한 이야기들이 어우러져 시의 독자성이 두드러지는 계기가 될 것이다.

우선, 기본적으로 시는 인간의 언어활동의 가장 유동적인 부분에 위치한다고 할 수 있다. 여기서 유동성이라는 것은 부동성이라는 대비항과 같이 생각해보는 것이 좋을 것이다. 존재하는 온갖 종류의 글들을 일렬횡대로 늘어놓는다면, 그 지시하는 바가 얼마나 명확하고 고정적이냐 그렇지 않냐 하는 정도에 따라 좌에서 우까지, 혹은 우에서 좌까지 다양한 종류의 글이 배열될 수 있다. 좌든 우든 어느 쪽이어도 상관없다. 중요한 것은 이때 시라는 것이 고정적인 글쓰기 형식과 가장 대척점에 자리할 것이라는 점이다. 즉, 누구나 오해 없이 동일한 뜻으로 이해하는 확고한 언어, 이를테면 수학이나 과학, 법전의 언어가 한쪽 끝에 자리하고 있다면, 그와 가장 먼 곳에 시의 언어는 존재한다. 이를 어떠한 이유로 논증해도 관계없다. 시의 상징이나 함축으로, 혹은 형식상의 자유나 다양성으로 설명해도 좋다. 시는 분명히 고정적이지 않다. 정확한 뜻이나 의미를 가지는 것도 아니다. 미정형적이거나 애매한 것은 두말할 것도 없이 시의 흠이 아니라 장점에 해당된다.

시가 딱딱한 것이 아니라 말랑말랑한 것, 고정된 것이 아니라 가변의 것, 부동이 아니라 유동이라는 주지의 사실, 이것이 언제나 중요하다. 이 말은 단단하고 고정불변하고 부동의 성격을 지니는 글은 그것이 시의 외장을 하고 있어도 시가 아니며, 시 반대편의 글에 가까워진다는 것이다. 굳어진 감각이나 사유는 굳이 시라고 할 수도, 할 필요도 없다. 대신 갓 태어난 소리, 향기, 촉감, 움직임을 지니고 있는 말이 시라고 할 수 있다. 이는 언어의 딱딱한 관절이 형성되기 이전의 상태이다.

시가 언어의 최초의 자리, 굳어지기 이전의 자리에 위치한다고 하는 것은 분명 시의 운명에 시사하는 바가 있다. 시가 이렇게 언어의 최초의 활성에 해당한다면 시가 사라진다는 것은 전혀 그럴 법하지 않은 일이다. 그것은 언어의 생성과 운동의 자리가 쇠퇴한다는 것이며 곧 언어의 죽음으로 이어지기 때문이다. 시가 없으면 언어는 곧바로 죽음인 것이다. 요컨대 어떠한 언어든지 생성과 발전, 진화, 쇠퇴의 다양한 모습을 모두 지니고 있는 유기체라면 그 활동의 본령인 시는 결코 소멸할 수가 없다. 시는 그 자체로 살아 있는 언어의 증거이며, 한 언어가 움직일 수 있는 폭과 공간을 가리키는 것이다.

2. 위치 내에서의 위치

시가 수학이나 과학의 언어와 반대되는 곳에 위치한다고 하는 것은 물론 기본적인 전제에 지나지 않는다. 좀더 구체적으로 다가가보면 시의 위치 안에는 한 편 한 편 상이한 편차를 가진 시들이 존재하는 것은 말할 것도 없다. 당연한 이야기지만 시 안에는 다시 유동과 부동의 스펙트럼을 다양하게 드러내는 시들이 포진되어 있다. 이것을 (시라는) 위치 내에서의 (개별적 시의) 위치라 부를 수 있을 것이다.

한 언어가 굳어지지 않도록 언어의 활성으로 존재하는 것이 시 본연의 모습이기는 하지만 사실 이것은 몇몇 선구적 경우에 해당되는 것이기 쉽다. 시 안에서도 그 활력을 추동해내는 시가 있는가 하면 분명 활성이 둔화되는 시도 있다. 보다 더 많은 에너지와 감각의 생성, 교란이 진행되는 시가 있는가 하면 확산의 속도가 느려지면서 이것이 공유되고 진정되는 시가 있는 것이다. 감각도 진화하고 생사의 흐름에 있다. 지속적으로 새로운 감각을 창출해내는 것은 용이하지 않으며, 이미 산출된 것은 적응을 거쳐 소비된다.

시도 다른 예술 패턴과 마찬가지로 생산과 소비가 별도로, 혹은 약간의 시차를 가지고 이루어진다. 시기에 따라 생산과 소비의 격차가 많이 벌어지는 때가 있는가 하면 거의 동시에 이루어지는 경우도 있다. 물론 생산은 소비를, 그리고 소비 역시 생산을 일정 부분 추인하지만 그렇다 하더라도 생산이 더 많이 발생하는 시가 있고, 그러한 시의 독특한 위치가 분명코 있다. 모든 시가 같지 않은 것이다. 모두가 모든 것을 동시에 하는 것은 아니다.

요컨대 생산하는 시와 소비하는 시, 유발하는 시와 수용하는 시가 있으며, 이 사이에는 수많은 점이지대가 있다. 어떤 시는 놀라운 활력으로 새로운 것들을, 아직 존재하지 않았던 것들을 보여준다. 그것은 마치 다음 세대에서 벌써 온 것 같은 감각으로 동시대에 충격을 주는 것이다. 시 중의 시랄 수 있다. 집약된 시이다. 여기서 언어는 생명을 얻는다. 언어는 태어나고 솟아오르고 춤을 춘다. 그러므로 그것은 숨길 수 있는 위치가 아니며, 하나의 파격이며, 운동이다. 그것은 당대에는 정확히 알 수 없는 어떤 것을 파급하는데, 그것이 무엇인지 모르는 가운데 효과는 강렬하다. 무엇인가 계속 발생하고 있는 그것은 과연 시의 위치란 무엇인지를 바로 알 수 있게 해주는 것이다.

모든 시는 아마도 이러한 생성의 시, 생산의 시를 지향할 것이다. 무엇을 생산하는가? 새로운 감각, 새로운 코드, 새로운 아이콘, 새로운 화법, 새로운 발성, 새로운 성분을 생산한다. 새로운 원동력으로 새로운 꿈을 생산한다. 무엇을 꿈꾸는가? 아마 전부이다. 가능한 것, 불가능한 것 전부를 말이다. 생산하고 꿈꾸는 것이 시가 하는 일이다. 시 중의 시가 이루어내는 것이다. 시의 활성이란 바로 이것이다.

여기엔 예외가 없다. 소비하는 시도 아마 소비함으로써 실은 생산에 가담하려 한다. 소비하지만 생산한다고 생각하는 것이다. 생산을 포기하는 시는 없다. 포기한다면 시가 아니라 일정한 기획에 따라 만들어지는 공산품에 지나지 않는다. 시는 생성과 활성이라는 제 본연의 모습, 생산의 모습으로 언제나 부활하길 바라며, 정지되어 있는 시는 없다. 시는 무엇보다 시를 지향하는 것이다. 그렇다.

3. 탈위치

시가 시를 향한다는 말은 다시 한번 반복해도 그 자체로 나무랄 데 없다. 그 의미도 줄어들지 않는다. 하지만 한발 물러서서 보면 이러한 말은 편리하고 금과옥조처럼 보일 수 있기에 충분치 않은 면이 있다. 시의 위치라는 것은 그 의의에도 불구하고 구조적 설명에 치우칠 수 있는 것이다. 여기서 더 나아가야 한다. 혹은 반대로 가야 한다. 시는 어떠한 치레로 정향을 드러내주는 지리학에 머무르지 않으며, 외려 궤도를 달리 해 종종 지리학과 대결하는 모습을 띠는 까닭이다. 제 위치에서 빛나면서 한편 모순되게도 이를 흔들어 무력화시키는 것 말이다. 아이러니하게도 시의 위치라는 것은 벗어버리는 데에 의미가 있는 것처럼 보이기도 한다. 이를테면 이렇다.

시 중의 시, 생산의 시는 위치 내의 위치라 할 수 있다. 압도적인 위치이다. 하지만 사실 이러한 시는 위치에 취미가 없다. 그것은 위치를 잡는 순간 이미 위치를 벗어난다. 가장 뚜렷하게 위치한다는 것은 역설적으로 위치에서 자유로워지는 것이다. 그것은 이제 위치 너머로 나아간다. 일종의 탈위치이다. 위치 그 자체이기에, 위치를 잃어버리는 것이다. 그래서 날카로우면서 드넓다.

위치를 벗어났다거나 잃어버렸다거나 하는 것은 구체적으로 무슨 뜻일까. 다른 담론과 구별되는 시의 위치, 그리고 시 안에서 다른 시들보다 더 생산적인 위치라는 이 이중의 위치 감각이 사라져버리는 것은 어떤 의미를 가지는 것일까. 탈위치의 시들을 문학적으로 어떻게 생각해볼 수 있을까.

말 그대로다. 가장 뚜렷하고 생산적인 시, 탈위치의 시는 이상하게 들릴지 모르지만 자신의 위치, 고유성으로부터도 자유로워질 수 있는 시다. 그것은 자신의 독자성에 모든 것을 의지하지 않으며 어느 순간에 이르면 다른 것과의 구별도 중요하지 않다. 경계를 긋는 것이 아니라 반대로 경계를 지우는 쪽에 서는 듯이 보인다. 탈위치의 시는 자신을 헐어 자신이 아닌 것 속으로 스며들어간다. 즉 자신의 생산성을 과감하게 비생산적 언어, 비시적인 관습에 개방하고 자신의 반대편에 있는 것들과 기꺼이 몸을 섞는다. 그리하여 딱딱한 것, 고정된 것, 부동의 것과 거리를 두는 것이 아니라 그것을 뚫고 들어가고 아우르고 불분명해진다. 쉽게 말하면 시적이지 않은 언어 패턴, 사유, 그 모든 것과 더불어 비생명을 나누는 현상이 일어난다. 개별적 위치는 사라진다. 경계가 사라지고 그 위치는 넓어져 모두의 영토가 된다. 가시적 위치를 고집하는 것이 아니라 영토를 확대하는 것이다.

탈위치의 시는 요컨대 자신의 담론의 핵심에 갇히지 않는다. 생산성은 비생산성을 향해 나아가고 비시를 포괄하는 방식으로 비시가 들어서게 한다. 시는 비시를 경유하는 시가 되는 것이다. 시와 비시는 나란히, 같이 있게 된다. 시는 비시고 비시는 시다. 이것은 가장 강렬하게 효과적으로 비시를 습격하는 방식이다. 시와 비시가 서로 넘나들면서 비시의 영역이 어떤 유효한 작용을 하게 만들기 때문이다.

탈위치라 네거티브하게 지칭했을 뿐, 이러한 시를 무어라 말할 수가 없다. 선명한데도 상용중인 언어로 포착되지 않는다. 무심히 흘러가도 머물러 있으며 머물러 있는데도 잡을 수가 없다. 이러한 시는 위치를 알려주는 하나의 입구를 가지고 있지 않다. 입구가 너무 많다면 특별한 패스워드란 무의미할 것이다. 마찬가지로 출구가 너무 많다면 출구를 찾으려 애쓸 필요도 없다. 이러한 시는 입구와 출구의 구별이 없어 우리가 어떻게 들어섰는지 어떻게 시를 통과한 것인지 알 수 없게 한다. 어떻게 이 시를 이해해야 하는지 개괄할 수가 없는 것이다.

그뿐 아니다. 탈위치의 시에는 입, 출구뿐 아니라 안과 밖이 별개로 존재하지 않는 듯 보인다. 세계와의 접촉은 감지되는데 그 경계가 분명하지 않아서 해독 가능한 접면을 추려내기가 쉽지 않은 것이다. 세계에 대한 내면이 없으므로 외면도 없고, 그 역도 마찬가지이다. 드러난 표현과 숨은 의미라는 것도 따로 없다. 이면과 표면의 차이가 존재하지 않는 것이다. 아니, 차이를 사라지게 하는 시이다. 이 시는 어디서 와서 과연 어디로 가는 것인가.

다만 한 가지 분명한 것은 탈위치의 시는 시라는 것이 언제나 동력이지 요소는 아님을 알게 해준다는 점이다. 이때의 동력이란 스스로에게 낯설어질 수 있는 힘, 이질성을 키우는 힘이다. 또한 자신과 닿아 있지 않은 것, 비시적인 것, 아직 시적이지 않은 것으로 향하는 힘이다. 소리, 질료, 물성, 형태를 갖지 못한 것들과 접촉하는 힘이다. 이 힘으로 탈위치의 시는 위치로부터 떨어져나간다. 자신의 무리로부터, 도열해 있는 글쓰기의 위계적 군단으로부터, 기존의 언어적 양상으로부터, 세계에 대한 표상의 구조로부터 지속적으로 스스로 떨어져나간다. 시는 시를 지향하는 것이기에, 시를 떠난다.

시문학사는 기존의 문학사에서 탈위치한 시들을 이은 것에 다름 아니다. 동서고금을 막론하고 이러한 시들은 문학사에 포섭되는 것이 아니라 문학사를 새로 창출해낸다. 오늘의 현대시도 이런 것이 아닐까. 시를 지향하지만 한편으로 시를 지향하지 않는 것, 시를 지향하지 않는 시를 지향하는 것이 아닐까. 오직 벗어나는 것, 떨어져 나가는 것, 위치를 탈위치로 끊임없이 번복하는 것이 아닐까.

세상의 모든 노이즈를 경유하려는 듯이

—섀넌, 정보, 시

무얼 준비하는 사람처럼 매일 아침 신문을 열며 하루를 시작한다. 하지만 이 의식은 무용지물과 같은 것인데, 왜냐하면 밤사이 지구촌 구석구석에서 발생한 일들을 언제나 아무 준비 없이 맞이하는 일이기 때문이다. 벌어진 일들, 그렇다. 이미 벌어진 일들을 맞닥뜨려야 하고, 벌어지지 않은 일들은 거기에 없다. 그리하여 핵무기 개발과 주식 폭락과 테러와 열차 충돌 사고와 총선 결과와 살인 사건이 뒤엉킨 소식들이 한꺼번에 돌멩이처럼 쏟아진다. 예상치 못한 일들에서 충격적인 일들로 연속해서 건너뛴다. 그러다 신문을 접고 하루 일을 보러 나선다. 신문을 가로세로로 두세 번 접어 던져 놓는 것은 그 안에 담긴 온통 기다랗고 흉포하고 고분고분하지 않은 사건들을 대충 구기고 접어서 빠져나오지 못하게 하는 것과 같다. 접는 순간 벌써 다 잊었다.

생활이란 것이 그러하다. 사건 하나하나가 파편처럼 박혀들어도 도대체 무엇인지 잘 모른다. 왜 일어났는지, 어떻게 발전해갈 것인지, 내일은 또 무슨 일이 일어날지 알 수가 없다. 우리는 도무지 내일을 모르는 것이다. 아니 오늘을 모른다. 신문이야말로 날마다 우리의 모름을 확인하고 즐기기 위해 우리 스스로가 창안한 자학적 형식인 셈이다.

물론 신문에는 우리를 대신해 온갖 안다고 하는 전문가들이 진을 치고 있다. 외교와 정치적 사건에는 정치평론가들이, 경제적 상황을 위해서는 경제분석가들이, 사회와 문화와 스포츠에는 그 방면에 밝은 각종의 전문가들이 있다. 그들이 하는 일은 주로 발생한 일의 원인과 의미를 밝혀내고 다음을 예측하는 일이다. 그러나 그 어느 부분을 봐도 그들은 지금 발생한 잘 모르는 일들을 지금까지의 아는 잣대로 접어줄 뿐이다. 거칠고 날이 서 있고 생경한 돌발 사건을, 익숙한, 잘 알고 있는 기준으로 읽어주는 일 말이다.

사실 모든 형태의 지식이라는 것은 이러한 순화 작용의 산물이라 할 수 있다. 어떤 잡다한 형태의 신호들을 우리가 알 수 있는 질서로 체계화시키는 것이다. 우리가 이해할 수 없는 현상에 일정한 패턴의 사유와 언어 구조를 부여하여 앎의 공유를 하게 되는 것이 지식이다. 전문가나 지식인들은 이러한 체화를 도와주며, 이에 힘입어 우리는 잡음을 그냥 놔두지 않고 지식의 형태로 바꾸게 된다. 그리고 그 지식을 정보라 여긴다. 정보란 유용한 어떤 것이어야 하는 것이다.

그러나 여기 이와 완전히 반대되는 생각을 하는 이가 있다. 그가 오늘날의 현실 세계에 미친 영향이 너무 압도적이기 때문에 '통념에 반대되는 소수 의견을 가졌다'는 식으로 말해도 좋을지는 잘 모르겠지만, 미국의 수학자이면서 전기공학자, 정보이론의 창시자인 클로드 섀넌(1916~2001)이 제시한 의견은 오래 두고 생각할 만하다. 수학과 통신을 연결하여 정보 엔트로피 개념을 창안하기도 한 그의 정보이론의 핵심은 정보란 우리가 알고 있는 유의 지식이 아니라 한마디로 예측할 수 없는 노이즈, 잡음이라는 것이다. 즉 계산될 수 있는 것, 예측이 가능한 신호는 정보가 아니다. 그에 의하면 정보는 돌발 상황이며, 엔트로피이며, 변화며, 뉴스다. 그것은 기존의 지식 체계 안에 있는 것이 아니며, 그 바깥에서 예기치 않게 다가오는 것이다. 여기서 바깥이라는 것이 중요하다. 바깥은 언제나 우리가 예측하고 제어할 수 있는 일정한 영역 너머를 가리키기 때문이다. 그곳에서 노이즈나 잡음의 형태를 취하고 있는 것이 정보다. (엄밀히 말하면 '잡음'은 송신자가 수신자에게 보내는 신호에 필연적으로 따라오는 해독되지 않는 신호를 말하지만, 여기서 '바깥'에서 오는 신호는 송신자가 누구인지 알 수 없기 때문에, 잡음 전체를 우리 지식의 한계 즉 정보라고 보아도 틀리지 않을 것이다.)

비트나 엔트로피, 채널 혼선, 암호 해독, 코드의 중복과 오류 등 현재의 정보화 시대 기술이 빚지고 있는 섀넌 이론의 핵심은 정보란 예측 가능성과 상치되며, 모든 돌발 상황은 지식을 이긴다는 것이다. 우리는 지식을 총동원하여 날마다 무장하지만 사실상 언제나 생각지도 못한 상황 앞에 무너지고 기껏 외양간 고치는 식으로 지식을 재정비할 뿐이다. 불확실과 싸우기 위해, 예측하기 위해 지속적으로 지식을 정교화해도 실재란 언제나 우리의 계산 너머에 있다. 따라서 그의 이론이 우리에게 시사하는 중요한 바는 온갖 순결하지 못한 정보를 의미론적 장으로, 해독의 프로세스 속으로 용해시키지 않아야 한다는 점이다. 각종의 통신이나 유전자 지도, 음악, 부동산 서류, 정치 연설문 속에, 스포츠와 주식 시세에 정보가 흘러넘친다. 노이즈가 깔려 있다. 이것들이 가치가 있다면 지식으로 계량화되지 않는 정도와 성격에 달려 있는 것이다.

요는 계량화와 전문화, 추상화 속으로 현상을 끌어들이는 일의 무기력함이다. 이것은 인간의 사유가 갖는 불가피한 일이기는 하지만 이 안전대를 설치하고 나면 우리는 더더욱 현상의 돌발성과 멀어지게 된다. 인간은 생각하는 동물이지만 사실은 생각 속으로 들어서면 안 되는 것이다. 생각을 방어하는 일은 생각의 요새를 키우는 것이 아니라 생각을 무장 해제시키는 일이다. 즐비하고 너절한 세속의 피상적 노이즈와 혼음하는 때만이 우리는 삶을 놓치지 않을 수 있다. 알 수 없는 삶에 막연히 닿아 있을 수 있다.

시가 의미론적, 상징적, 표현적 수위를 만족시키고 어루만져주는 지식 체계의 일환이었던 시절은 어느새 지나가버린 듯하다. 따질 것도 없이 모든 형태의 담론이나 기호 체계가 섀넌적 정보를 기본적으로 담지하게 마련이라면, 시에서의 정보란 어떠한 것일까. 그리고 그러한 것들이 차츰 지식으로 유형화되어가는 폐쇄회로의 성향을 띠게 된다고 할 때, 시는 어떻게 계속 외부로부터의 침입적인 정보를 가능하게 하는 장소이면서 잡음의 일환일 수 있을까.

물론 시가 애초에 정보와 무관한 듯이 보이는 것은 정보를 의미 있는 지식 체계의 일부라고 기계적으로 산정하고 있기 때문이다. 시는 그러한 유용한 지식은 주지 않는다. 그런 의미에서라면 시는 아무것도 주지 않는다. 그러나 섀넌적 의미의 의외성, 엔트로피를 정보라 한다면 어떤가? 시는 다른 어떠한 것보다 정보 그 자체라 할 수 있지 않은가? 시는 도무지 현실적으로 쓸모 있다는 것들과는 거리가 있고, 솔직히 말해 뭔가 못 알아먹겠는 잡음 비슷하니 말이다.

  화물칸에 일렉기타를 한 만 대쯤 싣고 가는 세상에서 가장 길고, 무거운 마음

  그 속을 누가 알겠냐마는 철로만은 알지,
  짓밟힌 몸길이를 짓밟힌 시간으로 나눠 기차가 절망하기 시작한 지점에서부터 자기합리화에 성공하는 지점까지 걸린 속도를 계산해내며 자기를 발끝에서 머리끝까지 짓밟고 가는 기차의 무게를 참고 견디지

  기차가 아무리 짓밟고 가도 손가락도 발가락도 잘리지 않는 건
  손가락도 발가락도, 아무것도 없어서

  손가락을 잃은 기타리스트는 알지 흉측한 음악을 만들 바에야 약을 먹고 죽는 게 낫다는 걸
  발가락이 없는 애벌레는 알지 발가락이 없으면 기어서라도, 가고 싶은 곳엔 가고 봐야 한다는 걸

말하자면 비시각적 음표들의 시각적 극대화

그러나 약은 치료하기도 하는 것,
  병명보다 더 많은 치료제를 잔뜩 싣고 가던 기차가 마침내 말기
에 다다라 포기하고 탈선할 때
  눈 내린 들판에 처박힌 기차에서 동그란 알약들이 쏟아져나올
때의 기분이란
  그 기분 누가 알겠냐마는 환자들만은 알지,
  환자들은 꿈속에서 거기까지 걸어가 그 약을 모두 주워 먹은 다
음날 아침 병실에서 깨어나 기차의 차가운 몸을 이해하지 넘어진
채 몸을 뒤로 돌리던 기차를 이해하며 몸을 정확히 당신들 반대편
으로 돌리지

  현실도피는 없어, 현실의 최대화만이 있을 뿐

  오늘밤 그들의 기도가 기차처럼 길어져 결국 지구를 몇 바퀴씩
이나 돈 기도들의 속도가 기차를 조금씩 허공에 뜨게 해 마침내 이
륙한 기차를 바라보며 철로가 난생처음으로 편안해질 수 있다는
희망,
  을 품자마자 기차는 곤두박질치고
  지진처럼 지축이 흔들려 복부를 강타당한 남자처럼 철로가 신물
을 토할 때 신물 위로 기타가 쏟아지는 기분

그 기분은 누가 알까
침대에서 굴러떨어져 꿈에서 엎질러진 아이나 알까

아무리 길게 써도 저 레일에는 모자랄 것이므로 여기서 그만둬
도 상관은 없겠지만

고요한 밤, 캐럴을 신고 가다 넘어져 모두 엎질러버린 아주아주
거룩한 밤, 깨진 전구를 뛰어넘어 크리스마스의 본질을 거침없이
이해하고 산타를 엉망진창으로 때려눕히고

지구가 한 바퀴 돌기 전까지 기타를 모두 수리해야 하는 수리공
의 마음은 망가진 리프(riff)들을 밤새 고치고 있는 기타리스트밖에
모르지

너에겐 신고 가다 넘어져 모두 엎질러버릴 만한 그 무엇이 있니?
넘쳐서 어쩔 수 없이 들켜버리는 리듬이라도 있니?
넘쳐서 어쩔 수 없이 들켜버리는 리듬을 타고 비옥한 꿈속을 달
리다 넘어지는 곳이 늘 절벽 앞이어서 느껴보는
아찔함, 그뒤에 웅크리고 앉아 그 리듬을 정면으로
견뎌본 적 있니!

구겨진 리듬을 잘 펼치면 과연 어디까지 펼쳐질 수 있을지, 무엇

까지 덮어볼 수 있을지를 가늠하며 최대한 붉은 와인을 박스째 주
문해

뱃속에 와인을 만 박스나 싣고 가는 기차가 오늘밤 도무지 몸을
가누지 못하는 이유를 누가 이해하겠냐마는
사랑을 한 박스나 마시고도 제대로 서 있는 조니 미첼은 이해하
지, 어쩌면 술집을 이름표처럼 달고 다니다 이름을 아무 데서나 콸
콸 쏟아버리던 에이미 와인하우스도 이해하지

잠시 동안의 짧고 굵은 경악과 모든 최대화에 따르는 극심한 부
작용, 그때마다
벌어진 가랑이 사이로 경적을 울리며 긴 열차 한 대 빨려들어오
는 느낌, 결국 일망타진 당하고 마는 느낌을

너무 긴 문장에겐 이제 그만, 쉼표를
                        ─황유원, 「세상의 모든 최대화」 전문

언뜻 어디에도 쓰일 것 같지 않은, 이런 유의 글쓰기를 인간이 지
속해온 것은 한껏 신기한 일이다. 스스로 묻고 대답하는, 그러나 어
쩐지 물음도 답도 유효하지 않은 치환으로 엎치락뒤치락하는 이
시의 장황한 노이즈는 길고긴 사이즈에서 나온다. 물론 더 이상한
것은 내용이다. 안으로 접힌 부분 없이 펼쳐지는 문장들은 철로와
기차의 끊어질 듯 산만한 평행과, 기차와 기타의 부적절하고 시끄

러운 불협화를 지나 알약과 음악과 와인으로 한꺼번에 쏟아진다. 기타리스트, 환자, 산타, 수리공, 조니 미첼, 에이미 와인하우스의 등장은 예기치 않은 침입의 연속이다. 이 침입은 시라는 것을 어리둥절한 것이 되게 하고, 지속적으로 소음에 가까운 상태가 되게 한다. 구문은 계속 망가지거나 망가진 것처럼 보이고, 상호 어떻게 접속해야 할지 알지 못한 채 떠다닌다. 다만 세상의 모든 노이즈를 경유하려는 듯이 시가 육체를 최대한으로 벌리고 있는 형국이다.

시는 소음을 따라 자유자재로 늘어나는 장르다. 소음을 결코 초월하지도, 사후 경직이 일어나지도 않는다. 우리가 어찌할 수 없는 어수선한, 해독할 수 없는 정보들로 가득한 것이 시다. 그렇게 탄성을 지니고 현대의 시는 잡음과 함께, 잡음으로 휘거나 구부러지는 중이다. 이것이 모더니즘의 일종이건 변형이건 분명한 것은, 시의 구조와 외형은 이제 알아볼 수 없는 상태에 이르렀다는 것이다. 시는 지금 시가 아닌 것과 외관상 다르지 않다. 이것이 시의 출발인지 도달인지는 알 수 없지만.

시는 괜찮다

—인공지능 시대의 시

알파고의 충격 이후 어디 가나 심심찮게 인공지능(AI)에 대한 기사나 화제를 접하는 일상이 되어버렸다. 며칠 조용하다 싶으면 또 어느 곳에선가, 미처 예상치 못한 분야에서 인공지능의 새로운 발전에 대한 이야기를 듣게 된다. 인간에 버금가는 실력을 보였다, 또는 이미 넘어섰다는 전문가들의 평가와 함께 말이다. 요약하면 인공지능은 공간적으로(분야) 우리를 포위하고 있고, 수준 면에서 우리를 추격하고 있거나 추월하고 있다는 것. 그 반대의 소식을 들을 수 있을지는 사실 의문이다.

알파고는 이미 존재하고 있던 인공지능의 놀라운 발전의 모습들이 줄지어 주목받을 기회를 제공했다. 우리가 '인공지능'이라고 편리하게 부르고 있는 것은 이전에 출현한 것에서부터 방금 탄생한 것에 이르기까지 종류도 다양하며 증가하는 추세이다. 손에 잡히는 대로 뉴스 기사들을 종합해보면, 그중 선두를 달리는 것은 미국

IBM사의 초고성능 인공지능 컴퓨터 왓슨이라고 해도 틀리지 않을 것 같다. 주지하다시피 사람의 언어를 알아듣고 응답을 해줄 수 있는 왓슨은 방대한 정보를 수집, 처리해서 학습과 사고를 기술적으로 해결할 수 있는 슈퍼컴퓨터이다. 96퍼센트의 암 진단 정확도를 자랑하고 있는 닥터 왓슨뿐 아니라 고객의 상황에 맞는 관리나 대출 등 은행 업무의 수완을 지닌 금융 왓슨, 상품 개발이나 서비스에 활용될 제조 분야의 왓슨, 최근 '로스'라는 이름으로 미국의 대형 로펌 회사에 채용된 변호사 왓슨 등 범위가 점차 확대되고 있다. 그 과정이 마치 분신의 숫자를 늘리는 것처럼 진행되는 게 재밌다. 왓슨은 올 연말까지 '한국어를 배울' 계획이라 한다. 이 일이 예정대로 이루어진다면, 그래서 한국어 음성 인식에 성공하게 되면 인공지능 서비스가 바다 건너 이야기가 아니라 실제로 우리의 삶에 구체적으로 영향을 미치게 될 것이다.

이제 인공지능이 삶의 전 분야에, 전 지역에 파급되는 시대가 다가오고 있는 듯하다. 분명한 것은 이것이 일시적 유행도, 쇠미가 예측되는 현상도 아니라는 점이다. 지금 우리는 인공지능을 잠깐 사용해봤다가 싫증나서 버리게 되는 그런 광경을 상상해볼 수 있는 위치에 있지 않다. 우리는 어떤 끝을 알 수 없는 비가역적인 길에 들어서 있다. 4차 산업혁명이니 어쩌니 하는 말은 그 돌이킬 수 없음을 표현하려는 시도라 할 수 있다. 그러므로 새 시대를 부정하거나 인공지능을 일부에 국한, 폄하하는 것으로 자위하려고 하는 것은 적절한 것 같지 않다. 소용없는 일이기 때문이다. 한편으로 인공지능을 긍정하면서도 이러한 사실들에 너무 당황할 필요가 없다,

인공지능은 어디까지나 협력체에 지나지 않으며, 사람이 토대를 마련하고 깔아주어야만 기능을 발휘할 수 있는 보조적 존재다, 라고 단언하는 것도 어쩐지 석연치 않아 보인다.

인공지능은 예술에서도 실력을 발휘할까? 의료, 금융, 제조, 법률 등 사회의 핵심 부분으로 진출하고 있는 인공지능의 실력에 놀라면서도 사실 우리는 그동안 그렇게 신경을 곤두세우지 않았던 면이 있다. 그런데 '예술', 인간의 고유한 영역으로 생각되어온 분야마저 문제되고 있다면? 인공지능을 폄하하는 첫번째 입장에 서든, 보조적 존재일 뿐이라는 두번째 입장에 서든, 여기서도 필요한 데이터와 정보를 인간이 제공해주어야만 이를 토대로 예술 작품을 산출할 수 있을 거라는 방어적 결론이 동일하게 도출되는 듯하다. 하지만 이러한 선언적 결론에는 다른 영역과 다르게, 사유와 창조는 결국 인간 영역의 마지막 보루로서 침범당해선 안 된다는 조바심이 들어 있다.

그리고 그러한 관점에서 보면 예술에도 불길하게 여겨질 징조들이 많다고 할 수밖에 없다. 우선 미술 쪽에서는 인간만이 상상의 주체라는 생각에 이미 제동이 걸렸다. 몽환적 이미지를 선보인 구글의 '딥드림' 작품이 최근 미국의 한 갤러리에 전시되었으며, 이 인공지능이 제작한 작품이 29점이나 그것도 상당히 좋은 가격에 판매된 것이다. 이것은 놀랄 일도 아니다. 이미지를 보여주거나 입력하지 않더라도 알고리즘을 통해 스스로 추상하여 창작을 할 수 있도록 고안된 인공지능 아티스트 '아론(AARON)'이 1973년부터 시도되었다는 사실을 감안하면 말이다.

음악에서 이러한 예들은 더 활발하고 빈번하게 나타나고 있다. 컴퓨터가 작곡을 한 최초의 예는 1957년으로 거슬러 올라간다. 레자렌 힐러와 레너드 아이잭슨이 컴퓨터를 이용해 '현악 4중주를 위한 일리악 모음곡'을 만든 것이다. 이후 도전은 계속되었고 드디어 데이비드 코프가 만든 인공지능 작곡가 '에밀리 하웰'은 풍부한 데이터를 기반으로 고전이나 현대음악을 만들어내 기계에 의한 작곡의 영역을 개척하였으며 인간의 연주를 거쳐 앨범으로 나오기도 했다. 이와 비슷하게 예일대가 개발한 인공지능 '쿨리타(Kulitta)' 역시 자료를 입력하면 내용을 분석하고 결합해 작곡을 하며, 심지어 '쥬크덱'은 우리가 원하는 곡의 장르와 템포, 길이 등을 지정하면 곡을 만들어주기도 한다.

최근에는 구글의 연구팀인 '구글 브레인'이 예술 작품을 창작하는 인공지능 '마젠타(Magenta)' 프로젝트를 기획하면서 마젠타가 작곡한 80초 길이의 피아노곡을 소개했는데 오로지 머신 러닝 알고리즘으로 만들어진 것이다. 국내에서도 인공지능 작곡가 '보이드(boid)'가 만든 음악 〈그레이(grey)〉와 〈캐비티(cavity)〉가 음원 사이트 멜론과 지니에 공개되기도 했다. 작곡뿐 아니다. 로봇 기타리스트와 드러머로 이루어진 로봇 록밴드 '지머신스'라는 그룹도 있으며, 이들 역시 앨범을 발표하며 활동중이다. 최신 뉴스는 일본 야마하가 개발한 인공지능 피아노가 20분 동안 베를린 필 소속 현악 4중주단과 〈송어〉를 협연했음을 보도하고 있다.

문학은 어떤가? 음악만큼 현란한 예가 많은 것은 아니지만 이쪽도 예외는 아니다. 예컨대 캐나다에서 선보인 '뉴럴 스토리텔러'라는 인공지능은 이미지를 입력하면 이를 기반으로 단어를 조합하고 문장을 만들어 스토리를 만들어낸다. 어떤 것을 떠올리고 글을 써 나가는 인간의 창작 과정과 흡사한 것이다. 일본에서는 호시 신이치(星新一) 문학상에 응모한 한 인공지능의 소설이 1차 심사를 통과해 떠들썩한 뉴스가 되기도 했다. 이에 따라 시급히 일본에서는 인공지능이 만든 음악과 소설, 그림과 같은 예술 작품의 저작권을 보호하기 위한 관련법의 정비에 들어갔다.

장황한 감은 있지만 사태는 우리의 염려보다 앞서 진행되고 있다. 우리가 이 시점에서 동의하지 않을 수 없는 것은 예술의 영역에 인간만이 존재하던 시대는 갔다는 사실이다. '인간 최후의 보루'라는 편리한 말에 저마다 얼마간의 성찰을 투여했든 간에 말이다. 예술에도 마찬가지로 이제 기계가, 인공지능이 어른거린다. 잘하든 못하든 조력자든 독립체든 그곳에 들어서 있는 것이다. 지금도 이 정도인데, 시간이 자신의 편인 인공지능이 앞으로 점점 더 잘하게 되리라는 것을 의심하기는 힘들다. 예술도 기계가 혼자 충분히 잘 해내는 시대가 다가오고 있는 것이다.

그러면 문학의 한 분야인 시도 그런가? 우리는 소설과 달리 시는 그렇게 호락호락하지 않을 것이라고 예상하는 경향이 있다. 앞에서 문학을 언급하고 지금 시를 별도로 이야기하고 있는 필자도 마찬가지다. 그렇지만 컴퓨터에 의한 시 창작은 진작부터 시도되었다. 컴퓨터와 문학의 관계를 연구해온 오스카 슈워츠(Oscar Schwartz)는 한 강연에서 이미 1970년대에 '렉터'라는 알고리즘으로 제작된 컴퓨터 시를 소개하고 있다. 그는 단지 컴퓨터가 시를 썼다는 사실이 아니라 이 시가 인간이 쓴 시와 구별되지 않는다는 점을 강조한다. 그가 만든 'bot or not'은 제시된 시가 인간이 쓴 것인지 컴퓨터가 쓴 것인지 묻는 일종의 온라인 튜링 테스트인데, 테스트에 참여한 사람들의 65퍼센트가 속았다고 설명한다. 이것은 컴퓨터가 70퍼센트의 사람들을 속일 수 있다면 테스트를 통과한 것이라고 보는 튜링의 기준선에 육박하는 수치이다.* 기계가 인간과 대화하여 자신이 인간인 것으로 여겨지게 만드는 데 성공한다면 '지능'을 가진 것이라는 튜링의 견해를 전제해보건대, 대화가 아니라 보다 복잡한 언어 구성물인 시에서 컴퓨터가 인간이 쓴 것과 거의 다름없는 작품을 만들어내기에 이른 것이다. 그렇다면 이제 인공지능의 시 창작은 '가능하다' 수준으로만 얘기할 수는 없다. 인간의 시와 차이가 없는 수준에 이르렀다고 해야 한다.

냉정하게 생각하면, 예술도 일면 학습임에 틀림없다. 우리가 인간의 창작이라 여기는 것도 분명 의식적이거나 무의식적으로 배우고 학습한 결과이며 그 소산이다. 그리고 그렇다면, 이 부분에서 기계가 인간보다 절대적으로 유리함은 재론할 필요도 없다. 스스로 학습하고 발전해나갈 수 있는 능력과 속도를 거의 모든 분야에서 이미 유감없이 증명하고 있으니 말이다. 우리는 이제 우리가 만든 기계가 얼마나 더 어떻게 발전해갈지 예측조차 할 수 없는데, 기계가 인간보다 더 위대해질 가능성을 미리 배제하는 것은 참으로 인

---

* 튜링 테스트의 합격점은 튜링 생전에도 조금씩 변화해온 듯하다. 예를 들어 위의 슈워츠는 합격점을 30퍼센트로 보고 (따라서) 컴퓨터 시가 이의 두 배를 상회하는 합격률을 보였다고 자랑한다.

간적인 태도라 해야 할 것이다.

물론 이것이 과장에 불과하다고 할 수도 있지만 소수의 엉뚱한 공상으로 치부할 수는 없다. '특이점(singularity)'주의자들, 예컨대 추론 가능한 미래의 한계 지점, 특이점의 도래를 최초로 언급한 존 폰 노이만에서부터 지능 기계에 의한 지능 폭발을 예견한 어빙 존 굿, 이 견해를 받아들여 인간이 인간보다 뛰어난 지능을 가진 기계를 발명할 것이라 본 버너 빈지, 특이점을 본격적으로 연구하고 대처하기 위해 싱귤러리티 대학을 설립한 레이 커즈와일에 이르기까지 일련의 과학자나 미래학자들은 결국 인간이 인간보다 뛰어난 초지능을 만들어내게 될 것이며, 이 고도화된 인공지능이 지속적으로 지능 폭발을 일으키게 되고, 우리는 이것을 따라잡지 못하게 되는 한계 지점으로서의 특이점이 올 것임을 주장한다. 인류는 특이점 이전으로는 돌아갈 수 없는 근본적인 단절을 겪을 것이라는 전망이다.

인공지능이 인간을 넘어서는 시기는 이제 가까운 시간 내에 올 수도 있다. 그리하여 인간보다 똑똑한 인공지능 A가 다시 자신보다 더 똑똑한 인공지능 B를 만들어내는 대폭발이 일어날 수 있는 것이다. 그렇게 머지않은 미래에 특이점주의자들의 생각처럼 인간이 기술을 발전시키는 것이 아니라 기술이 기술을 발전시키는 시대가 올지도 모른다. 그러면 도저히 인간이 따라갈 수 없고 예측할 수 없는 상황이 벌어지는 것이다.

물론 한편으로 특이점 운운하는 것이 너무 멀리 나간 것이며 시기상조라는 반론도 펴볼 수 있다. 그 역시 우리의 공상에 지나지 않는다고 말이다. 하지만 인간보다 능숙한 기계, 방대한 양의 정보를 빨리 정확히 익힐 수 있는 기계, 스스로 익히고 학습한 것을 발전시켜나갈 수 있는 인공지능의 탄생이 점차로 사회 구조를 바꾸어놓고, 거의 모든 분야를 대체할 가능성이 농후해지는 것을 부인할 수는 없을 것이다. 사실 기계가 인간의 지식과 지능을 앞서는 것은 논란의 대상이 아니다. 그 우월한 정보 처리 능력으로 보건대 당연한 일이 아닌가? 많은 이에게 유감일지 모르지만 시도 마찬가지다. 이미 기계가 시를 쓰고, 'bot or not'의 예에서처럼 인간의 시와 구별되지 않는 상황에 이르고 있는 것을 막을 수는 없다. 나아가 기계가 인간보다 더 잘 쓰는 사태를 각오해야 할 수도 있다. 기계는 지금까지 존재해온 인간의 시의 모든 역사를 충분히 배우고 익힐 수 있는데 반해 인간은 능력과 노력의 한계로 불가능하니 말이다. 어쩌면 인간이 기계에게 시를 배우게 될지도 모른다.

사회의 다른 분야와 마찬가지로 시에서도 기계가 인간을 대체해나가게 될 것이라는 전망을 감정적으로 받아들일 필요는 없다. 사실 그러한 상태에 이르면 인간과 기계의 이분법은 무의미해진다. 기계가 시를 쓰면서 인간성이나 기계성을 가로질러 인간성을 통과해갈 테니 말이다. 기계는 인간을 이해할 것이다. 그리고 시 쓰는 기계가 시 쓰는 인간을 대신한다면, 지금 우리가 그렇게 염려하고 불안해하는 기계의 판단 능력이 인간의 수준보다 떨어지리라는 증거를 찾을 수도 없을 것이다. 기계가 인간의 의미나 자의식과 같은 것들 역시 고민하는 단계에 이르게 되는 까닭이다. 기계의 진화가 어디까지일지는 알 수 없지만 아마도 인간을 제대로 흉내내는 지점을 통과해갈 것으로 생각된다.

현재 우리는 자연스럽게 인간 중심의 형이상학을 벗어나는 시점에 들어서고 있는지도 모른다. 주체로 존재해야 한다는 강박에서 놓여나는 시점 말이다. 인공지능은 본질적으로 우리 스스로에 대해 다시 생각해볼 기회를 제공한다. 인간이란 무엇인가, 기계란 무엇인가, 기계의 인간화란 무엇인가, 인간이 끊임없이 인간화하려 시도하는 인공지능은 어디까지 기계이고 어디부터 인간적인 것인가? 기계가 인간을 모방하고 변모를 거듭해서 마치 인간처럼 자의식과 불멸에 대해 고민하게 된다면, 우리는 기계를 통해 이 모든 것에 대해, 인간에 대해 더 잘 알게 될 것이다. 기계의 인간화 못지않게 역으로 들뢰즈가 생각하듯이 우리가 욕망하는 '기계'였음을 새삼 통찰하게 될 수도 있다. 사고방식의 전환을 통해서, 혹은 개인적 노력이나 타자에 대한 배려라는 결단을 통해서가 아니라, 순전히 기술의 발전에 의해서 그동안의 관념적 틀 자체를 벗어날 수도 있다. 바야흐로 인간은 재정의되고 있는 것이다.

이것은 긍정적이지도 부정적이지도 않은 일이다. 인간은 본래 구성물이요, 과정에 다름아닌 까닭이다. 인간과 자연, 인간과 문명의 혼효에 이어, 이제 인간과 인공지능의 충돌이라는 과정이 눈앞에 도래해 있다. 하이브리드야말로 인간이 생존해온 방식이요, 조건이다. 비록 이전처럼 인간을 강화하는 쪽이 아니라, 반대로 인간이 자신보다 우월한 것을 만들어내고 뒤로 물러서는 전무후무한 하이브리드, 만만찮은 도전과 모험이 기다리고 있지만 사실 우주는 변한 것이 아니다. 우주의 무한은 변함없다. 그리고 우주의 한편에 서서 흘러가는 우주를 바라보는 인간의 불가항력도 차이가 없다. 광대한 우주 속 우리의 쓸쓸함과 무력함도 그러므로 괜찮다. 시는 괜찮다. 시는 기계를 두려워하지 않는다. 이제 알 수 없는 미지로 떨어져갈지라도 두려워할 필요가 없다. 시는 기계의 침입보다 넓다. 익숙한 지도를 잃고 우주 속에서, 지금까지 예측도 해보지 못한 절대적 미지와 결합하는 일이니까.

1940년대에 보르헤스는 인간이 만들어낸 하나의 허구적 체계가 백과사전의 한 항목, 백과사전 중의 한 권, 백과사전 한 질이라는 식으로 자기증식을 거듭하다가 마침내 이 세계를 삼켜버리는 상상을 하였다(「틀뢴, 우크바르, 제3의 지구」). "그때가 되면 영어나 스페인어도 사라질 것"이고 "이 세계는 틀뢴이 될 것이다". 보르헤스를 인용하여 인공지능이 바로 틀뢴이라고 주장하려는 것이 아니다. 현실(지속될 것이라고 전제되는)은 이런 식의 공격에 취약하며, 그것을 우리가 방어하려고 애쓸수록 허망해진다는 이야기를 하고 싶을 따름이다. 보르헤스는 신경쓰지 않는다고 했다. 시는 신경쓰지 않는다.

제2부

내가 그녀임을 알았을 때

—김구용의『구곡』

김구용의『구곡』은 잊힌 작품이 아니다. 잊힌 것이 아니라 존재하지 않는다. 텍스트로 존재하지 않는다. 이것은 텍스트가 아니라 어떤 싸움의 기록이다. 텍스트를 넘나드는 위태로운 싸움, 아무도 하지 않는 싸움이다. 텍스트로 이해하려 했을 때 — 물론 이러한 시도도 거의 행해지지 않았지만 —『구곡』은 좀처럼 나타나지 않는다. 그런 의미에서『구곡』은 텍스트가 아니다.

1. 이것이 시라면

『구곡』은 1961년부터 1977년까지『현대문학』과『현대시학』에 발표된 연작 형식의 장시로 1978년(어문각)에 묶인 것이다.『시집 1』이 전재(全載)된『시』가 나온 지 2년 만의 일이다. 이미『시』에서 김구용적인 것을 충분히 드러냈기 때문에, 무엇보다 중편소설 분량의 전무후무한 산문시들로 텍스트의 형체를 제대로 붕괴시켰기 때문에, 『구곡』이 어떤 모습으로 출현하더라도 전작의 충격을 넘어서지는 않을 것이라는 예상에도 불구하고, 『구곡』은 난감하다. 마치 지속적으로 폭발하거나 아니면 영원히 폭발하지 않는 지뢰와도 같다. 『시』가 산문시로의 과감한 모험을 하고 있기에, 행과 연을 갖춘 자유시인 『구곡』은 내용이나 형식에서 일정한 정향을 취하지 않을까 하는 기대는 일찌감치 접어야 한다.

『구곡』은 읽기가 쉽지 않다. 그동안 잘 읽히지 않기도 했거니와 이런 종류의 글쓰기를 시라고 해야 하는지 회의적일 수 있다. 9개의 노래라는 뜻의 『구곡』은 1곡에서 9곡까지 구별이 되어 있기는 하나 형식의 의미는 없다. 자유시 형태의 연작 장시라고는 하지만 각 노래들이 체계적으로 구성되어 있지 않아서, 시집 한 권이 파편들이면서 거대한 덩어리 같다. 어떠한 부분, 어떠한 페이지를 펼쳐도, 어디서부터 시작해도 차이가 없어 보인다. 각 부분이 뿔뿔이 흩어져 새로운 페이지 속으로 들어가 다시 자리잡아도 상관없을 듯싶다. 이것은 완벽한 형식인가? 형식의 완전한 휴식이거나 형식이 없는 것인가? 내용 면에서도 마찬가지다. 한 권 분량이나 되는 연작 장시건만 어떤 내용의 시라고 일괄할 수 없다. 내용이 형성되기 위해서는 어느 정도 지배적인 이미지나 서사의 여지를 허용해야 하는데 『구곡』에는 장면들의 정당한 충돌이 있을 뿐이다.

『구곡』으로 들어가는 문은 갈 때마다 다르고 들어서자마자 사라진다. 들어간 것인지 알 수 없고 다시 밖으로 밀려나는 것만 같다. 진입했어도 계속 진입해야 한다. 어떤 전진이며 폭로인 것 같기는 한데, 그냥 지나가야 한다. 그래야 말의 산개 위에 떠 있을 수 있다. 멈추고 생각에 잠기면 바로 심연으로 떨어진다.『구곡』을 이해할 수는 없다. 구문에서 구문으로 건너뛰면서 말의 변천 사이로 이동할 뿐이다. 손에 무엇을 쥐게 된 것 같을 때도 쥐지 않은 것과 별반 다르지 않다. 다시 흩어진 세계가 펼쳐진다. 마치 '모래의 책' 같다. 보르헤스의 소설에나 등장할 것 같은 우주적인 혼돈으로 가득한 가상의 책 냄새를 풍기는 것이다. 이것이 시라면 시쓰기의 새로운 영토임에는 틀림없다.

언제『구곡』은 제대로 읽힐 수 있을까. 텍스트로 통용되는 쓰기, 읽기 일체를 거부하는 듯한 이 소용돌이가 읽힐 수 있을까. 소용돌이 속에서 언어들은 궤도 없이 날아다니고 텍스트라는 장으로부터의 지속적인 탈출을 감행하는데, 이러한 언어의 자유를 무어라 불러야 할까. 한국 문학사에서 일찍이 존재한 적 없는 이 극한의 글쓰기를 딱히 명명하기가 어렵기만 하다. 그러나 이러한 시가 존재한다는 사실이 시를 전혀 다른 것이 되게 한다는 점에서,『구곡』은 무엇에도 견줄 수 없는 해방에의 경험임에는 틀림없다. 이것은 텍스트가 아니다. 결코 텍스트가 되지 않는다. 어쩌면『시』가 아니라『구곡』덕분에 김구용은 잊힌 시인이 되었는지도 모른다.

2. 유토피아 혹은 헤테로토피아

텍스트란 무엇인가. 텍스트가 된다는 것은 무엇인가. 그것은 텍스트가 되지 않을 수 없는 육체를 지니고 있음을 뜻한다. 육체는 피와 살이 있고 피부로 덮여 있다. 피부는 육체를 덮는다. 덮음으로 피부도 육체도 성립된다. 육체가 살아 있는 유기체로 활동하듯이 텍스트는 자기 구조와 동력을 가지며 이로써 특정한 효과를 생산한다. 자신의 지형 안에 골고루 자신의 생명력을 펼치고 뻗는다. 이것이 우리가 이해할 수 있는 텍스트다.

푸코는 육체를 유토피아로 설명한다. 육체란 도저히 피할 수 없이 강요된 어쩔 수 없는 철창인 동시에, 모든 것이 가능한 유토피아다. 움직이고 욕망하고 사랑할 수 있으므로 유토피아인 것이다. 우리는 육체를 가지고 원하는 무엇이든 할 수 있다. 하지만 육체는 물리적으로 지금, 여기 존재하고 있다는 점에서 전형적인 유토피아라고 할 수는 없다. 유토피아란 본래 현실적이거나 구체적인 장소를 갖지 않는 까닭이다. 따라서 육체는 유토피아라기보다는 헤테로토피아적으로 보인다. 푸코가 말하는 헤테로토피아는 현실 속에 별도로 존재하는 유토피아이다. 장소 아닌 장소, 장소 밖의 장소로서 사회의 질서에 속하지 않는 것이다. 그러나 분명히 삶 속에 현실화되어 있다. 다락방이나 묘지, 휴양촌같이 현실 속에 잉여나 부스러기로 존재하는, 보통의 장소와 본질적으로 다르게 유토피아의 기능을 하고 있는 장소다. 유토피아의 비존재에 대하여 헤테로토피아는 존재로 맞선다.

푸코의 용어를 들여오면 텍스트는 유토피아적이면서도 헤테로 토피아적 면모를 지닌다. 육체처럼 모든 것이 가능한 유토피아면서, 현실 속에 여기 예외적으로 존재하는 헤테로토피아인 것이다. 시는 더 말할 나위가 없다. 시는 불가능을 가능의 영역으로 꿈꾸며, 그 가능이 예외적 가능으로 존재하도록 하기 때문이다. 그러나 김구용의 『구곡』은 그렇지 않다. 어느 쪽도 아니다. 가능하거나 불가능한 유토피아이기에 앞서, 유토피아를 소장하는 유기적 텍스트가 아니다. 텍스트적인 과정, 자기 구조와 작용을 갖지 않는다. 텍스트의 쾌락과 소비를, 동력을 지니지 않는 것이다. 유토피아이기보다는 단지 흩어져 있는 파편들의 더미이기를 자처한다. 이것은 떠 있는 구름처럼 정체가 없는 것이다.

구름은 주체가 없다. 『구곡』에는 특정 주어가 없다. 주어의 자리가 아예 비어 있다고 하는 편이 낫겠다. 주체가 아니라 여러 항이 이 자리에 번갈아 나타난다. 아직 인칭을 뒤집어쓰고 있는 존재들, 대상이나 상황들, 추상명사나 관념들이 어떠한 전제도 없이 우연히 나타났다 사라진다. 마치 으뜸음을 인정하지 않고 12개의 음이 동등한 자격으로 중복 없이 되풀이되는 12음 기법을 연상시킨다. 그러나 12음 기법은 악곡 진행의 형식이 있으므로, 체계적 구성을 갖추지 않고 여러 항이 출몰하는 『구곡』은 그보다 더 혼란스러운 것이다. 『구곡』은 한마디로 세계를 향해 무차별한 평등이 방목되는 장이다. 주어의 자리가 완전히 개방된 것이다.

이 개방된 자리에 어떤 요소든 일시적으로 머물 뿐이기에, 『구곡』에서는 주체의 독점이 사라지고 주체라는 세계는 이루어지지 않는다. 특정한 계기나 유대가 없는 항들이 주체가 형성되는 것을 막아낸다. 화면들은 어떠한 경우에도 유의미하게 연결되거나 연계되지 않는다. 전언을 위한 맥락 역시 만들어지지 않는다. 사실 텍스트가 된다는 것은 은밀한 유혹이 있음을 말하는 것이 아닌가? 아마도 주체의 유토피아나 헤테로토피아가 유혹의 지점이지 않은가? 유혹이 없다는 것은 텍스트가 아무것도 담고 있지 않다는 것과 다를 바 없을 것이다. 『구곡』은 유토피아가 고여 들지 않는다. 무엇인가를 담고 있도록 패어 있지 않다. 그것은 과감하게 유혹을 넘어선다.

다리는 목표를 향해 걷고
배는 자신에 침몰하고
공중에서 식사를 하는 물고기들
범람하는 선인장
죽음을 당한 신앙
시계는 사람이 없는 길거리에서,
온갖 언어로 구축된
백화점 안에서 역행한다.
(……)
가난한 아버지의 피색에서
허탈한 무기
늙은 평화
땅은 날아
하늘이 뒤집히면서

움직이지 않는 시간에
폭탄을 투하하는
아들의 실내 체조는
연신 폭파하였다.
수많은 감정을

—「4곡」 부분

『구곡』의 전형적인 부분이다. 주체의 독점은 원천 봉쇄된다. 다리, 배, 물고기, 선인장, 시계와 같은 구체적 사물들뿐만 아니라 신앙, 평화, 감정과 같은 추상적 명사들이 누가 먼저랄 것 없이 12개의 음들처럼 나타났다가 스러진다. 마치 돌아가면서 잠시 앞으로 나서고 물러서는 음들의 윤무 같다. 출연자들의 위치나 자세도 평등하고, 구김이 없고, 계급이 없다. 그야말로 모든 "사건은 평등하였다". (「8곡」) 이러한 잠깐씩의 현존은 해방적이다. 구문과 구문의 공존 외에, 어떠한 중심점이나 의미망도 여기서는 가능해 보이지 않는다.

주어에 착목하는 문학적 징후가 이토록 완전히 봉쇄된 세계가 또 있을까. 이렇게 거의 절대적 평등을 시연하는 것이 어떻게 가능한 것일까. 텍스트가 무너지는 것을 감수하면서까지 반코드화를 진행시키는 전략 아닌 전략을 무어라 일컬을 수 있을까. 다리의 걸음, 배의 침몰, 물고기의 식사, 시계의 역행, 아들의 실내 체조는 가림막 없이 완전히 개방된 세계다. 이들은 서로 혼효되는 듯하지만 결코 서로를 관통하는 주체라는 질서를 만들어내지 않는다. 시인은 생각하는 듯하다. 이렇게 아무것도 발생시키지 않고 단지 "혼음하는 대자연이 어떻다는 말인가". (「9곡」)

3. 팔루스(phallus)

『구곡』은 어떤 의미에서는 구성되어 있지 않다고 말할 수 있다. 최소한 텍스트로는 그렇다. 이것을 차라리 텍스트가 아닌 연합물로 부르는 것은 어떨까. 연결되어 있지 않은 구문들의 느슨한 연합이라는 말이 적절한지는 모르지만 말이다. 지속적으로 서로 다른 항들이 배열되는 『구곡』의 구성 아닌 구성은 내재적 의미가 형성되는 연결을 원천적으로 차단한다. 그러므로 작품에는 에센스가 없다. 텍스트가 안락하게 놓이는 초점이 가능하지 않은 것이다. 실제로 『구곡』을 읽다보면 초점이 계속 연기되거나 지연되는 느낌을 받는다. 시집 한 권을 통틀어 이 느낌이 지속되는데, 초점이 결국 없다는 것을 확인하는 과정에 지나지 않는다.

사실 대개의 텍스트는 어찌되었든 초점이 맞는 것으로 기대된다. 이미지나 진술의 구성은 가상의 초점에 다가가는 과정에 다름아니다. 그것에 의지하여 시는 전개되고 전환된다. 비록 도달한 곳이 기대했던 초점이 아닌 경우도 있지만, 그곳이 기대했던 곳이든 다른 곳이든 결국 초점에 도달한다는 의미에는 차이가 없다. 초점을 의식할 수 있어야 작품이 진전되는 것이다. 그러나 『구곡』은 이를 계속 벗어나는 것으로 되어 있다. 『구곡』은 초점으로 향한, 의미의 네

트워크를 형성하려는 운동을 파괴시키는 양상으로 움직인다. 의미 발생에의 기대는 끝내 좌절된다.

여기서 이러한 김구용의 전략을 이해하기 위해 라캉의 팔루스 개념을 끌어들이는 것이 문제를 복잡하게 만들 것이라고는 생각되지 않는다. 주지하듯 라캉에게 있어 팔루스는 어떤 기표이지 단순하게 남자의 신체 기관은 아니다. 이것은 독특하게도 텅 빈 기표요, 아무도 소유한 적이 없는, 욕망의 대상이다. 라캉은 이를 오이디푸스 콤플렉스 상황으로 설명한다. 요점은 이렇다. 남아는 어머니의 욕망의 대상이 자신이 아님을 알아차린다. 어머니의 텅 빈 시선 속에서 남아는 팔루스를 가지고 있다고 생각되는 아버지와 동일시를 하면서 팔루스를 가지려는 자(가지고 있는 체하는 자)의 위치에 서게 된다. 한편 여아는 팔루스를 가지려는 생각을 포기하고 어머니와 동일시를 이루면서 욕망의 대상이 되는 쪽에 선다. 즉 팔루스를 가지지 못한 자로부터 팔루스 자체가 되는 것이다. 이 과정에서 흥미로운 것은 어느 누구도 팔루스를 갖지 못하며 가져본 적이 없다는 것이다. 남아는 아버지와 동일시를 하는 것이지 아버지가 될 수는 없다. 여아는 스스로 욕망의 대상인 팔루스가 될지언정, 팔루스를 가진 자는 아니다. 남아의 팔루스 추구와 여아의 팔루스 되기라는 이 구도는 결국 팔루스를 가질 수 없다는, 이루어질 수 없는 욕망으로 전개된다. 그리고 이것은 우리의 욕망의 구조가 팔루스를 향한 운동이라는 것을 적절하게 보여준다. 이것은 결코 도달될 수 없는 것이다.

여기서 중요한 것은 모든 텍스트가 이러한 욕망의 구조와 동일한 구조를 지닌다는 점이다. 즉 팔루스의 흉내를 내고 있는 것이다. 텍스트에 무언가 있다고, 어떤 의미 있는 장치와 초점이 있다고 생각하고 이를 좇는 것은 궁극적으로는 팔루스를 향한 운동이다. 모든 텍스트를 팔루스로 여기며 우리는 팔루스를 찾아다니는 남아의 위치에 놓이는 것이다. 이 욕망은 집요하고도 근원적이다. 그리하여 한 편의 시에 숨어 있는 의미와 신비를 해독하기 위한 여정은 포기될 줄 모른다. 그 의미를 발견하고 전유하려는 욕망에서 벗어나는 것은 거의 불가능에 가깝다. 시를 읽는 이유가 여기에 있다고 말할 수 있을 정도이다. 동시에 텍스트를 생산하는 것, 작가가 된다는 것은 욕망의 대상인 팔루스가 되는 것이다. "내가 그녀임을 알기 위해서/우리의 사이는 없어진다"(「9곡」)에서 김구용은 이를 꿰뚫고 있다. 쓴다는 것, 문학자가 된다는 것은 "내가 그녀"라는 여성의 위치, 팔루스 되기라는 위치에 서는 것임을 말한 것처럼 보이기 때문이다. 그리고 그것을 알았을 때, 텍스트의 성격을 간파했을 때, 그가 행한 일은 바로 팔루스가 작동하는 놀음을 거부하는 것이었다.

문학사에는 이런 거부를 시도한 작가들이 이미 존재했다. 횔덜린이라든지, 랭보가 그렇다. 그들은 긴 침묵이나 절필을 통해서 팔루스에서 탈출하곤 하였다. 그렇게 언어 바깥으로 걸어나간 것이다. 반면 『구곡』은 지속적으로 팔루스로의 운동이 성립되지 않게 애쓴 고안물이다. 팔루스라는 기표에 의존하고 있는 언어를 통해서 말이다. 팔루스로 나아가거나 팔루스가 되지 않기 위해 『구곡』은 시를 조직하거나 초점과 의미를 깃들게 하지 않는다. 시에 어떠한 경관이나 무대, 연관을 들여오지 않는다. 여기에는 일체의 원근법도 없다. 원근법이야말로 일정한 주체를 상정해야 성립하는 것이기에, 주어의 자리가 비어 있는 『구곡』에는 원근법이 가능하지 않은 것이다. 이로써 『구곡』에는 일종의 서사가 형성되지 않는다. 단절과 해체를 통해, 역사는 항상 순간으로 분절되어 등장하고 만다. 연관 없는 맥락과 다른 음성, 독립적으로 치환되는 상황들은 모두 팔루스로의 욕망을 좌절시킨다. 구문들은 서로 끼어들고 막아서면서 역학적 시스템을 발생시키지 않는다. 가시적으로는 주술의 호응이나 문장의 호응이 소멸하여 기본적인 이해와 소통도 성립되지 않는다. 따라서 엉뚱한 맥락으로 휘어지는 장면들이 이어진다.

우리가 읽은 책은 염소였다.
우리가 먹는 밥상은 고기였다.
휘날리는 머리카락은 안경이었다.
넘어가는 이야기에서
가축들은 끌려오고 있었다.
목판은 무량수광(無量壽光)
"위선이 어떻다는 겁니까.
전략무기는 단념을 했답디다."
없는 꿈으로 날아 들어가서
불타는 구공탄은 천하가 태평한가
한 마리 개가 있어
십여 년 전부터 움직이지를 않더니
천 년 전 밤의 울안의 감나무는

그 개가 돌아오는 사람을 지켜보았다.

—「8곡」부분

『구곡』을 펼쳤을 때, 어디서나 만날 수 있는 구문이다. "우리가 읽은 책은 염소였다"를 '우리는 염소에 대한 책을 읽었다'로, "우리가 먹는 밥상은 고기였다"를 '우리는 밥상에 놓인 고기를 먹었다'로, "휘날리는 머리카락은 안경이었다"를 '안경 너머로 머리카락은 휘날렸다'로 수정해보아도 소용없는 일이다. 시집 전체를 이런 식으로 수정하면서 읽는 것이 무의미한 일이거니와 그렇더라도 상황은 달라지지 않는다. 기본 단위에서 구문이 비틀어지고 문장의 호응이 되지 않아 적절한 연결을 할 수가 없다. "없는 꿈으로 날아 들어가서/불타는 구공탄은 천하가 태평한가"를 보자. '꿈이 없는 곳으로 들어가 구공탄이 불타면 천하가 태평한가'로 읽을 수 있는데, 마치 문장을 이루는 말의 성분들이 굴러다니다가 무질서하게 접속된 것 같은 느낌이다. 그러다 끝내 무슨 말인지 추론조차 할 수 없는 경우도 허다하다. "천 년 전 밤의 울안의 감나무는/그 개가 돌아오는 사람을 지켜보았다"의 경우, "그 개가 돌아오는 사람"이란 무엇인가. 개의 주인을 일컫는 것인지, 개가 사람으로 돌아오는 것인지 알 수가 없다. 이와 같은 구문들이 즐비하며 유의미한 팔루스를 찾아내려는 시도를 수포로 돌아가게 만든다. 비뚤어지거나 몸을 돌린 채, 문장들은 제각각 늘어서 있을 뿐이다. 이것을 단지 초현실주의라고 이야기하는 것은 간편한 처리에 지나지 않는다. 팔루스를 의식하지 않는 구문들은 충격적으로 파편화되어 있다. 이 구문들은 조직되거나 내밀한 의미의 회로를 형성하지 않는다.

그리하여 "발들은 입을 벌린다"(「1곡」), "머리카락들은 길을 물었다"(「9곡」)의 비호응에서부터 "전 보람을 느꼈어요/난 좀 쉬어야겠네"(「1곡」)와 같은 분절이 아무렇지도 않게 놓이고, "기쁨이 남을 괴롭힐 때/나를 잃는다"(「6곡」), "미안합니다만/그는 어려운 처지인 만큼/그녀는 풍부한 피해입니다"(「9곡」)와 같은 역설과 도약이 가능해진다. 문장들은 예상치 못한 곳에서 알 수 없는 방향으로 꺾이고 관계를 벗어난다. 팔루스의 긴장으로부터 해방된 것이다. 물론 이렇게 팔루스의 기대가 충족되지 않으면, 이를 포기하기는커녕 더 추구하게 되는 텍스트 읽기가 한편에서 의식적으로 진행되지만 말이다.

4. 무의 합장

감히 말하건대 『구곡』은 9개의 곡일 필요가 없다. 1곡이나 2곡이어도, 한 페이지나 심지어 한 줄이어도 차이가 없을 것 같다. 한 줄이나 한 권이나 다르지 않을 듯한데, 분량이 의미가 없기 때문이다. 이것은 축약이 아니고 확장도 아니며, 빼도 더해도 총량이 같은, 양(量)이 없는 무(無)라 할 수 있다. 시작도 끝도 없는 방식으로서의 무한한 무, 거의 불가능한 무이다.

무엇보다 『구곡』의 이러한 측면이야말로 텍스트에서의 욕망이 진짜가 아니라는 것을 알려주는 방식이 된다. 작품의 일부와 전체가 동일하다면, 이 이상한 무(또는 무한)와 같은 세계에서는 어떤 더미를 쌓아놓거나 그 속에서 무언가를 추구하는 것이 불가능하기 때문이다. 부피와 프로세스는 의미가 서식하기에 최적의 환경이 아닌가? 이를 거부할 경우 당연히 초점이 맺히는 것이 허락되지 않는다. 이로써 초점의 쾌락이 아니라 언어의 무질서한 향락이 펼쳐질 것이며, 의미 역시 지속적으로 산포될 것이다.

요컨대 팔루스와 같은 무언가를 찾는 방식에, 『구곡』은 스스로의 형식(없는 형식)으로 정면충돌한다. 시란 찾으려는 것이 아님을 9개의 반텍스트 자체로 증언한다. 즉 욕망을 좇는 것이 아니라 좌절되게 함으로써, 텍스트 안에는 아무것도 없음을 시사한다. 텍스트의 평등과 개방을 통해 이러한 유의 추구를 낡은 것으로 만들어버린 것이다. 얼마나 많은 텍스트가 무언가를 가지고 있다고 생각되며, 적절히 가지고 있는 체하는 것인가. 그 움츠린 품에 얼마나 많은 시선이 부응하는 것인가. 이러한 열정에 대치하여 『구곡』은 무를 증언하기 위해 존재하는 듯하다. 텍스트가 무라면, 우리는 텍스트를 읽지 못할 것이다. 텍스트는 텍스트의 부정과 함께한다. 시는 시가 되지 않으려는 것이다. 이렇게 『구곡』은 『구곡』에 있지 않다. 『구곡』이 되지 않는 증거이다. 그런데 이것이야말로 불교적인 것이며, 불교의 무와 닿아 있는 것이 아닐까.

김구용의 연작 장시를 흔히 불교적이라고 말하는 것은 그의 시가 초현실주의라고 하는 것만큼이나 용이하지만, 그것이 무슨 뜻인지 언제나 쉽게 납득할 수 있는 것은 아니다. 불교적 용어나 소재들이 들어 있다 해서 불교적이라 칭하는 것이 편리하지도 적절하지도 않다. 그보다『구곡』에 침윤되어 있는 라캉적 요소를 의식했을 때, 라캉이 팔루스를 텅 빈 기표라고 생각한 것이 일으키는 불교적 연상이 중요하다. 텅 빈 기표나 텅 빈 텍스트, 이것들은 모두 무나 공을 환기한다. 9개든 10개든 형식적 허무로 팔루스를 이탈하는『구곡』은 불교적 무나 공(空)에 다름아니다. 아무것도 없음이며 어디에도 이르지 않는 공인 것이다. 이렇게 김구용은 내용 면에서뿐만 아니라 형식적으로 무를 보전함으로써 기이한 난공불락의 성을 만들어냈다. 기초와 뼈대가 튼튼해서가 아니라 그 반대로, 가능할 것 같지 않게도, 오히려 사상누각으로서의 난공불락 말이다. 이것은 구조가 없기에 허물어지지도 않는다. 바로 무의 현전으로서의『구곡』의 모습이다. 무가 형상을 가지고 있다면 아마『구곡』이 될 것이다. 작품들은 하나하나 무의 잔해들이다.

아이들은 비둘기털들을,
비둘기털들을 쫓아다니며 줍는다.
함박눈은 과거에 내린다.
남녀는 다방 '희망'으로 올라갔다.
담배 연기 너머 이국 식물,
나는 약속보다 일찍 와서
촛불 켜진 해저에 자리를 잡았다.
"앞으론 의미가 없는 글을 쓸 것."
그래서 나는 공연히 식물을 든다.
포위당한 탈옥수가

밤의 선실로 숨는다.
살기 위해서 깊어가는 밤은
시국 때문에 장아찌가 된 예수님
정치 때문에 영생한 예수님
기도는 촛불 곁에서 구걸한다.
그러나 합장은 대상이 없었다.

—「2곡」 부분

우선 대부분의 시처럼 연결이 아니라 병렬로 이루어져 있는 『구곡』의 특성을 여실히 보여준다. "비둘기털들을 쫓아다니며 줍는" 아이들에 이어 "과거에 내리"는 함박눈이 있다. 그리고 "남녀는 다방 '희망'으로 올라갔다"가 배치된다. 이러한 평등 배열은 변함이 없다. 시집 전체에 걸쳐 이와 같은 무의 놀이가 벌어진다.

무가 된다는 것은 무슨 말인가? 흔적이 지워지는 것이 무일 것이다. 족적을 남기고, 영향을 끼치고, 연결된다면, 무가 아닐 터이다. 무는 지금, 여기 더이상 존재하지 않음을 가리킨다. 그런 의미에서 『구곡』은 철저한 무라고 할 수 있다. 모든 이미지와 상황들이 보존되고 살아남는 것이 아니라 말끔히 대체되고 사라지는 방식을 택하기 때문이다. 아무것도 남지 않는다. 대리한 것들은 다시 대리된다. 그러므로 의미나 유(有)가 형성될 겨를이 없다. 무는 이 과정에서 내용이자 형식이 된다. 내용은 형식을, 형식은 내용을 휘발시켜 의미 없는 소여가 되게 한다.

무는 "의미가 없는 글을 쓸 것"이라는 '나'의 생각과 잘 부합한다.

"의미가 없"다는 것은 의미를 넘어서 초점, 핵심, 관련, 역사가 없다는 것을 뜻한다. 이러한 분위기 속에서는 '예수님'이 '장아찌'가 되거나 '영생'하거나 별반 차이가 없다. '기도'는 '구걸'에 가깝고, "합장은 대상이 없"다. 기독교나 불교나 모두 텅 빈 텍스트이긴 매한가지다. "대상이 없"다는 것은 향일성이 없다는 것이다. 무의 합장이다. 이것은 곧 운동과 구조와 쾌락이 없음을 뜻한다. 『구곡』 전체를 통칭하는 말이 될 수 있다.

『구곡』에는 이와 같이 무의 놀이를 전개하는 대목들이 지속적으로 불쑥불쑥 등장한다. "인과란 원래부터 없는 것, (……) 석가는 근 이천오백 년 전에서 설법한다./"너희들은 나의 말을 믿지 말라'"(「5곡」), "알 수 없는 일을 믿으라"(「6곡」)와 같은 구절들이다. 이 구절들은 결국 대상이 없고, 의미와 인과가 없고, 초점과 구도가 없는 세계에 대한 실토이다. 이러한 실토들이 모래처럼, 재처럼 작품 곳곳에 떠다닌다.

『구곡』은 읽히지 않는다. "알 수 없는 일"을 알지 못한다고 말하기 때문이다. 안다는 것은 주관한다는 것에 다름아니다. 다른 텍스트들처럼 『구곡』은 주관하지 않는다. 알지 않는다. "천체는 실수로써 돈다"(「9곡」)고 생각하며 실수의 일부에 지나지 않음을 시연하고, "그는 고백한다 부정확을/그는 고백한다 불완전을"(「3곡」)에서처럼, 부정확하고 불완전한 무의 놀이를 보여준다. 마치 텍스트의 불가능을 지켜내기라도 하려는 듯하다. 그리고 이것은 지금까지 존재했던, 언어가 할 수 있는 최상의 좌절이며, 가장 허망한 승리일 것이다.

한국 현대시의 네 가지 좌표

1. 두 개의 축, 네 개의 가능성

다른 분야도 그렇겠지만 시에서는 우선 현대성이 문제다. 또한 다른 분야와 달리 시에서는 언제나 현대성이 문제다. 시는 이해와 동의를 구하는 것이라기보다는 프런티어를 보여주는 것이기 때문이다. 이 프런티어가 바로 현대성이라 할 수 있다. 프런티어가 가능해지면 동의가 아니라 추수가 잇따른다. 그것이 현대성의 이해의 방식이다. 추수는 매혹되었음을 말하며, 이로써 현대시란 설득이 아니라 매혹의 대상임을 알 수 있다.

프런티어를 현대성과 연결시키는 것은 다음과 같은 오해를 피할 수 있게 해준다. 즉, 현대성은 당대성이라는 생각 말이다. 당대적인 것은 동시대적인 것을 말한다. 최근의 경향이라는 뜻이다. 그러나 기술이나 문명의 이기처럼 뚜렷하게 가시적인 것이 아니라는 점에서 그것을 동시대인이 언제나 알 수 있는 것은 아니다. 나아가 한 시대의 당대성은 당시에는 알 수 없고 대개 이후의 문학과의 접면을 통해 형성되기조차 한다. 현재의 기류라는 것은 어느 시대에나 혼탁하고, 완성되어 있는 것이 아닌 까닭이다. 이러한 불투명함은 현대에의 시도들이 계속 축적되고 영향 관계가 복잡해져감에 따라 점점 더 심화될 것이다. 하지만 이와 같은 어려움을 지니고 있음에도 불구하고 당대성은 시공간적 범위를 한정한다는 점에서 현대성과 구별된다. 당대성은 추상적으로나마 지금 현 시기를 설정하고 이에 대한 대표성을 가정하는 것이다. 당대의 경향이라든지, 당대의 주류라든지 하는 말들은 이러한 것을 일컫는 것이다.

현대성은 이와 달리 대표성을 갖지 않는다. 현대성은 주류와 필연적인 관계를 갖지 않는다. 주류를 이룰 수도 있지만 반드시 그렇지는 않다는 것이다. 시의 현대성은 현재 진행되고 있는 기류, 당대성과는 무관하게 존재할 수 있으며 이것은 차라리 부차적이다. 현대성의 중요한 관건은 다른 데 있다. 그것은 무엇보다도 개척성을 가리킨다. 프런티어를 가지지 못한다면 현대성이 아니다. 현대성은 어떠한 경우에도 혁신이며, 혁신을 멈추는 순간 현대성에서 멀어지는 것이다. 그러므로 시의 현대성, 그것은 시를 미개간지에 서게 만드는 것에 다름아니다.

개척이나 혁신으로서의 현대성을 가늠하는 시의 운동은 무엇보다 부정이라고 할 수 있다. 부정해야 개척할 수 있기 때문이다. 물론 시는 말할 것도 없고 예술은 어느 분야가 됐든지, 앞 세대의 예술을 부정함으로써 추동되며 탄력을 받는다. 부정 자체가 새로운 것을 개척하는 것과 등치되는 측면이 있는 것이다. 부정의 운동이야말로 예술을 예술이게 하는 DNA와도 같다. 흔히 현대의 사조로 평가되는 모더니즘에서, 특히 다다 등의 모더니즘에서 부정이 격하게 분출되지만, 보다 일반적으로 부정은 시대별로 항시 존재했던 예술의 정신이랄 수 있다. 부정은 개척이요 개척은 부정인 것이다. 이렇게 생각했을 때, 현대성이라는 것은 어느 시기에나 존재할 수 있는 운동이라 할 수 있다.

그러나 한편 부정이 승하면 부정을 거부하는 또다른 부정이 형성되기도 한다. 부정의 반대라 할 수 있는 향유가 그것이다. 향유는 부정을 긍정하지 않는다는 점에서 부정의 부정이라 할 수 있다. 무엇보다 현대의 향유는 동시대를, 특히 자본주의 사회를 비판하지 않고, 이에 적응하고 있다는 점에서 부정과 완연히 다른 것이다. 부정이 기성의 것에서 억압을 찾아내고 이를 거부한다면 향유는 쾌락을 발견하고 친화한다. 이러한 과정을 통해 알 수 있는 것은 부정이 사회적인 것이라면 향유는 비사회적인 것이라는 점이다. 부정이라는 것은 어떠한 것이든 대사회성을 지닌다. 그것은 대립적 의견의 표명이고 대립할 수 있는 타자를 전제하는 까닭이다. 하지만 향유는 그러한 전제가 없어도 무방하다. 향유는 혼자 할 수 있다. 주체와 내면의 문제가 복잡해지고 모호해질수록 단순히 부정만으로는 망라할 수 없는 비부정의 성향이 나타나고 이를 향유로 포괄할 수 있을 것이다. 부정과 향유는 모순적이지만 엎치락뒤치락 인과나 동시적인 긴밀한 관계를 형성하기도 한다. 역사적으로 모더니즘이 부정을, 이른바 포스트모더니즘이 향유를 보여주면서 얽혀 있는 것에서도 이를 확인할 수 있다.

이와 같이 현대성을 부정과 향유, 두 가지로 상정해볼 수 있을 것 같다. 우리의 현대시는 이 두 기류를 중심으로 진행되었다고 해도 과언이 아니다. 무엇보다 1970~80년대의 격렬했던 투쟁과 해체의 시들은 부정 그 자체였다고 볼 수 있으며, 이후 부정이 사그라진 것은 아니지만 조금씩 향유의 영역이 조성되어왔다고 할 수 있다. 물론 이 두 성향은 대체적인 것이라기보다는 항시 병존하는 것이며, 한 시대의 시인들에게서 동시에 포착되기도 하는 것이다.

논의의 다각화를 위해서 이 글에서는 부정과 향유를 가로지르는 하나의 축을 더 설정하려 한다. 바로 탐닉과 권유이다. 부정과 향유는 각각 그 자체에 탐닉하는 시들을 먼저 떠올리기가 쉽다. 즉 부정에의 탐닉과 향유에의 탐닉을 보여주는 시이다. 하지만 조금만 더 세심하게 살펴보면 탐닉의 길을 가는 시뿐만 아니라 권유하는 시들도 있다는 것을 알게 된다. 향유가 그렇듯이 탐닉이 개인적 면모를 보여주는 것이라면, 부정과 마찬가지로 권유는 사회적 뉘앙스를 내포하는 것이다. 그러므로 이 항들은 사회적인 부정과 권유, 비사회적인 탐닉과 향유의 대비이기도 하다. 이제 우리의 현대시가 서 있는 네 가지 항이 설정되었다. 부정에의 탐닉, 부정에의 권유, 향유에의 탐닉, 향유에의 권유가 그것이다.

	수신자의 가시성(+)	수신자의 비가시성(-)
극복할 타자를 전제(+)	부정에의 권유 (기형도)	부정에의 탐닉 (박상순)
극복할 타자를 미전제(-)	향유에의 권유 (2000년대 이후)	향유에의 탐닉 (장정일)

2. 부정에의 탐닉 ― 박상순

예술이 자신을 주장할 수 있는 가장 강력한 양식의 하나가 부정이다. 형식논리학에서는 '반대' '반대의 명제'를 뜻함으로써 긍정의 대극에 있는 것이다. 긍정이 인정, 승인, 시인, 수긍이라면 부정은 이에 맞서 부인, 불일치, 거부를 내세운다. 시에서 부정은 이보다 포괄적인 넓이를 가질 수 있다. 기성의 질서 양식을 전복하려는 것에서부터 불화하는 감각에 이르기까지, 나아가 낯선 상상력의 실험에서부터 새로운 코드의 창출에 이르기까지 다양한 시도가 있을 수 있다. 수용과 답습처럼 선재하는 것에 대한 향일성이 아니라면 부정의 범주에 들어서는 것이다. 다시 말해서 새로운 것을 주창하려는 시인이 있다면 그는 우선 기성의 것과 거리를 두어야 하므로 부정에 몸을 담게 된다고 할 수 있다. 이것이 현대의 징표요 조건이다.

하지만 부정이 시대별로 양상을 달리하는 것도 또한 사실이다.

실제로 1970~80년대의 과격했던 부정과 해체의 시들을 돌아보면 이 부정이 상당히 윤리적이고 이데올로기적이었다는 것을 알 수 있다. 당시의 목소리에는 억압적인 체계와 이에 동반된 양식적 질서에 대한 분노가 실려 있었고, 이를 거부하려는 의지 또한 가치론적 헤게모니를 장악한 것이었다. 그들은 큰 싸움을 벌였고, 그 싸움은 순수한 것이었으며, 승리할 수 있는 것이었고, 실제 승리가 다가왔을 때 그들의 싸움 또한 종결되었다. 이것이 1980년대가 끝났을 때의 분위기였다. 싸움의 목표가 있었고, 목표가 이루어진 듯이 보였을 때, 더이상 싸울 명분도, 의지도 사라진 상태가 되었던 것이다.

1990년대의 부정은 이와 양상을 달리하는 것이었다. 박상순의 출현은 다소 어리둥절한 것이었는데, 왜냐하면 싸움이 끝났다고 생각되는 분위기에서 그는 전사와 같은 면모를 지니고 나타났기 때문이다. 하지만 이전과 같은 전사라 할 수 있을까? 그가 전 시대와는 다른 방식으로 싸움을 벌이고 있다는 것을 알아채기까지는 오랜 시간이 걸리지 않았다. 싸움은 이상해 보였다. 그것은 1980년대처럼 집단성을 지니지 않았고, 목표를 지니지 않았고, 정당성을 확보한 것 같지도 않아 보였으며, 왜, 무엇 때문에, 누구와, 어떻게 싸우는지 알 수 없는 것이었다.

무엇보다 1980년대와 가장 다른 것은 그는 혼자 싸운다는 것이었다. 1980년대에는 어떠한 싸움도, 어떠한 내밀한 중얼거림도 큰 울림을 갖고 보편적 흐름에 합류되는 것이었다. 그런데 박상순의 『6은 나무 7은 돌고래』(민음사, 1993)는 처음부터 철저히 개인적인 것이어서 이 싸움이 어떤 것인지, 어디에서 발원하고 있는지 알 수가 없었다. 더구나 그는 겉으로는 시종 지는 싸움을 하고 있었다.

　　훔친 구두를 신고
　　훔친 가방을 메고
　　소풍을 갔다

　　발등에 족쇄 같은 고리가 달린
　　여자아이의 구두를 신고
　　어수선한 닭집 옆
　　주렁주렁 매달린
　　시장 바구니 하나를 훔쳐
　　소풍을 갔다

　　풀밭 위에 앉아서 도시락을 먹었다
　　선생님은 구두를 먹고
　　아이들은 내 찢어진 반바지와 바구니를
　　김밥처럼 먹으며

　　내게 말했다
　　구두에게 말했다
　　바구니에게 말했다

　　―너, 집에 가!

이것은 무슨 풍경인가. 선생님과 아이들이 나를 적대하고 집으로 가라고 쫓아내는데, 사실은 내가 먼저 그들의 것을 훔친 것이다. 그런데 생각해보면 그들의 것을 훔치지 않으면 나는 소풍에 갈 수 없는 것 같다. 그러므로 애초에 나는 선생님과 아이들로 대변되는 이 사회와의 싸움을 피할 수 없는 것이다. 존재의 조건이 그런 것이다. 그들이 당당하게 내 것을 가로채며 명령을 내리는 것으로 보아 나는 나를 정당화할 가치도, 힘도, 우군도 없다. 어차피 지는 싸움인 것이다. 그런데 지는 듯 보이는 싸움이지만 아무래도 그만둘 것 같지 않으며, 그만둘 수도 없으며, 이상한 일이지만 이 모멸로부터 말할 수 없는 에너지를 비축하고 있는 것 같지 않은가. 마치 지는 싸움을 통해 싸움을 영원히 연장하고, 연장을 통해서 보복을 하고, 보복되지 않음으로 보복하고, 그럼으로써 지는 것과 이기는 것의 기울기를 어둡게 조절하고, 그렇게 싸우지 않는 것 같은 싸움을 벌이고 있다. 선생님이나 아이들이 도대체 알 수 없는 싸움 말이다. 사회는 이러한 나를 알지 못하고 결국 이기지도 못할 것이라는 자조가 여기에는 들어 있다.

이것은 분명 부정이 생존할 수 있는 전혀 새로운 토양의 출현이다. 본래 부정이라는 것은 타자를 전제하는 것이지만 박상순 시에서는 부정이 타자에 의지하지 않고 개인적인 차원으로 치환된다. 이 부정은 공유되지도 이해되지도 소멸되지도 않는 궤도를 지니고 있다. 부정과 환멸이 유지되는 것은 이 개인적 궤도에 의해서다.

나에게 두 사람이 있었다. 두 사람은 날마다 공동묘지에 갔다. 한 사람은 무덤을 파고 다른 한 사람은 죽은 자의 이름을 돌조각에 새기며 함께 지냈다. 묘비를 새기는 사람은 내 국어책의 겉장을 달력 종이로 하얗게 씌워 주었다. 죽은 자의 이름을 묘비에 새기던 솜씨로 새로 씌운 국어책의 겉장에 내 이름을 새겨주었다. 무덤 파는 사람은 책장을 열어 책 속에 누워 있는 글씨들을 내게 읽어주었다. 이제 무덤 파는 사람은 〈무덤〉이라 부르고, 묘비명을 새기는 사람은 〈묘비〉로 쓴다.

어느 날 오후, 사람이 적게 죽은 날
무덤과 묘비는 묘지에서 술을 마셨다.

술에 취한 무덤이 벌떡 일어나
묘비를 향해 주먹을 휘둘렀다.

쓰러진 묘비가 무덤을 향해 소리쳤다.
무덤이 옆에 있던 삽을 들었다.
묘비는 망치를 들었다.

무덤과 묘비는 묘지에서 싸웠다.
삽을 든 무덤이 죽고
망치를 든 묘비는 붙들려 갔다.

나는 국어책을 넘기다가 홀로 잠에 들었다. 빈방에서 며칠 동안 국어책만 넘겼다. 그리고 어느 날 무덤과 묘비와 공동묘지에 대해 잘 알고 있다는 낯선 사람 하나가 빈방의 문을 열었다. 펼쳐진 내 국어책의 책장을 덮고 가방을 꾸리고 옷가지를 챙겼다. 묘비도 오지 않고 무덤도 오지 않는 빈방을 떠나며 나는 내 손가락 두 개를 잘라 어둠 속에 던졌다. 별이 빛나는 밤이었다.

—「별이 빛나는 밤」전문

"나에게 두 사람이 있었다"로 시작하는 이 시는 두 사람이 무덤과 묘비임을 곧바로 증언하고 있다. 부정이 뒤엎고 묻어버리는 것이라면, 무덤과 묘비야말로 부정의 적절한 제의일 것이다. 그런데 무덤과 묘비는 세계를 파묻는 것이 아니라, 지금 서로 싸우고 있다. "묘지에서 싸우"고 있는 이 둘은 박상순 시의 부정이 외부로 향한 것만이 아니라 내면에도 있으며, 내면에 붙들려 있는 것임을 암시해준다. 묘지는 외부로 노출되지도, 소비되지도 않는 내면과 같은 것이다. 싸움은 처음부터 보이지 않는다. 이 싸움은 무의미하다. "무덤이 벌떡 일어나/묘비를 향해 주먹을 휘두"르고, "쓰러진 묘비가 무덤을 향해 소리치"는 이상한 은유와 환유는 싸움의 무의미한 순환을 적시한다. 부정을 위한 부정, 싸움을 위한 싸움이다. 싸움이라는 것이 이렇게 충분히 무의미해지기 위해서 현대시는 박상순을 기다려온 셈이며 이것은 제대로 된 기다림이라 할 수 있다. 부정은 그에 이르러 순수한 부정의 운동에 놓이게 된 것이다.

이 운동은 탐닉에 다름아니다. 부정이 순수하게 부정이기 위해서는 부정에의 탐닉이 필요하다. 박상순에게는 부정에의 싸움 앞뒤로 탐닉이 있는 것이다. 탐닉하기에 부정이 생존하고 있으며, 부정이 지속되기에 이에 탐닉하는 것이다. 이제 부정은 탐닉이라는 차원에 의해 생득적인 고지에 서게 된다. 부정이 전면화된다.

탐닉은 비사회적인 것이다. 그러므로 부정이 지닌 사회적 성향에도 불구하고, 부정에의 탐닉은 비사회적 방향으로 향한다. 박상순 시의 부정이 이전 시대의 부정처럼 분노와 파괴력을 가졌다 하더라도, 특유의 탐닉적 성향은 부정을 개인적인 것으로 내면화하는 기제로 작용한다. 그리하여 1990년대의 독특한 부정을 만들어낸다. 박상순에 의해 현대시는 홀로, 목적 없는 싸움을 벌이는, 무의미한 터널에 들어설 수 있게 된 것이다.

3. 부정에의 권유―기형도

박상순의 시를 부정에의 탐닉이라 지칭했을 때, 이전 1970~80년대의 시를 부정에의 투신이라 할 수 있을 것이다. 탐닉과 투신은 같은 부정이라도 다른 정향을 가진다. 탐닉은 그 자체에 몰두하는 것이며, 투신은 가치 있는 것을 위해 움직이는 것이다. 무의미성과 의미성의 대별항으로 보이기도 한다. 여기서 탐닉과 투신의 중간 지대가 가능해지는데, 바로 부정에의 권유다.

이것은 말 그대로 부정을 권유하는 것이다. 여기에는 보다 복잡한 뉘앙스와 갈피들이 존재한다. 뫼비우스의 띠처럼 부정을 위한 부정을 하는 탐닉이 아니기에, 부정에의 권유는 사회적인 속성을 띤다. 그런데 권유는 스스로 부정을 자각하고 이를 제시하는 데 그치는 것이지 투신의 직접성으로 옮겨가는 것은 아니다. 불가피한 무언가를 드러내는 것뿐이며, 이것에로의 귀기울임이라는 상황이 가정된다.

기형도를 한마디로 이야기하기는 쉽지 않다. 단순히 유고 시집이라는 이유만으로는 지속적인 그 놀라운 호응도를 다 설명하지 못한다. 그의 개인적인 불행이나 죽음도 전부는 아니다. 그보다 그의 시 속에는 분명 마음을 움직이게 하는 어떤 마력이 숨어 있음을 간파해야 한다. 그와 같은 귀기울임이라는 상황이 그렇게 심도 있게 진행되는 이유를 찾아야 하는 것이다. 동시대를 지나온 사람들에게는 말할 것도 없고, 후세대에게도 대등한 힘을 발휘하는 드넓은 그의 보편성을 지나칠 수는 없다. 이 힘을 기형도 특유의 권유의 힘이라 상정할 수 있지 않을까.

『입 속의 검은 잎』(문학과지성사, 1989)은 1989년에 나왔지만 1990년대 시집이라 할 수 있다. 표제작인 「입 속의 검은 잎」을 위시하여 이 시집에 수록된 시들은 1980년대가 스러지는 풍경을 바라보고 있는 한 고독한 내면을 담고 있다. 또한 한 시대가 마감되는 것을 보면서 아주 천천히 고백조의 어투로, 결코 마감되지 않을 무엇인가를 호소하고 있다. 그 무엇인가가 이 시집의 매력이다. 그것은 철저히 개인적인 진실이지만 동시에 시대적 명제를 적절히 획득하고 있다는 점에서 지배력을 갖는다. 정확하게 말하면 기형도의 고백은 고백을 넘어서는 고백이며, 은밀히 횡적으로 공유된다. 그것은 사회 속으로 들어가 용해되지 않으며, 모두가 개인적으로 간직하는 증언이며, 그런 의미에서 사적으로 연대되는 고백이다. 그의 개인사는 모두의, 각자의 개인사에 들어앉는다. 그의 시는 한 사람 한 사람과 깊게 관계 맺는다.

주인은 떠나 없고 여름이 가기도 전에 황폐해버린 그해 가을, 포도밭 등성이로 저녁마다 한 사내의 그림자가 거대한 조명 속에서 잠깐씩 떠오르다 사라지는 풍경 속에서 내 약시(弱視)의 산책은 비롯되었네. 친구여, 그해 가을 내내 나는 적막과 함께 살았다. 그때 내가 데리고 있던 헛된 믿음들과 그뒤에서 부르던 작은 충격들을 지금도 나는 기억하고 있네. 나는 그때 왜 그것을 몰랐을까. 희망도 아니었고 죽음도 아니었어야 할 그 어둡고 가벼웠던 종교들을 나는 왜 그토록 무서워했을까. 목마른 내 발자국마다 검은 포도알들은 목적도 없이 떨어지고 그때마다 고개를 들면 어느 틈엔가 낯선 풀잎의 자손들이 날아와 벌판 가득 흰 연기를 피워 올리는 것을 나는 한참이나 바라보곤 했네. 어둠은 언제든지 살아 있는 것들의 그림자만 골라 디디며 포도밭 목책으로 걸어왔고 나는 내 정신의 모두를 폐허로 만들면서 주인을 기다렸다. 그러나 기다림이란 마치 용서와도 같이 언제나 육체를 지치게 하는 법. 하는 수 없이 내 지친 발을 타일러 몇 개의 움직임을 만들다보면 버릇처럼 이상한 무질서도 만나곤 했지만 친구여, 그때 이미 나에게는 흘릴 눈물이 남아 있지 않았다. 그리하여 내 정든 포도밭에서 어느 하루 한 알 새

파란 소스라침으로 떨어져 촛농처럼 누운 밤이면 어둠도, 숨죽인 희망도 내게는 너무나 거추장스러웠네. 기억한다. 그해 가을 주인은 떠나 없고 그리움이 몇 개 그릇처럼 아무렇게나 사용될 때 나는 떨리는 손으로 짧은 촛불들을 태우곤 했다. 그렇게 가을도 가고 몇 잎 남은 추억들마저 천천히 힘을 잃어갈 때 친구여, 나는 그때 수천의 마른 포도 이파리가 떠내려가는 놀라운 공중(空中)을 만났다. 때가 되면 태양도 스스로의 빛을 아껴두듯이 나 또한 내 지친 정신을 가을 속에서 동그랗게 보호하기 시작했으니 나와 죽음은 서로를 지배하는 각자의 꿈이 되었네. 그러나 나는 끝끝내 포도밭을 떠나지 못했다. 움직이는 것은 아무것도 없었지만 나는 모든 것을 바꾸었다. 그리하여 어느 날 기척없이 새끼줄을 들치고 들어선 한 사내의 두려운 눈빛을 바라보면서 그가 나를 주인이라 부를 때마다 아, 나는 황망히 고개돌려 캄캄한 눈을 감았네. 여름이 가기도 전에 모든 이파리 땅으로 돌아간 포도밭, 참담했던 그 해 가을, 그 빈 기쁨들을 지금 쓴다 친구여.

—「포도밭 묘지 1」 전문

그럴듯한 선구자나 선각자의 목소리가 아닌데도 이 음성은 울림을 가지고 있고, 깊고 넓게 퍼져간다. 어떤 참담함이 배어 있는 정신, 황무지와 같이 초토화된 내면세계의 황량함이 간곡한 풍경을 이루고 있다. 이 풍경은 가족사와 시대사의 얼룩이 명멸하는 기형도의 전형적인 시 가운데서도 존재의 곤경과 위태로움을 벼리고 있는 특유의 장면이다. '친구여'라고 부르는 한마디로 가까스로 지탱되는 듯한 존재, 그러나 이 위기를 넘어설 방도는 보이지 않는다.

기형도의 위태로움이란 무엇인가. 그것은 다름아니라 "주인은 떠나 없고 여름이 가기도 전에 황폐해버린" 세계에 대한 자각에 다름아니다. 1980년대가 지나가는 자락에서 그가 본 것이 바로 이러한 세계다. 주인이 누구이든, 무엇이든, 여기서 그는 "내 정신의 모두를 폐허로 만들면서 주인을 기다렸다"고 증언하고 있다. 황폐한 세계를 자신의 정신의 폐허로 맞추는 일, 폐허로 부응한다는 것, 이것이야말로 기형도의 폐허에의 감각이 아닌가.

여기서 "정신의 모두를 폐허로 만드"는 일이 기형도 시의 지배적 은유로 작용하고 있음을 지적해야 할 것 같다. "폐허로 만드"는 것은 부정하는 것이다. 이 세계에서 '기다림' '눈물' '희망' '그리움' '꿈'처럼 무너져가는 것들을 힘겹게 쌓아올렸던 '기쁨'을, 스스로 멸해야 하는 것이다. 요컨대 부정해야 할 것들을 스스로 쌓아올렸고, 쌓아올린 것을 부정해야 하는 일이다. 이러한 폐허에의 도취가 그를 사로잡았고, 다시 이것이 기형도 시에 도취되는 원인일 것이다. 부정을 이토록 섬세하게 치르는 것은 기형도 이전에는 존재하지 않았다. 1970~80년대의 부정은 이러한 것들을 일일이 돌아볼 겨를이 없었다. 『입 속의 검은 잎』은 여러 가지 방향과 톤으로 이를 고백하는 것이고, 이 고백에의 매혹을 인식하는 것이고, 이에 대한 귀기울임을 기대하는 것이다. 그의 고백은 권유의 넓이를 가진다.

'포도밭'과 '묘지'의 결합은 이러한 기형도 시의 특성을 잘 나타내는 말이다. "그때 내가 데리고 있던 헛된 믿음"의 '포도밭'에서 이 세계의 '묘지'를 보는 것은 기형도 시의 운명일 것이다. 부정의 운명이다. 그것은 예감이기도 하고, 필연이기도 하며, 결단이기도 하다. 그러나 무엇보다 이러한 부정은 "나와 죽음은 서로를 지배하는 각자의 꿈"이라는 본능적인 자각에서 비롯된다. 이 자각의 뼈아픔에 1990년대가 초대받아 들어섰던 것이다.

4. 향유에의 탐닉―장정일

어떻게 말해도, 향유는 분명 부정과 다른 것이다. 부정이 모더니즘의 아이템이면서도 전(全) 시대적인 속성을 지닌 반면 향유는 확실히 포스트모더니즘 사회의 산물이다. 양자의 차이는 모더니즘과 이에 대한 작은 반동의 의미를 지닌 포스트모더니즘의 차이이기도 하다. 부정이 모더니즘의 합리성에의 저항이지만, 한편 이 합리성이 모더니즘 사회에 진정 실현된 적이 없다는 점에서 모순에 빠질 수 있다면, 이에 비해 향유의 코드는 분열 없는 단순한 긍정으로 보일 수 있다. 부정은 대사회적 공략을 암묵적으로 전제하는 것이고, 향유는 대단히 개인적 차원에서 발생하는 쾌락이기 때문이다. 그런 의미에서 향유는 부정을 노고로 만들어버리는 측면이 있다.

향유는 사회를 문제삼지 않고, 세계와 대치하려 하지 않는다. 혹은 세계를 의식하는 내면과의 갈등으로 치닫지 않는다. 향유는 질문하거나 비판하지 않고, 분노하거나 회의하지 않고, 노동하지 않는다. 무엇보다 어떤 거리감, 균열을 갖지 않는다. 그것은 받아들이고 순응하는 것이다. 상품 사회라면 상품에 빠져드는 것이다. 이 때문에 향유는 대개 감각의 선을 따라 형성된다.

장정일은 부정의 파고가 아직 한창 드높고 드셌을 때 너무 빨리 나타나 꽃피운 향유의 개척자다. 향유의 개척자라는 표현이 다소 어색하지만, 우리 시문학사에서 자본주의적인 향유가 나타난 것은 그가 최초라 할 수 있다. 그리고 모든 최초가 그렇듯이 그의 시는 불시착한 모습으로 던져졌으며, 그 생경함은 이후 향유의 계승자가 나타나도 스러지지 않았다. 그에게서 포스트모더니즘의 냄새가 나는 것은 이 때문이다. 그의 시는 모더니즘의 식자연(識者然)과는 거리가 멀고 포스트 사회의 대중적 감수성을 지니고 있다. 시대의 풍속도라는 것도 그의 시에는 도락 차원으로 들어올 뿐이다.

1987년에 나온 『햄버거에 대한 명상』(민음사, 1987)이라는 뜻밖의 시집은 우리 문학사에서 충분히 주목받지 못한 대표적 시집 중의 하나이다. 향유가 이런 식으로 아무 예고 없이 왔다가 재빨리 사라졌기에, 이것이 어떤 사건인지 당시에는 알 수 없었고 이후로도 충분히 조명받지 못했다. 다만 최근 들어 노도와 같은 부정의 한편에 향유의 지류들이 형성되면서 향유적 감각이 색다르게 주목받기 시작했는데 사실 이것은 장정일에서 발원하는 것이다. 장정일은 향유를 알았고, 무엇보다 향유를 탐닉할 줄 알았다. 향유와 탐닉은 둘 다 개인적인 것이다. 그러므로 향유에의 탐닉은 분열 없는 순수한 개인적 공간을 만들어낸다. 이제 그 안에 들어가 깃들 수 있는 환상이 성립된다.

미용주식회사가 있다. 아시아 굴지의

미용주식회사가 있다. 그리고
우리들에겐 요정이 있다. 현존하는 유일한 요정
매일 저녁 여덟 시 반, 티브이 화면을 찢으며
우리 곁에 날아오는 샴푸의 요정. 그녀는 15초 동안 지껄이고
캄캄한 화면 뒤로 사라진다. 여덟 시 반,
매일 저녁 여덟 시 반에는 그녀가
출연하는 광고가 있다. 기다려주세요

광고가 끝나면 사내는 무기력하게
티브이를 꺼버린다. 매일 저녁 15초가 필요할 뿐
사내는 사진을 들여다본다. 짝사랑하는
그녀 사진을 사내는 모은다. 방에 붙이기도 한다
흰 이를 드러내고 웃는 모습. 수영복을 입은 모습
승마복을 멋지게 입은 사진을 그는 모은다.
그리고 칼에 대어 잘라낸다. 샴푸의 요정이
어느 영화에 출연해서 보여주는
곧 입술이 닿으려는 찰나의 남자 배우 입술을
면도날로 잘라낸다.

선전문안이 들끓는 밤 열한 시
나지막이 샴푸의 요정이 속삭이지 않는가
그녀의 노래가 귓전에 맴돌지 않는가.
쓰세요, 쓰세요, 사랑의 향기를

느껴보세요. 그리고 그녀의 약속이
가슴속에 고동치지 않는가. 오늘밤
당신을 찾아가겠어요, 광고 속에서
그녀는 약속했었지. 욕망이 들끓는 사내의 머리통

옷을 벗는 요정. 담뱃불 자국이 송송한 소파에
비스듬이 눕는 요정. 신비스레 신비스레
가라앉는 요정. 뜨거운 입술로
이리 오세요 예쁜 아기, 속살거리는 요정
환영이 들끓는 밤 열두 시, 이윽고 샴푸의 요정은
그의 머리를 끌어당겨
냄새를 맡아본다. 제가 권한 것을 쓰셨겠지요
물론 그리하셨겠지요?
　　　　　　　　　　　　　—장정일, 「샴푸의 요정」 부분

『햄버거에 대한 명상』을 펼치면 이렇게 지금까지의 풍토와는 근본적으로 다른 진화를 한 장정일의 감수성이 태연하게 넘쳐난다. 시의 어디를 보아도, 이상에로의 지향이나 비판이 묻어 있지 않다. 눈을 들어 높은 세계를 향하지 않는 그의 시는 그냥 가까이에 있는 낮은 것들과 눈을 맞추고 하나가 되어 있다. 이것은 기묘한 은닉이다.

예컨대 「샴푸의 요정」에서처럼 샴푸 광고를 하는 모델에게 빠져 살아가는 것이다. 이것은 우리 시에 비로소 나타난 본격적 향유라

할 수 있다. 추구하지 않고 부정하지 않고 싸우지 않는 것이다. 다만 향락할 뿐이다. 향락 속에서 현실과 환상을 넘나드는 사내에게는 사회적 공간이 없다. 사회적 공간은 소통하고 공론화하는 장이다. 부정은 이 공간에서 행해지게 마련이다. 사내에게는 이러한 장이 없고 단지 "매일 저녁 여덟 시 반" "15초 동안"의 광고가 전부일 뿐이다. 이 광고는 사회가 아니다. 광고 모델인 그녀는 사회가 아니라 '요정'이다. "샴푸의 요정"은 그가 사회생활을 하게 하기보다는 향유의 삶을 존속케 하여 개인적 유폐 공간을 성립시킨다. 오직 요정이라는 가상의 공간에서만, "밤 열한 시"의 속삭임, "밤 열두 시"의 방문 등 사내가 꿈꾸는 욕망이 가능해진다. 그는 자신의 욕망을 즐긴다는 점에서 향유를, 욕망만을 위해 향유한다는 점에서 탐닉을, 그러므로 향유에의 탐닉을 체현한다.

『햄버거에 대한 명상』에는 샴푸의 요정과 같은 향유의 매개물이 계속 출현한다. 햄버거, 험프리 보가트, 실비아 플라스, 엘비스 프레슬리 등은 대중적 아이템들이지만, 장정일의 시 속에서는 단지 자본주의 사회의 소비 대상에 그치는 것이 아니다. 이 아이템들은 고독하고 고립적인 개인이 욕망과 환상을 투여하는 이미지요, 기표라 할 수 있다. 이 기표들은 당연하게도 어떤 의미나 메타적 뜻을 갖지 않는다. 텅 빈 기표들인 것이다. 또한 비어 있기에 향유와 탐닉이 가능해진다. 이것은 전적으로 개인적인 쾌락이다.

대중적 기표들을 운용한다는 점에서 장정일은 팝아트적인 감수성을 보여준다. 팝아트는 주지하다시피 반성의 기능을 버리고 상품사회에 잘 적응하고 이를 즐기는 포스트 사회의 태도이다. 장정일은 시에서 팝아트를 개인적 향유의 차원으로 진전시켰다. 향유하고 탐닉한다는 것, 이로써 정신적이고 고전적인 부정을 한번에 벗어버린 육체의 언어를 선보인 것이다. 그러나 이러한 장정일의 후예가 나타나기까지는 다소의 시간이 필요했다.

5. 향유에의 권유 — 2000년대 이후

향유는 후기 자본주의 사회가 진행되면서 나타난 태도이다. 시대와 불화하고 비판적 입지를 확보함으로써 이데올로기적 차원을 넘어서 존재의 정당성까지 확보하곤 했던 부정과는 양상이 다른 것이다. 초기 자본주의 시대와 달리 복잡해진 후기 현대사회에서는 부정이 그렇게 충격적으로 작용하지 않게 되었으며, 더이상 새롭게 비치지 않는 측면이 있다. 부정이 생각만큼 파괴적이거나 비판적이지 않게 여겨지게 된 것이다. 본격적인 소비사회에서는 미학적 생산이라는 것도 부분적으로는 상품 사회의 구조 속에 통합되는 까닭이다. 향유는 이러한 틈을 파고들어 고급한 모더니즘의 추구가 아니라 대중사회의 감수성을 발견하고 전파한 것이라 할 수 있다.

상품 사회에의 적응과 쾌감을 통해 본격적인 향유에의 탐닉을 보인 장정일의 시는 그 비고급적인 대중성으로 말미암아 출현 당시 의아함과 불편함을 불러일으켰다. 그리고 그것이 선구적인 것이었음을 알아차리기까지는 시간이 걸렸고, 세기가 바뀌어야만 했다. 21세기에 들어서자 부정이 다시 한번 격하게 타올랐지만 탈이데올로기화하거나 세대론적 저항으로, 성인식을 치르는 듯한 제례적 양식으로 그 양상이 다각화되었고, 그보다는 향유의 조짐이 발생했다는 것이 주목할 만한 일이었다. 부정을 반대하면서, 더 낮은 세계로 포복하는 향유가 동시다발적으로 등장하기 시작한 것이다. 특이한 것은 이것이 장정일과 같은 고립적 탐닉이라기보다는 권유의 모습을 하고 나타났다는 점이다. 마치 공동의 논리 없는 공동체를 꿈꾸기라도 하듯, 향유에의 권유는 감각과 느낌의 공유를 제시하며 출현했다.

이러한 움직임들 중에서 최초의 가시적인 기미는 김언의 「유령-되기」에서 찾아야 할 것이다. "감정의 동료들은 여전히 집이 되기를 거부하지요"라는 한 구절은 2000년대의 새로운 감수성의 지표를 날카롭게 노정했다. "감정의 동료"라는 말은 감정과 감각 세계의 확장에서부터, 감정을 공유하고 향유하는 세대의 가능성에 이르기까지 다양한 가능성을 촉발시켰다. 부정이 아니라 향유의 노선이, 향유의 권유와 공유가 바야흐로 싹을 틔우기 시작하는 순간이었다.

김행숙의 의미는 이러한 2000년대의 분위기를 선명하게 집약하고 있다는 데에서 찾아야 할 것이다. 그의 시에서 싸우기보다는 느끼고, 반대하기보다는 열어두며, 타자와 타인이 주체 안으로 들어오지 않고도 함께할 수 있는 모종의 향유 지대가 가정된 것이다. 그것은 잠재적이고, 공동적이며, 감각적인 것이었다. 이 세계를 "다정함의 세계"로 칭할 수 있을 것 같다.

이곳에서 발이 녹는다

무릎이 없어지고, 나는 이곳에서 영원히 일어나고 싶지 않다

괜찮아요, 작은 목소리는 더 작은 목소리가 되어
우리는 함께 희미해진다

고마워요, 그 둥근 입술과 함께
작별인사를 위해 무늬를 만들었던 몇 가지의 손짓과
안녕, 하고 말하는 순간부터 투명해지는 한쪽 귀와

수평선처럼 누워 있는 세계에서
검은 돌고래가 솟구쳐오를 때

무릎이 반짝일 때
우리는 양팔을 벌리고 한없이 다가간다
　　　　　　　　　　　—김행숙, 「다정함의 세계」 전문

　'다정함'을 드러낼 수 있을까? 향유를 권유할 수 있을까? 이전에
는 문학이 이런 것을 할 수 있으리라고는 꿈도 꾸지 못했던 것이다.
문학은 예외적인 것이고, 거리를 가진 것이며, 독립적인 우월성을
지닌 것이었다. 이렇게 사소하고, 친화적이고, 은밀한 감정의 공동
체는 문학에서 입지를 가질 수 없는 것이었다. 김행숙의 시는 이것
을 가능하게 했다. "나는 이곳에서 영원히 일어나고 싶지 않다" "우
리는 함께 희미해진다" "우리는 양팔을 벌리고 한없이 다가간다"와

같은 구절은 주체의 복수화를 통해 향유를 확대하는 전형적인 권유를 보여주고 있다. 향유의 개인적 속성을 권유의 사회성과 결합시킴으로써, 향유를 공유와 운동의 방향으로 나아가게 한 것이다. 이제 부정과 탈출이 아니라 이 세계를 함께 누리며 감응하는 무리들이 탄생했다. 근본적으로 감수성이 변화한 것이다.

최근 시인들에게서 향유는 더 다양한 방향으로 피어나고 포진되고 있다. 이우성, 김이강, 황인찬, 송승언 등의 시들은 다소의 정향은 다르지만 부정이 아니라 향유의 시를 쓰고 있다는 점에서 공통된다. 불투명한 세계의 내용을 문제삼고 바꾸려 하기보다는, 이 세계의 가능성에 동의하고 세계 내 도피를 감행하고 있는 것이다. 이들에게 세계는 머물러 감각하는 것이지 벗어나야 하는 것은 아니다. 이렇게 젊은 시인들에게 퍼져가는 향유에의 권유는 이제 2000년대를 구성하는 시대적 감각의 한 좌표로 자리잡은 듯하다. 공유하고 권유하는, 향유의 공동체에 대한 상상이 다양하고 분분하게 성큼 다가서고 있다.

2000년대 시와 불교적 사유

　세기가 바뀌면서 최근에 쏟아지는 시들은 어느 때보다 과도하게 불거지는 부분이 있는 것 같다. 비록 새로운 시도가 출현해도 대개는 이전 작품들과의 관련과 영향하에 놓이게 마련인데, 근래 들어서는 그러한 맥락 밖으로 튀어나오는 시도들이 나타나고 있는 것으로 보인다. 어떠한 흐름에서 파생되고 분기되는 것인지 적절한 주소를 찾기가 쉽지 않은 작품들이 동시에 여러 자리에서 발생하고 있는 것이다.

　이승훈은 서구의 20세기 중엽, 우리의 경우 그 후반을 현대시 중에서도 특별히 후기 현대시라 지칭한다. 모더니즘을 현대시로, 모더니즘 이후를 후기 현대시로 간주하면서 후기 현대시가 "예술의 역사로부터 자유롭기 때문에 일정한 미적 규범, 가치, 세계관에 구속되지 않는다"*고 한다. 여기서 예술의 역사에 속하지 않는다는 말은 꽤나 파격적으로 들린다. 지금까지 물려받거나 획득**해야 한다고 생각하던 역사의 회로에서 벗어나 시가 그야말로 자유와 해방을 구가하는 것으로 여겨지는 까닭이다. 물론 이 자유는 "역사적 방향을 상실하고 제멋대로 표류"***하는 것과 크게는 다르지 않다. 자유는 분명 표류와 가깝다.

이승훈이 생각하는 후기 현대시는, 해체와 기표들의 연쇄라는 텍스트의 성격에 근거하여 우리의 1980~90년대를 염두에 둔 것이다. 하지만 이러한 성향이 세기가 바뀌면서 더 자유롭고 과감하게 진행되는 것을 생각하면 2000년대 시까지 지칭하는 것이라 보아도 무방할 것이다. 사실상 1980~90년대를 통과하면서 최근 시는 만화방창적 면모를 보이며 역사로부터의 해방이라는 화두를 떠올리게 하는 측면이 있다. 물론 세심하게 재고해야 할 점도 있다. 이것 역시 대부분의 시들이 당대에는 그 의미와 형체를 알아보기 어렵다가 이후 윤곽이 뚜렷해지는 것과 같은 맥락이 아닐까. 비슷한 설명일 수 있는데, 방향이 없어 보인다는 것이 다만 그 위치를 읽어낼 수 있는 적절한 안목의 부재를 일컫는 것이 아닐까. 아니면 최근의 시들은 기존의 문학으로부터의 이탈이라는, 항상적이고 잦은 시도의 축적 끝에 이전의 어느 때보다 그럴듯하게 분리를 수행하고 있는 중인가. 그렇다면 이 예외성은 어떻게 달성되는 것이며 과연 문학적인 수긍 위에서 설명될 수 있는 것인가.

---

* 이승훈, 『선과 아방가르드』, 푸른사상, 2014, 29쪽.

** '획득'이라는 말을 쓴 것은 엘리엇이다. 그는 전통은 물려받는 것이 아니라 수고스럽게 획득해야 한다고 말하고 있다. T. S. 엘리엇, 「전통과 개인의 재능」, 『문예비평론』, 최종수 옮김, 박영사, 1974, 13쪽.

*** 이승훈, 같은 책, 29쪽.

2000년대 들어 더욱 두드러진 새로움과 난해함을 어떻게 읽어내야 할지에 대해 분분한 입장이 있을 수 있다. 꼼꼼한 독해보다는 무차별적인 비판이나 찬양 일변도의 담론이 뒤따르기 십상이다. 어쩌면 이것은 무방향성이 초래하는 당연한 결과일지 모른다. 따라서 다소 불완전해 보일지라도 우리 시대의 시를 끊임없는 조정과 관련의 프로세스로 보는 것이 설득력을 얻을 수 있다. 이것은 막연히 방향이 없다고 말하기보다는 시가 지속적으로 여러 요소와 접촉, 충돌해서 변화해나간다는 사고방식이다. 말하자면 시의 현대성을 설명할 수 있는 요소들을 안팎에서 찾아보는 것이다. 이 중의 하나가 불교와의 관련이다.

이승훈은 시와 불교의 관련을 단지 접촉과 충돌이 아니라 더 적극적 해법으로 모색한다. "우리 시의 후기 현대성을 선의 시학으로 극복할 수 있고, 극복해야 한다"*고 생각하는 것이다. 엄격히 말했을 때 시가 무엇을 극복한다는 것은 논란을 부를 여지가 있다. 시가 움직이고 변화하는 것은 극복을 향한 것이기보다는 새로운 활로를 개척하는 쪽에 가까운 것일 테니 말이다. 하지만 이승훈의 이 선명한 단언은 우리의 현대시**가 얼마나 불교적 세계 속에 들어서 있고, 깊이 침윤되어 있는지를 통찰하게 만든다. 극복이든, 침윤이든 무엇보다 확실한 것은 불교와의 접촉이 그동안 현대시를 더 복잡하게, 풍부하게 만들어왔다는 사실이다.

---

* 이승훈, 같은 책, 29쪽.
** 본고에서 쓰이는 '현대시'라는 말은 앞에서 이승훈이 의도한 후기 현대시의 의미로 사용한다. 즉 모더니즘 이후의 시를 지칭한다.

새삼 말할 것도 없이 시와 불교의 접목은 어제오늘의 일만은 아니다. 하지만 이 말은 좀더 정교해질 필요가 있다. 시와 불교가 만나는 방식 중에서 대표적인 두 가지를 들라면, 불교의 교리나 내용을 시라는 형식으로 표현하는 것과, 불교적 사유가 직간접으로 시에 구현하는 방식이 될 것이다. 다시 말하면 그 내용이 전적으로 불교적인 시, 이른바 선시류와, 내용에 불교적 색채는 찾아볼 수 없지만 사유의 방식이나 태도가 불교적인 시로 구별해볼 수 있다. 전자는 불교가 의식적으로 전제되어 있고, 후자는 불교시는 아닌데 무의식적이거나 잠재적으로 불교적 사유에 닿아 있다. 전자는 불교의 역사만큼이나 오래된 것이지만, 후자 즉 불교적 사유의 양상을 시에서 개방해가는 것은 비교적 최근에 활발하게 나타난 현상이다.

시에서 문제가 되는 것은 당연히 후자 쪽이다. 전자는 시보다는 불교적 통찰에 기울어져 있기에 먼저 종교적 내용과 의미가 주목된다. 시의 미적 형식이나 시도는 크게 고려되지 않는다. 시와 종교의 관련보다 종교의 우위가 두드러질 수 있는 것이다. 이에 비해 후자는 현대시가 불교적 사유와 접촉하는 현장이다. 그 접촉은 가시적이기도 하고 잠재적이기도 하며, 때로 추론에 의거해야 할 만큼 관련이 잘 드러나지 않기도 한다. 하지만 전자처럼 불교에 대한 소재적 접근이 아니기에 시로서 중요한 의미를 지닌다. 불교가 그대로 들어오는 것이 아니라 불교적 상상력이 작용하는 경우이다. 따라서 불교적 사유의 방식이 어떻게 시에 독특하게 접목될 수 있는지가 관건이 되는 후자의 경우를 중심으로 2000년대 현대시와 불교의 관련을 살펴볼 필요가 있다.

불교적 상상력이 1990년대를 넘어 특별히 2000년대 시에 어떻게 나타나고 있는지의 문제는 쉽게 예단할 수 있는 일이 아니다. 불교는 철학이면서 종교이기에 포괄적인 태도나 가치로 스며들 수 있고, 한편으로는 인식론적 측면이 강하기에 시와 같은 정서적 감응체와는 다르기 때문이다. 자칫 복합적 구조물인 시에서 불교적 정신의 뼈대를 앙상하게 추론해낼 우려가 따른다. 따라서 이 추론이 기계적이지 않으면서 또한 너무 일반적이지 않게 작동할 필요가 있다. 불교적 발상에 근접해 있다고 여겨지는 최근 시들에서, 불교적 사유의 양상이 어떻게 시를 형성하는 근간이 되는지 밀착하는 일이 중요해지는 이유이다.

1. '우성이'들―비아(非我) 혹은 무아(無我)

현대시가 전통적 서정시와 구별되는 명확한 지점은 주체의 위상이다. 동화나 투사를 통해 세계를 안정된 주체의 상태로 포괄해가는 전통적 주체의 지위는 의심할 나위 없이 확고한 것이었다. 여기서 확고하다는 것은 구성되어가는 과정으로서의 주체가 아니라 애초에 이미 구축된, 결정적인 주체라는 것을 뜻한다.

낭만적 전제 위에 놓이는 이러한 서정적 주체는 주지하다시피 모더니즘과 구조주의를 거치면서 부서지거나 사라지게 되었다. 현대시에서는 주체가 전면화되기보다 소외, 분열, 욕망, 타락, 소멸, 대체 등의 모습으로 언뜻언뜻 비쳐질 뿐이다. 이것은 세계와 맞서고 투쟁을 하거나 세계를 끌어안는, 이전의 투사적이거나 대지적 주체와는 확연히 다른 것이다. 거의 주체라고도 할 수 없을 정도로 파편적인, 흔적에 가까운 것이다. 감각과 인지면에서 불가피하게 혼란스러운 상태일 수밖에 없다.

중요한 것은 이러한 주체의 난맥상이 불교에서는 매우 적절한 통찰로 설명되고 있다는 점이다. 불교에서는 주체, 즉 이에 준하는 자아가 애초에 없는 것으로 생각되기 때문이다.* "존재라는 것은 여러 가지 요소들로 이루어진 하나의 집합에 지나지 않으며, 그것은 또한 찰나적이기 때문에 자기동일성을 지니는 상주불변의 실재가 아니라는 것"**이 불교의 생각이다. 비아나 무아는 초기 붓다 사상의 핵심이었으며 바로 불교의 근간을 이룬다. 이러한 관점에 입각하면, 전일적 주체를 전제한 가운데 이 전일성이 교란되는 현대의 주체를 해명해야 하는 곤란을 피할 수 있다. 현대시의 다양하고 비결정적인 존재의 모습들이 실체가 없는 불교식의 순간적 상태로 읽힐 수 있는 것이다. 즉 서정적 주체가 지니고 있던 자기동일성의 회로가 부서진 현대시들은 불교의 비아나 무아와 자연스럽게 만날 수 있다. 특히 주체가 없거나 무수히 많거나 일시적 집합의 양상을 보이고 있는 2000년대의 많은 시가 불교적 상상력과 상통 가능하

---

* "불교에서는 우리가 자아로 간주하며 집착하는 것을 색(色), 수(受), 상(想), 행(行), 식(識)의 오온(五蘊)으로 분석한다. 온(蘊)은 산스크리트어 'skandha'(積集)의 번역어로 여러 인연이 모여 쌓인 것을 뜻한다. 우리가 각자 자신이라고 생각하며 집착하는 것은 어떤 단일한 고정된 실체가 아니라 여러 가지가 인연화합하여 형성된 축적물 곧 온이라는 것이다." 한자경, 『불교철학의 전개』, 예문서원, 2003, 32쪽.

** 이거룡, 「윤회의 주체를 둘러싼 논쟁」, 『논쟁으로 보는 불교철학』, 예문서원, 1998, 50쪽.

게 된다.

나는 나에게서 나왔다 예전에 나는 나로 가득 차 있었다

입안에서 우성이를 몇 개 꺼내 흔든다
사람들은 어떤 우성이를 좋아하지

우성이는 어둠이라고 부르는 곳에 살았다
그때는 우성이가 다를 필요가 없었다 심지어 미남일 필요조차
그러나 가장 다양한 우성이는 우성이었다

공기의 모양을 추측하는 표정으로 사람들이 서 있다
우성이가 사실인지 어리둥절하다
우성이를 만진다
우성이가 자신과 똑같다는 사실이 놀랍다
그러나 우성이가 모두 다르다는 사실은 놀랍지 않다

나는 내가 다 어디로 가는지 모르지만
수십 수백만 개의 우성이가 떠오를 거라고 말했다
　　　　　　　　　　　　　　　　　—이우성, 「사람들」 전문

　이우성의 시에는 주체의 터널이 형성되지 않는다. 주체의 감정,
인식의 통로로서의 세계가 드러나지 않는다. 주체는 통일되어 있

지도 통일될 수도 없다. 처음부터 명사적이라기보다는 동사적이거나 형용사적인 어떤 상태에 불과하기에, 낯선 것은 세계나 대상이 아니라 바로 주체다. 이 주체 아닌 주체는 경험의 총체를 구성할 수 없으며, 이의 결과로서의 사유나 감정을 제시할 수 없다. 다양하게 어수선한 발화를 할 수 있을 뿐이다.

'우성이'란 무엇인가. '우성이'는 없고 '우성이'들로 가득한 그러한 '우성이'란 무엇인가. "우성이를 몇 개 꺼내 흔드"는 일이 존재가 할 수 있는 전부일진대, 사람들은 "우성이가 사실인지 어리둥절하"기만 할 뿐이다. 그들은 "우성이를 만지"고 "우성이가 자신과 똑같다는 사실이 놀랍"고, "우성이가 모두 다르다는 사실"을 받아들인다. 즉 그들이 "어떤 우성이를 좋아하"는지 알 수 없지만, '우성이'가 사실인지, 현상인지, 감각인지 알 수 없지만, 분명한 것은 "가장 다양한 우성이는 우성이"라는 것이다. '우성이'는 다양함, 바로 그것이다.

이로써 '우성이'의 의미를 추론해볼 수 있다. '우성이'가 모든 곳에 있다는 것, '우성이'로 모두가 "똑같다"는 것, 그리고 "다양한 우성이"라는 것이다. 같지만 다르다는 이 모순적인 진술이 '우성이'의 부실한 내용이다. 실체로서의 자아가 아니라 순간순간 이동중인 비결정적인 '우성이'는 일시적인 혼합물에 불과하다. 모였다 흩어지는 "수십 수백만 개의 우성이"일 뿐이다. 셀 수 없는 것이며, 찰나적 운집이며, 그런 의미에서 불교의 비아이면서 무아이다. 이것이 2000년대를 10여 년 넘어선 최근 시의 지각계 중의 하나라 할 수 있는 "우성이" 현상이 갖는 의미이다.

2. 누군가를 '대신'하기 — 연기(緣起)와 불이(不二)의 세계

정합적이지 않은 주체는 존재의 고유한 내용을 구성할 수 없다. 고유한 내용이라는 것은 단순한 차원에서 보면 구별 가능한 것, 즉 생일과 이름, 관계등 주체를 알아보게 만드는 여러 표시들이다. 서정적 주체에게는 이런 표시들이 궁금하지도, 문제되지도 않는다. 주체가 안정되고 확고한 상태에서는 이런 것들을 새삼 확인할 필요가 없는 것이다.

주체의 동일성이 붕괴되고 특히 2000년대에 이르러 이러한 레테르가 갑자기 밀물처럼 시단에 떠올랐다. 생일이나 이름에 대한 시들이 급속도로 번져나간 것이다. 자기동일성을 지시하는 말들의 범람은 역으로 이 말들이 2000년대의 주체들에겐 생소하거나 납득하기 어려운 현상이었음을 가리키는 것에 다름아니다. 「생일」(김소연), 「생일축하」(하재연), 「생년월일」(이장욱) 등과 같이 생일이 소재가 되거나 시의 제목이 되는 경우가 많아졌으며, 이름이라는 말이 들어간 시들도 쏟아졌다. "둘이 죽고 나면 셋이 남고 셋이 죽고 나면/더없이 많은 숫자들이 다시 헤아려야 하는 이름 때문에/이 물질의 이름은 부적합하다"(김언, 「이 물질의 이름」), "토요일이라는 누구누구의 이름까지"(김행숙, 「일요일」), "오늘 자신의 수명을 모르는 꽃은 내일 자신의 이름을 알게 된다"(김경주, 「연두의 시제」). 또한 관계를 드러내는 언니라는 말이 유행을 했는데, 조연호에게 언니는 항시적으로 나타나고 있으며(「네 개의 문조 알」「달력의 순서」「아르카디아의 광견」「사라진 그녀들」), 이영주는 시집 제목으로 쓰기도 하였다(『언니에게』). 많은 시인에게 이러한 말들은 그들의 비주체성을 새삼 확인하게 만드는 일상화된 보통명사로 오르내리게 되었다.

2000년대 시의 주체 아닌 주체들에게 문제시되었던 이름, 생년월일, 관계 등의 지시성은 구별과 정체성에 대한 회의이자 불신의 징표다. 이들 지시성은 주체를 더 낯설게 하는 데 일조한다. 이것은 불교적 관점에서 보면 실체를 증명하려드는 시도이기 때문이다. 불교에서는 본질을 암시하는 실체를 부정하고 연기(緣起)를 주장한다. 연기는 "궁극적 실체란 존재하지 않으며 일체는 서로가 서로의 원인과 결과가 되어 상호의존적으로 존재"*하는 것을 말한다. 연기는 존재의 독립성, 궁극적인 실재성, 구별을 인정하지 않는다. 따라서 이름과 탄생일과 같이 존재를 구별하고 확정짓는 것에 의미를 두지 않는다. 모든 존재하는 것들은 개별적이라기보다는 서로가 서로에게 순간적으로 의존, 연결되어 결합되어 있을 뿐이다.

연기와 관련해서, 구별을 꺼리는 불교의 사유를 보여주는 것으로 불이(不二)가 있다. 불이는 모든 이분법에 대한 광범위하고 근본적인 부정이다. 유와 무, 생과 사, 법과 상, 진과 속이 둘이 아니다. 불교에서 "집착은 분별에 기인한다. 분별은 둘로 나누어 보는 것인데 그것이 바로 식(識)이다. 이에 반해서 지(智)는 분별함이 없다. 연

---

* 한자경, 같은 책, 47쪽.

기적인 관점에서 볼 때, 모든 것은 분별할 만한 자성이 없으므로 분별은 그 절대적 근거를 상실할 수밖에 없는데 이것이 바로 무분별이다."* 결국 모든 것이 인연에 따라 의존되어 있는데, 이들을 구별하고 자립적으로 보는 것은 잘못이라는 것이 불교적 관점이다.

누군가의 꿈속에서 나는 매일 죽는다

나는 따뜻한 물에 녹고 있는
얼음의 공포

물고기 알처럼 섬세하게
움직이는 이야기

나는 내가 사랑하는 것들을
하나하나 열거하지 못한다

몇 번씩 얼굴을 바꾸며
내가 속한 시간과
나를 벗어난 시간을
생각한다

---

* 최정규, 「중관과 유식의 대화」, 『논쟁으로 보는 불교철학』, 앞의 책, 78쪽.

누군가의 꿈을 대신 꾸며

누군가의 웃음을

대신 웃으며

나는 낯선 공기이거나

때로는 실물에 대한 기억

나는 피를 흘리고

나는 인간이 되어가는 슬픔

                        —신해욱, 「끝나지 않는 것에 대한 생각」 전문

  신해욱의 시는 존재란 무엇인가에 대한 2000년대 식의 감각을 보여준다. 여기서 '나'는 결코 독립적 존재가 아니다. "누군가의 꿈 속에서 나는 매일 죽는다"라고 시작하는 이 시는 죽음이 절대적 종말이 아니라 어떤 과정과 관련의 일부임을 암시하는 듯하다. '나'는 '누군가'와, "누군가의 꿈"과 관련되어 있다. '나'는 "따뜻한 물에 녹고 있는" '얼음'이고 '물'과 '얼음'에 동시에 어른거린다. 불교적 아공법공(我空法空)과 연기로 보면 이것들은 독립적 자성(自性)이 없는 무와 공으로 연결되어 있다. 얼음은 물이며 얼음이고, 얼음 역시 마찬가지다. "얼음의 공포"는 곧 물의 공포다. 그리고 '나'는 이러한 사물들이기도 하다. '나'는 "몇 번씩 얼굴을 바꾸며/내가 속한 시간과/나를 벗어난 시간"에 걸쳐 있다. 그때그때 바뀌면서, 의존하면서, 모였다 흩어지면서 존재한다.

그러므로 이제 '대신'한다는 말이 자연스럽게 흘러나온다. "나는 누군가의 꿈을 대신 꾸며/누군가의 웃음을/대신 웃으며" 존재한다. 누군가를 대신하면, '나'는 '나'인가, 누군가인가. 아마 구별할 수 없는 상태가 될 것이다. '나'는 누군가와 결국 다르지 않게 된다. 그야말로 '불이'다. 나아가 '나'라는 존재가 확정적이지 않기에 '나'는 '나'를 대신하는 것이 되기도 한다. 인간 존재뿐이 아니다. "나는 낯선 공기이거나/실물에 대한 기억"을 가지는데, 이 말은 곧 내가 사물에서 건너왔음을 시사한다. '나'는 사물이었다가 "인간이 되어가는 슬픔"을 경험한다. 대신한다는 것, 존재의 교환과 변이라는 끊임없는 변수는 그야말로 연기와 불이라는 불교적 사유를 잘 보여주고 있다고 할 수 있다.

3. '모든 것이 다 그저 그런 것'—평상심과 선의 일상화

최근에 나타난 현대시의 징후 중에서 인상적인 대립이 있다. 부정과 변형이 두드러진 난해한 미학적 탐색과, 반대로 미적 자의식을 되도록 투사하지 않고 현상을 그대로 옮기듯이 하는 경향이다. 한쪽은 손질과 공작성, 실험을 과도하게 진행하고, 다른 한쪽은 가능한 한 대상과 세계를 내버려두고 손을 대지 않으려 한다. 과잉적 극대화와 미니멀한 최소화가 거의 동시에 생산되고 있는 상황 자체가 자못 흥미로운 일이다. 대개는 이 상반된 예술의 태도가 순차

적으로, 혹은 번갈아 나타나기 마련인데, 두 경향의 시들이 출발에
서의 근소한 차이는 있어도 크게 보아 2000년대를 함께 채우고 있
는 것이다.

다소의 무리가 있지만 이를 불교적 영역에 투사하면 중국 선종
에서의 임제선과 마조선의 대비에 비유할 수 있다. 물론 임제는 달
마로부터 시작된 중국 선종의 6조 혜능에서 성립된 조사선의 남
악-마조-백장-황벽-임제의 계열에 속하니, 마조의 제자라 할 수
있다. 하지만 주지하다시피 임제와 마조는 여러 가지 면에서 대비
된다. 예컨대 부처도 죽이고 조사도 죽이라는 임제의 말에 잘 나타
나 있듯이, 부처든 경전이든, "임제종이 보여주는 가장 큰 특성은
일체의 전통과 권위를 파괴한다는 점"*이다. 나아가 모든 구속에서
벗어날 것을 지시하는 임제선의 충격, 파격, 비약을 시쓰기에 적용
하면 어떠한 형식이나 관습에 구애되지 않는, 이를테면 초현실주
의 시쓰기를 연상하게 된다. 2000년대 초에 특히 과도하게 분출된
우리 시의 부정과 파괴의 시도는 얼핏 임제선과 어울린다고 할 수
있다.

이에 비해 예의 마조선은 한마디로 "평온한 마음으로 살아가는
그것이 도"라는 사상, 즉 평범한 일상생활이 도여서 "도가 일상으로
부터의 이탈이 아니라 일상으로의 회귀"***라는 사상이다. 평상심이
그냥 도여서 선의 일상화를 강조하고 마음을 닦지도 않는다. 무엇

---

* 이러한 임제종이 우리에게 친숙하게 다가오는 이유는 "한국 불교의 법맥이 임제종을
계승하기 때문이다". 이 밖의 임제종의 성격에 대해서는 이승훈, 같은 책, 255~257쪽.
** 권기호, 『선시의 세계』, 경북대학교 출판부, 1991, 21~22쪽.

인가를 추구하고 조작하는 것이 아니라 평범한 삶을 유지하는 것이 청정한 것이고 도의 삶인 것이다.

마조선을 시학에 적용하면 일종의 "곧장 말하기"다. 조작과 시비를 하지 않는 "곧장 말하기는 문체가 건조하고 일체 장식이 없고, 일체 시적 기법이 없다."* 즉 현상세계 너머의 의미를 궁구하기 위해 여러 가지 문학적 수사나 기법을 도용하는 것이 아니며, 또한 임제선적인 방식으로 비약과 파격을 활용하여 현상 세계를 일그러뜨리지도 않는다. 마조선은 이러한 복잡한 형식적 기법에 의지하지 않고 바로 접촉하기를 권한다. 산은 산이요, 물은 물이라는 식으로 얼핏 매우 싱겁고 평범한 방식으로 보인다. 그리하여 일상과 생활의 이러저러한 모습을 있는 그대로 보여주는 것이다.

어디로 가고 싶다고 했었죠?

네?

어딘가로 가고 싶다고 하지 않았어요 지난번에?

제가 그랬나요?

스칸디나비아반도 근처였던 것 같은데요

아, 핀란드요?

아, 핀란드

맛도 없는 싸구려 와인을 몇 곱절의 값을 내고 마시던 저녁이었다

---

* 이승훈은 '곧장 말하기'가 "묘사 없이 선적 사유나 깨달음을 말하기"를 단순화하고 극단화한 것으로 설명하고 있다. 이승훈, 같은 책, 223쪽.

비가 오지 않았더라면 놀이터에 앉아서 맥주를 마셨을 거였다

핀란드에는 왜 가고 싶어요?
그냥요, 겨울만 있잖아요
추운 게 좋아요?
예전에는요

하필 휴가 나온 날, 날씨 참
아, 내 인생에 저주 같은 게 걸려 있는 게 아닐까
최병사가 앉은 창가 자리로 계속해서 비가 들이치고 있었고
나는 와인잔을 퉁겨보며 핀란드가 아닌 지중해의 이탈리아가 더
행복할지도 모른다고 생각하고 있었다
이국땅을 그리워하는 것보다는 고국을 그리워하는 편이 더 행복
할 거라 생각하듯이

난 사실은 이제 겨울도 핀란드도 무엇도 다 그저 그래 모든 것이
다 그저 그런 것 같아
그래? 겨울도?
응, 겨울이 너무 추워졌어 여긴 남쪽이 아니잖아 서울 겨울은 너
무 추워
아, 정말 날씨 짜증나 전엔 비 오는 거 정말 좋아했는데, 홍대 이
거리로 돌아오면 너무 가슴이 설레고 벅찰 것 같았는데, 옛날처럼
거닐어보고 싶었는데, 모든 게 다 한때인 것 같아

그날 나는 결국 상심해하는 최병사와 핀란드를 기억하는 그와

또 누구인가 말수가 적었던 한둘을 빗속에 두고, 홀로 귀가했다

춥고 허탈했다

다시 오지 않을 계절의 다시 입지 않을 옷처럼

핀란드를 떠올리며

—김이강, 「핀란드」 전문

김이강의 시를 읽는 방법은 무엇일까. 바로 방법 없이 읽는 것이다. 시에 방법이 들어 있지 않은 까닭이다. 이 시에는 그야말로 어떠한 장식도 없다. 비유나 비약도, 의미나 심연도, 복잡한 외관이나 틀도 없다. 물 흐르듯이 흘러가는 대화나 이야기, 시선의 이동, 잡힐 듯한 사실과 현상들, 훤히 들여다보이는, 표면에서 찰랑이는 감정의 기복 같은 것이 어떠한 가림판도 없이 노정되어 있다. "어디로 가고 싶다고 했었죠?" "네?" "제가 그랬나요?" "아, 핀란드요?" "아, 핀란드" "핀란드에는 왜 가고 싶어요?" "그냥요"와 같은 무심한 대화는 가히 선승들이 나누는 대화와도 같다. 무심을 넘어 방심의 경지다. 말들은 의미의 고리를 형성하지 않고 간신히 표면에서 접촉할 뿐이다. 그리고 표면으로 흘러간다.

김이강의 시는 그야말로 마조선적인 '곧장 말하기'다. 그는 아무에두름도 없이 '곧장 말하'고 있다. 즉각적으로, 직접적으로 말이다. 그리하여 평범한 일상의 만남, 대화, 감각, 회상 같은 것들이 어떠한 의미로의 경유도, 간섭도 경험하지 않은 채 즉석에서 떠다닌다.

일상으로부터 벗어나는 것이 아니라 일상 한가운데 들어서 있는 것이 도라 생각했던 마조선과 겹치는 장면이라 할 수 있다. "난 사실은 이제 겨울도 핀란드도 무엇도 다 그저 그래 모든 것이 다 그저 그런 것 같아"라는 발화에는 마조선의 이치, 평범한 일상밖에는 아무것도 없다는 것이 담담하게 전해진다. "모든 것이 다 그저 그런" 일상, 여기에 마조선의 핵심이 놓이는 것이다.

시의 이미지는 어디서 오는가
―최근 시의 이미지에 대하여

　우리가 한 편의 시를 읽을 때, 시는 무엇인가를 보여준다. 사물이나 대상, 세계, 화자, 시간, 공간, 분위기, 이들이 엮어내는 관련을 보여준다. 시가 보여주는 것, 그리하여 우리가 보는 것을 바로 이미지라 할 수 있을 것 같다. 예를 들어 시에서 '한 송이 꽃이 있다'고 할 때 이것은 정확하게 말하면 꽃의 이미지다. 시에서 그렇게 나타나는, 그런 방식으로 보이길 기대하는 꽃이다. 객관적으로 존재하는 꽃이나 추상적 실재의 꽃이 아니다. 과학이나 철학이 아니기에 시에서 꽃은 이미지로 존재한다.

　시는 무엇보다 이미지다. 시인에 의해 특유의 방식으로 감각된 사물의 상이다. 우리는 시인이 본 것을, 시인이 제시하는 방식을 보는 것이다. 물론 그 방식을 다 이해할 수도, 모든 것을 공감할 수도 없다. 하지만 시인 자신도 자신이 제시한 이미지를 다 이해할 수 없다는 점에서 우리와 크게 다르지 않다. 여기서 시인이 시의 한 요소일 뿐이라는 사실이 지적될 수 있다.

시인이 한 요소로 참여하고 있는, 시인에게 나타나는 이미지의 파노라마가 시이다. 시의 비밀은 이미지의 비밀이다. 대지의 은폐성과 세계의 개시성 사이의 긴장을 예술 작품의 근원으로 보았던 하이데거를 떠올려보았을 때, 이 이분화된 설명을 일원화할 수 있는 것이 이미지이다. 사물과 세계가 형상을 갖는 것, 즉 이미지로 하이데거적 은폐와 개시가 조우할 수 있다. 이미지로 시는 닫히고 열리는 것이다.

신비화의 의도를 가지고 있지 않음에도 불구하고 이미지가 어떻게 만들어지는지 설명하기는 쉽지 않다. 그 비밀을 파헤치는 것은 가능할 것 같지가 않다. 시를 이해하려는 시도들은 그 방식에 있어 다양한 차이를 지니고 있음에도 불구하고 대개의 경우, 이미지의 효과에 국한된다. 다시 꽃의 예를 들면 꽃의 이미지가 발생하는 원리라기보다는 이미 제공된 이미지에서 풍기는 향기나 아름다움을 분석하는 것이다. 물론 이러한 시도들도 꽃에 대해 알게 해주기는 하지만 애초의 입지는 다르다고 할 수 있다. 이미지를 데이터화하는 것이 아니라 그 프로세스가 문제된다면 말이다.

시인 자신도 정확하게 인지할 수 없는 것, 이미지가 어떻게 탄생하는가 하는 것은 시를 이야기할 때 대부분 괄호 안으로 들어가게 된다. 이 괄호 안을 들여다보는 것은 난감하게만 느껴진다. 단지 영감과 같은, 시인 너머의 보이지 않는 손이 만들어낸다고 하기에는 이미지는 대단히 치밀하고 구조적이며, 또 전적으로 시인의 창작물이라고 하기엔 시인 자신도 전능한 역할을 하는 것 같지 않기 때문이다. 과연 이미지는 어디서 오는가. 우리 시단의 몇몇 시인에게서 이것을 살펴보는 것은 흥미로운 일이다.

1. 이미지라기보다는 차라리 실체— 서효인

시에 이미지가 없을 수 있을까. 분명 그럴 수 없을 텐데도 이미지가 없는 것 같은 인상을 주는 것은 어떤 경우일까. 우선 시인에 의해 감각된 상이 그려지기보다는 사실적인 장면으로 채워진 시를 떠올릴 수 있다. 마치 시인을 경유하지 않고 바로 캡처된 것 같은 장면들로 이루어지는 시다. 여기서는 시인의 개입뿐 아니라 감각하고 반응하는 주체가 비워지고, 대상의 사실성, 현상으로서의 세계가 건조되는 것처럼 보인다.

주체에 의지하거나 빚지지 않는 현상학을 구축하려는 서효인의 시도는 주체의 축소라는 현대시의 방향과 궤를 같이하는 것이다. 그에게 세계 내의 대상들은 주체와 무관하게 독자적으로 존재하려는 것처럼 보인다. 그것들은 주체의 승인을 받을 필요가 없다. 쉽게 구부러지지 않고, 견고하고, 단단하다. 주체가 뚫고 통과할 수 없으며, 따라서 이미지라기보다는 실체로 나타난다. 모든 '단단한 것들이 녹아 사라지는 시대'에, 부딪쳐도 유지될 수 있는 실체로 그려진다.

고향 친구는 내가 사는 아파트에서 북한이 보이는 줄로 안다. 아파트에서 보이는 건 또다른 아파트뿐이다. 아파트 앞에 아파트 앞에 아파트에서 아파트를 생각하며 잔다. 아파트 뒤에 아파트 뒤에 아파트에서 아파트를 생각하며 잠 못 이룬다. 내가 아는 노인은 종일 텔레비전을 보며 북한 생각을 한다. 내가 하는 생각은 텔레비전뿐이다. 드라마 다음에는 예능 다음에는 뉴스 생각을 한다. 드라마 전에 예능 전에 뉴스에서 나는 아무 생각도 없었다. 북한을 비스듬히 등지고 아파트는 줄을 섰다. 나는 빨갱이도 아니요, 지주도 아니었다. 나는 입주민이다. 골프연습장의 조도는 충분히 도발적이다. 총 쏘는 소리 들리지만 누구도 귀를 막진 않았다. 고향 친구도 아는 노인도. 골프장 민원은 해결되지 않았다. 도시는 슬픔에 빠졌다. 개 그 프로그램을 본다. 도시는 웃지 않는다. 도시는 눈부시고,

　　내일은 월요일이다.

　　　　　　　　　　　　　　　　　　　　　　　—서효인, 「신도시」 전문

　서효인의 시에 지명, 건물, 구체적 실물이 자주 등장하는 것은 이러한 연유이다. 그는 시를 육체의 언어로 세우길 바라고 육체를 가진 대상이 채우길 바란다. 대상들은 스스로 발생하고 존재하는 것 같다. 시인에 의해 읽히지도 시인의 망막에 맺히는 상도 아니다. 그들에게는 관념의 그림자가 드리워지지 않는다.

　재미있는 것은 아파트 같은 건물뿐 아니라, 아파트에 거주하고 있는 입주민들의 삶 역시 건축물처럼 보인다는 사실이다. "아파트에서 보이는 건 또다른 아파트뿐"이며, 사람들은 "아파트 앞에 아파

트 앞에 아파트에서" "아파트 뒤에 아파트 뒤에 아파트에서 아파트를 생각"한다. 또한 아파트에서는 텔레비전이 전부이다. 사람들은 "드라마 다음에는 예능 다음에는 뉴스 생각"을 할 뿐이다. 그들은 이런 것으로 존재한다. 아파트와 다를 바 없는 건축물로 놓여 있다. 이러한 사람들의 삶과 생활이 건조하게 그려지며, 감각적인 이미지가 억제되어 있다.

서효인이 세계를 부서지지 않는 견고한 물체로 인식하려는 것은 이미지에 저항하기 때문인 것으로 보인다. 그에게 시는 사실에 부딪쳐서 이미지가 물러나는 것이다. 이미지를 제어하는 순간에 그의 시는 태동한다. 이것은 서효인의 시를 때로 딱딱하게, 매우 유니크하게 만든다. 그가 이미지의 '황폐화'나 '실패'를 이야기할 때, 그것은 이미지 편에 서지 않는 것을 고백하는 것에 다름아니다. 이미지는 시인이 세계를 바라볼 때 시인의 내면에 서성이는 그림인 까닭이다. 중요한 것은 그림이 아니라 대상이며 세계 자체다. 서효인은 여기에 들어서려 하지 않는다. 이것이 그의 시쓰기가 갖는 철저함과 염결성이다.

2. 이미지는 기다려주지 않는다 — 강성은

익숙한 이미지가 있다. 익숙하기는 한데 잘 알 수 없는 이미지들이 있다. 우리가 알지는 못하는데 마치 우리를 알고 있는 듯한 이미지들이 있다. 때때로 어떤 이미지들은 아주 먼 곳에서부터 우리에게 온 것 같은 느낌을 준다. 지금 여기에서 비롯된 것이 아니라 애초에 시간과 공간의 경과를 가늠할 수 없을 정도로 오랜 이동을 해서 우리를 찾아온 듯하다. 그러므로 이 장면은 시인에 의해 만들어진 것 같지가 않다. 시인 이전에 생존했고, 우연히 시인의 눈앞에 당도하였으며, 우리를 대표해 시인이 이를 바라보는 상태로 제시된다. 이렇게 시인을 통해 우리에게 전달된 이미지의 내용은 모호하고 신비하다. 처음과 끝이 구별되지 않으며, 대상들의 경계가 분명하지 않고, 어떤 계기로 작동되는 것인지 알 수가 없다.

강성은의 시가 보여주는 장면들은 대개 이러한 원형적 고독을 지닌 것들이다. 그의 이미지들은 감각과 경험의 이전 혹은 이후, 의식이 미치지 않는 어느 먼 곳에서 발원되는 듯하다. 시간과 공간이 지워진 곳에서의 사건이라는 것은 무어라 이름 붙일 수 없는 것이다. 하지만 우리는 이것의 신호를 매일 익숙하게 접한다. 역사라는 이름으로 구성해온 인식의 체제가 전혀 작용할 수 없는 이와 같은 풍광을 늘 맞닥뜨리곤 한다. 무엇인지 모르는 채 말이다.

지루하게 빛이 과수원 위에 머물렀다 해충을 죽이기 위해 모깃불을 놓았는데 흰 연기가 점점 번져 과수원을 덮었다 과목들은 연기 속으로 사라졌다 과수원은 미궁처럼 끝없고 그 속에서 벌레들의 윙윙거림이 쏟아져나오고 뛰쳐나오고 연기는 더욱 짙어지고 검어지고 불은 점점 더 거칠어지고 동물들의 발소리 같은 것이 들리고 누군가의 울부짖는 소리 저 속에 무엇이 있는 걸까 과수원은 어디로 간 것일까 마스크를 쓴 사람들이 무심히 안으로 걸어들어갔다 어느새 소리들이 잦아들고 연기가 조금씩 걷히고 사라진 과수원이 조금 더 넓어지고 있는 듯했다 해충은 사라지지 않을 것이다여름은 아직 끝나지 않았다 연기가 사라지자 나무 꼭대기마다 죽은 새들이 앉아 있었다 푸른 사과가 있어야 할 자리에 매달려 있는 죽은 새들 죽은 것이라고 믿기지 않을 만큼 들썩이고 있었다 마스크를 낀 사람들 사이로 양산을 든 노인이 혼잣말을 중얼거리며 지나갔다 바닥에 죽은 새들을 밟고 들썩이는 새들을 밟고 바삐 걸어갔다 과수원의 겨울을 생각했다 거긴 아무것도 없는 겨울

—강성은, 「여름 주간」 전문

강성은의 과수원은 탐색할 수 없는 곳이다. 너무나 익숙하지만 알 수 없는 장소다. "과수원은 미궁처럼 끝없고", 그러면서도 "과수원은 어디로 간 것"인지 알 수 없다. 있지만 없고, 없지만 있다. "마스크를 쓴 사람들이 무심히 안으로 걸어들어가"면 벌레나 동물들의, 또 누군가 울부짖는 "소리들이 잦아들고 연기가 조금씩 걷히고 사라진 과수원이 조금 더 넓어지고 있"다. 과수원은 사라졌지만 넓다. 이 이미지는 어디서 왔는가.

강성은에게 이미지는 기다려주지 않는 것이다. 이해하고 질문하고 함께 소통할 시간을 주지 않는다. 이것이 그의 시의 마력이다. 이미지는 시인보다 먼저이고, 이미 형성되어 있고, 관객을 개의치 않는 드라마처럼 펼쳐진다. 어디서 어떻게 왔는지 알 수 없는 채, 시인은 그 일부를 받아 적는다. 감각을 넘어선 감각, 경험을 넘어선 경험, 세계를 넘어선 세계의 이야기를 채록한다.

알 수 없는 것은 이러한 강성은 시의 이미지들이 단지 꿈같거나 몽상적인 것이 아니라는 점이다. 단지 비현실적인 그로테스크도 아니다. 이것은 마치 의식의 얇은 벽지 한 장만 벗겨내면 나타날 꿈틀거리는 또다른 현실이다. 우리를 알고 에워싸고 있는 이 화면에 우리는 익숙하다. 단지 언제 보았는지 기억할 수 없을 뿐이다.

3. 이미지가 구원해줄 것이다 ― 성동혁

무엇인가를 원한다. 간곡히 보고자 한다. 그러나 그것이 무엇인지는 알지 못한다. 무엇인지 모르는 채 헤매고, 그 속에서 쓴다. 다만 죽음이라는 것이 있어 이러저러한 것들을 필사적으로 비추어준다. 이것을, 저것을 들여다보게 한다. 죽음이 얼핏 보고 싶은 것을 보게 하는 렌즈의 역할을 하는 것이다. 하지만 이것도 가시적인 입구일 뿐이다.

성동혁에게 이미지는 온 영혼을 내어 바쳐서 얻고 싶은 것이다. 이미지 하나하나가 거의 불가능에서 길어 올려진다. 독특하게 죽음의 도움을 자주 받기는 하지만 그것으로 수월해지는 것은 아니다. 그의 시에서 사물들은 부득불 최후의 순간을 맞이한다. 최후의 순간이란 신이 어리는 순간이다. 그러나 거기 머무르지 않고 사물들은 죽음을 뚫고 나아가 거의 신의 이미지와 겹쳐진다. 그리하여 종착지 없는 도달로서, 현현하듯 나타난다. 그는 사물들의 미사여구가 완전히 벗겨지는 곳에서 시를 쓴다.

배꼽을 깨뜨리며 걷고 있다

신과 멀어지고 있다 이제

내 입으로 말해야 하는 이야기다

미안한 일이지만 나는 그저 영원하다

침착한 이젤 위에서

각막이 벗겨지고

심장이 썰리고

그러다 운 좋게 가끔 사람이 되어도

나는 그저 영원하다 그러나

격자무늬 방 안에선 도저히 잠들 수 없다

스스로의 장기를 바라보며

나를 헤매고 있다

새벽이 되면 사람이 되는

창백한 셔츠처럼

나를 정리하는 신이여

어느 옷걸이에 나를 걸어두었는가

어느 옷장 속에 나를 처박아두었는가
　　　　　　　　　　　　　　—성동혁, 「포르말린」 전문

　그의 시는 표면적으로는, 이미지를 얻은 것과 아직 이미지를 구하고 있는 문장 간의 뜨거운 긴장이다. "배꼽을 깨뜨리며 걷고 있다//신과 멀어지고 있다"는 "미안한 일이지만 나는 그저 영원하다"와, "침착한 이젤 위에서//각막이 벗겨지고//심장이 썰리고"는 "그러다 운 좋게 가끔 사람이 되어도//나는 그저 영원하다"와 대치된다. 두 인용 모두에서 앞부분은 이미지를 얻고 있지만 뒷부분은 그렇지 못하다. 과감하고 정확한 이미지를 한번 얻을수록 그것에 근접하기 위한 나머지 부분에서의 고투는 계속된다. 이 지난한 도달에의 과정을 구원이라 할 수 있을까.
　그렇다. 성동혁에게서는 이미지가 구원으로서의 면모를 지니는 듯하다. 이미지가 구원해줄 것이다. 이미지만이 정처가 될 수 있다. 그러나 이미지는 아직 도래하지 않았다. 도래하지 않는 것을 향해 가는 것, 이것이 그의 시의 탄생 지점이다. 하지만 더 중요한 것은 그가 도래하지 않는 이미지에 자신도 모르게 도달해 있다는 것, 도달한 곳에서 도달을 꿈꾸는 것을 무의식적으로 의식하지 않는다는 사실이다. 즉 그는 도달을 살기 위해 도달하지 않는다. 도달을 지속적으로 미완으로 바꾸어놓는 것, 이것이 그의 시의 숙명이다. 이 역설이 이미지에 도달하기 위한 험난한 과정을 무찌르는 유일한 길이라는 듯이 말이다.

4. 본 것을 쓴다 ― 장승리

무엇을 쓸까? 어떤 이미지를 쓸까? 시인들은 이미지를 사랑하기에 종종 이미지에 손대는 것을 싫어한다. 시인이 이미지에 개입하는 것이 아니라 이미지 스스로 존재하길 바란다. 이미지는 높고, 이미지는 불가피하고, 이미지는 신비하다. 시인이 이미지에 사로잡히는 것 자체가 아름다운 한 편의 시가 되는 것이다.

이와는 달리 보다 평등한 대칭관계를 생각해볼 수 있다. 이미지는 선재하지도, 위의를 가지지도 않으며, 시인과 마주선다. 시인의 존재에 의해, 시인의 작용으로, 이미지가 출발한다. 이미지는 시인과 동등하다.

장승리에게 이미지는 지금 막 눈앞에 펼쳐진 어떤 것이다. 그것

은 빛일 수도 나뭇잎일 수도 고양이일 수도 있다. 하지만 무엇보다
시인이 한 축에 자리함으로써, 그 맞은편에 빛과 나뭇잎과 고양이
의 이미지가 성립한다. 시인의 눈이 사물(의 이미지)을 발생시키고
발화시킨다. 시인이 보는 순간 모든 것이 가능해지는 것이다.

　나뭇잎으로 가려지지 않는 앙상함

　허기를 추월한

　더이상 발라낼 수 없는 빛 앞에서

　눈이 부시다

　셀 수 없는데도 부족하다
　　　　　　　　　　　　　　─장승리, 「에덴의 서쪽」 전문

　"더이상 발라낼 수 없는 빛"이라는 이미지는 매우 강인하게 여겨
진다. 지금 시인의 눈은 빛을 마주하고 견뎌낸다. 똑바로 바라볼 수
도 없는 빛을 발라내는 눈은 대상과 팽팽하게 겨루기라도 하는 것
같다. "눈이 부시다"는 것은 이렇게 눈을 뜨고 있다는 증언이다. 눈
을 끝까지 뜨고 있는 자만이 눈부심의 극렬함을 맛볼 수 있다. "허
기를 추월한" 빛의 가운데로 들어설 수 있다.
　사물을 본다는 것은 무슨 뜻일까. 내가 보는 사물이 나를 본다는

것이다. 사물이 나를 보고 있음을 내가 본다는 것이다. 이러한 교환이 동시에 이루어짐을 뜻한다. 이 '동시에'의 치명적인 순간을 기록하려는 것이 장승리의 시다. '동시에' 눈과 사물은 서로를 시작하고 유지한다. 서로를 지킨다. 그것은 빈틈없고, 치밀하며, 가장 사소한 듯 거대한 동행이다. 장승리에게 본 것을 쓴다는 것은 보는 순간 쓴다는 것과 같다. 그는 두 눈으로 쓴다. 그는 손으로 눈을 가릴 수 없는 시인이다. 비록 주머니 속에 웅크린 손이 있지만, 시도 때도 없이 그 손을 꺼내지는 않는다.

5. 존재는 현재(現在)이다 고로 이미지는 현재(顯在)한다 — 이윤설

이미지가 보다 더 가까이서 발생하는 시인들이 있다. 이미지와의 거리를 통해 이미지의 힘이나 위상을 의식하는 것과 달리, 보다 친연적으로 이미지가 발생하는 시인들이다.

이윤설에게 이미지는 특별히 어떠한 자리를 차지해야 하는 것 같지 않다. 그것은 의식적이어도 가장 늦은 의식이며, 존재의 뒤에 나타나는 의식이며, 따라서 의식이라기보다는 평이한 현재(現在)와 같다. 존재의 현재, 그것이 그냥 존재의 이미지다. 존재를 통틀어, 존재 아닌 것이 없는 것, 그것이다.

현재란 무엇인가. 피와 살이다. 피와 살과 행위다. 생략 없는, 가감 없는 과정이다. 모든 방향이 구별 없이 엎질러져 있는 부유하는 시공이다. 이윤설의 시에서 존재는 이러한 현재 전체에 걸쳐 있다.

그리고 이러한 존재의 현재가 바로 이미지로 현재(顯在)하는 것이다. 이것을 단계화할 수도, 연결할 수도 없다. 존재는 자신의 이미지와 구별되지 않는다. 이것을 어떻게 따로 얘기할 수 있는가. 이미지는 존재의 최초에서 최후에 이르기까지 존재 자체이다. 그렇게 즉물적이다.

> 이곳은 비가 자주 자주빛으로 온다
> 멍들은 것들이 낫느라 멍들은 자리에 피가 스며 번진다
> 눈썹을 자른다
> 네가 죽었다는 소식을 횡단보도를 건너다 맞은편 우연히 만난 이에게 바톤을 건네받듯 전해 들으며, 나는 그 소식을 넘기지 못해 가방에 찔러 넣고 비 젖은 거리를 걷는다 네가 죽었다 죽는 사람들은 모두 미안하다고 쓴다 너도 그랬다고 한다 미안, 모두들 안녕히.
> 자주 잠이 오고 꿈이 오고 눈을 뜨면 벽이 비를 흘리고 있다 백만년 전에도
> 나와 같은 평범한 한 여자가 있을 것이고 벗은 몸에서 깨어 백만년 전의 비를
> 바라보고 있을 것이다 그 여자는 자주빛으로 물들어가고
> 백만년 전의 꿈이 기억나지 않아 눈을 감을 것이다
> 감은 눈으로 자주 자주빛 피가 흐른다
> 나는 네 죽음으로써 조금쯤 삶 쪽으로 밀려갔다 눈썹을 자른다
> 쪽가위를 대고 사삭사삭 눈썹을 살리기 위해 자르면 더 자라나는데도 맞은편 거울에 나의 눈썹에서는 낙엽 지듯 눈썹이 떨어져내

린다 잠재우듯 나의 눈썹을 뉘이듯 미안, 모두들 안녕히.

자주 벽이 되도록 기다리는 동안

자주빛 멍이 또한 백만 년이 되어가는 방,

네가 누우면 낙엽이 쌓여 덮이는 하늘이 잘 보이라고, 눈썹을 자른다 죽음은 끝일 거라고 말해주는 게 너를 위한 꽃이다 더는 없다고 아마 하늘이 그렇게까지 잔인하지는 않을 거라고 죽음 이후는 무라고

너를 들이기를 예약 받아 놓은

비와 눈썹과 눈물이 딸린 방,

이곳에서 나는 만나기로 한 너를 기다리는 동안 자주, 자주빛으로

—이윤설, 「자주빛 방」 전문

"이곳은 비가 자주 자주빛으로 온다"로 시작하는 「자주빛 방」은 생경한 듯 보이는 '자주빛 비'가 어떻게 시 전체의 이미지로 확장되는지를 보여주고 있다. '자주빛 비'는 '나'라는 존재가 빚어내는 상황들의 변주에 의해 실감나게 성립되어간다. 즉 '나'의 현존에서 흘러나오는 '자주빛 피' '자주빛 멍'을 거쳐 '자주빛 방'을 지나, '자주빛 여자'에 이르면서 '자주빛 비'는 이미지로 실현된다. '자주빛 여자'는 '나'의 과거이며 나의 현재이다. "백만년 전에도/나와 같은 평범한 한 여자가 있을 것이고 벗은 몸에서 깨어 백만년 전의 비를/바라보고 있을 것이다 그 여자는 자주빛으로 물들어가고"에서 보이듯, '나'와 겹쳐진다.

시간과 공간이 무너지고 "벽이 되도록" 현재만 남을 때, 현재의 벽 속에서 '나'의 존재가 엎질러질 때, 모든 것이 '자주빛' 이미지로 혼종되는 이윤설의 세계가 나타난다. '자주빛 비'는 '자주빛 여자'를 깨우며, '자주빛 여자'는 '자주빛 비'를 내린다. '자주빛 여자'는 '나'의 이미지이며, 곧 세계의 이미지이다. 존재는 여기에서 거기로, 모든 접촉과 이동이라는 현존에 걸쳐 있다. 이윤설의 시는 이렇게 가림막이 없고, 덮여 있지 않다. 굳어진 것이 없다. 살아 있는 모든 존재들은 경계 없이 흘러다니는 현재이며 이미지 역시 현재하기에 여념 없는 것이다.

6. 문장이 행위한다 — 이제니

시가 말로 이루어져 있다는 것을 알고는 있지만, 그럼에도 이것을 언제나 실감하는 것은 아니다. 말을 느끼는 순간에도 말의 방향을 보게 마련이고, 말을 넘어 의미로 훌쩍 가버리기 십상이다. 도대체 말에 머무르기가 쉽지 않은데, 왜냐하면 머무르는 순간 말이 꺼져버릴 것 같기 때문이다. 예를 들어 '나비'라는 말이 있을 때, '나비'의 뜻으로 넘어가지 않고 계속 '나비'라는 기표에 머무르면 휘청, 나락으로 떨어질 것 같다. '나비'라는 말은 잡을 수 없는 까닭이다.

말에 머무르면서, 말을 누르거나 잡는 불가능한 일을 하지 않고, 말의 밑으로 빠지지도 않을 수 있는 방법이 있을까. 이제니가 보여주는 시도는 여기서 우리의 시선을 사로잡는다. 그의 시는 아슬아슬하게 말의 표면 위에 머무르고 질주하고 귀환한다. 지속적으로 말과 함께할 수 있는 하나의 가능성이다. 말은 스스로 행위이면서 동인이 되어 시적 생산을 추인해낸다. 이때 생산이라는 것은 흔히 생각하는 그런 것이 아니다. 말이 무엇을 표현하거나 묘사하는 것이 아니다. 무엇을 찾지도, 나타내지도, 고려하지도, 발견하지도 않는다. 그냥 존재할 뿐이다. 어떤 다른 것보다도 스스로를 느끼고 돌아보고 반응하면서 말이다.

이제 말이 주권을 갖는다. 말은 스스로 움직이고 스스로 생산한다. 이런 경우, 이미지는 어떻게 가능할까. 우리가 흔히 생각하는 이미지가 말 위로, 말과 말 사이에서, 말의 뒤에서 떠오르는 것이라면, 이제니의 시에서처럼 말과 말 사이에 말이 있다면 이미지는 어디서 오는 것일까. 말이 그림이 되기보다는 지속적으로 말로 세포분열된다면 말이다.

한낮은 태양의 눈으로 빛을 발하고 있었다. 있었던 것이 있었던 곳에는 있었던 것이 있었던 것처럼 있었다. 사라진 것의 자리를 메우는 것 같지만 빛은 공백을 환기하는 방향으로 흐르고 있었다. 마음의 짐이 있는 사람이라면 과거의 자리로 돌아올 거라고 생각했습니다. 익숙한 자리에서 위안을 느끼기 때문입니다. 기억에 의존하려는 사람이 늘어가기 때문입니다. 사라진 것들은 흔적을 남긴다. 사라진 흔적조차 흔적을 남긴다. 어제의 자리에서 어제의 사물을 접하면 타인의 마음을 어루만지는 기분이 듭니다. 지금은 말씀

드리고 싶지 않습니다. 음지가 있으면 양지도 있는 법이다. 굳이 이 곳을 고집해야 할 필요가 있을까요. 두 눈을 감으면 빈자리로 다시 찾아드는 무언가가 있다. 감추어진 뜻 속으로 다시 스며드는 목소리가 있다. 잊을 수 없는 장면들을 하나하나 종이에 새겨 넣는다. 사이와 사이를 배회하면서 눈을 뜬 채로 잠들어 있었다. 우리는 누구입니까. 몇 겹의 움직임 위로 몇 겹의 움직임이 겹쳐 흐르고 있었다. 아직 시간이 남아 있다면 당신 자신의 물결을 만드십시오. 겸손한 어조 속에 단호함이 배어 있는 목소리였다. 각오가 되어 있습니다. 현실세계로 돌아와야 한다는 다짐을 받았습니다. 우리가 매일 마주치는 장면들 속에서 흘러가는 그림자를 응시하는 것은 음지의 열매를 길러내는 일만큼이나 수고로운 일입니다. 무슨 말인지 잘 들리지 않습니다. 있었던 것과 있었던 것 사이에서 지속적으로 발생하는 간격이 있었다. 발생한 간격을 지속적으로 반복하는 걸음이 있었다. 한 그루의 나무는 오랜 슬픔을 숨기기에 적당한 장소였다. 나무와 나무가 자랄 때 그림자와 그림자는 어디에서 어디로 이동하는가. 얼룩이 번진 상태로 종이 위로 흐르는 것이 있었다. 손으로 눈으로 마음으로 바라보는 풍경이 있었다. 눈을 돌리면 가파른 언덕길에서 아이들이 달려오고 있었다. 있었던 것이 있었던 곳에는 있었던 것이 있었던 것처럼 있었다. 무언가 모르는 것이 풍경 속으로 스며들고 있었다.

　　―이제니, 「있었던 것이 있었던 곳에는 있었던 것이 있었던 것처럼 있었고」 전문

이제니의 시는 말이 몸이 되는 과정들로 이루어져 있다. 몸이 된 것과 되지 못한 것, 몸의 흔적과 몸의 회복 같은 문장들이다. 문장을 이루는 말들은 전체의 부분이 아니다. 부분으로 기능하지 않는다. 각각의 문장들은 그 자체로 완성체여서 여러 방향으로, 어디로든 갈 수 있다. 풀려난 문장들은 다른 문장들과 어울릴 수도, 홀로 갈 수도 있다. 막을 수 있는 것은 아무것도 없다. "있었던 것이 있었던 곳에는 있었던 것이 있었던 것처럼 있었다" "사라진 것들은 흔적을 남긴다. 사라진 흔적조차 흔적을 남긴다" "몇 겹의 움직임 위로 몇 겹의 움직임이 겹쳐 흐르고 있었다"와 같은 말들의 겹침과 배회는 말이 흘러가버리지 않고 다시 말이 되어, 말의 흔적을 쫓기를 주저하지 않는 이제니 특유의 화법이라 할 수 있다.

인상적인 것은 이제니의 문장이 모든 행위의 가능성으로 살아 있을 때, 문장의 틈과 기공과 간극이 자유롭게 부풀어오를 때, 그 변화무쌍한 문장의 몸 자체가 다름아닌 이미지로 다가온다는 것이다. 문장은 형체 없는 이미지다. "사이와 사이를 배회하면서 눈을 뜬 채로 잠들어 있"는 것, 그러면서도 어떠한 방향으로든 깨어나는 것이 문장이고, 바로 문장의 이미지인 것이다. 문장이 행위한다.

7. 알 수 없는 것들과 섞여들다 ― 이선욱

이선욱의 시를 읽으면 새삼 생각해보게 된다. 시를 쓰는 동안 시인에게는 어떤 일이 일어나는 걸까. 어떻게 피부를 열게 되는 것일까. 그리하여 어떤 상태로 들어가는 것일까. 시라는 것은 외관상 몇 몇 낱말들을 특이하게 배치하는 것에 불과해 보이는데, 이를 위해 사실상 시인은 무엇을 하게 되는 것일까.

시를 쓰는 상태는 평안한 것이 아니다. 눈앞에 보이는 것들에게 다가서야 한다. 하지만 무엇을 건드리는 것은 위험한 일이다. 어떤 것을 접촉하는 것은 고통스러운 일이다. 그리하여 느끼게 된다는 것은 잔혹한 일이다. 그럼에도 시인은 이러한 과정 속으로 들어서야 한다.

시란 대상이나 세계를 시적 주체에게 끌고 와 동화시키는 것이라는 오랜 믿음에도 불구하고, 이것이 그렇게 간단하게 전개되는 것은 아니다. 사실은 어떠한 방향으로의 동화이든, 시인이 자신을 단단히 추스를 수가 없다는 점이 지적되어야 한다. 시인은 먼저 함락되게 마련이다. 세계는 함락되지 않으며 오직 시인이 그렇게 된다. 다가선다는 것이 갖는 의미이다. 시인은 피할 수 없이 섞여야 한다. 눈으로 바라보며, 피부로 감각하면서, 섞여들어야 한다. 그는 평정을 유지할 수 없다. 흔들리며 소용돌이 속으로 빨려들어간다.

이러한 시의 전 과정이 이선욱에게는 민감하게 자각된다. 그러면서도 자신을 함락시킨 세계가 어떤 것인지는 결코 알 수 없다. 알 수 없는 채 세계에 섞여드는 일, 알 수 없는 채 느끼는 일, 시의 곤혹이 번져나오는 자리이다. 이것을 이선욱 시의 이미지라고 할 수 있을까.

나는 매일 출렁이는 지방을 마셨지. 벌컥벌컥, 숨이 넘어가도록.

별을 닮은 목구멍이 창백한 꿈이 되도록. 들이켰네, 환상과 백야의
물결을. 느린 굴곡의 그 맛을. 하루하루, 단순한 감정으로. 흑과 백
의 눈동자로. 그보다 황홀한 도취처럼. 우아하고, 신나게. 잊어버렸
지. 오, 내가 악마처럼 울어야 한다는 사실을.

—이선욱, 「노동」 전문

"나는 매일 출렁이는 지방을 마셨"다는 고백은 시의 정황을 단도
직입적으로 보여준다. '세계'보다 '지방'이라는 말은 심리적 거리
가 있다. '지방'은 고향이 아니다. '지역'에 가깝다. "출렁이는 지방"
이란 지방에서 크고 작은 일들이 범람함을, 그것을 구경하고 관찰
함을 암시한다. 이 "지방을 마셨"다는 말에서 낯선 지방을 '마시'고
'들이켜'야 하는 상황이 제시된다. 세계와 섞여야 하는 것이다. "벌
컥벌컥, 숨이 넘어가도록" 견뎌야 하며 그 일은 때로 "창백한 꿈"이
나 "황홀한 도취"가 되기도 한다.

동시에 이것은 "악마처럼 울어야 한다는 사실"에 다름아니다. 악
마는 울지 않으며, 이 세계와 섞이지 않는다. 악마는 이방인이다.
그런데 "지방을 마시"고, "환상과 백야의 물결"과 "느린 굴곡"을 마
시는 것은 악마를 허물고 울어야 하는 일일 것이다. 이것은 이선욱
이 생각하는 시와도 같다. 이선욱에게 시는 이렇게 선명한 붕괴며
진입이다. 자신의 이방(異邦)을 의식하고 섞일 수 없는 것들과 섞
여야 하는 일이다. 가혹한 일이지만, 심지어 이것을 "잊어버려"야
하는 일이기도 하다.

8. 내가 나를 어루만지는 것이 이미지다 — 박준

어떤 시는 본능적으로 멀리 나아가지 않는다. 많이 움직이지 않는다. 크게 한쪽으로 기울지 않으며 또한 힘을 들이지 않는다. 힘을 전혀 주고 있는 것 같지 않아서 말하지 않은 말, 소리 내지 않는 소리 같다. 멀리 세계를 모험하지 않으며, 그냥 온몸을 고르게 천천히 돌고 있는 피의 순환같이 여겨진다. 그것은 제자리로 돌아오며, 돌아와서 보니 너무 늦지도 이르지도 않다.

박준의 시가 보여주는 이 친절함, 너그러움, 기다림은 사실 자신에게 향해 있는 것이어서 놀랍기만 하다. 이것은 자동적으로 주체 중심적인 것, 혹은 주체 지향적인 것과는 근본적으로 다른 것인데, 굳이 표현하자면 주체 배려적인 것이다. 무슨 말일까.

한마디로 주체가 겪는 극단성의 곤란으로부터의 탈피라 할 수 있다. 현대시에 이르러 주체는 선험적인 중심으로 비판의 대상이 되거나, 소멸되고 축소되는 양극의 어느 쪽엔가 있다. 최근의 시들은 후자 쪽의 경향을 보이는 것이 주지의 사실이다. 박준은 이 양자의 어느 쪽에도 서지 않는다. 그는 주체를 대상처럼 대하고 타자처럼 배려한다. 신기한 일이지만 박준의 시에서 주체는 다른 대상들과 동등하게 보살핌을 받는다. 그리하여 나는 나에게 돌아오는 귀의를 한다. 나를 헤아리는 일이 적절하다. 내가 나를 맞이하는 곳에서 시가 만들어진다. 나는 나의 그림자이며, 내가 나의 이미지다.

받아놓은 일도 이번 주면 끝을 볼 것입니다 하루는 고열이 나고 이튿날은 좋아졌다가 다음날 다시 열이 오르는 것을 삼일열이라 부른다고 합니다 젊어서 학질을 앓은 주인공을 통해 저는 이것을 알았습니다 다행히 그는 서른 해 정도를 더 살다갑니다 자작나무 꽃이 나오는 대목에서는 암꽃은 하늘을 향해 피고 수꽃은 아래로 늘어진다고 덧붙였습니다 이것은 제가 오래전부터 알고 있던 것입니다 늦은 해가 나자 약을 먹고 오래 잠들었던 당신이 창을 열었습니다 입고 잤던 웃옷을 벗어 푸드덕 털었고 저는 쓰고 있던 책을 덮었습니다 겨울을 보낸 새들이 북으로 날아가는 것도 보았습니다 혼자 온몸으로 온몸으로 견디고 나서야 함께 맞을 수 있는 날들이 다시 오고 있었습니다

— 박준, 「84P」 전문

박준의 시는 주체를 따라가면서 읽어주고 이해하고 헤아려주는 동선으로 되어 있다. "젊어서 학질을 앓은 주인공을 통해" '삼일열'을 알게 되었다든지, '자작나무 꽃'의 암꽃과 수꽃이 어떻게 피는지 알고 있다는 것이 긍정되며, "당신이 창을 열었습니다 입고 잤던 웃옷을 벗어 푸드덕 털었고 저는 쓰고 있던 책을 덮었습니다"와 같이 당신뿐 아니라 자신의 행동도 동등하게 그려지는 등, 그의 시에는 자신이 이해하고 감각하고 아끼는 자신의 모습이 섬세하게 포착된다.

이렇게 평온하게 자신과 화해할 수 있다는 것이 충격적이다. 어떻게 내가 나를 사랑하는 일의 모순을 극복했던 것일까. 이것은 나

를 만날 수 있는 거의 유일한 길이 아닌가. 너무 먼 곳에서 헤매고 있을 때, 너무 많은 도구를 만들거나 들고 있을 때, 어떻게 해야 할지 몰라 우물쭈물할 때, 그의 시는 천천히 깊이 스며든다. 마치 아무 방법도 고안할 필요가 없으며, 늘 하듯이 내가 나를 어루만지는 일, 이것이 시의 이미지이고 시의 모든 것이라는 듯이 말이다.

9. 접혀 있음에 대하여—안미린

눈앞에 보이는 것이 구김 없이 잘 펼쳐진 세계라는 것을 어떻게 알 수 있을까. 충분히 펼쳐져 있어서 보이는 대로의 육체라는 것을 어떻게 믿을 수 있을까. 혹 우리의 눈이 몇 가지만, 우리가 볼 수 있는 것만 보는 것은 아닐까. 우리가 보는 방식으로만 보고 있는 것은 아닐까. 접거나 변형시켜서, 또는 그것을 넘어서 보는 것이라면?

안미린의 시에 나타나는 것은 이와 같은 충돌이다. 시선에의 의혹과 메타성이다. 메타 시선이라는 것이 가능할까. 그는 어떤 것을 보고 있는 것을 보는 데에 끌린다. 보이는 대상들이 나타나는 것이 아니라 그렇게 보도록 설계된 구조가 등장한다. 구조가 대상을 보는 것을 보는 것이다. 그러므로 필시 위와 아래, 깊이와 높이 등이 반사된다. 그의 시는 이 설계 내에서 회전목마나 그네를 타고 불규칙하게 돌아다니는 것 같다.

메타 시선이라는 것은 화면을 복잡하게 만든다. 대상들이 등장하면서 설계가 겹친다. 구체와 추상이 대응하고 맞서는 것이다. 이미지가 정착하기 전에 이미지에 대한 이미지가 출현한다. 그래서 안미린의 시는 구절구절이 주름같이 보인다. 높이, 깊이, 점 들 사이에 무수한 주름들이 있는데, 접혀 있는 까닭에 무엇을 접었는지는 잘 알 수 없다. 이것을 펼치는 상상을 할 때, 그의 이미지가 발생한다. 펼쳐도 더 펼쳐야 할 것 같기에 이미지에 대한 이미지가 계속 발생한다. 메타 시선에 이은 메타 이미지라고 할까.

천사를 흔들면 나타날 수도 있지
천사가 흔들려서 완성되는 거인

거인의 침대는 낮고 견고할 테니
외계에 가까웠던 건 지붕일 테니
창밖을 알고 싶어서 창틀을 뭉개는 악력
거대한 관점들을 무릎으로 짚어보는 감각
지구는 구했고
지구를 구한 후 무연히 포옹을 나누는 자축,
이 크기가 네 체온이구나
네 온기가 내 시작이구나
겨울에는 거울 가까이
거울의 중심에는 중심 가까이
내 천사의 깊이를 완성하면서
가능한 천장마다 네 기분의 높이를 표시하면서
나는 네가 자랑스러울 텐데

나는 우리가 자랑스러울 텐데

악마를 울리면 나타날 수도 있지
거울과 겨울의 경계에 선 거인
거울의 겨울이 겨울의 거울처럼 반칙이라면
낯선 영웅들의 턱선을 믿어왔다면
—안미린, 「거인의 원본」 전문

　메타에의 의식이 '크기' '깊이' '높이' '경계' '턱선' 등의 지시어로
나타나고 있다. 설계와 구조가 드리워져 있는 것이다. 이것이 구체
의 형체를 지니면 '천사' '거인' '지구' '겨울' '거울' '악마' '영웅' 등
으로 살아난다. 시에서 중요한 입지를 가지고 있는 이 명사들은 구
체와 추상이 어우러지고 결합하고 있는 말들이다. 이 민감한 겹침
이 구문 단위에서 발생하기도 한다. "거대한 관점들을 무릎으로 짚
어보는 감각" "이 크기가 네 체온이구나" "네 온기가 내 시작이구나"
"거울과 겨울의 경계에 선 거인"들은 대상과 설계, 구체와 추상이
웅전하거나 포용하는 구문들이다. 그래서 직설적이지 않고 주름이
잡혀 있다. 문장을 더 잡아 늘이면 구체와 추상이 만나면서 접혀졌
던 세밀한 부분들이 펼쳐질 것만 같다.
　시의 제목인 "거인의 원본"이라는 말이 재미있다. '원본'에는 모
든 것이 이렇게 얽혀 있었을 것이다. '침대'나 '천장' 같은 이미지만
있는 것이 아니라 '거인의 침대'나 '가능한 천장'과 같이 메타로 에
워싼, 이미지에 대한 이미지가 공존했을 것이다. 그런데 이 모든 것

이 함께 어른거렸다면, 각각의 데시벨을 가지고 있는 이미지의 향연이 한꺼번에 펼쳐졌다면, 그럼으로써 안미린의 시는 결국 메타를 부정하기에 이르는 것은 아닐까. 각각 다른 크기와 출처를 가진 이미지들이 평등하게 펼쳐지는 '외계'는 바로 메타성이 사라지는 지대가 아닐까.

제3부

세계는 나비들로 이루어져 있다
―이상의 「오감도 시 제10호 나비」

1. 「오감도 시 제10호 나비」에 대한 개요

이상의 「오감도」는 주지하다시피 이상이 『조선중앙일보』에
1934년 7월 24일부터 8월 8일까지 발표한 15편의 연작시이며 이
중 「시 제10호 나비」는 「시 제8호 해부」 「시 제9호 총구」와 더불
어 8월 3일에 발표한 것으로 되어 있다. 「시 제10호 나비」는 「오감
도」의 일부 시편들에서 진행된 텍스트 논란이 크지는 않지만 현재
유통되고 있는 전집들 간에 표기상의 차이는 존재한다. 발표 당시
의 표기를 토대로 하고 있는 김주현이 펴낸 『정본 이상 문학전집 1.
시』(소명출판, 2009)에 수록되어 있는 「시 제10호 나비」의 전문은
다음과 같다.

　　찌저진壁紙에죽어가는나비를본다. 그것은幽界에絡繹되는秘密한

通話口다. 어느날거울가운데의鬚髥에죽어가는나비를본다. 날개축
처어진나비는입김에어리는가난한이슬을먹는다. 通話口를손바닥으
로꼭막으면서내가죽으면안젓다이러서듯키나비도날러가리라. 이
런말이決코밧그로새여나가지는안케한다.*

표기상의 차이보다 더 주목할 것은 이어령이 펴낸 전집에서, 그
리고 더 상세하게는 이승훈이 펴낸 전집에서 주해를 단 것이 이후
큰 논란 없이 수용되어왔다는 점이다. 이를테면 이어령과 이승훈에
의해, '나비'는 실제로 등장하는 것이 아니라 찢어진 벽지나 수염을
보고 시각적 연상에 의해 상상된 나비로, "가난한 이슬"은 거울에
비친 모습에서 입김과 침을 비유한 것으로 해석되어왔는데, 그동안
대체적으로 이 해석이 공유되어왔다고 할 수 있다.

이와 같은 독해 위에서 진행되는 「시 제10호 나비」에 대한 연구
는 크게 보아 두 가지의 관점으로 대별될 수 있다. 하나는 죽음이나

* 김주현편 전집과 김승희편 전집은 발표 당시의 표기를 기초로 하였으므로 일치한다.
다른 전집들에 나타나는 표기상의 차이를 정리해보면 다음과 같다. 먼저 임종국 편과
이어령 편 전집은 세로쓰기로 되어 있고, 오규원의 한글판은 현대식으로 띄어쓰기를 한
가운데, 한글 뒤에 한자를 부기하고 있다. 또 모두 '찢어진'으로 표기하는 것이 공통적이
다. 김주현편 전집과 가장 차이가 나는 표기는 '앉았다일어서드키나비도날러가리라'(임
종국), '앉았다일어서드키나비도날라가리라'(이어령, 이승훈), '앉았다 일어서드키 나비
도 날라가리라'(오규원)이다. 그 밖에 '밖으로새여나가지는않게한다'(임종국), '밖으로
새어나가지는않게한다'(이어령, 이승훈), '밖으로 새어나가지는 않게 한다'(오규원)에
서 나타나는 표기상의 차이가 있다. 물론 의미상의 큰 변화는 없으나 나비를 연상하는
과정에서의 어감과 뉘앙스의 미세한 차이는 발생하는 것으로 생각된다. (『이상 전집 제
2권 시집』, 임종국 편, 태성사, 1956; 『이상시 전작집』, 이어령 교주, 갑인출판사, 1978;
『거울 속의 나는 외출 중』, 오규원 편, 도서출판 문장, 1981; 『이상 문학전집 1. 시』, 이승
훈 편, 문학사상사, 1989; 『이상』, 김승희 편저, 문학세계사, 1993; 『정본 이상 문학전집
1. 시』, 김주현 주해, 소명출판, 2005)

죽음충동과의 관련하에 시를 분석하는 경우이고, 다른 하나는 초점을 나비에 맞추어 영혼, 해방, 자유의 세계로 확장시키는 경우이다. 먼저 전자의 경우를 살펴보면, 이승훈은 '밖=외계=幽界'라는 인식하에 그 "유계에 낙역"되지 않는 화자의 죽음에 대해 진술한다고 보았고,* 오생근은 이승훈과 달리 화자가 애초에 유계에 위치한다고 보고 있다. 화자는 "죽음처럼 고요하고 밀폐된 유계에 위치하면서(……) 순수한 절망과 형이상학적 죽음의 상태"**에 처해 있다는 것이다. 이승훈의 글은 저승 세계인 유계와 절연된 상태에서 이승에서의 화자의 죽음이라는 것이 과연 어떻게 전개되는지 과제를 남기고 있으며, 오생근의 글은 나비의 비상을 위한 유계에서의 형이상학적 죽음을 설정한 부분에서, 이 형이상학적 죽음이라는 전제가 선험적으로 비칠 우려가 있다.

조해옥은, 이승에 속해 있는 화자에게 나비는 죽음의 세계를 열어주는 상상 속의 영적 매개체이며, 화자가 상상 속의 나비와 자신을 동일시함으로써 죽음의 세계로 들어서고 "나비가 영원히 유계로 날아가버리듯, 유계에 든 나는 삶과 영원히 단절 상태에 놓이게 되는 것"***이라 파악한다. 이 분석에서는 나비와 나의 완전한 동일시가 진행됨으로써, 화자가 삶에서 죽음으로 이동하는 단선적인 해석이 도출된다.

---

* 이승훈, 같은 책, 42쪽.

** 오생근, 「동물의 이미지를 통한 이상의 상상적 세계」, 『신동아』 1970년 2월, 『이상문학전집 4』, 문학사상사, 1995, 200쪽.

*** 조해옥, 『이상 시의 근대성 연구』, 소명출판, 2001, 147~148쪽.

약간의 각도를 달리한 글로 임명섭의 분석이 있다. 임명섭은 찢어진 벽지를 글쓰기의 공간으로, 따라서 언어의 포충망에 갇힌 나비라는 사물을 지키고 보존하기 위해 글쓰는 자아의 죽음을 요구하게 되는 것으로 문맥을 파악한다. 언어와 사물의 대립이라는 설정하에 문학적 자살, 죽음에의 의지로 이 시를 파악하고 있는 것이다.* 이 논의는 "글쓰기의 금욕주의"라는 설정이 독특하지만 사물의 보존이라는 순수한 대립항을 설정해야 하는 부담이 따른다.

이와 같이 화자나 시적 자아의 죽음에 중점을 두어 「오감도」 내의 이른바 죽음시로 분류하고 해석하는 경향과는 다르게 나비의 해방이나 초극에 주로 초점을 맞추는 해석들도 있다. 박현수는 찢어버린 신문지나 족보를 나비에 비유하는 「산촌여정」의 표현들과의 연계하에 「나비」를 분석하고 있다. 그에 의하면 "나비는 명계(明界)와 유계(幽界)를 이어주는 비밀한 통화구"가 되는데, 이 통화구는 소멸의 과정에 있으며, 따라서 이의 "소생에 대한 화자의 소망"은 "지난한 현실로부터의 해방에 대한 간절한 소망을 표현"**한 것으로 이해된다.

이러한 생각들이 더 진전된 경우를 신범순의 글에서 찾아볼 수 있다. 그는 「나비」에서 현실의 벽 너머, 유계와 연결되는 신비적 글쓰기를 보고 있다.

---

* 임명섭, 「글쓰기의 금욕주의—이상론」, 『이상 리뷰』 창간호, 역락, 2001, 154~155쪽. 「이상 시에 나타난 언어와 사물의 문제—「시 제10호 나비」를 중심으로」, 『이상 시 작품론』, 역락, 2009, 115~117쪽.
** 박현수, 『모더니즘과 포스트모더니즘의 수사학』, 소명출판, 2003, 255~256쪽.

벽지를 찢어버린 날개로 되어 있는 그 나비는 현실의 유클리드적 뉴턴적 근대 세계의 벽 너머를 내다보고 있다. 이 나비는 신문과 족보를 찢은 나비보다 한 차원 더 깊은 이야기를 하고 있다. 이 벽은 식민지 공간을 규율하는 근대논리의 첨단으로 생각해도 좋을 것이다. (……) 「시 제10호 나비」는 벽지를 찢은 틈에서 발견한 나비를 시인의 수염으로 전위시킨다. 시인의 입이 육체라는 벽에 뚫려 있다. (……) 우리는 이 시에서 그 몸의 깊이 속에 어떠한 근대적 논리로도 해명할 수 없는 유계가 자리잡고 있다는 사실을 알게 된다. 그 유계는 유클리드적인 세계로도 뉴턴적인 세계로도 알 수 없는 것이다.[*]

이 글에서 나비는 「산촌여정」의 신문지, 족보에서 더 나아가 벽지로 비유되는 근대 세계 너머에 자리하고 있는 것으로 읽힌다. 근대적 논리가 찢어지는 곳에서 탄생하는 나비는 근대가 해명할 수 없는 유계를 현현하는 것으로 이해되는 것이다. 이 나비는 다른 글에서 더 적극적으로 "수염나비"로, "개인적인 얼굴을 넘어서며, 근대 초극 사상을 대변하는 상징적 얼굴"로, "자신을 가두고 있는 근대적인 거울 세계의 감옥에서 빠져나갈 수 있는 희미한 가능성"[**]으로 호명된다.

"근대의 초극"이라는 표현은 사실상 김기림에게까지 거슬러 올

---

[*] 신범순, 「이상 문학에서 글쓰기의 몇 가지 양상-변신술적 서판을 향하여」, 『이상 리뷰』제3호, 역락, 2004, 92~93쪽.
[**] 신범순, 『이상의 무한정원 삼차각 나비』, 현암사, 2007, 26쪽, 330쪽.

라가는 것이다. 김기림은 이상을 최후의 모더니스트이면서 모더니즘을 초극한 것으로, 달리 말해 근대를 초극한 것으로 이해하고 있다.* 김기림이 이상에게서 근대와 근대의 초극을 동시적인 것으로 보았다면, 신범순의 글에서 이것은 나비를 통한 존재론적 과정으로 화한다. 나비는 근대로 배치된 거리나 벽, 거울 같은 이상 시의 기저가 되는 밀폐된 공간을 빠져나갈 수 있는 존재인데, 이 과정은 근대와 동시적인 것이라기보다는 근대의 균열을 가능케 하고, 이를 넘어서는 상징이 되는 것이다. 근대 너머로의 탈출이라는 소박한 이상에 기대고 있기는 하지만, 나비를 특화하고 나비 시편들에서 이상 시의 진정한 향방을 살피려 했다는 데에 신범순의 글이 갖는 의의가 있다.

2. 통로 내기와 통로 막기

「시 제10호 나비」에서 죽음과 죽음충동을 읽어내는 것이나, 탈출이나 해방의 의미를 발견하는 것은 모두 논의의 의도와 무관하게 다소 이데올로기적인 이분법을 견지하게 된다는 공통점이 있다. 삶에서 죽음으로, 근대에서 탈근대로의 이동이라는 것은 방향의 설정이고, 가치의 투입이다. 하지만 이러한 방향을 이 시에서 적절하게

---

* "가장 우수한 최후의 모더니스트 이상은 모더니즘의 초극이라는 이 심각한 운명을 한 몸에 구현한 비극의 담당자였다." 김기림, 「모더니즘의 역사적 위치」, 『인문평론』, 1939년 10월. 『김기림 전집 2 시론』, 심설당, 1988, 58쪽.

추론해낼 수 있는지의 여부가 문제로 떠오른다.

　우선 「시 제10호 나비」에서 가장 중심적인 발상이 되는 것은 "찌저진壁紙"이다. 벽지가 찢어진다는 것은 일단 벽으로 막혀 있던 어떤 세계가 드러나는 것을 가리킨다. 물론 이 비유는 안과 밖, 빛과 어둠, 질서와 혼돈, 의식과 무의식, 삶과 죽음, 이승과 저승, 그리고 그동안 이상 시의 핵으로 논의되어오던 근대와 탈근대의 대립의 벽이 찢어지는 장면으로 다양하게 생각해볼 수 있다. 어떤 경우든지 찢어진 벽지는 이 세계 내의 형식이 허물어지는 자리를 나타내기 때문이다. 그러므로 만약 「오감도」가 이른바 유클리드 기하학의 세계, 기호와 순수 논리로 이루어진 근대 지식의 건조물이라면, 「시 제10호 나비」의 균열 이미지는 「오감도」의 이러한 형식 체계에 대한 자체적인 부정이 될 것이다. 이 시는 「오감도」의 다른 시편들에서 찾아볼 수 있는 수수께끼 같은 논리의 유희를 멈추고, 마치 불가피한 어떤 틈을 보고자하며, 저 너머 세계로의 직면과 연결이라는 긴요함을 전적으로 표출하는 듯 보인다. 이를 김윤식은 "대칭구조 및 이분법을 기본항으로 하는 유클리드 기하학 전공자인 이상의 시선에서 보면 벽을 뛰어넘어 저쪽으로 통로를 내기만큼 소망스러운 것은 없다"고 표현한다.*

---

* 찢어진 벽지에서 이와 같은 통로와 연결의 이미지를 보고 있는 김윤식의 해석을 살펴볼 필요가 있다. 그는 찢어진 벽지를 초월로 보기보다는 단지 현실과 관념의 통로로 본다. 즉 이상의 시에서 현실과 맞선 순수 관념의 세계, 검은 지도의 세계를 오감도의 세계로 보며, 이러한 관념과 현실의 통로를 나비로 읽어내는 것이다. "관념의 지도와 현실의 지도 양쪽을 잇는, 그러니까 심장이 두개골로 옮겨가는 통로란 무엇이었는가. 글자 획 하나를 빼든가 첨가하기가 그것. 그는 이 방법론을 혹시 사람들이 못 알아차릴까 보아 '나비'라 부르고 이렇게 주석을 달았다. '찢어진 벽지에 죽어가는 나비를 본다. 그것

이렇게 「시 제10호 나비」에서 해방이나 초극이라는 의미를 부가해내기보다 우선, 통로와 연결을 유추하면서 김윤식은 "통로 내기"라는 말을 하고 있다. "죽음에의 의지" "해방에 대한 소망" "희미한 가능성"이라는 여러 논자의 말은 모두 이 통로 내기를 이데올로기적인 방향으로 투사한 표현들일 것이다. 그렇다면 통로 내기라는 것은 무엇일까.

통로를 낸다고 하는 것은 무엇보다 이 세계에서 저 세계로의 연결과 소통을 소망하고 있음을 가정하는 것이다. 그러므로 「오감도」가 논리적 충돌이 발생하는 닫힌 회로의 세계라는 전제하에 이 회로에 틈을 내고 폐쇄성을 극복하려는 의지로 시를 읽는 것이다. 벽지 안쪽은 벽지 밖과의 연결을 통해 일면성에서 벗어나게 된다는 해석이 여기에는 담겨 있다. 주목할 것은 이러한 독법이 갖는 의미가 기본적으로 통로 내기의 어려움이라는 전제를 성립시킨다는 점이다. "유계에 낙역되는 비밀한 통화구"라는 구절은 비밀하기만 한 통화구에의 소망으로 치환된다. 결국 이 세계와 저 너머의 세계를 가로지르는 통로에의 소망과 통로 내기의 어려움이라는 명제로 이 시의 정체는 파악되는 것이다.

하지만 이러한 해석은 곧 어려움에 봉착한다고 해야 한다. 이 시의 여러 대립 구도 중에서 가장 눈여겨보아야 할 것은 "찌저진壁紙"와 "通話口를손바닥으로꼭막으면"이라는 표현이다. 예기치 않게 통화구를 손바닥으로 막으려는 의지가 출현하게 되는 것이다. 통로를

은 유계에 낙역되는 비밀한 통화구다.'" 김윤식, 『이상문학 텍스트 연구』, 서울대학교출판부, 1998, 305~312쪽.

내고 왜 통로를 막아야 하는가? 통로를 내는 것이 소망이라면 통로를 봉쇄하는 것은 또다른 어떤 의지인가? 통로에의 소망과 발견에서 통로를 막으려는 안간힘으로 끝나는 이 시의 정황을 어떻게 이해해야 할까?

이 시의 난해함은 찢어진 벽지에서 나비를 보는 것이 아니라 오히려 통화구를 막으려는 후반부에 있다고 해야 한다. 찢어진 벽지로부터 시는 시작되지만 그것을 막는 것으로 시는 전환되고 있는 것이다. 이 전환이 충분히 반역적임에도 불구하고 지금까지 주목되지 않았다는 것은 기이한 일이다. 이 전환 때문에 시의 통로 내기라는 발상은 어쩌면 처음부터 다시 재고되어야 하는데도 말이다. 요컨대 통로 내기가 아닌 통로 막기에 이 시의 문제성이 있는 것은 아닐까. 이제 통로 막기가 불쑥 튀어나오는 현장으로 이 시를 다시 읽어볼 필요가 있다.

3. 그것들은 나비들이다

「시 제10호 나비」가 문제적인 것은 이 세계와 저 세계를 연결하는 통화구의 소망과 견인, 이를 통한 해방에 있다고 보는 소박한 시각을 오히려 비껴서 있기 때문일 것이다. 우선, 나비의 등장을 다시 살펴볼 필요가 있다. 화자는 나비를 어디에서 보는가. 찢어진 벽지가 눈앞에 있다. 찢어진 족보나 신문에서 보는 나비들이 마찬가지로 찢어진 벽지에도 나타난다. 족보나 신문이 되었든, 벽지가 되었든, 그것들이 근대라는 의미를 지녔든, 그렇지 않은 종이 쪼가리에 불과하든, 찢어진 종이에서 나비를 보는 화자의 시선은 통로를 향한 소망과 간구라기보다 일단은 어떤 발견에 가깝다. 화자는 찢어진 종이의 균열에서 일종의 통화구를 발견한 것이다. 물론 발견은 상상의 산물이다. 상상하는 시선에 의해 존재를 얻은 발견이라고 할 수 있다. 하지만 이 상상하는 시선을 곧 소망하는 시선이라고 생각하는 것은 너무 성급한 일이다.

발견이라는 시각으로 이 시를 다시 눈여겨보면, 나비의 발견이 일회적인 것이 아니라는 점이 곧 드러난다. 어느 날 거울을 들여다보니 수염에서 나비는 또 등장한다. 나비는 화자의 배경이 되는 벽지의 균열에서뿐만 아니라, 화자의 신체에서도 발생하는 것이다. 수염의 무엇이 나비를 촉발시키는 것일까. 찢어진 벽지와는 다른 연상이 여기에는 있다. 벽지의 틈이나 균열이 아니라 이번에는 수염의 무성함이나 무질서가 나비와 관련된다. 이 두번째 나비의 출현은 의미가 있는데, 왜냐하면 이렇게 상이한 정황의 촉발로서 나비가 탄생하는 것으로 미루어 보아 나비는 어떤 유일한 가능성으로, 소망의 결과로 나타난 것이 아니라는 것을 알 수 있기 때문이다. 나비는 여기저기서 발생하는 것이다. 또한 여기저기서 발견된다. 수염이 나비라면 머리칼은 어떤가. 눈을 옮기는 곳이면 그 어디든지 나타날 수 있는 것이 나비가 아닐까. 찢어진 벽지와 수염뿐 아니라 흩어지는 모래알이나 머리칼, 갈라진 손가락에서도 나비는 출현할 수 있다. 화자는 실상 시선이 닿는 모든 곳에서 나비를 볼 수 있을 것이다. 균열과 틈은 어디든 존재한다. 혼돈과 얽힘도 곳곳에 있다. 그것들은 나비들이다. 세계는 나비들로 이루어져 있다.

이렇게 생각했을 때 이 시는 통로를 내야 하는 것으로 이루어져 있지 않음을 알 수 있다. 이 세계에서 저 세계로의 통로 내기라는 발상은 이 세계가 균열과 혼돈투성이이며, 이 모든 비질서들이 이미 통로이며 통화구라는 생각 앞에 무력하다. 통화구는 도처에 있는 것이다. 세계는 애초에 찢어져 있고 뚫려 있으며, 한편 무질서하고 혼성인 것이다. 그리고 이 자체가 통로이다. "찌저진壁紙"라는 표현에서 알 수 있듯이 벽지를 찢어야 하는 것이 아니라 벽지는 찢어져 있는 상태로 존재한다. 어느 날 거울 가운데 있는 수염은 이미 수염인 채로 엉켜 있다. 따라서 「시 제10호 나비」가 의미 있는 것은 통로 내기가 아니라 바로 이 도처에 존재하는 통로를 발견하는 것에 있을 것이다. 벽지에서도, 수염에서도, 그 어디에서도 나비를 발견하는 것이다.

물론 어디에나 있는 통화구를, 언제나 쉽게 발견할 수 있는 것은 아니다. 발견의 어려움이 우선 통화를 비밀스러운 것으로 만든다. 말할 것도 없이 비밀은 도처에 있다. 어떻게 생각하면 도처에 있으므로 비밀스럽다. 하지만 바로 그렇기 때문에 이를 발견하는 것은 쉽지 않다고 해야 한다. 도처에 있으므로 나비들은 한꺼번에 발견되기까지 오히려 쉽게 나타나지 않는다고 할 수 있기 때문이다. 또한 "비밀한통화구"라는 것은 통화구를 내기 어렵다는 것과는 차이가 있다. 통화구에의 소망과도 연결되지 않는다. 그보다는 모든 통화구들이 비밀스럽고, 비밀스러운 "낙역"을 하고 있음에 대한 통찰이다. 그렇다면 왜 비밀스러운 낙역일까?

4. 통화의 완성

이 시의 바탕에 깔려 있는 전반적인 정서는 "유계에낙역"되는 것에서 비롯된다. 펼쳐져 있는 통화구들을 들락거리는 것은 다름아닌 유계이다. 생명과 해방의 간구들이 소통되는 것이 아니다. 통화구란 바로 죽음이 유통되는 장소인 것이다. 이 세계는 유계의 침입을 막아낼 수 없다. 찢어진 벽지에서 발견되는 것은 찢음을 통한 해방의 나비가 아니라 죽음을 마시고 있는 "죽어가는나비"이다. 덤불 같은 수염에서는 자유의 비상으로서가 아니라 "날개축처어진" 죽음의 나비를 떠올릴 수 있을 뿐이다.

죽음의 이미지가 통화구들을 덮고 있다. 통화구란 유계에 관통당한 이 세계의 이러저러한 항목들에 다름아닌 것이며, 역설적으로 통화구가 있음으로 인해 죽음이 가능해진다고 할 수 있다. 찢어진 벽지로, 수염으로, 존재들은 모두 죽음의 정확한 거점들이면서, 죽음의 일시적인 지점들이다. 물론 이 통화구는 존재에 전제되어 있는 것이기에 죽음과의 통화는 피할 수 없다. 존재들은 필연적으로 죽음과 내통해야 한다. 세계의 균열이나 혼몽을 들여다보는 것으로 「시 제10호 나비」는 시작하지만 그곳은 구속으로부터의 해방이나 소망이 아니라 죽음을 불러들이는 기지의 작용을 하는 것으로 드러나는 것이다. 그리고 이렇게 유계와의 낙역을 고려해보았을 때 여러 연구자가 생각했던 것과 같은 해방의 통로 내기는 이 시에서 애초에 존재하지 않았다고 할 수 있다.

요컨대 통로 내기와 같은, 무에서 유를 만들어내려는 몸짓 자체가 이상 시에서 적절해 보이지 않는 것이다. 그의 언어는 불가능을 가능으로 만들어가기보다는 차라리, 가능이 언제나 가능하고, 불가능이 불가능을 그만둘 수 없다는 불가피한 태연함과 피로 쪽에 선다. 그리하여 모든 존재가 통로이며 모든 길이 통로일 때, 이 세계는 막다른 골목이나 뚫린 골목이나 통로를 그만둘 수 없는 것이다. 아버지나 아버지의 아버지이거나, 싸움하는 사람이나 싸움하지 아니하는 사람이거나, 환자나 의사나, 앵무새나 축사나, 가지 났던 팔이나 내가 결석한 나의 꿈이거나, 모두가 지속적으로 불길한 통로들인 것이다. 세계 안에서 누가 통로이기를 멈추고 죽음의 오염을 피할 수 있을 것인가. "죽어가는나비"가 아닐 수 있을 것인가.

그러므로 이제 통화하기가 어려운 것이 아니라, 정확히 그 반대로 통화하지 않기가 불가능한 것이라고 해야 한다. 통화나 소통의 가능성을 지지하는 것은 크게 보아 이성과 지식과 합리적 사유 체계에 대한 긍정과 수용이라 할 수 있다. 그것은 대담하게 이 세계의 경색과 여하한 경우에서의 저 세계로의 출구를 가정함으로써, 그 대조와 비약을 통해, 역설적으로 이 세계에서 저 세계에 이르는 유기성을 신뢰하는 것이다. 따라서 이 경우 출구와 해방의 간구로 이끌리는 것은 가장 유력한 길이 될지 모르지만, 또한 가장 도식적인 반복일 수도 있다. 이상의 시는 이와 같은 형식으로 추출하기에는 치명적인 아이러니들이 바둑판의 포석처럼 놓여 있는 세계이다. 막다른 골목이나 뚫린 골목이나 차이가 없을 때, 그에게서 통화의 모색을 읽어 내는 것은 분명 어울리지 않는다. 오히려 통화가 아니라 통화하지 않기의 어려움, 이 아이러니한 실재가 이상 시의 중심에 들어오는 것이며 "通話口를손바닥으로꼭막으면서내가죽으면"이라는 필사적인 표현을 낳는 것이다.

여기서 통로 내기가 아닌 통로 막기라는 이와 같은 발상이 한편으로 이상 시의 한 고유성을 형성하고 있다는 점을 지적할 필요가 있다. 「오감도」의 시편들은 여러 연구자에 의해 해석된 것처럼 근대나 식민지 상황이라는 폐쇄된 세계의 정황과 관련된 것으로 보이기는 하지만, 그것은 폐쇄된 것이라기보다는 더 정확하게 말해서 폐쇄하려는 욕구에 의해 움직이고 있는 것이라 할 수 있다. 무엇보다도 이 세계가 해방의 거처가 아닐 때, 그것이 죽음이나 식민지 공간이라는 환멸의 장소일 때, 연결이 아니라 오히려 닫으려는 의지가 그에게 긴요해보이는 것이다. 연결과 소통은 그가 원하지 않는 세계의 직면인 까닭이다. 하지만 이것이 전부는 아니다. 이상에게 세계는 근대나 근대를 벗어나서 닫혀 있지 않은 어떤 것이다. 그것은 모든 기호들이 사방으로 탈주하는 세계이다. 그는 괄호를 치고 여러 부호들을 고심해서 배치하며, 도안을 만들어본다. 막다른 골목이나 거울, 축사와 같은 공간으로 출구를 폐쇄하려는 고안을 해본다. 그에게 의미가 발생되는 것은 이러저러한 형식들을 발생시키고, 다양한 형식들로 이 세계를 닫으려는 상상에 의해서이다. 이 상상 속에서 존재는 만들어진다. 존재란 통로를 막는 존재에 다름아닌 것이다.

물론 「시 제10호 나비」에서 이 봉합은 불가능한 것으로 그려진다. 벽지는 언제든 찢어져 있는 것이며, 수염은 어디서든 얽혀들고 있을 것이다. 존재들은 유계와 거의 근친에 가까운 낙역을 계속하는 중이다. 따라서 통화구를 막는 일은 죽어가면서 진행되는 안간힘으로 표현되며, 그 최전선에서 화자는 통화구의 봉쇄가 실현될 수 없다는 것을 알고 있다. 나비가 날아가버릴 것이라는 중얼거림은 봉쇄에의 상상에 불과하다. 찢어져 있는 나비는 사라져가도록 꿈꾸어질 뿐이다.

그럼에도 나비가 날아가버리는 이 마지막 부분의 상상은 통화구를 막으면서 죽어가는 화자의 이미지와 연결됨으로써 날카로운 효과를 발하고 있다. 봉합에의 안간힘에도 불구하고, 화자가 불가능한 봉합을 시도하면서 죽어가는 것은 결국, 유계의 통화가 완성되고야 마는 이상한 정황을 나타내기 때문이다. 이 장면은 죽음을 막으려 했지만 죽음을 이루게 되는 존재의 역설을 보여주고 있다. 죽음과 통화하지 않기 위해 죽어가는 이상 특유의 불가해한 순간인 것이다. 이 모순 위에서 나비가 날아가버리는 상상이 가능해진다. 이제 통화의 최종적인 실현이 이루어진 것이다.

죽음의 완성이 다소 조급한 것 같기는 하지만 생각해보면 불가능은 인지된 것이다. 유계의 침입과 통화를 봉합하는 것은 처음부터 불가능한 일이다. 이것은 실패할 수밖에 없는 길이다. 하지만 실패가 자명한 길로 나아가는 것이야말로 이상 시의 한 핵심이다. 문제는 실패하는 방법이다. 그것이 그의 기교이다. 절망을 기교화하는 것이 아니다. 기교란 절망을 가정하는 것이다. 이를 "決코밧그로새여나가지는안케" 하는 것이다. 이상에게 현실세계는 이러한 가정

위에서 간신히 존재하는 것으로 보인다.

5. 텍스트 내로 들어서기

현대 예술에서 이탈리아의 루치오 폰타나가 한 작업은 이목을 끌 만한 것이었다. 그는 다른 사람들이 캔버스상에 다양한 구조물들을 구성하면서 씨름할 때, 문득 캔버스를 예리한 칼로 찢었다(〈공간 개념〉, 1960). 그가 공간을 찢어버렸을 때 이 다다적인 작업이 갖는 의미는 명확한 것이었다. 당연하게도 그것은 규칙과 범주를 전제로 하는 이 세계의 논리로부터의 해방이었다. 화면을 찢어 시간과 공간을 훼손시킴으로써, 그는 예술이 도달하고자 하는 어떤 해방을 시연해 보인 것이다. 이것이 의도대로 효과적이었다면 그 이유는, 예술이란 일정한 시공에서의 퍼포먼스에 지나지 않는 것이라는 기본적인 묵계를 그가 위반하고 있기 때문이다. 다른 무엇보다도 묵계를 깬다는 사실 자체가 흥미를 끌었을 것이다. 하지만 한편으로 이 충격은 예술의 자리가 사라진 것이라는 사실 위에 힘을 잃는 듯이 보이기도 한다. 폰타나는 공간을 찢는 것으로 모든 예술 작업을 끝낸 것이다. 혹은 예술의 전제를 찢음으로써 예술을 불가능하게 한 것이라고도 할 수 있다.

이상의 시는 찢는 것이 아니라 찢어진 것을 막으려 했다는 데에 의미가 있다. 그는 「시 제10호 나비」에서 찢어진 벽지를 통해 폰타나의 틈을 보았을 것이다. 하지만 그는 이 세계의 논리가 작동되지 않는 그 유계의 심연에 끌리지 않았다. 그는 그것을 막으려 했으며, 지속적으로 이 세계로의 귀환을 염두에 두었다. 이 봉합이 불가능한 것이었으며, 이 귀환이 불가능한 망명이었던 것을 알고 있었지만, 죽음으로 치른 실패의 방법론은 그에게 세계를 가늠하게 해주었다. 그에게 찢어진 벽지나 무성한 수염은 이 세계의 도처에 도사리고 있는 낙역의 지점이며, 일종의 언어 밖의 언어이다. 텍스트를 넘어 다른 세계로 가는 것이 소망이 아니라, 반대로 이 세계라는 텍스트 내로 들어서는 것이 이상에게는 항용 문제가 되었다. 텍스트를 뒤집거나 텍스트의 이면을 탐험하는 것이 아니라, 텍스트를 닫아버리고 죽음을 계산하지 않는 이 세계의 가설 위에서라야 세계는 작동되는 것이다. "그것은 형태의 파괴라기보다 오히려 그 자신에게 있어선 형태를 유지하는 일이었다."*

세계의 형태를 유지하려는 이상 특유의 페이소스를 알아차렸을 때, 그에게 세계는 최초부터 찢어진 벽지로 시작되고 있는 것임을 비로소 이해할 수 있게 된다. 언어나 부호들로 죽음을 막아낼 수 없는 곳에 이상의 시는 있다. 그리고 막아내려 했을 때, 막아낼 수 없음으로써만이 오로지 죽음을 완성시키는 곳에, 그의 현대적 절망이 있다. 현대시의 자각은 이상보다 더 빠르거나 더 늦을 수도 있다. 하지만 이상에 이르러 가장 역설적이고도 가파르게 혼효되어 있음을 간파하는 것은 그리 어려운 일이 아니다.

---

* 고석규, 「'반어'에 대하여」, 『문학예술』, 1957, 『이상문학전집 4』, 102쪽.

어떤 수금 의식

—김구용의 「소인(消印)」

1. 「소인」 들어서기

주지하다시피 김구용의 산문시가 소수의 평자에 의해 논란을 낳은 것은, 그리고 호평보다는 비판을 더 많이 받은 것은 그의 산문시 전반에 대한 것이라기보다는 전무후무한 긴 산문시*들 때문이다.**

---

* 이건제는 방대한 서사와 중편소설의 분량에 육박하는 김구용의 긴 산문시들을 지칭하기 위하여 편의상 중편산문시라는 말을 쓰기도 한다. 이건제, 「空의 명상과 산문시의 정신」, 송하춘 이남호 편, 『1950년대의 시인들』, 나남, 1994. 김구용은 긴 산문시를 세 편 썼다. 「소인(消印)」 「꿈의 이상」, 그리고 「불협화음의 꽃 II」인데 각각 1957, 1958, 1961년에 완성되었다. 「소인」은 39페이지, 「꿈의 이상」은 40페이지에 달하고, 가장 나중에 씌어진 「불협화음의 꽃 II」은 26페이지 분량이면서 두 작품과 달리 일정한 서사가 없다.

** 대표적인 논자들의 의견을 추려보면 다음과 같다. 김춘수는 "(산문시가) 이렇게까지 된다면 곤란할 것 같다"면서 "시 형태의 한도를 한번 생각해보지 않을 수 없다"(「언어— 신년호 작품평 시부문」, 『사상계』, 1959년 2월호, 370쪽)고 하였다가 이후에는 "이상 이후 산문시에 손을 대어 몇 편의 성공한 작품을 남긴 최초의 시인"(『시론—시의 이해』, 송원문화사, 1971. 『김춘수 전집 2—시론』, 문장사, 1982, 308쪽)이라고 말했다. 고은은 "그의 언어는 너무나 광대한 영역에서 임의로 습득한 것들이며 언어의 압축된 선택을

특히 「소인」과 「꿈의 이상」은 방대한 분량뿐 아니라 중편소설에 육박하는 분량과 구조, 등장인물과 사건을 갖추고 있다는 점에서 산문과 시를 넘나드는 탈경계적인 작품이다. 산문의 구성 형식에 시적 이미지와 문체가 결합되어 있어 두 장르의 결합이라는 파격을 보이고 있는 것이다.

이 중 먼저 씌어진 「소인」은 서사에 기울었다는 것 외에도 39페이지 전체가 한 문단으로 되어 있는, 1950년대 문학사에서 가장 독보적인 문제작이라 할 수 있다. 문단이 나누어져 있지 않기에 사건의 전개와 복잡한 장면의 순환, 심리적 굴곡이 한꺼번에 얽혀 고도의 긴장을 이룬다. 이 긴장미는 감각적인 시적 묘사들 위에서 진행된다. 산문적 형식에도 불구하고 「소인」이 결국 시라는 것을 알 수 있게 해주는 것은 이처럼 이미지와 시적 묘사가 바탕이 되어 전개되는 시적 긴장감 때문이다.

문제는 「소인」이 가진 이러한 탈장르적이고도 형식적인 파격과 특성들에 대한 연구가 아직 부족할 뿐 아니라, 「소인」의 내용에 대한 분석도 충분히 이루어지지 않고 있다는 점이다.* 이는 시라고 하

완전하게 방기해버린 나머지 그 언어의 대이동은 하나의 확산을 실현하는 것"(「존재의 해체」, 『현대시학』, 1969년 7월호, 73쪽)이라고 하여 그의 방대한 산문시에 대한 소회를 술회했다. 가장 비판적인 입장을 취한 것은 유종호이다. 유종호는 김구용이 "산문에 무조건 항복"하고 있다고 단언하면서 "산문에의 절대적 굴종은 시의 영토를 확대해 보자는 의욕이 결국은 시 자체를 부정해버리고 만 전형적인 예"(「불모의 도식—상반기의 시단」, 『문학예술』, 1957년 7월호. 『비순수의 선언』, 민음사, 1995, 308~311쪽)라고 설파한다. 대체적으로 김구용의 산문시는 제대로 이해받기보다는 부정과 비판의 대상이었던 측면이 강하다고 할 수 있다.

* 김구용 시의 전반에 대한 분석을 한 것으로는 박선영과 민명자, 그리고 필자의 박사논문이 있다. 박선영은 「소인」을 다루지 않았고, 민명자는 「소인」이 번뇌의 불을 끄고자 하는 서원, 물질문명의 발달과 더불어 상실되어가는 인간 정신, 자아의 진리 추구를 다

기에는 방대한 길이와 복잡한 서사를 가지고 있는 「소인」의 난해성에 기인한다.

필자는 이전에 쓴 한 글에서 「소인」에 대한 분석을 시도한 적이 있다. 그 글은 주인공인 '나'가 살인을 하지 않았음에도 불구하고 살인자의 누명을 쓰고 감옥에 갇히게 되는 과정을 라캉의 '기표의 응고'*라는 정신분석의 개념을 이용하여 해명하고자 한 것이다. 그 분석에 의하면 '나'가 살인자가 되는 것은 하루 동안 만난 사람들과 갖게 된 어떤 인과에 의해서가 아니라, 단지 스쳐지나간 여러 사람들, 주변을 떠돌아다니는 크고 작은 사물들, 시간과 공간의 배치라는 기표들의 연쇄가 만들어낸 결과이다. 이 기표들은 우연한 연쇄를 이루지만, 이로 인해 주체를 살인자로 표상하게 되었을 때 주체는 살인자라는 기표로 응고되어버리고 만다.** 무죄라고 생각하는

루고 있다고 본다(민명자, 「김구용 시 연구—시의 유형과 상상력을 중심으로」, 충남대학교 박사논문, 2007, 30~31쪽). 그 밖에 장인수는 한국의 초현실주의를 다루면서 한 예로 김구용의 산문시들을 몽환적 초현실주의로 분류하고 있다. 특히 「소인」을 욕망, 강박, 분열로 드러나는 인간의 원초적인 죄의식을 꿈과 같은 장치를 이용하여 초극하고자 한 것으로 파악하고 있다(장인수, 「한국초현실주의시 연구」, 성균관대학교 박사논문, 2006, 146~150쪽). 김양희는 환상이라는 틀을 빌려 「소인」을 주체의 분열, 주체의 부재 문제를 다룬 것으로 해석하고 있다(김양희, 「한국시학연구」 제25호, 2011년 8월, 220쪽). 송승환은 「소인」을 주체의 환상과 모더니티의 충격으로 이해한다. "주체의 외상과 욕망이 빚어낸" 환상으로 인해 주체는 파편화된 도시의 체험 속에서 현실을 초극할 수 있는 초현실을 마련하는 것으로 설명된다(송승환, 「김구용 산문시 연구 1」, 『어문론집』 제52집, 2012년 12월, 379~380쪽).

* "기표가 대타자의 영역에서 출현하는 한에 있어서 주체는 태어난다. 그러나 바로 이 사실에 의해—태어나지 않았더라면 바로 무(無)였던—주체는 기표로 응고된다." 라캉의 이와 같은 말 속에서 '응고'란 대타자의 영역, 즉 상징계의 기표들 속으로 주체가 들어섰을 때, 주체가 기표들 연쇄의 한 부분을 차지하고 표상하게 되는 것을 가리키는 것으로 해석된다(Jacques Lacan, "From Love to the Libido", trans. by Alan Sheridan, The Four Fundamental Concepts of Psychoanalysis, New York: Nortion, 1978, p. 199.).

** 이수명, 『김구용과 한국 현대시』, 한국학술정보, 2008, 148~156쪽 참조.

'나'의 의식과 진술을 따라가면서 이에 기반하여 '나'가 살인자의 소인으로 유통되는 메커니즘을 살펴본 글이다.

이러한 해석은 무엇보다 '나'의 드러난 진술에 초점을 맞추어서 이루어진 것이다. 살인을 저지르지 않았는데 억울하게 누명을 쓰고 갇히게 된 '나'의 정황을 구조화한 것이다. 이것은 언뜻 부조리해 보이는 우연에 대한 이해를 할 수 있도록 도와주기도 하지만, 한편으로 작품에 깔려 있는 전반적인 수금(囚禁) 의식을 설명하기에는 다소 불충분하다고 생각되는 면이 있다. 수금 의식을 작품의 주요 모티브로 놓고, 이에 근거해 살인과 살인 강박을 둘러싼 한 인간의 내면이 전개되어가는 양상을 종합적으로 살펴볼 필요가 있는 것이다. 이 글이 밝혀보려는 것이 바로 이와 같은 과정을 통한 수금 의식의 정체라 할 수 있다.

2. 반복의 구조

「소인」은 '나'가 살인자의 누명을 쓰고 감옥에 갇히기까지, 그리고 이 누명을 결국 벗지 못하고 이송되기까지의 과정을 다룬 것이다. 이 과정은 단순히 사건의 전개에 따라 진행되지 않고 주인공인 '나'의 꿈과 회상, 과거와 현재, 진술과 상념 등이 얽히고 번복되면서 이루어진다. 꿈과 회상이라는 비현실과 현재 시점의 현실이 무차별적으로 섞여 있는 파노라마인 것이다. 이를 시간의 순서로 배열하면 다음과 같다.

어릴 적부터 나비를 잔인하게 죽이는 버릇이 있는 '나'는 불행해질 것이라거나 수금되고 말 것이라는 독특한 강박이 있다. 어느 날, 미국으로 시찰을 떠나는 보통학교 동창의 환송회에 참석했는데 자신의 여자에게 팔려 동창도 '나'를 모른 체하고, "나만을 차별하고 모욕한 그들의 교양 없는 연애 환송회"(189)*에 참석한 것을 후회하게 된다. 이어 늦은 밤 전차를 탔는데, 녹빛 외투를 입은 여자가 천 환짜리 지폐를 내밀며 전차표가 없어 운전수와 실랑이를 벌이고, '나'는 여자 대신 표를 내준다. 그리고 졸면서 '나의 인형'인 양공주 애인에 대한 상념에 빠진다. 전차에서 내렸을 때 표를 내준 녹빛 외투 여자가 따라 내려 다방에서 함께 차를 마시고 헤어진다. '나'는 절 밑 채석장 근처의 양공주 애인에게 가서 하룻밤을 묵고 천 환짜리 지폐를 빌린다. 그런데 아침에 출근했다가 형사에게 체포된다. 녹빛 외투의 여자가 시체로 발견된 것이다. 무죄를 호소해도 결론이 나지 않고 '나'는 결국 다른 곳으로 이송된다. 이와 같은 서사로 되어 있는 「소인」을 텍스트에 묘사된 순서를 따라 유의미한 장면의 단위로 끊어보면 다음과 같다.

---

* 이하 모든 인용 페이지는 김구용, 『시詩』, 솔출판사, 2000.

순서	현실	회상	꿈
①			천장에 붙은 거미를 빗자루로 후려쳐서 죽이다. 거미의 '피살'.
②		소년 시절, 백일홍 위에 앉은 나비들의 날개를 뜯어 죽이다. 나비의 '학살'.	
③	녹빛 외투 여자의 살인범으로 감옥에 갇히고 취조를 받다.		
④	강간범과 한방에 수감되다. '자살개종자(自殺改宗者)'인 강간범의 목을 조르다.		
⑤		미국으로 시찰 떠나는 동창의 환송회에 참석하다. 외톨이로 모욕감을 느끼다.	
⑥		엉망으로 취해 전차를 타다. 녹빛 외투 여자의 전차표를 대신 내주고, 여자와 차를 마시고 헤어지다.	
⑦	취조관에게 거듭 살인을 하지 않았다고 진술하다.		
⑧		'나의 인형'을 방문해 하룻밤을 묵고 천 환짜리 지폐를 빌리다.	
⑨		백일홍에 날아온 나비를 짓밟는 소년을 떠올리다.	

⑩	자백하라는 취조관의 취조가 계속되다.		
⑪		아침에 회사로 갔다가 형사에게 체포되다. 병원으로 호송되어 녹빛 외투 여자의 시체를 확인하다.	
⑫			녹빛 외투 여자와 가면을 쓴 범인이 춤을 추는 꿈을 꾸다. 꿈에 취조관, 경관, 의사, 간호부, 택시 운전수, 다방 레지 들이 모두 겹으로 둘러앉아 나에 대한 찬송을 연주하다.
⑬	범행 여부에 대한 결론을 내지 못하고 다른 곳으로 이송되다.		

이 장면들은 독립적으로 묘사되지 않고 교차되면서 나타나는 경우가 많은데 이로 인해 서사의 실현과 탈피가 동시적으로 진행된다. 일방적인 서사의 진행을 피하려는 것인데, 꿈이나 회상이 자주 등장하는 것도 이에 기여한다고 할 수 있다. 꿈은 「소인」의 맨 앞과 마지막을 차지하고 있는 중요한 장치이다(①, ⑫). 살인이라는 사건과 직접적인 관련은 없지만 '나'에 대한 심리적 정황을 엿볼 수 있게 하는 의미를 갖는다. 이어서 회상이 많이 등장하는데, 그중 「소인」의 서사를 담당하는 축이 중요하다(⑤, ⑥, ⑧, ⑪). 사실상 이야기가 진행되는 시점은 취조를 받는 현재인데, 사건의 얼개는 주로 회상에

의해 순서 없이 짜깁기되고 있는 것이다.

「소인」에서 표면적으로 뚜렷한 진술의 흐름을 형성하는 것은 물론 '나'의 억울한 살인 누명이다. '나'는 취조관의 추궁에 거듭 무죄를 주장하며 이러한 누명을 쓰게 된 상황을 부정하려 한다. 하지만 '나'의 노력과는 무관하게 살인의 혐의는 점점 더 짙어진다. 그리고 중요한 것은 이 무죄의 진술과는 별도로, '나'의 살인의 가능성을 시사하는 정황들이 작품 전체에 배치되어 있다는 점이다. 이 정황들은 뚜렷하게, 다양하게 반복된다. 반복되어 나타나는 상징을 정리해보면 다음과 같다.

1) 피살 사건의 반복
거미의 '피살'-나비의 '학살'-강간범 살해 시도-녹빛 외투 여자의 피살

「소인」의 주요 모티브가 되는 살인은 사실상 작품에서 유일무이하게 벌어지는 느닷없는 사건이 아니다. 「소인」은 첫 부분 두 장면이 나란히 충격적인 살상으로 시작된다. 위의 장면들을 살펴보면 ①은 꿈에서 거미를 죽이는 모습이며, ②와 ⑨는 소년 시절의 회상을 통해 무참히 나비를 죽이는 모습이다. "많은 손발을 가진 거미는 그 모양이 나의 심경을 거슬렸다는 이유만으로 피살"(183)되고, "(소년의) 손은 무자비하게 (나비의) 날개를 뜯기가 일쑤"(184)인 것에서 작품은 시작된다. ④는 한 감방에 있게 된 강간범이 자살을 예찬하자 그를 목 조르는 부분이다.

꿈이나 과거의 회상, 그리고 현실을 통해 이와 같은 장면들이 반복적으로 나타나는 것은 살상의 모티브가 작품 전체를 관통하고 있는 것이라 할 수 있다. 비록 강간범을 살해하려는 것은 시도에 그치고 마는 것이고, 녹빛 외투 여자의 죽음은 '나'의 행위인지 아닌지 확실하지 않지만, 여자의 죽음은 독립적으로 존재하는 것이 아니라 '나'에 의해 비롯된 이러한 여러 죽음들과 병치되어 있다. 그리고 마지막 장면인 ⑫의 꿈에 주목할 필요가 있다. 꿈에 가면을 쓴 범인이 나타나는데, 이것은 범인을 보면 안 된다는 억압의 의미가 들어 있다고 할 수 있다. '나'가 범인일 수 있음을 시사하는 부분이다. 결국 「소인」은 '나'에 의한 피살 사건의 반복으로 이루어져 있음을 추측할 수 있다.

2) 대상의 반복
동창의 박제녀—녹빛 외투 여자—나의 인형

「소인」에 등장하는 세 여자는 문제가 되는 하루 동안 '나'가 만난 여자들이다. ⑤에서 '나'는 "인생도 예술도 없는 여자에게 시선과 미소를 보내느라고"(190) 알은체도 하지 않는 동창의 환송회에서 모욕감을 가누지 못하고 잔뜩 술이 취하게 된다. 동창의 여자가 '나'의 의식 속에 남아 있다는 것은 전차 안에서 졸면서도 "머리 속에서 미국으로 시찰 가게 된 친구와 얼굴을 정면으로 떼어놓고 웃던 그 박제의 여자를 비웃었는지"(193) 떠올리는 것에서 알 수 있다. 동창회에서 받은 모욕은 박제녀를 통해 각인되고, 이것은 ⑥에서 전차를 탄, 인조 악어가죽 백을 들고 다니는 녹빛 외투 여자에 투사된다. 두 여자는 거만하고 유한하다는 점에서, 또 나의 신경에 거슬린다는 점에서 비슷하다. 녹빛 외투 여자는 동창의 돈 많은 박제녀와 다를 바가 없는 것이다.

두 유한한 여자의 반복은 '나의 인형'에서 새로이 변주된다. ⑧에서 찾아간 양공주 애인은 물론 외관상으로 앞의 두 여자와 다르다. 두 여자가 유한하고 번지르르한 치레를 하고 있다면, '나'의 애인은 일종의 성노동을 하는 직업여성이기 때문이다. 하지만 두 여자가 돈과 관념에서 자유롭고 현실의 질서에 속해 있지 않은 이질적 존재라면 양공주 애인도 마찬가지이다. 비록 애인은 두 여자와 달리 '나'의 멸시가 아니라 찬양을 받고 있기는 하지만, 찬양을 하면서 '나'는 양공주의 돈을 뜯어가는 것이다. 앞의 두 여자가 유사한 대상의 반복이라면 '나의 인형'은 이질성을 가미한 반복이라 할 수 있다.

3) 매개의 반복
환송회의 술―다방의 차
녹빛 외투 여자의 천 환 지폐―'나의 인형'의 천 환 지폐

'나'와 여자들, '나'와 사건을 만나게 해주는 매개들이 「소인」에서는 중요한 역할을 한다. ⑤에서는 술이 환송회에서 받은 모욕감과 연결된다. '나'는 사람들이 알은체도 하지 않는 모임에서의 상처를 달래느라고 몸을 가눌 수도 없이 취하게 된다. 그리고 이 걷잡을 수 없는 취기 때문에 ⑥에서 만나는 녹빛 외투 여자에 대한 판단을 제

대로 할 수 없게 된다. 여자가 전차에서 따라 내려 차를 마시러 다방에 가자고 했을 때, 환송회의 술이 그랬던 것처럼 차 역시 '나'의 모멸감이나 경멸감을 부추기고 의식을 흐리게 하는 매개가 된다. ⑤의 박제녀/술과 ⑥의 녹빛 외투 여자/차의 반복은 명백한 병렬의 구조를 이룬다.

그리고 또다른 중요한 반복이 있다. ⑥의 녹빛 외투 여자가 전차에서 운전수에게 내밀었던 천 환짜리 지폐는 ⑧에서 '나'가 양공주 애인에게 빌리는 돈으로 다시 출현한다. 살인 사건의 발단이 되는 것이 녹빛 외투 여자가 전차표가 없어 천 환짜리 지폐를 내밀었던 것에 있다면, '나'는 양공주 애인에게서 똑같은 지폐를 빌림으로써 이 사건에서 자유롭지 못할 것임이 암시된다. '나'는 결국 이러한 반복을 통해 핏빛 지폐의 운명 속으로 휘말려 들어갈 것이라는 예측이 가능해지는 것이다.

4) 감정의 반복

「소인」이 살인 사건을 둘러싸고 반복의 상징 구조로 되어 있다고 했을 때, 사건, 대상, 매개의 반복보다 더 중요하게 다루어져야 할 것이 바로 감정의 반복이다. 이 감정의 반복이야말로 '나'의 무죄의 진술과는 정반대로, '나'의 범죄의 가능성을 보여주는 강력한 요소일 수 있다.

우선 가장 눈에 띄는 '나'의 감정은 동창회에서 받은 모욕감이다. ⑤에서 '나'는 미국으로 시찰을 떠나는 동창의 환송회에 참석하지만 모두들 '나'만을 차별하고 모욕하기에 '나'는 "거지처럼 고급 양주와 특별 요리를 입에 쑤셔넣으며"(189) 모멸감을 느낀다. 취기 속에서 모멸감을 간직한 채 전차에 오른 '나'에게, 이 감정은 어떤 식으로든지 처리되어야 하는 것으로 남아 있다. 이때 전차표를 내준 사소한 인연으로 차까지 같이 마시게 된 녹빛 외투의 여자는 이 모멸감이 쉽게 이동할 수 있는 여건을 갖춘 존재이다. 동창회의 술과 다방의 차라는 공통의 조건 속에서, 유한 여자로 등장하는 박제 여인과 녹빛 외투 여자의 동일시는 '나'의 모멸감의 연속성을 가능하게 하고, 이 감정을 해결할 수 있는 명백한 방식이 되는 것이다. 나아가 동창회에서 받은 모욕감의 출처가 여러 사람에게 나누어져 있었다면 이제 그것은 녹빛 외투 여자 한 사람으로 또렷하게 집중되고, 그럼으로써 해결의 가능성도 단순해지고 높아졌다고 할 수 있다.

모멸감과 더불어 나타나는 감정은 멸시이다. '나'는 환송회에서 "춤을 추는 그들을 경의로써 멸시"(189)하려 하지만 "나의 멸시가 그 광경을 지워버리지는 못하였"(190)기에 모욕감에 눌려 있는 상태이다. 그런 상황에서 모욕감 위로 멸시를 일으켜 세우는 것은 매우 긴요한 감정의 요청일 것이다. 환송회에서 받은 모욕감을, 박제 녀와 다를 바 없는 녹빛 외투의 여자로 향한 멸시를 통해 해소할 수 있다면, 짓눌려진 자존을 회복할 수 있기 때문이다. 이렇게 모욕감과 멸시가 우열의 정도를 달리하며 두 상황에서 반복됨으로써, 감정의 반복이야말로 '나'가 무죄가 아니라 실제의 살인자일 수 있는 강력한 동기가 된다.

이와 같이 「소인」이 다양한 요소의 반복들로 이루어진 상징적 텍스트라는 사실을 염두에 둔다면 '나'가 주장하는 무죄는 설득력이 약해진다. 오히려 '나'의 무죄를 단순하게 주장하고 설득하려는 일방적 구도로만 되어 있지 않은 것이 이 작품의 묘미라 할 수 있다. 사실 조금만 더 정밀하게 들어가보면 녹빛 외투의 여자와 차를 마시고 헤어진 후부터 양공주 애인을 방문할 때까지의 '나'의 행적은 텍스트에 나타나 있지 않은 것을 알 수 있다. '나'는 여자와 차를 마시고 나서 각자의 길을 간 것이 아니라 여자를 유인해 살해한 것일 수도 있다. 시체는 여자가 사는 필동이 아니라 '나'의 하숙집에서 가까운 '돈암동 근처 개천'(217)에서 발견되었기 때문이다.

그렇다면, 이제 애초의 가정은 바뀌게 된다. 「소인」은 '나'의 생각과 달리, 살인의 누명을 쓴 무죄에 대해서가 아니라 실제 살인에 대한 이야기일 가능성이 많아지는 것이다. 다시 말하면 '나'는 살인을 저지르지 않았는데 살인의 누명을 쓰게 된 것이라기보다는, 살인을 저지르고 이를 인식하지 못하거나 인정하고 있지 않는 것일 수 있다. 그리고 이 혼란스러운 상황을 끝까지 유지하는 것이 바로 「소인」의 문학성이다.

3. 반복 강박과 운명 강박

「소인」에 나타나는 반복이 의미하는 바를 상세히 살펴볼 필요가 있다. 반복은 정신분석에서 매우 중요한 개념이다. 반복이라는 현상은 눈에 띄는 것이고, 증상이나 징후가 되기 때문이다. 반복은 "무의식에 기원을 둔 억제할 수 없는 과정을 가리킨다. 그러한 과정에서 환자는 고통스러운 상황에 능동적으로 들어가면서 아주 오래된 경험을 반복하지만, 그것의 원형을 기억하지 못하며, 반대로 완전히 현재의 상황이 문제가 되는 것처럼 아주 생생한 인상을 받는다."[*] 반복이 언제, 어떻게 시작된 것인지는 알 수 없지만 현재까지 생생하게 되풀이되는 것이며 억제할 수 없는 것이라는 점에서 반복은 프로이트에 의하면 대개 반복강박으로 이해된다. 반복이 단순한 현상이 아니며, 무의미한 반복으로는 반복을 설명할 수 없기 때문이다. 따라서 반복은 항상 그 자체가 강박으로서만 의미를 갖는다.

여기서 중요한 것은 역도 언제나 성립한다는 것이다. 바로 강박이란 반복이며 반복의 동어반복과 다를 바 없다는 점이다. 강박이 사고나 행동, 의례에 있어서의 내적으로 강요된 반복이기에 강박과 반복은 이렇게 불가피한 관계를 갖는다. 강박적인 사람은 무언가를 반복하게 마련이며, 반복하는 사람은 강박증을 가지고 있는 것이다.

「소인」의 '나'는 반복적 행동을 되풀이하는 반복강박증을 가지고 있다 할 수 있다. 앞의 분석에서 살펴본 것처럼 소년이었을 때 나비 날개를 뜯는 버릇이 있었다는 것, 뜯긴 날개로 바닥을 기어가는 나비를 무참히 밟아 죽이는 데서 쾌감을 느끼곤 했다는 것, 이 기억이

---

[*] 장 라플랑슈, 장 베르트랑 퐁탈리스, 「반복강박」, 『정신분석사전』, 임진수 옮김, 열린책들, 2005, 147~148쪽.

강하게 남아 불쑥불쑥 떠오르는 것, 감방에 있을 때도 거미를 후려쳐서 죽이고, "뜻밖에 진한 진물이 책상에 떨어진 거미 배에서 내밀어"(183)진 꿈을 꾸는 것, 한 감방 안에 있던 강간범이 무심히 자살을 예찬하는, 아무런 뜻도 없는 말을 했을 뿐인데 그의 목을 조르는 것 등은 모두 살해라는 상황에 반복적으로 강박되는 것이다. 프로이트는 "같은 것이 반복해서 회귀함으로써 무언가 이상하게 불안한 것이 생긴다는 사실이 어떻게 어린시절과 관련을 맺고 있는지"* 고찰할 필요가 있다고 말한다. 나비 살상이 현재의 상황과 관련 있음을 시사하는 설명이다. 특히 '나'의 살해 행위의 반복강박은 어떠한 감정이 자극되고 연루되었을 때 현실화되는 특성을 갖는 것으로 보인다. 이를테면 모멸감이나 모욕감이 멸시나 쾌감으로 전환되는 감정의 반복 구조 속에서 행위가 이루어지는 것이다. 이것은 녹빛 외투 여자의 살해를 암시하는 것으로 이해될 수 있다. 또한 감방에 갇힐 것이라는 강박관념을 평소에 가지고 있는 '나'가 "그런 평소의 강박관념이 감방에 이러고 있는 내 자신으로 실현되었다"(190)고 자백하는 대목도 주목을 요한다. 강박관념이 '구조'로까지 '나' 자신을 지배하고 있는 것이다.

강박증 환자는 흔히 우연성이나 죽음의 문제들, 특히 자신의 존재를 정당화하는 데 힘을 쏟는다. 어떠한 반복적이거나 강박적인 행위가 특정한 죄의식을 정당화하는 것과 결합되어 있는 것이다. 이는 프로이트가 특별히 운명의 강박이라는 말로 설명하고자 했던

---

* 지크문트 프로이트, 「두려운 낯설음」, 『예술, 문학, 정신분석』, 정장진 옮김, 열린책들, 1996, 429~430쪽.

부분이다.

〈같은 것이 영원히 되풀이되는 문제〉는 그것이 관련자의 능동적인 행위와 연결되어 있거나, 그에게서 항상 동일한 상태로 남아 있어서 동일한 경험의 반복 속에서 자기 표현을 하도록 되어 있는 어떤 근본적인 성격적 특성을 발견할 수 있다면 그렇게 놀라운 일이 못된다. 우리는 주체가 수동적 경험을 하는 것처럼 보이는 사례에서 더 큰 인상을 받는다. 이 경우, 그는 그 경험에 대해서 아무런 영향력을 행사하지 못하며 오직 같은 숙명의 반복과 만나고 있는 것이다.*

"같은 것이 영원히 되풀이되는 문제"를 운명의 문제로 생각해본다면, 반복의 운명이 능동적인 행위와 자기표현보다는 수동적인 경험이라는 데에 더 큰 의미가 있다고 보는 프로이트의 말은 새겨둘 필요가 있다. 주체는 반복에 있어 의지를 행사하지 못하고, "숙명(운명)의 반복"을 만날 뿐이라는 것이다. 이를 다음과 같이 요약해 볼 수 있다.

a) 그 경험은 불쾌한 특성에도 불구하고 반복된다.
b) 그것은 불변의 시나리오에 따라 전개되고, 장기간에 걸친 전개를 필요로 하는 일련의 사건을 구성한다.

---

* 지크문트 프로이트, 「쾌락원칙을 넘어서」, 『정신분석학의 근본 개념』, 윤희기, 박찬부 옮김, 열린책들, 2003, 289~290쪽.

c) 그것은 외적인 숙명처럼 보이며, 주체는 당연히 그것의 희생자라고 느낀다. 이 경험은 스스로 어찌해볼 수 없는 외부적 운명에 의해 좌우되는 것처럼 생각되고, 겉보기에는 옳은 것 같기도 하며 주체는 자신을 희생자라고 느낀다.[*]

요컨대 반복=강박=반복(운명)이라는 구조에서 주체가 아무리 능동적으로 움직이는 것처럼 보여도, 실은 자신을 수동적인 희생자로 느낄 수밖에 없다는 것이다. 반복강박에 빠진 사람은 "장기간에 걸친 전개를 필요로 하는 일련의 사건"인 운명의 한가운데에 무력하게 놓여 있으며, 멈출 수 있는 것이라고 생각하기는커녕 여기서 빠져나올 수 없을 것이라 직감한다는 지적이다. 그러므로 겉으로는 능동적으로 보이는 반복도 실은 수동적으로 받아들이고 있다는 것이다.

「소인」에는 자신의 경험을 이렇게 "수동적 경험" "숙(운)명의 반복과 만나고 있는 것"으로 여기는 태도가 마지막 부분에 나타난다.

나는 비로소 모든 애정을 죽인 살인자가 되어 강간범에게 미소를 지어주었다. 나는 녹빛 외투 여자가 현실로 죽기 전에 이미 녹빛 외투 여자를 마음으로 죽였는지 모른다. (……) 이제는 존재와 공간의 일치에서 평화로운 호흡을 찾을 수밖에 없다. 철창 속에서 확대될 세월의 영역이 나를 기다린다면 어떻게 할 수 있다는 말인가.

---

[*] 장 라플랑슈, 장 베르트랑 퐁탈리스, 「운명신경증」, 같은 책, 289쪽.

나에게 필요한 생명은 무필요(無必要)였다.(220)

녹빛 외투 여자를 마음으로 죽였을지도 모른다는 자백을 통해 현실의 살인에는 부정을 하면서도 우회적 인정으로 균형을 맞추고 있다. 이로써 살인을 했는지 안 했는지의 사실 여부를 따지기보다 어쩔 수 없이 살인자의 운명을 받아들이는 듯한 태도를 취함으로써 운명의 희생자로서의 면모를 보여주고 있다. 자신도 어찌할 수 없는 외부적 굴레인 운명을 수긍하는 모습을 보이는 것이다. 처음에 무죄를 주장하며 운명에 항거해보기도 하지만 결국 이제는 아무것도 필요하지 않다는 체념으로 자신의 살해 여부를 덮어버림으로써, 운명강박을 전면에 내세우고 이에 순응하고 있다고 할 수 있다.

4. 수금 의식의 의미

단적으로 말하면 처음부터 끝까지 「소인」은 '나'가 실제로 살인을 했는지의 여부를 확인해주지 않는다. 물론 '나'는 거듭해서 살인을 저지르지 않았다고 하지만 1인칭 화자의 진술은 사실 판단을 할 수 있는 것이 아니다.* 살인을 했는지 안 했는지는 끝까지 규명되지 않고, 이에 대한 결론을 내는 것이 「소인」의 관심사도 아니다. 하지만 '나'는 살인을 하지 않았다는 표면적 진술의 합리화를 시도하면서도, 사실은 죄의식, 살해 강박을 통해 분열 심리를 보여준다. 반복강박 속에 발화의 이중성이 작품의 전면에 나타나고 살인의 가능성이 시사되는 것이다.

여기서 중요한 것은 「소인」에서 살인의 가능성이 전면화되면서, '나'에게 나타난 무죄에의 환상이다. 이것은 말 그대로 살인을 저지르지 않았다는 환상이다. '나'는 텍스트 내에 나타난 여러 정황으로 보아 실제로는 살인을 저질렀을 법한데, "그 여자를 죽여야만 할 아무 인연이 없었다"(185), "나는 사람을 죽인 기억은 없소"(188), "나는 아무 공덕이 없으나 자인할 만한 죄악을, 더구나 살인을 저질렀다고는 생각하지 않는다"(192)라고 하며 끈질기게 살인을 하지 않았다고 진술하고 있다. 이는 자신을 운명강박의 수동적 희생자로 느끼는 경우, '나'는 희생자이기에 무죄이고, 더불어 살인을 하고도 무죄라고 생각할 수 있는 것으로 설명이 가능하다. 즉 이런 경우 실제의 살인범은 운명인 것이다. '나'는 운명이 시키는 대로 반복적인 행위를 수동적으로 하였을 뿐이기에 무죄라는 환상을 유지할 수 있다.

이렇게 생각했을 때, 「소인」에 나타나는 수금의 의미는 명백해진다. "수금된 나는 지난날의 응고한 광경을 완상할 수밖에 없었다"

---

* 1인칭 화자가 범죄자임이 밝혀지는 이야기는 애거서 크리스티의 『애크로이드 살인 사건』(1926)으로 추리소설사에 화려하게 등장하였다. "이것은 분명 녹스의 「추리 십계명」 중 독자에게 왓슨[1인칭 화자]의 생각을 감춰선 안 된다는 계율을 위반하는 일이었다."(줄리언 시먼스, 『블러디 머더: 추리 소설에서 범죄 소설로의 역사』, 김명남 옮김, 을유문화사, 2012, 152쪽). 그러나 비판에도 불구하고 이것이 추리소설로서 완벽한 실격이라는 주장은 설득력을 갖지 못했다. 정직하고 투명한 1인칭 화자가 유독 추리소설이라는 장르에서는 가능하다고 누구도 보장할 수 없었기 때문이다. 이 규칙에 관한 논의로는 같은 책, 457~458쪽 참조.

(199), "뜻 아니한 수금이 동시에 우연의 차 한 잔으로써 형성되리라고는 생각마저 못한 일이었다"(202), "그날도 내가 이제 수금되어 있듯이 지금은 끝났던 것이다"(209)와 같이 「소인」에는 강박이라는 말보다 수금이라는 말이 더 많이 나온다. 물론 이는 일차적으로 감방에 수금되어 있다는 뜻으로 사용된다. 하지만 그 이전에 본질적으로 '나' 자신의 강박에 수금되어 있는 것이다. 이것이 핵심적인 부분이다. '나'는 되풀이되는 살해, 살해의 쾌감, 이 강박으로부터 놓여나기 어려운 운명에 갇혀 있다. '나'를 수금하는 것은 바로 '나'의 강박이다. '나'에게 모멸감이나 모욕 같은 감정이 들어오면 이 강박을 실현할 조건이 성립되고, '나'는 '나'의 반복을 행하게 되는 것이다. 이 과정 전체를 포착하여 보여주는 것이 「소인」이라 할 수 있다.

　김구용은 첫 시집 『詩』 전체에서 수금이라는 말을 많이 사용하고 있다. 수갑이나 감옥, 벽과 같은 감금 장치뿐 아니라 정욕에, 죽음에, 생활에, 죄에, 일에, 기계에 수금되고 있다는 표현을 즐겨 한다. 첫 시집의 이러한 수금 의식이 가장 또렷하고 전형화된 형태로 나타난 것이 「소인」이다. 「소인」에 나타난 수금 의식은 반복과 강박이라는 전거 위에 형성됨으로써 그 실체를 보여주고 김구용에게서의 현대의 수인(囚人) 이미지를 가능하게 한 것이다.

사건의 해산과 무관(無關)의 시학

— 김언의 『모두가 움직인다』

1. 무출력 기계

움베르토 에코가 생각한 윔(Wim: Without input machine)과 웜(Wom: Without output machine)은 무입력 기계와 무출력 기계를 말한다. 말 그대로 입력이 없는 기계와 출력이 없는 기계라는 뜻이다. 좀 쉽게 이해해보면 이렇다. 인간을 비롯하여 지구상에 존재하는 모든 생명체들은 반드시 입력과 출력이 있다. 다양한 생리적인 기능에서 고차원적이고 추상적인 모든 활동에 이르기까지 예외 없이 입력이 있고, 이에 대한 일종의 응답으로 출력이 있는 것이다. 동전을 넣으면 물건을 떨어뜨리는 각종 자판기들에서부터 정보를 입력해줘야 설계된 규칙에 의해 결과를 내놓는 현대의 모든 기계와 매체들 역시 말할 것도 없다. 아무리 복잡하고 다양해 보여도 소란한 기계들의 근거는 동일한 것이다.

그러므로 무입력 기계와 무출력 기계는 예외적인 것이라 할 수 있다. 에코의 설명에 의하면 무입력 기계는 예컨대 신과 같은 것으로 여느 기계처럼 무엇을 입력하여 산출하는 것이 아니다. 그것은 입력이 없이 스스로 존재하고 스스로 영원하며 스스로 무한한 출력을 할 수 있다. 즉 무엇을 투입하느냐의 여부에 따라 산출하는 것이 아니다. 조건을 넘어서 산출하는 것이다. 시간이라는 조건마저 초월하는 이 기계는 존재한다기보다는 생각되는 것, 상상되는 것에 가깝다.

무출력 기계는 이와 정반대다. 이것은 입력을 받고는 출력을 하지 않는 기계다. 입력은 느껴지는데 산물이 감지되지 않는다. 그러므로 이 기계는 지각될 수 없다. 물건이나 느낌이나 그 무엇인가를 산출해서 내놓지 않았을 때 존재를 증명할 수가 없는 것이다. 물론 마찬가지로 부재도 증명할 수는 없다. 하지만 이것은 상상될 수 없다는 점에서 무입력 기계와 다르다. 에코는 예컨대 블랙홀도 무출력 기계는 아니라고 한다. 블랙홀이 지각되기 때문이고, 끊임없이 새로운 물질을 끌어들이는 능력을 출력으로 보여주고 있기 때문이며, 블랙홀이 증발하고 있다면 이 증발 자체는 기계의 한 활동, 즉 출력으로 볼 수 있기 때문이라는 것이다.

에코의 무출력 기계에 대한 생각은 우리의 지각이나 인식이 무출력 기계와 같은 것을 대상으로 할 수 없음을 시사한다. 생각될 수 없는 것은 상상할 수 없다는 전제가 여기에는 들어 있다. 나아가 출력되지 않는 것에 대한 정의 내릴 수 없음에 근거해볼 때 만약 무출력 기계를 논의하고자 한다면, 지금까지는 전혀 다른 새로운 원리에 입각한 사고 행위가 필요할 것이다.

다소 먼 데서 시작한 이 무출력 기계에 대한 이야기를 '사건'이라는 것에 적용해보고자 한다. 우선 지적하고 싶은 것은, 사건은 무출력 기계가 아니라는 점이다. 우리가 어떤 사건을 떠올렸을 때, 일단 그 사건은 발생해서 지각될 수 있는 것이라야 한다. 출력된 것에 한해 인지될 수 있기 때문이다. 사건은 사물이나 존재, 아니면 이들을 둘러싼 어떤 현상이 지각됨에 의해 사건으로 자리매김된다. 지각되지 않고 상상될 수 없는 사건을 가정하는 것은 무출력 기계처럼 일단 예외적인 것에 속할 것이다.

요컨대 사건은 사건으로 출력된 어떤 것이다. 흔히 문제가 되거나 주목할 만한 중요한 일을 사건이라고 말할 때, 그것은 직접적으로 산출물인 것이다. 이러한 사건은 물론 일정한 시간과 공간, 존재와 행위 등이 얽힌 것이라 할 수 있다. 구성 요소들이 단순히 공존하는 것이 아니라 특유의 방식으로 연결되어야 한다. 사건이란 기본적으로 '연관'을 만드는 것에 다름아니기 때문이다. 사건이 발생한다는 것은 특히 존재가 이 세계와 치명적으로 연관되는 것이다. 그 결합이 확고해서 틈이 보이지 않는 상황 말이다. 마치 어떤 일이 그 존재만을 위해서 발생한 듯이 치밀한 결합력을 보여야 사건이랄 수 있을 것이다.

하지만 사정이 그렇게 단순하지만은 않다. 연관은 사건의 전인가, 후인가? 적절한 연관을 지녀야 사건임은 말할 것도 없지만, 연관이 없어도 사건은 발생할 수 있으니 말이다. 이를테면 충돌로 인해 사건이 발생할 수도 있지 않은가. 구성 요소들이 치밀한 결합을 이루어 의미 있는 연관으로 사건이 발생할 수도 있지만, 그 반대로 어떠한 맥락도 없는 무의미한 충돌로 사건이 발생하고, 그로 말미 암아 연관이 생길 수도 있는 것이다. 이때 연관은 원인이라기보다 사건의 결과에 해당한다. 사건이 갖는 결합력 역시 결과되는 것이라 할 수 있다.

어떠한 쪽이든 사건의 수립과 전개는 출력의 범위 안에서 이루어진다. 출력되지 않은 사건은 사건이 아니다. 사건에 관심이 있다는 것은 잠재적이거나 개연적인 일들이 가능성에 머무르지 않고 이 세계에 출현하는 것에 주의를 기울이는 것이다. 그 동력과 변화를 문제삼는 것이다. 그러므로 사건의 출력이라는 것은 사건이 사건으로 출발, 지속, 해지되는 경계가 가시화되는 것을 가리킨다. 이 출력에 민감하고 출력과 함께하는 한 시인의 이력을, 이번 시집에서 나타난 변화를 중심으로 살펴보려 한다.

2. 사건의 해산

'사건'이라는 말이 시에서 익숙하지는 않지만 생각해보면 시에는 언제나 사건이 발생한다. 존재나 대상, 현상의 얽힘이라든지, 그것들의 충돌이라든지 하는 일들이 시에서 항상적이며, 압축적으로 제시된다. 하지만 언제나 발생하는 사건에 대해서, 바로 사건이라는 말을 붙이고, 이를 탐구해 들어간 시인이 김언이다. 김언은 사건을 사건이라고 불러주었으며, 사건을 지켜보고, 사건이 보이게 하는 시들을 썼다. 사건이 비로소 현시된 것이다. 대개의 시들이 어떠한 일의 발생과 진행에 대해 진술하지만, 김언의 경우는 그것을 사건으로 명시화하려 하였으며 지금까지 출간된 세 권의 시집을 관류하는 것이 바로 그것이다.

김언의 시는 부정과 탈주의 성격이 강했던 2000년대를 경유하면서도 동시대 시인들처럼 파괴적 시법을 구사하기보다는 무언가 다른 것을 향해 있었다. 그는 파괴보다 형성이 흥미로웠고, 의미, 체계, 연관 같은 것들이 따라붙는 프로세스가 자동적이라기보다는 결과적이라는 것에 끌렸다. 사건이라는 모드의 생성과 산출을 감지하는 시들을 많이 쓴 이유다. 존재와 물질의 가시성, 형체화, 경계 들이 그가 실질적으로 관심을 표명했던 것들이다. 어떻게, 어떠한 과정을 통해 존재는 존재가 되고, 존재를 교환하며, 존재에서 빠져나가게 되는가 하는 것이 그의 작품들에서 주요한 부분들이었다고 할 수 있다.

초기 시에서 그는 「거품인간」 「새의 윤곽」 「바람의 실내악」 「유령-되기」 등에서처럼, 거품이나 바람, 유령 등 출력이 미미하거나 잘 감지되지 않는 것들이 출력하는 것에 세심한 주의를 기울였다. 이 잘 보이지 않는 것들이 생성, 산출의 사건이 되는 과정이 『거인』(랜덤하우스중앙, 2005)의 중심을 이루고 있다. 잘 알려진 『거인』의 뛰어난 시편들은 이 과정에 대한 정밀한 탐사를 하고 있다.

『소설을 쓰자』(민음사, 2009)에 이르면 이른바 '사건론'이라고 할 수 있는 세계가 본격적으로 전개된다. '소설'이라는 말부터가 사건을 떠받치고 있는 이 시집에서는 존재의 산출이라는 테마가 특별히 언어의 문제와 결합되어 진행된다. "이보다 명확한 사건을 본 적이 없다/사건 다음에 문장이 생기는 것이 아니라/문장 다음에 사건이 생긴다"(「이보다 명확한 이유를 본 적이 없다」)고 하는 구절은 문장이 사건을 결과한다는 이채로운 생각을 하게 만들었다. 이것은 꽤 흥미로운 것이었는데, 왜냐하면 주지하다시피 이전까지의 언어는 사건의 재현이나 표현을 위한 것이었지 사건의 전제는 아니었기 때문이다. 다시 말하면 그동안 언어는 이미 발생한 사건의 자리에 당도하여 이리저리 둘러보는 사후 문상객과도 같았던 것이다.

"문장 다음에 사건이 생긴다"라는 진술은 이와는 달리 언어의 화행적 선제를 제시하는 것이다. 언어의 침입이 우선적인 문제가 된 것이다. 『소설을 쓰자』에는 이러한 사건의 생성을 보여주는 시들이 자주 나타난다. 「사건들」 「이보다 명확한 이유를 본 적이 없다」같이 일종의 사건론에 해당하는 것뿐만 아니라 「감옥」 「입에 담긴 사람들」 「톰의 혼령들」 같은 시들은 이를테면 언어적 구성을 통해 존재가 어떻게 존재라는 사건이 되어가는지에 대한 세밀한 묘사를 하고 있다. 이를 통해 사건은 일시적으로나마 강인하고 확정적인 어떤 것이 된다. 마치 출력 자체로 운명의 승인을 받은 듯 보이는 사건이 추적되고 있는 것이다.

앞선 시집들에 나타난 이와 같은 경향은 이번 시집 (『모두가 움직인다』, 문학과지성사, 2013)에서는 다소 변화하고 있는 것으로 여겨진다. 사건에 착안했던 김언의 시에 대한 기존의 평가 위에서 이번 시집의 변화에 주의를 기울일 필요가 있다. 물론 이번 시집에도 사실이나 소설, 단어나 문장과 같은, 이전 시집에 출현하던 말들이 여전히 나타난다. 하지만 사건이라는 말은 확실히 줄어들고 특유의 중요성도 감소한 듯 보인다. 이를 좀더 구체적으로 살펴보면, 사건이라는 말이 들어간 시는 『숨쉬는 무덤』(천년의시작, 2003)에는 '소설가 곰치 씨'의 이야기가 나오는 「껐다켰다」 한 편이고, 『거인』에서는 「사건현장」 「누구세요?」 「詩도아닌것들이—문장 생각」 「詩도아닌것들이—탱크 애벗의 이종격투기」 등 네 편이다. 그러던 것이 『소설을 쓰자』에는 앞에서 열거한 시들을 비롯해 열 편이나 된다. 사건이란 무엇이고, 어떻게 발생하는가를 위시하여 인물이나 존재들의 형성과 사건의 의미를 묻는 것까지 전반적으로 '사건의 시학'(신형철)을 펼치게 된 것이다.

조금씩 확장되어왔던 이러한 성향은 이번 시집에서 눈에 띄게 달라진 모습을 보인다. '사건'이라는 말이 들어간 시도 「동의하는 사람」 「영점」 「반드시 시가 되어 있다」 「용서」 등 네 편에 불과하다. 그나마 "그 사건은 이리저리 주인을 옮겨 다닌다"(「동의하는 사람」), "방금 전에 생긴 사건을 까마득히 모른다"(「영점」)와 같이 약화되어 있다. 사건을 출현시키는 계기로서의 단어나 문장의 힘도 축소되어 있다. 「이미 사라진 주어를 어떻게 찾을까?」 「공허한 문장 가운데 있다」 같은 제목의 시들, "어떤 단어를 동원해도 비어 있는 그곳"(「지시」) 등은 언어가 사실상 사건을 잉태하는 모습으로 강인하게 나타났던 이전 시집에서 물러난 듯한 인상을 준다. 혹은 물러나려는 듯한, 망설임과 역류가 있다.

이 주춤거림은 마치 시계 초침이 움직이듯이 정밀하게 시집 전체에 범람하고 있다. 무얼 만들어내지 않으려 하고, 형성해내는 것에 의지하지 않으려 하는 모종의 차가운 열기가 스며 있는 것이다. 무엇보다도 이번 시집은 사건의 잉태보다는 오히려 사건의 '해산' 으로 나아가고 있는 것으로 보인다. 이를테면 요소들 간의 관련의 해지 같은 것이다. 이전 시들에서 사건이 만들어지는 것에 주목했던 시선은, 이제 사건의 미로나 사건의 배제와 같은, 보다 탈영역적인 것에 쏠려 있다. 무엇인가 미세하게 풀려버리고 있다. 사건이 흔들리고 있다. 물론 해산은 덜 문제적인 것이 아닌데, 왜냐하면 해산은 형성을 의식하고, 형성을 가로지르는 것이기 때문이다. 형성보다 복잡한 각도가 작동하게 되는 것이다. 이번 시집의 문제적 징후가 되는 지점이다.

요컨대 사건의 중요성이 감소되고, 사건의 출력보다는 해산이라는 징후가 두드러지는 것이 이번 시집의 특성이라 할 수 있다. 사건이 해산된다는 것은 무슨 뜻일까. 출력된 사건이 해지되는 것은 어떠한 과정을 거쳐서일까. 사건의 출현과 반대의 방향을 취하게 되는 사건의 해소라는 작업이 김언의 시에서 갖는 의미, 나아가 동시대적 의미란 무엇일까.

김언의 시들은 읽기 쉽지 않다. 이전에 비해 더 까다롭고 세밀해졌다. 일치 아래에는 많은 불일치가, 불일치 아래에는 알 수 없는 효과적인 일치들이 놓여 있다. 가로막들이 그어져 있는 문장들은 불현듯 다른 맥락으로 전환해가고, 또한 여지없이 다음 문장들에 의해 이질화된다. 문장들은 자주 낯선 굴절 운동에 놓인다. 그러면서 이 굴절의 흐름을 보여주기보다 문장의 끊어져 있는 단면들이 서로 연락되지 않는 필라멘트를 내밀고 있는 형국이다. 마치 모든 것이 무관(無關)한 것이라는 듯이, 혹은 무관으로 흘러가려는 듯이 말이다. 이를 무관의 운동이라 할 수 있을까. 사건이 사라져가는 것이다.

징후 1: 사건의 취소

김언의 이번 시집에서 사건의 해산이라는 변화의 조짐은 은연중에, 그러면서도 다양하게 나타난다. 가장 우선적으로 눈에 띄는 것은 출력된 사건의 취소다. 사건이 출현하지만 이것이 사건으로서 제대로 발전하기보다는 취소되는 방향으로 진행되는 것이다. 사건이 사건으로 발전하기 위해서는 앞선 진술을 신뢰하고, 그 진술에 의지해 상황이 더 진전되어야 하는 것인데, 이 신뢰가 근본적으로 이루어지지 않으면서 상황을 제로로 만들어버리는 사태가 나타나고 있다. 출력이 눈에 띄는 현상이라면 취소 역시 동등한 힘이 소요된다. 취소는 자연적인 소실이 아니라 인위적 소멸이기 때문이다. 따라서 사건의 취소는 뚜렷한 자취를 남긴다. 몇 가지 예를 들어볼 수 있다.

여기서 만져지는 물질이란 모두 내가 만지기 위해
탄생한 물건들 이름들 형제들 그리고 하나같이 죽는다.
둘이 죽고 나면 셋이 남고 셋이 죽고 나면
더없이 많은 숫자를 다시 헤아려야 하는 이름 때문에
이 물질의 이름은 부적합하다. 손톱은 손톱 때문에
나무는 나무 때문에 굴뚝은 굴뚝 때문에 모두

연기가 될 수 없다. 한 사람씩 허공을 내젓는다.
세 번 네 번 고개를 젓다 보면 저절로 굴복하는
자신의 운명을 이제 생각하지 않는다.
이 문장 말고도 생각할 것이 많다. 물질은 손을 떠날 때
한 번 더 이름을 보여준다. 그 전까지 그 이후에도
우리의 통성명은 무척 자연스럽게 이루어지고 곧 잊는다. 다시
만날 것처럼

———「이 물질의 이름」부분

　김언은 이번 시집에서 유난히 이름에 대한 촉진(觸診)을 한다. 그
런데 이름의 기입이나 응고와 같은 사건의 구획으로 이름을 맞이
하기보다는, 그 사건의 부적절함을 향해 있다. 「이 물질의 이름」에
서 그는 "물건들 이름들 형제들 그리고 하나같이 죽는다"라고 함으
로써 물질 세계의 요소들처럼 이름도 죽는데, 이 모든 죽음을, 죽
음의 "더없이 많은 숫자를 다시 헤아리려야 하는 이름 때문에/이 물
질의 이름은 부적합하다"라고 하고 있다. 물질 뒤에 남아서, 물질을
헤아리는 이름이라는 것은 온당하지 못하다는 것이다. 이름이 부
적합하다는 것은 존재에게 가장 극적인 사건으로서의 이름을 부정
하는 것이다. 따라서 이름으로 제기할 수 있는 정황들이 부정된다.
"손톱은 손톱 때문에/나무는 나무 때문에 굴뚝은 굴뚝 때문에", 즉
자신의 이름들 때문에 부적합하다. 이름의 부적합성은 그러므로 존
재의 부적합성으로 연결된다. 이것은 물질이 떠날 때 "한 번 더 이
름을 보여준다"는 것에서 선명해진다. 이름을 보여주는 것은 아이

러니하게도 자신의 부적합성을 증거한다. 여기서 이렇게 생각해볼 수 있다. 존재들은 이름을 보여주지만 이름을 보여줄 때마다 이름을 취소하는 것이라고.

　존재가 이름으로 인해, 그리고 이름을 보여주는 것이 부적합으로 생각되는 것은 무슨 까닭일까. 김춘수를 떠올려봤을 때 이름과 의미는 궁극을 향해 난 길이며, 상통하는 관념이 아니었던가. 이름은 어둠 속에서 찾아낸 질서와 같은 것이 아니었는가 말이다. 이에 대해 김언은 "우리의 통성명은 무척 자연스럽게 이루어지고 곧 잊는다"라고 한다. 이름이 그 자체 어떠한 의미의 방편일지는 몰라도 이름을 부르는 것이 혼돈 속의 이데아와 같은 것은 아니라는 것이다. 그것은 의미에의 등극이 아니며 오히려 의미를 해소하는 길이다. 우리는 통성명을 하고 서로에게 이름을 보여주지만 그럼으로써 곧 잊는다. 이름은 부적합함과 망실의 기회다. 그리고 잊음은 아마 가장 보편적으로 생각될 수 있는 취소의 방식일 것이다. 잊음으로써, 파기하는 것이다. 바로 이름이 취소되는 순간이다. 기이한 일이지만, 보임이란 해소의 직접적 양상일 수 있다.

　　너는 배제되고 있다
　　파란색과 파란색 사이에서
　　푸른색과 푸른색 사이에서
　　블루도 아니고 그린도 아니며
　　어깨 너머 걸린 피카소의 청색시대도
　　아닌 곳에서

G. 그라우브너의

정말 순수한 빨강도 정반대편에서

빛나지 않는 곳에서 얼룩도 아니고

세척한 뒤의 얼굴도 아닌 지저분한 단색

요동치는 구름의 선명한 표정도 아닌 곳에서

되도록 이름을 멀리하며 늘 있다고

생각하는 사람들의 믿음과

착각을 배신하며

세상 모든 페인트 회사들이

뿌려놓은 이름과

이름 사이에서

지중해 눈부신 코발트빛 물결도 너를

살짝 비껴간다 베티 블루의 우울한

(……)

잠시 보았던 것 같다 너의 이름을

너의 색깔과 너의 분명한 없음을

어느 주소록을 뒤져봐도 찾을 수 없다

(……)

너는 존재한다

한가운데 너의 이름은 없다

　　　　　　　　　　　　—「청색은 내부를 향해 빛난다」 부분

물질이 이름을 보여주어도, 존재들이 서로 통성명을 해도, 그것은 잊히고 취소되는 것이었을 때, 또다른 방식으로써의 이름의 취소가 있다. 그것은 '배제'다. "너는 배제되고" "너의 이름은 없다". "어느 주소록을 뒤져봐도 찾을 수 없다". '너'는 배제되었고, 취소된 것이다. 배제는 잊음보다 더 직접적인 취소에 해당한다.

배제 가운데에는 "이름을 멀리하며" "살짝 비껴"가는 "지중해 눈부신 코발트빛 물결"에 의한 배제도 있다. 이 물결은 "이름을 멀리하"는 존재다. 멀리한다는 것은 사건으로 접수하지 않는다는 것이다. 접수되어도 취소하는 것이다. 물결은 이름을 멀리함으로써, 스스로 이름을 취소한다. 이렇게 이름은 불완전하며, 불충분하며, 물결이라는 존재에 의해 거부되기도 한다. '너'나 '물결'처럼, 배제되었건, 배제하건, 이름이 취소되거나 이름을 취소함으로써, 존재들은 이름이라는 사건 속으로 온전히 들어가지 않는다.

누군가 나의 이름을 착한 사람이라고 부를 때
그 이야기의 주인공은 묵묵히 동의한다.
누군가 그의 이름을 악한 사람이라고 부를 때도
그 이야기의 주인공은 반대할 의사가 없다.

두 번에 걸쳐 그는 거짓말에 친숙해졌다.
그 이야기의 주인공을 말하는 사람과
그 이야기의 주인공이 말하는 사람은
늘 모함에 시달리고 모함에 빠진 자신의
계략을 한 번도 의심해본 적이 없다.

앞에서 이름을 보여주거나 이름을 멀리하는 방식으로 이름이라는 사건을 취소하는 것을 보았을 때, 이름에 대한 동의는 역설적인 것이다. 동의는 따라가는 것이지만, 한편으로 동원되지 않을 수 있는 절묘한 방법이기도 하다. 이름이라는 사건과 그 운명에 동원되지 않을 수 있는 방식이 오히려 이름에 동의하는 것이다. 어떻게 불러도 상관없다. "착한 사람이라고", 혹은 "악한 사람이라고", 뭐라고 부르든 간에 어떠한 반대도 하지 않는 것이다. 이것은 겉으로는 "모함에 빠진" 듯 보여도 실상은 "자신의 계략"이다. 어찌됐든 상관없다는 식의 이러한 동의는 이름의 밀착과 중요성을 제거하는 까닭이다. 무조건적인 동의는 무관해지는 방식의 일종이다. 그것은 아무것도 표명하지 않는 것이나 매한가지다. 무의미한 동의는 사건을 취소시키는 효과를 낳는다. 실제로 무엇이나 동의하는 사람은 아무것도 동의하지 않는 사람일 것이다.

잊음, 배제, 동의라는 상이한 방식으로 이름이라는 사건을 철회시켜나가는 이러한 태도는 다음과 같이 훨씬 미묘한 양상으로도 존재한다.

쌓인 눈이 없어서 혼자 있었다.
겨울에도 꿀벌들이 분주해서 혼자 있었다.
누구나 같은 말을 하고 있지만
하루는 맑았고 하루는 혼자였고

날짜가 없어서 풀과 꽃과 공감할 수 없는

노래 옆에 혼자 있었다.

이상한 불어 발음을 내고 있고 나쁜 아이는

문밖으로 나가면서

휴지를 버리고 조용해졌다.

—「혼자 있었다」 부분

「혼자 있었다」는 그야말로 "혼자 있었다"라는 진술만이 반복된다. "쌓인 눈이 없어서" "꿀벌들이 분주해서" "날짜가 없어서" 혼자 있었다고 한다. 그러나 잘 살펴보면 이러저러한 이유들은 정작 "혼자 있었다"라는 진술과는 무관하고 결국 모든 것을 차치하고 혼자 있었다는 이야기다. 눈이 없거나 꿀벌들이 분주해서 혼자 있을 수는 없는 것이다.

이 시는 세계의 현상들이 옆에 있거나 멀리 있거나, 분주하거나 태연하거나, 이렇게 태곳적부터 이후까지 영원히 혼자 있고, 혼자 있을 것 같은 사람의 비상한 고요가 느껴진다. 마치 어떠한 사건도 고요를 덮치지 못하며, 혼자 있는 사람을 침입할 수 없을 것만 같다. 여기서는 아무 일도 일어나지 않을 것이며, 일어나더라도 그 사건은 무력하게 사라질 것이다. 이는 사건이 결코 일어나지 않을 것이라는 완강함이다. 무조건적인 혼자 있음으로 어떠한 일도 발발하지 않도록, 온몸으로 방어하는 것이다. 사건은 미리 취소된다.

그런데 생각해보면 이 말은 한편 모순적이다. 발발하지 않은 사건의 취소라니? 그야말로 없는 사건, 발생하지 않은 사건이지 않은

가. 하지만 모순이라고 생각했을 때, 이 시의 묘미가 있다. '쌓인 눈'과 '꿀벌'과 '풀'과 '꽃'의 세계는 아직 어떠한 연관이나 충돌 없이, 존재들 간의 진입이 없이 그야말로 막연히 존재하는 상태다. 이것들 간의 사건이 작동되지도 않았는데, "혼자 있었다"의 반복으로 사건의 생성을 원천 봉쇄하고 있는 것이다. 사건은 형성되기도 전에 벌써 증발해버린다. 여기에 사건은 나타날 수 없을 것이다. 취소라는 것은 출력된 사건뿐만이 아니라 출력되지 않은 상황까지 뒤쫓는다. 압도적인 취소다. 그렇다면 이렇게까지 취소를 하면서 사건의 잉태를 제어하는 이유는 무엇일까.

징후 2: 사건의 허구화

사건을 해산시키는 데 사건을 취소하는 방식만 존재하는 것은 아니다. 취소는 직접적인 방식이다. 취소가 용이하지 않을 때도 있다. 다 지울 수 없을 때가 있다. "앞 문장을 완전히 지워버리는 문장은 존재하지 않는다"(「팔레트」)라고 했듯이 출현한 것을 삭제해나가는 것이 경우에 따라 불가능할 수도 있다. 김언의 시에서는 이보다는 좀더 미학적으로, 사건을 허구화하는 양상이 나타난다.

물론 당연한 이야기지만 사건이나 소설은 허구다. 사건은 그 자체 구성된 것, 입안된 것이라는 의미에서 허구인 것이다. 이것은 문학이 허구라고 말할 때의 허구를 뜻한다. 그러므로 여기서 사건의 허구화라는 것은 이렇게 본래적 의미의 허구를 지칭하는 것이 아니라, 사건의 무화, 무효화를 말한다. 진행된 사건이 뒤이어 오는 다른 진술이나 구문에 의해 상치(相馳)되거나 효력을 상실하게 되는 것을 일컫는 것이다. 사건이 부정되는 의미의 취소라기보다는, 모순에 직면함으로써 실제성을 잃어버리게 된 경우다.

　모든 구문은 당연하게도 혼자 존재하거나 의미를 지니지 않는다. 시도 마찬가지다. 문맥 안에서 앞뒤 구문들과의 관련에 의해 암시나 표현이 뚜렷해진다. 뒤의 구문이 상반되거나 지속적으로 이탈하고 있다면 앞의 진술은 연계를 잃고 막연하게 존재하다가 흩어지게 된다. 김언의 시에는 이와 같은 예들이 많이 있다.

너는 금요일에 걷다가
나는 토요일에 걷고 있다
너는 눈을 감고 걷다가
나는 너의 눈을 보고 있다

너는 말 한마디 없이
나는 너의 입을 믿고 있다
너는 오고 있고 여전히 도착하고 있다
정지하는 순간 너는 내가 아니다

너는 날짜를 지나서
나는 자정에 도착할 것이다
열두 시 종이 열두 번 울리고
한 번 더 울렸다

너는 바닷가를 걷다가

나는 모래시계를 뒤집었다

—「너는 금요일에 걷다가」 전문

'너/나' '금요일/토요일' '걷다/보다, 뒤집다'라는 순서쌍들이 있
다. 앞의 항들은 뒤의 항들과 단절되어 있다. "너는 금요일에 걷"고
있었고, "나는 토요일에 걷고 있다". 그런데 어떻게 해서 '너'는 '나'
로, '금요일'은 '토요일'로 변하는 것일까. 마찬가지로 "너는 (……)
걷다가"는 "나는 (……) 보고 있다", 혹은 "나는 (……) 뒤집었다"
로 대체된다. 앞의 항들이 뒤의 항들로 대치됨으로써, 사건 전체가
모호해진다.

이 대체를 담당하는 것은 '~다가'라는 연결 구문이다. 이것은 연
결 구문이지만 연결이 아니라 단절로 작용하며, 어떠한 연계도 없
이 앞의 항들이 뒤의 항들로 전환되도록 한다. 그리고 이렇게 바꿔
어나감으로써 항들은 실제성을 잃어버리고 사라진다. 상황들은 연
속되는 것이 아니라 다른 상황에 의해 대리될 뿐이다. 대신하고 대
신하는 문장의 전환만이 남는 것이다.

사실 '금요일의 너'와 '토요일의 나'라는 상황은 무관한 것이다.
이 무관한 상황의 대체를 통해 하나의 사건이 해체되고 허구가 되
어가는 모습을 그리고 있다. 이 세계에는 금요일에 걷는 무수한
'너'라는 존재와 토요일에 걷는 또 무수한 '나'라는 존재가 있지만
이들은 영원히 만나지 못하고 무의미하게 병치되며 대리하고 사라
져간다. 모든 사건은 공상에서 일어난 듯하다. 허구가 바로 이런 것

이 아닐까.

> 한 사람이 죽고 아파트 경비가 그 사실을 발견한다
> 그의 부친이 고향에서 달려오고 장례는 간소하게 치러졌다
>
> 다음 날
> 아버지는 아직도 오고 있다
>
> 밤늦게까지
> 지하철과 버스가 시내를 돌아다닌다
> ──「죽은 지 얼마 안 된 빗방울들의 소설」 부분

몇 가지의 상황이 등장한다. 한 사람이 죽었다. 아파트 경비가 발견한다. 부친이 온다. 장례가 치러진다. 이 각각의 상황들은 얼만큼 관련이 있을까. 시간적으로 전후라는 것으로 모든 관련을 증명할 수 있는 걸까. 아니, 전후이기는 한 것일까. 상황들을 연결해서 사건으로 전환할 수 있는 요건이라는 것이 존재하는가 하는 말이다. 확실한 것은 아무것도 없다. 모두 (떨어져 있는) 개별적인 장면들이고, 연결되지 않는 듯 보인다. 어떤 장면은 일회적이고 또 어떤 장면은 끝나지 않는 것이기도 하다. "다음 날/아버지는 아직도 오고 있다"와 같은 장면은 장례 이전에 놓였던 자리를 잃고 장례 이후에도 떠돌고 있다. 장례식 이후에도 계속 오는 아버지는 장례라는 사건을 허구화한다. 아버지는 무엇 때문에 계속 오고 있는 것일까.

아버지는 장례식 때 도착은 했던 것인가.

　상황들이 길을 잃고 접속이 되지 않는 것은 사건을 가공의 것으로 만들어버린다. "밤늦게까지/지하철과 버스가 시내를 돌아다"니는 것은 어떠한 층위에서 벌어지는 일일까. 이것이 장례식과 연관이 있을까. 아버지가 계속 오고 있는 층과 지하철과 버스가 돌아다니는 층은 같은 층이 아니다. 바로 뒤에는 "둘이 만나는 순간은 없다"라는 구절이 등장한다. 상황들은 만나지 않는다. 사건이란 없다. 이 시는 한 사람의 죽음이 사건으로 집중되지 못하는 기이한 산개를 그리고 있다. 이 시를 계속 읽다보면, 이를테면 아파트 경비가 고향에서 달려오고, 장례가 아직도 오고 있고, 지하철과 버스가 죽고, 아버지가 시내를 돌아다니는, 엇갈리는 분절과 배회가 떠오른다. 모두가 무관하고 배회하고 허구에 지나지 않는 듯이 보이는 것이다.

　　쓰러졌던 피아노가 다시 일어서고
　　흩어졌던 알약들이 다시 모이고
　　떨어졌던 빗방울이 다시 구름의 형체를 찾아간다 너무도 자연스럽게
　　던져졌던 야구공이 투수에게로 돌아온다
　　발사되었던 총알이 얌전하게 장전되고
　　찢어졌던 상처가 칼자국을 버리고 다시 아문다
　　과녁에 박혔던 화살이 공기를 가르며 맹렬하게 돌아온다 시위대를 향해

헤엄쳐 오는 성난 화염병과 돌 조각이 공중에서 뚝 멈출 때
참았던 숨을 터뜨리며 올라오는 익사자의 발광하는 몸짓이
서서히 여유를 찾아간다 그는 헤엄을 치고 있다
평화로운 바닷가의 날씨가 돌변하기 전까지
더듬더듬 길을 찾아서 돌아가는 그의 캠핑카는
방금 전에 생긴 사건을 까마득히 모른다 다시 고향으로 돌아갈 때까지
계단 위에 계단을 쌓던 파도가 차곡차곡 허물어지고 있다
영점을 맞추기 위해 궁사가 다시 활을 집어 든다
　　　　　　　　　　　　　　　　　　　　—「영점」 전문

'영점'은 무엇인가. 조준점이라는 뜻이지만, 문맥상 사건이 발생하기 이전으로 읽을 수 있다. 진행되는 듯이 보였던 사건은 원점으로 돌아간다. "쓰러졌던 피아노"나 "흩어졌던 알약들" "떨어졌던 빗방울" "던져졌던 야구공" "발사되었던 총알" "찢어졌던 상처" 등은 모두 발생 이전으로 돌아간다. 발생한 사건들을 발생 이전으로 돌리는 것은 사건을 그 자체 허구로 만들어버리는 것이다. 아무 일도 일어나지 않은 것으로 꾸며내는 것이다.

사건은 허위다. 혹은 허위가 된다. 그런데 어떻게 해서 이런 일이 벌어지는 것일까. 무엇이 사건을 허위로 되돌리는 것일까. 이것이 어떤 시적 공상이든 의식의 작동이든, 분명한 것은 사건의 일원성을 해체해버리려는 시도로 읽을 수 있다는 점이다. 사건은 지배적이다. 출력되었다는 점에서 지배적이다. 사건은 존재와 상황을 연

루시키고야 만다. 그것이 아무리 서서히 진행되거나 떨어져 있더라도 우리는 이 통치에서 자유로울 수 없다. 사건은 시시각각 우리를 심문한다. 우리 모두는 사건의 피의자다. 이때 사건을 허구화하는 것은 취조받는 존재의 버둥거림이라고 할 수 있다. 모두가 움직인다. 사건으로부터 놓여나기 위해, 사건의 허구화를 위해, 스스로 허구가 되기 위해 움직인다. 아니, 허구를 탈환하기 위해 움직인다. 살아 있다는 것은 허구를 되찾는 것이다. 허구의 "영점을 맞추기 위해" 존재하는 것이다. 김언 시의 냉담하고 치밀한 공작성은 이 세계 위에 드리워져 있는 사건이라는 형태로 출력된 모든 그물 사이를 빠져나감으로써, 그물을 허구로 만들어버리는 데 있다.

징후 3: 한없이 무관해지기

김언의 이번 시집은 사건을 취소하거나 무효화, 허구화함으로써 사건으로 표상되는, 존재를 덮치는 모든 것에 의구심을 제출하는 것이라 할 수 있다. 내발적이든 외발적이든, 출력된 것과 절연하고자 하는 지치지 않는 시도가 이를 증거한다. 동시에 이를 위해 이 세계로부터 무연한 언어적 단자를 시연하고자 한다. 세계, 사건, 의미와 존재의 격차를 만들어내고, 시차를 가정하고, 그 관련이 해지된 순간들을 언어로 살펴보는 것이다. 이와 같은 과정을 거치며 김언의 시들은 많은 경우, 언어의 트집을 통해 무관하고 이질적인 상황의 겹을 구출해낸다. 아니, 좀더 적절하게 표현하면 무관하고자 하는 순간을 구성해낸다.

어떻게 보면 김언의 시는 한 문장 안에서, 또는 문장과 문장 사이에서 존재와 상황들이 내홍(內訌)을 겪는 것으로 보이기까지 한다. 그러면서도 이 내홍이라는 것이 어떤 공통된 요소로의 환원이나 소통의 탈환을 향하지 않는다는 데 묘미가 있다. 오히려 그 반대다. 좀 이상하게 들릴지 모르지만 마치 서로 마주치지 않기 위해 일으키는 내분처럼 보이는 것이다. 서로 마주치고 접선하고 공명을 일으키는 사건이 우리가 납득할 수 있는 상황의 설정이라면 사실상 그가 제시하는 상황들은 서로 피하기 위해 움직이는 것 같다. 그래서 상황은 항상 꺾이고 급정거하고 튀어나간다. 그래서 문장이 성한 것이 많지 않다. 문장의 성분들이 호응을 제대로 이루지 않을 뿐 아니라 불편을 무릅쓰고 결합되는 것도 모두 이 때문이다. 예상을 배반하는 뒤틀린 병치와 방향의 전환이 자주 일어나는 것이다.

예를 들어 "아무도 외롭지 않은/당신의 각오는 왜 혼자 있는가"(「외로운 공동체」), "나는 말없이 착한 사람이 되어가는 어느 맹인의 손가락이 가리키는 증오를 한 번 더 오해한다"(「이미 사라진 주어를 어떻게 찾을까?」)와 같은 구절들이 수시로 등장한다.

"아무도 외롭지 않은"과 "당신의 각오"의 연결은 어색하기만 하다. 이것을 '아무도 외롭게 하지 않으려는 당신의 각오'나, '당신의 각오는 아무도 외롭게 하지 않는다'로 연결시켜 읽는 것은 적절하지 않다. 시인의 의도는 두 구문 사이에 심연을 설정하는 데 있고, 이 심연 위에 다리를 놓지 않는 데 있고, 결국 양자가 만날 수 없게 하려는 데 있다. 시를 주어진 대로 읽을 필요가 있다. "당신의 각오는 왜 혼자 있는가"라는 뒷부분도 마찬가지다. '각오'와 '혼자 있다'

의 결합에서도 볼 수 있는 불편함은 김언에게는 항시적인 것이다. 피수식과 수식으로 만날 수 없는 구문들이 만나면서 무리한 병치가 강조된다. 이는 사건이 온전히 발생하는 것을 저지하여 사건은 뒤틀리고 만다.

다음 구절에서도 '착한 사람' '맹인' '손가락' '증오' '오해' 등이 계속 꺾이면서 결합된다. "착한 사람이 되어가는 어느 맹인의 손가락"은 왜 '증오'를 가리키는가. 그리고 그 '증오'가 실은 나의 '오해'라고 하면 '맹인'과 '증오'는 이상한 결합을 이루다가도, 결합되자마자 떨어져나간다. '착한 사람'과 '맹인'은 관련이 있다가 없고, 있는 것인지 없는 것인지 알 수 없으며, 한마디로 무관한 것임이 드러난다. 이러한 복잡한 내막들이 한 구문 아래 섞여 있다. "너의 손으로 나의 입을 말하던 때가 이상하게 큰 지하실을 만들어놓았다. (……) 쥐어짜면 여러 목숨을 먹여 살리는 찌꺼기가 흘러나와서 손톱은 검다. (……) 몸을 뒤집으면 전혀 다른 악보가 펼쳐지는 사막도 따지고 보면 지하수가 흐르는 시간"(「추신」)과 같이 무어라 형용할 수 없는 국면들이 흘러넘치는 예들은 시집 도처에 편재한다. 이러한 구문들은 사건의 용기(容器)에 끓어 넘치며, 이질적인 방향으로 흩어져간다.

함성은 고요하다.
눈 내리는 소란을 귓속에서 다시 저장하고 있다. 고요하게 고요하게
함몰해가는 의지를 더 크게 더 크게 몰두하면서 나는 무관해지

고 있다.

　시간이 더 필요한가? 한없이 끓는 소리밖에 안 들린다.

　공간이 더 필요한가? 한없이 무관해지는

　밥을 익히고 있다. 좀 전에 다 되었다는 소리를

　귓속에서 다시 듣는다. 압력을 풀고 김이 모락모락 나는 그 소리를

　가능한 한 멀리 가서 내다 버려야 한다는 생각을 휘휘 젓고 있다.

　　　　　　　　　　　　　　　　　　—「한없이 무관해지는」 부분

　제목을 비롯해 본문에 '무관'이라는 말이 여러 번 등장하는 이 시는 예의 그 불편한 결합들이 우선 눈에 띈다. "함성은 고요하다" "눈 내리는 소란" "함몰해가는 의지" "몰두하면서 나는 무관해지고 있다"와 같은 구문들은 수식하는 말과 수식되는 말들이 다른 정향을 갖는다. '함성'과 '고요', '눈'과 '소란', '함몰'과 '의지', '몰두'와 '무관'은 사실상 '무관한' 것들인데 나란히 놓여 있다.

　이러한 배치는 김언에게는 아주 익숙한데, 그는 이를 "한없이 무관해지는/밥을 익히고 있다"와 같이 유니크하게 표현한다. "무관해지는/밥"이란 어떤 것일까. 우리는 흔히 밥을 고통이나 노동, 희망, 인생 등과 연관시켜 생각하곤 한다. 하지만 실상 밥은 그냥 밥이다. 이질적인 딱딱한 쌀알과 물과 불이 만나 전혀 다른 상태의 말랑말랑한 어떤 것이 되는 것이다. 무어라고 표현하든 밥은 이 세계의 소란과 무관하다. 비관적이거나 낙관적인 상황에 아랑곳없이 끓고 익는다. 이 익어감을 시 속에서 여러 무관한 상황의 익어감으로 표현하고 있다. 시는 "한없이 무관해지는 밥"의 익어감과 같은 것이다.

'한없이 무관해지는' 것, 현상들의 무관을 감각하고 그것을 무관한 상태로 익혀 무관한 밥을 만드는 것, 김언이 머물러 있고자 한 상태를 이렇게 표현할 수 있을 것 같다. 사건으로 통합됨이 없이 낱낱이 명료한 세계, 낱낱이 개별적으로 움직이는 세계, 무관할 수 있는 세계 말이다.

> 당신의 배경은 종이인가 담벼락인가 다 구겨진 영사막인가
> 당신은 뚜렷이 서 있는 방법을 잊어버렸다 창문도 대문도
> 벽도 없는 공간이 만들어놓은 안식처에 당신은 겨우 붙들려 있다
> (……)
> 거의 모든 것이 비어 있는 금속의 내면이 어떤 함성에도
> 움직이지 않을 때 공기를 가르는 비행의 흔적은 균열을
> 가르는 망치와 정의 끝에서 시작하는 막다른 충격과
> 얼마나 다른가 얼마나 엇비슷한가 다 엎질러진 물빛에도
> 얼굴이 굳는다
> ―「거의 비어 있다」 부분

김언 시에서 느껴지는 각별한 명징성은 아마 이러한 무관함에서 비롯된 것인지도 모른다. 무관함을 떠올리면 "뚜렷이 서 있는 방법을 잊어버렸다"는 진술로 들어설 수 있다. 관련이 있는 자만이 이 세계에 뚜렷이 직립하려는 것이다. 무관한 자는 "창문도 대문도/벽도 없는 공간"에 "겨우 붙들려 있"다. 그는 이 불가능한 배경 속에 흩어져 있는 개별의 가능성이며, "거의 모든 것이 비어 있는 금속의

내면"이다. 내용으로 채워져 있지 않은 이 '금속'은 "어떤 함성에도 움직이지 않"는다. 동요되지 않는다.

이 금속은 마치 칼로 잰 듯 선명한 것이 인상적이다. 여기에는 아무것도 없다. 외부와 무관한 지점이며, 어떠한 시끄러운 일에도 동원되지 않는 정지의 순간이다. 이것을 무관에의 도달이라 할 수 있지 않을까. 그리고 어떠한 현상에도 가담하지 않는 이 비어 있는 혼자는 그 절대성으로 마치 세계와 추상적인 균형에 도달한 듯한 느낌을 자아낸다.

미안하지만 우리는 점이고 부피를 가진 존재다.
우리는 구이고 한 점으로부터 일정한 거리에
있지 않다. 우리는 서로에게 멀어지면서 사라지고
사라지면서 변함없는 크기를 가진다. 우리는 자연스럽게
대칭을 이루고 양쪽의 얼굴이 서로 다른 인격을 좋아한다.
피부가 만들어내는 대지는 넓고 멀고 알 수 없는
담배 연기에 휘둘린다. 감각만큼 미지의 세계도 없지만
삼차원만큼 명확한 근육도 없다. 우리는 객관적인 세계와
명백하게 다른 객관적인 세계를 보고 듣고 만지는 공간으로
서로를 구별한다. 성장하는 별과 사라지는 먼지를
똑같이 애석해하고 창조한다. 우리는 자연으로부터 나왔지만
우리가 만들어낸 자연을 부정하지 않는다. 아메바처럼
우리는 우리의 반성하는 본능을 반성하지 않는다.
우리는 완결된 집이며 구멍이 숭숭 뚫려 있다.

우리의 주변 세계와 내부 세계를 한꺼번에 보면서 작도한다.

우리의 지구가 어디에 있는지 모른 채 고향에 있는

내 방을 한 치의 오차도 없이 찾아간다. 거기

누가 있는 것처럼 방문을 열고 들어가서 한 점을 찾는다.

　　　　　　　　　　　　　　　　　　—「기하학적인 삶」 전문

　추상의 정점은 기하학일 것이다. 이 시는 인간, 존재, 삶에 대한 총체적인 진술을 하고 있음이 분명한데, 시라고 이야기하기 어려운 어떤 '작도'같이 느껴진다. 인간과 삶에 대한 작도를 할 수 있을까. 이것은 누군가의 삶이라기보다 마치 종(種)으로서의 인간 삶의 패턴을 구성해놓은 것 같지 않은가. 그렇게 건조하고, 무심하고, 무관계하니 말이다. 하지만 초월적이라기보다는 추상적이다. 점, 부피, 구, 거리, 크기, 대칭, 삼차원, 오차, 작도와 같은 말들이 늘어서 있는 것들도 그러하거니와 제목으로 쓰인 '기하학'은 말할 것도 없다. 인간의 삶을 '기하학적인 삶'이라고 지칭하는 것은 유기적이고 생물학적인 특성을 사상한, 무기체적 삶으로의 이동으로 보인다. 이 세계에 어떠한 유의미한 사건도 일어나지 않게 될 거라는, 냉담한 균형과 평정이 여기에는 있다. 설사 일어나더라도 결국 "자연스럽게 대칭을 이루"고야 마는 '기하학적인 삶'인 것이다. 기하학은 사건이 사라진 세계다. 사건은 유기체적인 것이며, 생명이 있으며, 돌아다니는 까닭이다. 기하학적 인간은 생물체의 사건에 휘둘리지 않을 것이다.

　「기하학적인 삶」에서 우리는 김언 시의 한 전형을 본다. 얼핏 객관적으로 보이는 그의 시는 그러나 관찰이 아니다. 관찰은 자아나 주체, 즉 시점을 가진 존재가 하는 것이다. 정서도 아니다. 정서는 일정한 위치를 점하고 정념이나 입장을 표명하는 고정된 존재가 있어야 한다. 최소한 그러한 존재를 가정하는 페르소나가 있어야 한다. 김언 시에는 그러한 존재나 존재의 고정점이 없다. 페르소나 와 포즈가 없다. 이것이 그의 시를 무기체적으로 만든다. 그의 시에 서 우리가 마주치는 시선은 존재를 뚫고 나온 것이 아니다. 존재에 속해 있지도 않다. 물론 존재를 경유하지 않기에 그의 시는 비상한 명석함을 갖는다.

무관하다는 것은 무엇인가. 그것은 기하학으로의 기계적 환원이 아니다. 김언의 시가 추상적이고 기하학적인 방향으로 자주 기우는 것은 이러한 존재의 원근법, 더 적절하게는 내면의 원근법을 벗어 나고 있기 때문일 것이다. 그의 시에는 심리적, 관념적 원근법이 소 멸되어 있다. 내면의 함몰이 없으며, 내면의 안개가 없다. 대개 그 의 시는 존재의 밖에서, 외부 어딘가에서, 우리가 알 수 없는 미지 의 지점에서 온다. 그 음성은 위치를 정확히 알 수 없는 허공에서 튀어나오는 것처럼 균형 있고 무관하다. 내면으로부터는 이룩할 수 없는 평형 상태를 보여주고 있는 것이다. 이것이 무관의 정체다.

3. 운집(雲集) 바로 옆

사건은 항상 행위하고 있는 어떤 것으로 생각할 수 있다. 출력이란 다름아닌 행위의 출력인 것이다. 초기에 김언은 사건을 존재의 형성이나 발성의 일환으로 생각한 것으로 보인다. 사건이 존재를 파고드는 행위에 흥미를 느끼고 있는 것이다. 그는 일정한 거리를 두고 사건이 자라도록 내버려두며, 사건을 키우는 듯이 보이기도 한다.

하지만 사건이 성숙해지고 단단해지면, 사건이 제 나름의 시간을, 무엇보다도 정신을 산출한다는 것은 자명해 보인다. 사건은 존재를 덮는다. 허공을 덮는다. 사건은 속성을 갖게 되는 것이다. 그것은 존재의 일환이기보다는 존재의 관성이며, 트랙이 된다. 다 자란 사건은 엄격한 거리를 유지할 수 없게 만든다. 바로 사건의 지배다.

이는 김언 시의 보폭과 잘 맞지 않는 것이다. 기하학적 감각을 소지한 그는 사건이 정신이 되는 것을 바라지 않는다. 사건이란 식별할 수 있는 것이어야 하기 때문이다. 따라서 사건의 지배에 대한 거부가 나타나게 된다. 그는 사건을 탐사하지만 사건을 목적으로 하는 것은 아니다. 사건이란 형성과 해산의 도정일 뿐이다. 어느 한 지점에의 경도는 아니다. 이번 시집에서 그는 사건과 싸우거나 사건을 부수지 않고, 사건의 취소와 무효화라는 탐미적 여정에 들어선 셈이다.

김언 시의 이러한 자취는 최근 시에서 예외적인 독자성을 갖는 것이다. 우리는 감각이 형성되면 감각의 지배를 받으려 하고, 문체가 성립되면 문체를 입으려 한다. 언어의 유희가 나타나면 유희의 편에 섬으로써 유희가 제국이 되게 한다. 우리는 남김없이 따르면서 운집을 이룬다. 모든 것이 정신이 되게 한다. 세계를 정신으로 탈바꿈시키는 것이다. 정신이 되기 위해 기다리고 있는 현상, 사건들이 즐비하다.

우리는 무관을 모른다. 시가 사건과 무관해지는 법, 시가 말과 무관해지는 법, 시가 시와 무관해지는 법을 모른다. 유착과 관련의 곡절 속으로 자맥질하지 않고, '무관(無關)'이라는 이 난맥의 가능성을 탐험하는 것이 김언의 시다. 말, 대상, 현상, 시가 한자리에 모여, 사건을 이루지 않고, 사건의 정신으로 정련되지 않고, 모두 다른 곳을 향할 수 있는 다층성이 그의 시인 것이다. 그의 무관이 머물지 않는 도정이고 길이라면 그 길에서는 사건이 해산된다. 어쩌면 그것은, 출력의 가능성을 소멸시킬 정도로 작아지기 때문에 '그보다 더 작은 것을 생각할 수 없는 존재'인 에코의 무출력 기계에까지 닿는 길일 수도 있다. 그와 같은 상상할 수 없는 극미함도 초대할 수 있는 길 말이다. 이것은 분명 너무도 낯선 길인데, 지금 멈춰 있는 우리의 짧고도 긴 운집 바로 옆을 지나가고 있다.

호모 트리스티스(homo tristis)

―이준규의 『네모』

그러나 나는 세상의 모든 시를 시작하리라
―「이글거리는」부분(『흑백』, 문학과지성사, 2006)

그는 스타일을 버리다, 그는 스타일이 없다, 그는 스타일의
포기를 선언하다, 예술을 벗어나다 (……)
그는 스타일을 버리고 하나의 프로파간다가 되고 있다,
―「산책의 가능성」부분(『삼척』, 문예중앙, 2011)

여기 한 시인이 있다. 그는 "세상의 모든 시를 시작하리라"는 출사표를 던진 후 "스타일의 포기"를 선언한다. 언뜻 보면 상반된 듯한 말인데, 다시 보면 납득이 간다. "세상의 모든 시"란 어떤 것일까. '모든'으로 항존하는 시, 그것이 하나의 시로 뒷걸음질하지 않는 것이라면, 그 어떤 하나에 보태지지 않는 것이라면, 그리하여 나아가고자 할 때 언제나 맞닥뜨리는 시의 모든 곤경을 실로 나타내는 것이라면, 그것은 스타일을 버리는 것임이 분명할 것이다. 스타일이라는 것이 양식에 다름아니며, 세계에 대한 모종의 관련을 표상하는 것이기에 스타일의 포기라는 것은 뒷걸음질의 포기이기 때문이다. '모든 시'는 보태는 시가 아니다. 시작하는 시다. 언제고 시작하는 시다.

그러므로 이렇게 말하고 출발해도 좋을 것이다. 여기 한 시인이

있다. 그가 쓰는 시는 우리가 익히 알고 있는 어떤 스타일의 시가 아니다. 무어라 불러야 좋을지 모를 어떤 텍스트의 탄생이다. 이 텍스트는 그가 말한 대로 "예술을 벗어"난 것으로 보인다. 시적인 것으로 지나치게 충만되어 있는 우리들이 따라갈 수는 있어도 따라할 수는 없으니 말이다. 그래서 우리는 『흑백』 『토마토가 익어가는 계절』(문학과지성사, 2010) 『삼척』을 통과하였다기보다는 어쩐지 그것에서 밀려났다는 생각을 피치 못하게 하게 되는 것은 아닐까.

오늘 이준규를 읽는다는 것은 무엇인가. 무엇보다도 텍스트가 파괴되는 감각, 그것이다. 시의 자리가 불가능해지는 감각이며 그 불가능을 가능하게 하는 감각이다. 차라리 무차별적인 방사의 감각이다. 그런 의미에서 그는 우리 시단의 독자적인 징후이며 예외적인 '프로파간다'라 할 수 있다. 아무것도 선언하지 않는 프로파간다, 내용도 형식도 없이 움직이는 프로파간다 말이다. 그러나 그러므로 그것은 살아서 깊고도 빠른 속도로 움직이고 있는 무력감이 아니면 무엇이란 말인가.

『네모』(문학과지성사, 2014)는 이 무력감의 또다른 실제라 할 수 있을 것이다. 또다른 비미학이다. 다시, 이준규를 읽는 계절이 되었다.

1. 탈감정 사회와 감정의 개시성

올해 벽두에 번역·출간된 스테판 G. 메스트로비치의 『탈감정사회』(박형신 옮김, 한울아카데미, 2014)는 모든 흥미로운 논지가 그러하듯이, 새로운 화제를 가져오기보다는 우리가 잠시 놓친 것을 주목하게 한다는 점에서 이로운 책이다. 그는 모더니즘에서 포스트모더니즘에 이르기까지 현대 사회를 설명하는 여러 이론이 주목하지 않은 '감정'에 대한 이야기를 들려주고 있다. 그는 현대 사회를 특징짓는 것으로 탈감정, 감정의 불가능을 꼽는다.

물론 감정이 없는 현대 사회라는 것은 많이 들어본 듯한 말이다. 무관심하고 냉정한 것이 현대인의 표상 아닌가. 그래서 좀더 들여다보면 그가 말하는 탈감정이라는 것이 말 그대로 감정을 벗어나고 감정이 없는 것이 아님을 알 수 있다. 현대 사회는 오히려 감정이 넘친다. 예를 들어 광고만 하더라도 상품에 대한 정보를 주기보다는 감정을 판매하는 쪽으로 판도를 바꾼 지 오래다. 우리는 정치나 사회의 어떠한 장에서도 매일 분노와 적의를 만난다. 현대는 감정이 없기는커녕 감정을 지배하기 위한 치열한 각축의 장이 아니던가?

메스트로비치 논의의 핵심은 여기서 시작된다. 그는 이렇게 넘치는 감정이 자발적 감정이 아니라고 지적한다. 현대 사회에서 감정은 개인이 발생시키는 것이 아니라 사회가 개인의 감정을 규정해 준다는 것이다. 이른바 감정의 패턴화, 표준화, 상품화, 대량 소비화 등등이 진행된다. 사람들은 전쟁이나 살인처럼 강렬한 감정이 뒤따를 것으로 예상되는 사안에 대해서조차 개인적인 감정이 아닌 사회적이고 이데올로기적인 구성에 의해 조작된 감정을 가지게 되는 것이다. 한마디로 감정의 집합적 연출이 이루어지는 사회, 이것이 현대 사회의 초상이다.

메스트로비치의 설명은 감정을 논의의 중심에 세웠다는 것에 의미가 있다. 그러면서도 감정이 연출되어 주어지며, 우리는 감정이라는 포장품을 소비하는 소비자라는 사실에 심란해진다. 감정이 조작, 변형, 포장된 것이라는 이 사회학적 메시지로 과연 오늘 하루 동안 범람했던 감정을 다 설명할 수 있는지에 대한 고민에 빠지게 되는 것이다. 또 최근 들어 부쩍 마음 다스리기라든지, 감정 컨트롤을 말하는 서적이 활개 치는 것을 볼 때, 어쩌면 메스트로비치가 설명하고 있는 동원된 감정의 소비가 그리 원활한 것만은 아닐지도 모른다는 생각이 들기도 한다. 소위 '감정 서적'들의 출판은 상품 사회에서 처리되지 못한 감정들이 떠돌아다니며 해결되기를 바라는 욕구의 표출인 까닭이다.

요컨대 탈감정이라는 용어가 일정 부분 감정의 패턴을 설명해줄 지라도 이것으로 충분한 것은 아닌 것 같다. 구성된 감정을 허구라고만 하는 것은 적절치 않아 보이며, 또한 중요한 것은 이러한 단죄보다 조작이나 변형을 마다 않고 관통하는 감정의 선재성이라고 해야 할 것이다. 이를 하이데거적 용어로는 기분의 개시성이라 할 수 있을 것 같다. 하이데거는 정서적 상태를 기분이라 하며, "현존재는 모든 인식과 의욕 이전에 그리고 인식과 의욕의 개시 범위를 훨씬 넘어서 기분에서 자기 자신에게 개시되어 있다"고 설명한다. 존재는 무엇보다 기분으로써 존재로 개시된다는 것, 인식과 의욕보다 근본적인 기분에 의해 현존재가 된다는 것이다. 이와 같은 언명은 "사람의 심정 여하에서 기분에 젖어 있으면 존재를 그 현(現) 속에 가져오는 것이다"라는 말에 의해 되풀이된다. '기분에 젖어 있음'이 특유의 감정 상태에 있음을 가리킨다고 생각해볼 때, 이 말 역시 감정 속에 있는 것이 존재를 현존재이게 한다는 것으로 해석해볼 수 있다.

생각해보면 우리는 명시적으로는 자발적 감정이 불가능한 탈감정 사회에 살고 있지만 사실은 기분(감정)에 젖어 있음으로 현존재가 가능해지는 아이러니 속에 있다. 또는 감정에 젖어 있음이라는 존재의 조건에도 불구하고 일상적으로 탈감정화되는 현상이 나타난다고 바꾸어 말할 수 있다. 그렇다면 이 탈감정화를 탈(脫)하는, 감정으로서의 존재의 개시성은 어떻게 전면화될 수 있는가. 감정은 어떻게 발견되는가.

이러한 질문들은 복잡한 논의를 필요로 할 것이다. 이 질문들을 멈추게 하는 한 권의 시집이 여기 있다. 이준규의 『네모』는 사회적인 구성과 변형에 의해 불가능한 듯 보이는 감정, 그러나 존재가 그 개시를 의뢰하는 감정의 실존을 보여준다. 더 정확하게 말하면 자발적 감정의 불가능이 아니라 외려 그 반대로 감정은 오직 자발적인 것이며, 우리는 은밀하게 이 세계에 언제나 속해 있음을 깨닫게 해준다. 이를 자각하는 것은 중요한 지점인데, 왜냐하면 『네모』는 존재가 감정을 호흡하는 것이 아니라 감정이 존재를 호흡하는 것처럼 우리를 이끌기 때문이다. 감정의 불능이 아니라 감정의 절대성이라 할 수 있다. 『네모』의 감정에는 사회적 패턴이 무용해 보인다.

감정의 실제, 감정의 실존이 존재를 열어주는 『네모』는 고요한 외관을 지니고 있지만 일정한 스타일을 벗어버린 것이기에 이 또한 이준규 시의 맥락이자 매혹이다. 시적인 구성을 도모하지 않고 짧은 줄글로 된 산문시들은 온갖 예술적 수사를 떠나 감정의 전체성이 가능해지는 덩어리로 멈추어 있다. '처해 있음'이라는 하이데거적인 용어를 들여와보건대 그것은 감정에 처해 있음이다. 감정에 순수하게 거주하는 것이다. 이 맥락을 이제 들여다볼 차례가 되었다.

2. 현상의 현기증, '있다'와 '있었다'의 세계

이준규의 이번 시집은 2년 전에 나온 『삼척』과 얼핏 대조를 이루는 것으로 보인다. 마치 끝없는 눈보라가 날리는 것 같은 『삼척』과 눈 온 뒤의 고요함으로 다가오는 『네모』라고나 할까. 『삼척』의 속도와 『네모』의 정지, 『삼척』의 무한과 『네모』의 유한, 혹은 『삼척』의 크로키적 속성과 『네모』의 정물성의 비교라고도 할 수 있다. 하지만 이렇게 명시적으로 보이는 차이에도 불구하고 두 시집은 어떤 점에서는 동시적이라고 해야 한다. 조금만 들어가보면 사실상 『삼척』의 무한한 확산이 정지한 확산임을, 『네모』의 침묵과 고립이 우주적 고립이라는 것을 곧 알아차릴 수 있는 까닭이다. 이준규에게 확산과 고립은 다른 것이 아니다. 『네모』의 출현으로 『삼척』의 세계가 더 뚜렷해진 것이다.

그러므로 『삼척』을 출간한 이준규에게 『네모』는 필연적인 탄생이라고 할 수 있다. 『네모』는 특유의 매력을 지니고 있는데 그 이유를 열거해보면 이렇다. 첫 시집 같다는 것, 그러면서 마지막 시집 느낌이라는 것(물론 이 두 가지는 다 사실이 아니다), 시인이 말을 하려 하지 않고 실제로 별로 하고 있지 않다는 것, 단지 최소한의 말을 하는데 이는 거개가 '~이 있다'와 '~이 있었다'에 제한되어 있다는 것 등이다. '~하고 있었다'까지 포함해보면 절반이 넘는 시가 이와 같이 극미한 진술에 머물러 있다.

　　이런 게 <u>있다</u>. 이런 것이 <u>있다</u>. 비가 내린다. 문을 열고 나간다. 비
　가 내린다. 감자는 처진다. 앞서는 것은 없다. 문을 열고 들어온다.
　이런 게 <u>있었다</u>. 이런 것이 <u>있었다</u>. 볼펜 뚜껑 같은 것. 그런 게 <u>있</u>
　<u>었다</u>. 이런 게 <u>있었다</u>. 그 나무의 수형은 아름다움을 웃도는 무언가
　를 가지<u>고 있었다.</u> 봄이었고 여름이었다. 그런 게 <u>있었다</u>. 이런 게
　<u>있다</u>. 아무 생각이 없었다. 나는 떨어지는 물소리를 듣는다.
　　　　　　　　　　　　　　　　　　　　　　　　　　—「낙수」전문

　　공터가 <u>있었다</u>. 해가 지<u>고 있었다.</u> 공터의 끝에 교회가 <u>있었다.</u>
　교회의 뒤로 테니스장이 <u>있었다</u>. 테니스장 옆에는 밭이 <u>있었다</u>. 비
　닐하우스도 <u>있었다</u>. 그곳은 겨울이면 스케이트장이 되었다. 조금
　떨어져 도로가 있고 도로 위에는 육교가 <u>있었다</u>. 공터의 다른 끝에
　는 아파트가 <u>있었다</u>. 해가 지<u>고 있었다.</u> 공터의 가운데에 트램펄린
　이 <u>있었다</u>. 해가 지<u>고 있었다.</u>
　　　　　　　　　　　　　　　　　　　　　　　　　—「트램펄린」전문

벚나무가 있었다. 햇빛이 있었다. 골목은 매미 소리로 가득했다. 벚나무 옆에는 단풍나무가 있었다. 그 옆의 무궁화는 하얀 꽃을 피우<u>고 있었다.</u> 바람은 조금씩만 이파리를 흔들었다. 열린 창문은 매미 소리가 들어가기도 하고 하얀 팔 하나가 불쑥 꽃잎을 떨어뜨리기도 했다. 벚나무가 있었다. 햇빛이 있었고 매미가 있었다. 너희는 골목에서 꼭 껴안<u>고 있었다.</u> 바람은 조금만 불었다. 나는 창가에서 멀어진다.

—「창가」 전문

존재한다는 것을 의미하는 '～이 있다'와 '～이 있었다' 구문은 밑줄로, 그리고 상태를 가리키는 '～하고 있었다' 구문은 테두리로 표시해본 것이다. 조금만 살펴보면 이 문장들은 대상의 설정도 배치도 아니라는 것을 알 수 있다. 그보다는 차라리 풍경의 소박한 받아쓰기와 같은 면모를 지니고 있다. 그러나 이 소박함은 금욕에 가까운 엄격함을 지니고 있다. 대표적으로 「낙수」는 "이런 게 있다. 이런 것이 있다"는 진술에서 한 치도 더 나아가지 않는다. "비가 내리"고, "문을 열고 나가"고, "문을 열고 들어오"고 해도 '이런 게'가 '그런 게'로, '있다'가 '있었다'와 다시 '있다'로 옮겨 다닐 뿐, 변화가 없다. '이런 게' 끝내 어떠한 것인지로 나아가지 않는다. 이것이 무엇이며 어떠한 의미인지 발전되지 않는 것이다. 오직 '이런 게'와 '그런 게'가 있는 것이 「낙수」의 세계다. "볼펜 뚜껑 같은" 이 세계에는 "앞서는 것은 없다". '～이 있다'와 '～이 있었다'가 전부다.

「낙수」의 이와 같은 세계가 『네모』의 주종을 이룬다. 「트램펄린」

과 「창가」도 「낙수」처럼 기본적으로는 대부분 '~이 있다'와 '~이 있었다'로 진술되고 있는데, '~하고 있었다'가 「낙수」보다는 좀더 활용되고 있다. "해가 지고 있었다"가 3회 반복되고, "하얀 꽃을 피우고 있었다"와 "껴안고 있었다"가 등장한다. 상태의 진행을 나타내는 '~하고 있었다'로 약간의 변화가 생기지만 이 진술은 '~이 있다'의 완강한 존재론에 합류하고 있는 듯 보인다. 그토록 '있다'가 지배적이다. '있다'는 상상된 것이 아니고 사유된 것도 아니고 마치 언어적 버전 이전의 것만 같다. 보이기 전에 존재하고 있는 것처럼 말이다.

'있다'를 통해 이 세계를 배열하는 것이 아니라 배열된 세계를 바라보기, 세계를 수식하는 것이 아니라 세계의 실물을 받아 적기, 그리고 세계의 인자(因子)가 되는 것이 아니라 세계와의 거리 두기가 『네모』의 풍경이다. 이 풍경은 "아무 생각이 없"는 듯 진술된다. 이 시들이 산책의 시, 구경의 시로 보이기에 더 그렇다. 어느 시편을 보아도 산책하면서 쓴 시 같은 기록적 외연을 지니고 있는 것이다.

그런데 이 현상학적 풍경은 좀더 복잡한 아우라를 풍기고 있다. 우리는 이 세계를 어떻게 바라보는 것일까. 나무와 꽃을, 언덕과 계단을, 고양이와 아이들을 바라본다는 것은 무엇일까. 지상의 '있다'는 주체에게 무엇일까. 풍경의 발견이란 내면의 발견을 전제로 한다고 말한 사람은 주지하다시피 가라타니 고진이었다. 내면적인 사람이어야 풍경을 보고 풍경의 '있다'를 본다. 내면에 의한 풍경의 성립, 현상학은 현상을 자각하는 존재와 병립된다. 하지만 이준규 시는 여기서 끝나지 않는다.

그의 시에서 흥미로운 것은 단순히 풍경의 실제가 아니다. 또한 이 풍경을 자각하는 주체도 아니다. 『네모』는 '있다'라는 짧은 진술에 국한할 뿐 풍경의 실물을 건드리지 않음으로써 주체와 그 실제 대상 사이에 어떤 숙고된 공백감을 만들어낸다. 『네모』의 근간을 이루는 이 공백감은 보이지는 않으나 거의 모든 시에서 정교하게 지배적이다. "볼펜 뚜껑 같은 것. 그런 게 있었다"고 할 때, '교회' '테니스장' '밭' '비닐하우스' '아파트' '트램펄린' '벚나무' '햇빛' '단풍나무' '매미'가 있다고 할 때, 이것들과 주체 사이에 공백이 실현된다. 공백은 '없다'가 아니라 '있다'에서 비롯된다. '없다'에는 기실 공백도 없을 것이다. '없다'가 아니라 '있다'가 바로 '없다'를 환기하기 때문이다. 그렇지 않은가. 도대체 '볼펜 뚜껑 같은 것'이 있다고 할 때 그것은 '볼펜 뚜껑'이 주체에게 일으키는 거리감과 공백감이 아니면 무엇인가. 나아가 이로 인해 발생하는 현기증이 아니면 무엇이란 말인가.

대상과 주체 사이의 창백한 공백감, 이것이 『네모』의 현기증이다. '비닐하우스' '트램펄린' '볼펜 뚜껑' 각각은 '있다'의 현기증을 불러일으킨다. 이 현기증은 차갑고 강렬하다. 그러나 그럼에도 불구하고 주체는 자꾸, '이런 게' 있고 '그런 게' 있다고 한다. 이러저러한 것이 있으므로, 이러저러한 현기증이 있다. 대상과 주체 사이에 좁혀지지 않는 공집합의 현장, 공집합을 반복하고 호출하고 돌아서서 확인하는 현기증, 이것이 『네모』가 보여주는 '있다'의 풍경이다.

3. 슬픔의 돌파와 돌파의 슬픔

'있다'로 시종하는 『네모』의 현상학이 대상과 주체 사이의 공백을 실현하면서 주체가 겪는 현기증은 감정으로 전이된다. 다시 말하면 『네모』에서 현기증을 실질적으로 떠맡는 것은 감정이다. 현기증이 소멸하지 않고 지속되고 있으며 이를 고정시키는 것이 감정의 역할인 것이다. 현상이라는 현기증이 감정으로 경험되는 것이라 할 수 있다.

주체는 대상을 동화하여 감정을 부여하는 것이 아니라 대상과의 사이에서 진동하는 공백을 감정으로 채운다. 공백의 너비만큼 감정의 뒤척임이 가능하다. 사실 그런 것이 아닐까. 대상에 대해 어떠한 묘사를 늘어놓기보다 '~이 있다'라고만 했을 때의 감정은 더 강렬해지는 것이 아닐까. 설명하면 사라지는 것이 아닐까. 그리하여 담백하게 사물들의 존재에 대해 기술하고 있는 이준규의 시들이 그 건조한 어조에도 불구하고 감정의 질료를 고스란히 보존하고 있는 것은 분명한 일이다. 간략하고 명석한 구문들은 역설적이게도 내파된 감정을 체류시킨다.

따라서 이준규의 시는 전혀 감정적이지 않음에도 불구하고 감정적이며 감정의 경지로 육박한다. 또한 '감정에 처해 있음'은 '감정에 처하게 됨'으로 진행된다. 감정은 결코 사양되지 않는 것임을, 실존을 벗어날 수 없음을 보여준다.

책상 앞에 있었다. 유리창 앞에 있었다. 층계참으로 오르며 층층

계의 수를 세어 보기도 했다. 까치가 몸에 날개를 붙이고 나는 것을
보기도 했고 개구리매가 먼 하늘에서 선회하는 것을 보기도 했다.
복도에 서서 복도의 끝을 바라 보기도 했다. 나는 마루를 서성거렸
다. 나는 울지 않으며 밥을 먹었다. 다 부질없었고 다 거짓말이었
다. 책상 앞이었다. 나는 두 손으로 얼굴을 덮었다.

—「얼굴」 전문

　'층계' '까치' '개구리매' '복도' 등의 현상에 대한 이야기를 하고
있지만 무엇보다 이 시는 그러한 현상을 넘어 존재의 정황을 드러
낸다. '있다'보다는 '보기도 했다'가 더 자주 되풀이되고 있어 '나'의
행위가 두드러진다. 그런데 이 행위의 반복은 주체의 무력감을 타
전한다. '보기도 했다' 구문이 뒤에 이어지는 '서성거렸다'와 대응하
기 때문이다. 즉 '나'의 '보기도 하'는 행위는 단지 '서성거리'는 행
위에 지나지 않는 것이다. '서성거리'면서 "두 손으로 얼굴을 덮"는
'나'는 무력한 슬픔 바로 그것일 것이다.
　이준규의 시에서 감정의 경지라는 것은 이렇게 대체적으로 슬픔
의 프랙털로 나타난다. 어떠한 사물이나 현상과 주체 사이에 일정
한 형국의 슬픔이 순환된다. 물론 여기서 새삼스럽게 슬픔으로 시
를 이야기하는 것은 용이한 일이 아니다. 시가 슬프다는 것은 아무
래도 뻣뻣한 일처럼 여겨지기도 한다. 더욱이 「얼굴」에서 보건대
이준규의 시는 슬픔이라고 떠들 수가 없다. '나'는 슬픔을 소비하
지 않는 듯 보이기 때문이다. 슬픔은 소모되지도 않는다. 그러나 그
럼에도 슬픔은 전체적이다. '책상 앞에' 혹은 '유리창 앞에' '복도에'

'마루'에 존재의 스타카토처럼 서서 '계단' '까치' '개구리매'를 바라볼 때, 슬픔은 전체적이다. 그 자체다. 슬픔은 낡지 않고, 회복되고, 복구된다. 그래서 슬프다는 말로 다시 충분한 것이 슬픔이다.

슬프다는 말은 그에게 무슨 뜻일까. "아이라는 단어가 슬펐다. 어떤 단어는 어떤 음악처럼 슬픔에 빛깔을 주기도 한다"(「침대」)고 할 때 슬픔은 어떤 빛깔일까. "비참은 난간에서 까치를 듣고 있었다"(「미역국」)고 할 때 '비참'은 어떻게 '까치'의 울음을 세우는가. "오늘 연인들의 수다는 가지런하고 나의 그림자는 흐리게 흔들렸다"(「마루」)고 할 때 세상의 모든 것들을 놓치고 '나'는 어떻게 슬픔의 흔적이 되는 것인가.

장면마다 미세한 차이가 있긴 하지만 무엇보다 선명한 것은 이준규 시에서 슬픔은 언제나 감정의 모든 것이라는 점이다. 슬픔은 힘이 세지는 않지만 슬픔은 불패다. 훼손되지도 않는다. 슬픔이 훼손되지 않으므로 존재도 줄어들지 않는다. 슬픔의 크기가 존재의 크기다. 나아가 그의 시는 슬픔은 불멸이라고 하는 것 같지 않은가. 우리가 잊고 있지만 슬픔은 우리를 잊지 않고 있으며, 모든 슬픔은 불멸이라고 하고 있는 듯하다.

"그는 슬픔으로 돌아간다/침대로 돌아가듯" 하고 시인은 『삼척』의 마지막 페이지에 쓰고 있다. 이 구절 뒤에 『네모』가 왔다. 『네모』는 『삼척』이라는 거대한 격파의 내면에 해당한다. 『삼척』의 광활한 정지다. 슬픔이 『네모』를 정지시킨 것이다.

해가 지고 있다. 해가 지고 있어. 그가 말했다. 그래 해가 지고 있

지. 그녀가 말했다. 해가 지고 있으니 뭘 할까. 그가 말했다. 모르겠
어. 그녀가 말했다. 술 마실까. 그가 말했다. 모르겠어. 그녀가 말했
다. 울지 마. 그가 말했다. 안 울어. 그녀가 말했다. 울고 있는 거 같
은데. 그가 말했다. 안 울어. 그녀가 말했다. 술 사 올까. 그가 말했
다. 그래. 그녀가 말했다. 그는 술을 사러 나간다. 해 지는 겨울. 그
가 술을 사러 나간 사이에 그녀는 죽지 않겠지. 그는 빨리 걷기 시
작했다. 해가 지고 있다. 그는 가게를 지나쳐 계속 걸었다. 그는 돌
아가지 않을 것이다. 어두워지기 시작했다. 해가 졌어. 그녀는 중얼
거렸다.

—「겨울」 전문

『네모』에서 가장 인상적인 시 중의 하나다. 혼잣말인 듯 대화인
듯 얼핏 블라디미르와 에스트라공의 부조리한 대사 같기도 한데,
그러나 그렇지 않다는 것을 금방 알아차릴 수 있을 것 같다. 베케트
의 텍스트가 고도를 기표로 하는 상황에의 인식적 지반을 보여주
는 것이라면 이준규 시는 그와 같은 인식론의 층위를 따라가지 않
는다. 그보다 「겨울」은 무어라 형용하기 어려운, 돌이킬 수 없는 참
화의 냄새를 지닌다.

'겨울'이고, "해가 지고 있"고, 두 사람은 뭘 할지 모른다. 그들에
게는 할 일이 없다. 술을 마실지 마시지 않을지 아무래도 좋은데,
결국은 술을 마시기로 한다. 그들이 나누는 대화와 모든 결정은 임
의적이고 무작위적이며 사소하고 고통스럽다. 말과 행위들은 최소
한의 것이며 세계의 어떠한 것과도 관련을 갖지 않는다는 점에서

최대한의 공백과 최대화된 감정으로 확장된다. 이 확장된 공간을 채우는 것은 재앙과도 같은 슬픔이다. "울지 마"라는 구절에서 두 사람의 슬픔에 대한 이해가 있는데, 이것마저 공유되는 것은 아니다. 결국 한 사람은 떠나서 돌아오지 않고, 남은 사람은 "해가 졌"다고 중얼거린다. "해가 지고 있으니 뭘 하"려던 그들의 계획은 수포로 돌아간다. 거의 주어와 술어로만 이루어진 짧고도 반복적인 단문은 긴박하게 '어두워지'는 슬픔의 지층에서 울려나온다.

이 시는 "해가 지고 있다"로 시작하는 순간부터 "그녀는 중얼거렸다"에 이르기까지 한 치의 감정 낭비도 없다. 낭비 없이 그리고 절제 없이 흥분하지도, 억제하지도 않는다. 이토록 균일한 슬픔의 권능이 여기 있다. 슬픔의 돌파가 있다. 이 무시무시한 돌파는 무엇을 돌파했는지도 알 수 없는 것이다. 어쩌면 돌파할 수 없는 것을 돌파한 것이 아닐까. 슬픔만이 돌파할 수 있기에 슬픔은 돌파한 슬픔에 이른 것은 아닐까. 이준규 시에서 모든 것은 도달된 슬픔이다. 고립되고 건드릴 수 없고 완성된 슬픔이다. 극지다. 극지에서 극지로 움직이는 슬픔의 척후다. 그의 슬퍼하는 인간, 슬픔의 인간, 호모 트리스티스는 이 세계를 이미 지나간 자다. 『네모』는 세계의 끝에 놓여 있다.

4. 최후의 문장, 소멸에 이르는 길

『네모』는 대단히 고요하고 정적인 세계로 보이지만 많은 곡면을 품고 있는 평면 같은 것이다. 짤막한 구문과 넓은 행간 사이에는 무수한 곡면이 숨쉬고 있다. 감정이 실존할 수 있는 조건이다. 이것은 이를테면 감정의 거처를 말하는 것이다. 이 거처를 발견하는 일은 『네모』가 왜 슬픔에의 도달인지를 설명해준다.

『네모』의 기본적인 동기는 무엇보다 소멸에의 감각이라고 할 수 있다. 『네모』는 소멸에서 비롯되며 소멸로 나아가고 있다. 『네모』의 어떤 시를 보더라도 마치 최후에 쓰인 듯한 느낌이 드는 것은 이 때문이다. 우선 '있다'로 일관하는 직접적 진술이 그러하다. 앞뒤 부연 없이 '있다'를 내세우는 정언적 진술은 반사적 대칭으로 없어지는 주체, 혹은 없는 주체를 가정하고 있다. 대상을 하나하나 '있다'로 칭하는 것은 소멸하는 주체의 위치를 환기하는 까닭이다. 소멸하는 주체가 대상을 세듯 하는 것이다. 물론 대상의 실재감을 가장 실감나게 확인하는 것은 이렇게 대상으로부터 멀어질 때다.

'있다' 구문 외에 『네모』가 드러내는 소멸에의 지향을 추론할 수 있는 것은, 많은 시편에 나타나는 특정 구문의 반복 현상이다. 즉 '있다'를 다채롭게 전개하면서도 하나의 구문을 반복 배치하는 것이다. 그리고 이 단 하나의 구문, 최후에 남는 듯한 한 문장이 소멸과 맞닿는다.

언덕을 오르고 있었다. 나무를 오르는 개미처럼은 아니고. 언덕을 오르고 있었다. 사보텐에 버섯 피듯이는 아니고. 언덕을 오르고 있었다. 저것은 꽝꽝나무. 저것은 서어나무. 저것은 사오리. 저것은 산사나무. 언덕을 오르고 있었다. 저것은 황칠나무. 저것은 회나무.

저것은 말채나무. 저것은 불두화. <u>언덕을 오르고 있었다.</u> 나는 가망
이 없었다.

—「언덕」 전문

소멸에의 감각을 잘 보여주는 시이다. 특유의 '~이 있다' 구문은
'저것은~'으로 대체되어 있다. '있다'의 변형이다. '꽝꽝나무' '서어
나무' '사오리' '산사나무' '황칠나무' '회나무' '말채나무' '불두화'를
하나씩 확인하는 것은 세계에 최초로 온 자이거나 세계를 떠나는
자의 시선과 음성에서 나오는 것이다. 물론 이것이 떠나는 자의 시
선이라는 것은 시의 정조에서 잘 나타난다. 마지막에 나타나는 "나
는 가망이 없었다"는 고백이 그것이다. 이 소멸 의식이 '저것은~'
을 반복해서 만들어내며, 여기에 슬픔이 은거하게 되는 것이다. 최
후와 슬픔은 겹치게 된다.

'저것은~'과 더불어 우리의 주의를 끄는 것은 "언덕을 오르고 있
었다"라는 구문의 반복이다. 이 구문은 짧은 시에서 5회나 나타난
다. 왜, 어떻게 언덕을 오르고 있는지, 올라서서 무엇을 했는지 구
체적인 상황이 생략된 채 되풀이되고 있다. 마치 다른 어떠한 장면
이 제시되더라도 "언덕을 오르고 있었다"로 모든 것이 수렴될 것 같
다. 그토록 지배적이다.

여기서 생각해보아야 할 것이 있다. 수렴은 기본적으로 소멸에
다름아니라는 사실이다. 수렴되는 것들이 녹아 사라지기 때문이다.
구문의 경우도 마찬가지다. 하나의 구문으로 수렴된다는 것은 특
정 구문 속으로 다른 구문들이 지워져간다는 것을 의미한다. 나아

가 홀로 남은 구문도, 홀로 남았기에, 다른 구체적 상황으로 연계되지 못하고 사라질 것이다. 최후의 문장은 근거를 상실하고 소멸하게 된다.

> 가도 가도 눈이었다. 당신은 나를 영원히 바라보았다. 나는 언덕을 오르다 돌을 줍기도 했다. 주운 돌을 주머니에 넣고 가도 가도 눈이었다. 우체국에서 우표를 사기도 했다. 숲 속에서 검은 잎을 줍고 가도 가도 눈이었다. 강에 나가 오리를 셌다. 노랑턱멧새를 만나기도 했다. 당신은 참 좋다고 했다. 당신은 미안하다고 했다. 가도 가도 눈이었다. 가도 가도 눈이었다.
>
> ―「눈」 전문

「언덕」과 유사한 점들을 찾아볼 수 있다. '돌' '우표' '검은 잎' '오리' '노랑턱멧새'는 '~이 있다'나 '저것은~' 구문에서 볼 수 있었던 대상의 호명적 성격을 띠고 있다. 주체는 대상들을 하나씩 불러본다. 이 존재들은 다른 시들에서와 마찬가지로 소멸하는 주체의 눈에 어리는 마지막 풍경이고 현기증이고 슬픔이다. 최후의 만남이다.

그리고 「언덕」에서의 "언덕을 오르고 있었다"처럼 「눈」에서는 "가도 가도 눈이었다"가 반복 제시된다. 「언덕」과 마찬가지로 5회나 나타난다. "돌을 줍"거나 "주운 돌을 주머니에 넣"어도 "우체국에서 우표를 사"거나 "숲 속에서 검은 잎을" 주워도 "강에 나가 오리를" 세도 그 어떤 행위를 해도 "가도 가도 눈이었다". 이 최후의 문장은 마치 파멸의 징조처럼 계속된다. 이 문장 속으로, 불가항력의 눈 속으로, 모든 것은 수렴되고 녹아버릴 것이다. 그리하여 홀로 남은 "가도 가도 눈이었다" 역시 허구처럼 사라져버릴 것이다. "당신은 참 좋다고 했다" "당신은 미안하다고 했다"는 사라지기 직전에 마지막에 할 수 있는 말이거나, 마지막까지 고여 있는 말처럼 울린다. 최후에 건네거나 건네지 못하는 말이다.

<u>몇 개의 문장을 더 쓰면</u> 저녁이 온다. <u>몇 개의 문장을 더 쓰면</u> 밤이 오고 겨울이 오고 봄이 온다. 너는 웃고 나도 웃고 <u>몇 개의 문장을 더 쓰면</u> 숲에 이른 문장을 보리라. <u>몇 개의 문장을 더 쓰고</u> 어둠이 오면.

—「문장」 전문

"몇 개의 문장을 더 쓰"는 것, 4회나 반복되는 이 구문 역시 앞의 예시들과 크게 다르지 않다. "몇 개의 문장을 더 쓰"는 것이란 무엇인가. 다른 상황들이 녹아 들어간 "몇 개의 문장"이 누리는 것은 문장의 권력도 쾌락도 아니다. 이 "몇 개의 문장"은 결국 소멸하기 위한 최후의 문장일 것이다. 『네모』의 시편들에는 이렇게 소멸을 예감하며 남게 되는 최후의 문장들이 떠다닌다. 시집의 서시에 해당하는 이 시는 전체 시의 운명을 보여준다.

분명한 것은 『네모』가 우리를 사로잡는 것이 이렇게 첫 시부터 일관하는 묵시적 소멸감 때문이라는 점이다. 어떠한 내력이나 과정 없이 소멸의 전조가 작품을 흐른다. 그래서 시집 전부가 한 편의 시 같다. 72편이 한 편이고 한 편 속에 72편이 있는 것 같다. 여러 얼굴을 가진 단 하나의 장면이거나, 여러 문장으로 돌아다니는 하나의 문장으로 비치기도 한다. 소멸로의 운명을 공유하면서 말이다. 이 소멸과 최후라는 거처에 바로 이준규 시의 감정이 거주하며, 슬픔 또한 발화하는 것이다.

이제 여기서 한 가지 지적하고 싶은 것이 있다. 우리는 소멸과 최후를 결과적인 것으로 받아들이기가 쉽다는 것이다. 어느 순간이 되어서야 최후에 도달하는 것이라고, 그때는 의견이 사라지고 거대한 감정으로 남을 것이라고 생각한다. 최후는 최종에야 가능한 것이라 여기는 것이다.

그러나 『네모』는 최후의 순간에 최후의 문장을 쓰는 것이 아니라고 말해주는 듯하다. 반대로 최후의 문장을 쓰는 순간이 바로 최후라고 하는 것 같다. 최후는 오는 것이 아니라 탄생하는 것이라고, 탄생시키는 것이라고 말이다. 그리하여 이준규를 통해서 보건대 시는 최후의 문장을 쓰는 것이며 소멸로 나아가는 것이다. 『네모』는 이 최후의 말들로 이루어진, 미리 쓴 최후의 시집이다. 시인은 이 최후의 시집 어느 곳에서 가장 아름다운 한마디 말을 건넨다. 이 말역시 소멸할 것이다. 하지만 소멸에 이르기까지 이 문장은 완벽한 아름다움으로 울린다.

나는 너에게 나의 숲을 주고 싶었다. 조금도 두렵지 않은 완전한 숲을.

풍경에의 상상

―이선욱의 『탁, 탁, 탁』

일찍이 워즈워스가 "시는 강력한 감정의 자연스러운 분출"이라고 한 말은 이후 오랫동안 시에 대한 두 가지 편견을 형성하는 데 이바지한 측면이 있다. 바로 강력한 감정이라는 것과 자연스러운 분출이라고 한 점이다. 낭만주의가 지나가고, 이와는 다른 생각을 하고 있는 유미주의나 상징주의, 그리고 다양한 현대시들이 나타났지만 감정의 강렬함과 또 이를 가능한 자연스럽게 표출하는 시의 권능은 현대에 이르기까지 그 힘을 잃은 바가 없다고 할 수 있다. 즉 시는 무엇보다 정서적인 산물이라는 것, 그리고 형식에 기대지 않고 그 정서를 날것 그대로 노출할수록 강력해지는 것으로 생각되어온 것이다. 여기에는 형식이 아니라 내용이 중요하다는 생각이 강하게 깔려 있다.

이에 대해 가장 인상적인 반박 중의 하나가 주지하다시피 엘리엇의 '감정 도피설'이다. 엘리엇은 이 뿌리깊고 지배적인 생각을 건어내고, 어떻게 하면 감정이나 즉각적인 개성으로부터 멀어질 수 있을까를 고민했다. 대부분의 시인에게는 이상하게 생각되고, 또 일부 시인들에게는 아마 끝까지 납득이 되지 않을 엘리엇의 생각은 단지 지성적이고 메타적인 기호(嗜好)에서 나온 것은 아니다. 감정이나 자신의 개성에 사로잡히는 것의 어리석음과 무용함을 비판하는 것 역시 아니다. 다소 적극적인 독법을 적용해보면, 이것은 탈출이라 할 수 있다. 1차적인 감정으로부터 탈출하고, 내면으로의 환원을 피할 수 있는 효과적인 방식이다. 그리하여 궁극적으로는 주체로의 회귀에 포섭되지 않는 길이다. 요컨대 감정으로부터 도피하고 개성을 몰각하는 것이 시의 핵심이라고 했을 때, 그는 밖으로 나가는 문을 생각했던 것이다. 자아에 갇히지 않고 지속적으로 나갈 수 있는 방식을 고민했던 것이며, 따라서 이것은 그가 덧붙였던 것처럼, 개성을 가진 자, 다시 말하면 뚜렷한 자아를 가진 자만이 할 수 있는 것이다.

생각해보면 엘리엇이 개성으로부터 멀어져 나아가야 한다고 생각한 전통이라는 것은 현대적으로 번역하면 일종의 장치라 할 수 있다. 자아의 밖에 있는 적절한 시스템 말이다. 장치로의 진입 없이 어떻게 전류를 흐르게 할 수 있을까. 우리가 한 시인에게서 읽어내는 것은 결국 그가 어떠한 장치로 나타났느냐일 것이다. 그의 장치는 이전의 장치와 어떻게 관계되는가, 이것이 중요한 것이며, 그런 의미에서 우리는 엘리엇을 현대적으로 다시 읽어낼 수 있다.

이선욱의 시는 최근 시단뿐 아니라 다소 거슬러 올라가 우리 문학사를 되짚어보았을 때도 동류를 찾기가 좀처럼 쉽지 않다. 그의 시는 지금, 여기, 현실, 그리고 이러한 범주 안에 들어 있는 주체의 내면이나 감정을 이러저러한 방식으로 토로한 것이 아니다. 사유의 굴절이나 감각의 경신과도 같은 최근 시에서 각광받고 있는 아이콘도 소장하고 있지 않다. 한마디로 말하면 어떠한 방식으로든 지금 이 시대 문학의 토양과 얽히게 마련인 대개의 시들과 비교했을 때 매우 이질적인 작업이라 할 수 있다. 그의 시는 심지어 이 땅의 DNA를 가지고 있지 않은 것으로 보이기도 한다. 본적을 알 수 없는 시이고, 어떤 경로에서 흘러나오는지 알 수 없는 화법이어서 거칠고 낯설게도 느껴진다. 무엇보다 그의 시는 자연스러운 분출과는 근본적으로 다른 과감한 기획의 산물이다. 그는 시로 무엇을 생각했던 것일까.

1. 지금, 여기의 위배

젊은 시인이 첫 시집을 냈을 때 그것을 뒤적거리는 이유는 대개 한 가지 이유 때문이다. 현재의 조류가 포괄하지 못한 어떤 새로운 기미를 탐지하기 위해서다. 지금의 것을 확인하려는 것이 아니라 앞으로 나아갈 방향이 될 수도 있는 신호를 발견하려는 것이다. 이러한 시도는 대개 현재와 이질적인 요소를 작품 안에서 찾으려는 것으로 귀결된다. 이질성의 크기와 방향에 따라 관심의 정도가 결정된다.

이선욱의 『탁, 탁, 탁』(문학동네, 2015)을 들여다보았을 때 얼핏 새로운 요소가 눈에 잘 띄지 않을 수도 있다. 시집의 구성과 배치가 작품의 성향을 손쉽게 노출하지 않는 방식으로 이루어진 까닭이다. "우리의 붉은 입술"이라고 시작하는 첫 시 「입술」은 강렬하기도 하지만, 어떻게 생각하면 온화하게 문을 여는 장면이다. "피보다 아름답고 입체적인/추억의 뼈로 이루어졌다면"이라는 다음 구절이 큰 흔들림 없이 오래 숙성시킨 묘사로 이어지기 때문이다. 본격적으로 시집에 들어가기 전에 마치 인사를 건네는 듯한 이 호의를 받아들고 서서히 그 안으로 들어서면서도, 그리하여 조금씩 그의 낯선 분위기에 의구심을 갖게 되면서도, 이 시집이 어떠한 것인지를 조망하기는 생각처럼 쉽지 않다. 시집은 여러 가지 신호를 보내고 있지만 그 한복판에 들어서도록 신호들이 모이는 방향이 잘 보이지 않는 것이다.

그러나 중반을 넘어서 "붉은 입술"이 문득 다음과 같은 구절을 외치기 시작했을 때, 우리는 놀라게 된다. 갑자기 어떤 풍모로도 세울 수 없는 거친 낯섦이 앞을 가로막고 나선 것이다. 이선욱의 시가 비로소 솟아오르는 순간이다.

당치도 않은 소리!

오늘도 여느 때처럼 삼삼오오 모여
시답지 않은 시간을 보냈지
통유리 속으로 쏟아지는
환한 햇빛을 등지고 앉아

너는 요즘 불면증에 시달린다고
달아오른 눈을 깜박이며
나온 지 한참 지난 주간지를 넘기고 있었네
독한 커피를 마시며
피로처럼 굳은 미간을 찌푸리며

보았다

네가 죽었다는 기사를
의문의 가십으로 활자화된 네 모습을

오, 말도 안 되는 소리!

두 손으로 힘껏 테이블을 내려치고는
너는 곧장 자리에서 일어나
그 주간지를 휴지통에 처박아버렸어
씁쓸하게 고인 침도 뱉었지
이런 쓰레기 같은!
여보게들, 이게 말이 되나!
내가 죽었다니,
내가 죽었다고 하네!
너는 단단히 화가 난 듯
점점 더 탁해지는 목소리로 소리쳤어

이게 말이 되나!
달아오른 눈을 깜박이며
침묵처럼 짙게 드리운 그늘 속에서
홀로 햇빛으로 빛나고 있는,
그러니까, 아무도 없는 테이블을 향해

빌어먹을 허튼소리!

—「종소리」 부분

  하지만 곧 어리둥절해지지 않을 수 없다. 이 강렬한 장면을 어떻게 생각해야 할지 난감하기만 한 것이다. 어디서 이렇게 뜻하지 않은 시가 튀어나온 것일까. 단지 낯선 것이 문제가 아니라 「종소리」는 선뜻 무어라 할 수 없는 기이한 분위기로 가득차 있다. 우선 한 량처럼 보이는 무리들이 "삼삼오오 모여/시답지 않은 시간을 보"내는 것은 지금의 피부 감각이 아니다. 주체를 에워싸는 이러한 유사 군중은 박태원이나 이상과 같은 몇몇을 제외하고는 근대의 내면에도 잘 나타나지 않은 것이며, 내면과 외면이 구별되지 않는 개체들이 흩어져 있는 현대의 풍광도 아니다. 우리는 지금 그럴듯한 "삼삼오오"로 모이지도, "시답지 않은 시간"을 보내지도 않는다. 정확하게 말하면 "시답지 않은 시간"이라는 판단 자체를 내리지 못한다. 그러므로 이것은 말 그대로의 판단이라기보다는 어떤 중의적 텍스트성을 떠올리게 한다. 시에 모종의 출처가 잠재되어 있다는 느낌을 강하게 받는 순간이다.

뒤이어 무리들이 함께하는 분위기가 전개된다. 이 분위기도 무어라 할 수 없는 이질적인 것이어서 "나온 지 한참 지난 주간지를 넘기고 있었네/독한 커피를 마시며"라는 그들만의 공간 안으로 들어서기가 어렵다. 주간지나 독한 커피가 공유되는 곳은 카페일 텐데, 무리들이 모여 특정한 이슈를 주고받고 가십을 나누고 목소리를 높이고 하는 것은 지금, 여기가 아니라 어쩐지 프랑스나 스페인과 같은 유럽풍의 카페를 연상시킨다. 대화와 커피가 긴 시간 속에서 자연스럽게 일상화된 서양식의 사회적 분위기가 전해지는 것이다.

시대적, 공간적 괴리를 느끼게 하는 것은 여기서 그치지 않는다. 18페이지에 달하는 이 긴 시를 읽다보면 적잖이 당황하게 된다. 내용의 구성보다도 거의 모든 페이지에 나타나는, 어떤 곳에서는 매 연에 나타나는 외침 때문이다. 밑도 끝도 없이 "당치도 않은 소리!"로 시작해 자신이 죽었다는 "의문의 가십"을 주간지에서 읽고 내뱉는 "오, 말도 안 되는 소리!"에 이어, 이와 유사한 외침이 작품 전체에 나타나는 것이다. 즉 "빌어먹을 허튼소리!" "가타부타 논할 가치도 없는 소리!" "그따위 개 같은 소리!" "역겨운 소리!" "후려쳐먹을 소리!" "그런 한심한 소리!" "거지 같은 소리!" "썩어빠진 소리!" "지옥에나 떨어질 소리!" "추잡한 소리!" "미친 소리!" "들먹일 필요도 없는 소리!" "말 같지도 않은 소리!" "쓰레기 같은 소리!" "머저리 같은 소리!" "의미 없는 소리!" "개소리!"와 같은 거칠고 목적 없는 음성들이 미친 듯이 계속 쏟아져나온다. 도대체 갈수록 가중되는 이 비아냥거림이 누가 누구에게 하는 것인지, 무슨 뜻으로 하는 어떠한 공격인지, 왜 이토록 헛되게 격렬한 것인지 알 수 없는 채 말이다. 이 말들은 무의미하게 쏟아지는 「종소리」처럼 허공에서 부서지고 있다. 자신이 죽었다는 기사의 거짓을 알리는 것치곤 장황하기조차 하다. 허위 기사에서 분노가 비롯될 수도 있겠지만 그럼에도 지나치게 무차별한 언어의 난사인 것이다.

물론 이렇게 생각해볼 수 있다. 계속해서 등장하는 '~소리!'는 어쩐지 인위적으로 조성된 듯한 카페라는 비현실적인 공간과, 거기서 맞게 되는 거짓 기사의 가공성에 비례하는 언어적 구타라고. 그리고 지금 상연되는 이 비현실적 풍경 위를 활공하는 과감한 기괴함이라고. 이 비현실의 공간에서는 이토록 격렬하고 무의미할 수가 있을 것이라고. 그러므로 그의 언어적 난타는 비현실성을 겨냥해 비판하는 것이 아니고, 오히려 이 비현실과 나란히 달리기에 처음부터 끝까지 낯설고 기이할 수 있을 것이라고 말이다.

하지만 이렇게 생각을 해도 이선욱의 시가 주는 당혹스러움은 여전히 남는다. 지금, 여기의 목소리가 아니고, 지금과 여기를 기이하게 위배하는 그의 음성이 '~소리!'라는 분노들을 터뜨리는 것이 또한 기이하지만, 한편으로 이 격앙조차 뚜렷한 근거나 목표 없이 병렬되는 느낌을 지울 수 없는 것이다. 이 비현실적인 느낌은 어디서 오는 것일까. 그토록 많은 출현에도 불구하고 분노들은 왜 현실/비현실 세계에 대한 추포가 되지 않는 것인가. 다시 말하면 이선욱의 시는 어떻게 여기를 벗어나서 마치 다른 세계의 이야기를 하듯 진술을 하게 되었으며, 격렬한 발화의 순간조차 현실과 괴리감을 유지하고 있는가 하는 점이다. 불합리하고 비현실적인 장면으로 채워져 있는 「종소리」를 위시한 이선욱의 시가 갖는 독특한 이질감을 더 면밀히 살펴볼 필요가 있는 것이다.

2. '~네'체와 철저한 풍경

장시 「종소리」에서 제일 먼저 눈에 띄는 것은 계속해서 쏟아지는 '~소리!'지만, 조금만 살펴보면 상황을 파악하려 애쓰는 것이 별 의미가 없음을 알 수 있다. 이것이 어떤 뜻을 지니는 것인지 유의미한 맥락을 발견하기가 쉽지 않은 것이다. 그보다는 이 발화가 놓이는 양상에 주목하는 것이 더 도움이 될 것이다. 발화는 항상 발화의 방식에 의지하기 때문이다. 이것이 발화의 크기나 양보다 중요할 수 있다.

일단 「종소리」를 일견하면 이 시의 이질성이 어디서 비롯되는지를 다소 납득할 수가 있다. 바로 서술 부분이다. 종결부의 많은 곳이 "주간지를 넘기고 있었네" "내가 죽었다고 하네!" "누구나 그 정도의 피로는 느낀다네" "너는 결코 지치지 않는다네" "또박또박 그러나 바쁘게 발걸음을 옮겼네" "무언가 잊고 있었네//가장 중요한 사실을 잊고 있었다네" "불현듯 눈앞이 캄캄해졌네" "쏟아지는 볕은 따뜻했네" "오, 불멸의 태양만이 노래했네"와 같이 '~네'로 끝나고 있다. '~지'나 '~다'도 있지만 '~네'가 눈에 띄는 것은 이 서술의 강한 특성 때문이다. '~네'는 지금, 여기를 표현하는 화법은 아니다. 대상으로부터 시간적, 공간적 거리를 유지한 채 발화하는 것이다. 이것을 숙고할 필요가 있다. 왜냐하면 그의 쏟아지는 분노의

'~소리!'들이 바로 '~네'에 안겨 있기 때문이다. 분노가 포위되어 버리는 것이다.

그러고 보니 「종소리」뿐이 아니다. 「종소리」에는 다른 서술 양식들이 섞여 있지만 그 외의 모든 시들이 이 서술 양식으로 되어 있다는 사실을 놓칠 수 없다. 등단작인 「탁, 탁, 탁」에서부터 선보이기 시작한 '~네'는 이번 시집의 대부분의 시들을 아우르는 종결형으로 쓰이고 있다. 언문일치체로 정착된 현대적 구문인 '~다'는 찾아보기 힘들 정도이다. '~여' '~지' '~리라'가 더러 쓰이고는 있지만 '~네'가 매 편의 시를 형성하는 특징이 되고 있는 것이다.

이선욱의 시가 이질감을 주었던 것은 무엇보다도 이 형식적인 외관에 기인한다. 이것은 의도된 것이 분명하며, 물론 이 형식은 세계관이다. 시집 한 권에 걸쳐 이것을 계속한다는 것은 특별한 기획이 아닐 수 없다. 고어 투 같기도 하고, 번역 투 같기도 한데, 일단 직접적인 서술은 아니다. 내용을 간접화시켜 전달하는 성격을 지닌 것이다. 따라서 상태를 독백하거나 직접적으로 표현한다기보다는 거리감을 갖고 조망하는 분위기를 창출한다. 현재 우리는 특별한 분위기를 의도하지 않고는 이런 투를 거의 쓰지 않는다. 마치 제3자에게 이야기를 들려주듯이 진술하는 형국이라 할 수 있다. 이것이 이선욱 시의 비현실성과 아우라의 기본적인 원인이다.

우리는 서로를 사랑했네
괴로운 날들 속에서

괴로워했지
빛나는 입을 맞추고

괴로워했지
서로의 몸을 끌어안으며

등뒤로 흘러가는 시간을
바라보았네

미래는 조금씩 선명해졌지
괴로운 날들 속에서

사랑은 오고 있었네
끝없는 모습으로

사랑은 가고 있었네
가장 아름다운 결말로

그러나 우리의 사랑은
그 자리에 머물고

우리는 괴로운 침묵으로
서로를 사랑했네

빛나는 어깨를 맞대고
기다렸네

갈색의 눈빛으로
기다렸네

날들의 괴로움이
그대로 저물기를

우리가 잠시
불안에 어두워지기를

—「연인들」 전문

전문이 거의 '~네'체로 이루어져 있다. 우선 지적해야 할 것은
매번의 진술이 '~네' 위에 얹혀서 휘어져버린다는 점이다. 이로 인
해 직접성이 사라지고, 회고하는 듯한, 조망하는 듯한 간접적 분위
기가 펼쳐진다. 마치 과거의 어떤 상황을 다른 시간대에서 떠올리
는 듯한 아우라를 만들어내는 것이다. 그렇기 때문에 화자는 연인
이지만 동시에 연인에 대해 생각하고 바라보는 시선을 갖는다.
　이러한 패턴이 지속적으로 작품을 형성해나간다. 어떠한 고통도
괴로움도 '~네'의 리듬에 포섭되어 간접화된다. "우리는 서로를 사
랑했네/괴로운 날들 속에서"를 예로 들어보자. 아무리 "괴로운 날

들"이어도 "사랑했네"의 리듬 속으로 끌려들어오면 괴로움은 미학적으로 감각된다. 이러한 현상은 "사랑은 오고 있었네/끝없는 모습으로"와 "사랑은 가고 있었네/가장 아름다운 결말로"의 반복을 거쳐, 후반부의 "우리는 괴로운 침묵으로/서로를 사랑했네//빛나는 어깨를 맞대고/기다렸네//갈색의 눈빛으로/기다렸네"에 이르면 거의 율동에 가까워진다. 이쯤 되면 시는 '～네'의 군무가 되는 것 같은 생각이 든다. 이것은 결국 풍경화다. 시는 연인들의 현재를 이야기한 것이 아니라 '～네'에 의해 연인을 풍경화로 구성한 것이다. 시인은 연인들에 대한 어떠한 존재론도 여기서 토로하지 않는다. 대신 풍경화를 보여줄 뿐이다. 다음 시를 보자.

슬픔은 정지.
어느 날 동쪽 창가에 턱을 괸 채로.
허공에서는 죽은 별처럼 거미가 내려오고 있네.
그것은 하나의 운명이라네.
그러나 정지.
거기 이슬이 빛나는 지점에서.
정점을 돌아보는 각도로.

그래, 문득 그런 거지.
슬픔의 정지에는 기미가 없으므로.
나는 생생히 볼 수 있다네.
찬바람이,

기울어진 숲이,
일렬로 날아가는 새들이 정지하네.
그들의 장대한 합창과 함께;
어떤 기민함에 관한.
대대로 물려받은 오랜 습성에 관한.
또는 시시콜콜한 일들에 관한.

그늘의 방향으로.
시간에 보다 뚜렷해진.
그리고 누군가는 거칠게 신문을 펼치겠지.
활자로 정지하기 위하여.
끓는 커피를 마시다가.
"정말일까?"
또 어느 한편에선 밥을 짓다가.
깍지를 끼고 기도하다가.
"고통은 늘 필연적으로 찾아올까?"
느닷없는 의심으로 정지한다네.

—「코러스들」부분

「연인들」에 이어 「코러스들」도 메타적 풍경화라 할 수 있다. 이 시는 부연하건대 현실이 아니다. 울퉁불퉁하고 종잡을 수 없는 현실이 튀어나오는 것이 아니다. "슬픔의 정지에는 기미가 없으므로/ 나는 생생히 볼 수 있다네" "일렬로 날아가는 새들이 정지하네"를

312

비롯하여 '~네' 안으로 현실과 서사가, 인간과 삶의 의미들이 스케치된다. 그래서 사소한 일상이 내비쳐져도 현실이라기보다는 풍경으로 보이게 된다. 이것이 이선욱 시의 고유성이다. 현실이 아니라 풍경으로 존재하는 삶, 묘사하는 시간대에 둘러싸여 그려지고 불려오는 이야기들, 이러한 분위기가 그의 시를 이질적으로 만드는 요인이다. "오, 외로운 개인의 역사는/철저한 풍경으로만 기록되고/그 속의 낯선 얼굴은//빛과 바람과 윤곽으로 남았지"(「전원기도」)에서 알 수 있듯이 그의 시는 그렇게 "철저한 풍경"이 되어버린다.

 "철저한 풍경"이라는 말은 이번 시집을 관통하는 키워드처럼 보인다. 시인은 삶이나 세계와 의미 있는 연관을 만들지 않으며, "철저한 풍경"으로 바라볼 뿐이다. 따라서 풍경과의 좁힐 수 없는 거리를 감지하는 것이 그의 시를 읽는 방법이다. 저편에 풍경이 있다면, 이편에는 이선욱 시 특유의 주체의 막 같은 것이 있다. 주체는 이 막에 걸려 밖으로 노출되지 않는다. 마치 엘리엇이 말하는 도피처럼 주체는 이 막에 의해 은밀히 차단되는 듯 보인다. 이선욱은 시를 통해 자신의 개성을 표현하거나 실현하려 하지 않는다. 외려 이런 것과 무관해지려 하는 쪽이다. 이것은 매우 희귀한 기도이다. 그의 관심은 단지 막의 밖에 풍경의 세계를 건설해보는 것이다. 막이 사라지고 내면이 직접 노출되는 것은 그에게 대단히 불편한 일로 보인다. 이로써 이유는 알 수는 없으나 현실에 대한 우아한 복수처럼, 현실의 저촉을 받지 않은 "철저한 풍경"이 전개되는 것이다.

3. 비현실적 공간과 종족이라는 상상

'~네'라는 특유의 기술이 이선욱의 시를 풍경화한다고 했을 때, 이 풍경을 그야말로 이국적인 것으로 만들어버리는 요인이 있다. 바로 작품 속 공간들이다. 그의 시들은 현실적 공간감을 지니지 않는다. 그렇다고 초현실적이거나 초월적 공간으로 나아가는 것도 아니다. 구체적이어도 경험적이지 않고, 상세하게 묘사해도 실제적이지 않다. 대신 어떤 전형적인 세계가 펼쳐지는데, 바로 시인의 머릿속에 떠오르는 이국적 장소다. 여기가 아니라 어느 먼 곳, 경우에 따라서는 1~2세기 전의 어느 먼 나라로 보이는 곳들이 배경을 이루고 그곳의 낯선 풍경이 재현된다. 장소가 현실적이지 않으므로 풍경 역시 현실적인 것이 아니다. 사람들의 행위도 낯선 풍습을 이룰 뿐이다. 실내든, 실외든, 그 어느 곳이든 마찬가지다.

간단한 메모를 하거나 또는
가만히 커피를 끓이는 일이
더 익숙한 종족 그래서

산장의 태양은 빛나고
가장 빛나는 순간 빠르게 돌아서는 오후를
그들은 신의 고비라 부른다네
산맥을 넘어서지 못한 기도와
넘어서려는 의지가 헤어지는 풍경을

누구보다 잘 알고 있지

—「산장과 태양」 부분

누군가 단상에 올라 춤추기 시작했네
한밤을 환하게 흔드는 음악 사이로
일제히 폭소가 울려퍼졌네
절름발이는 절뚝거리며 웃었고
뚱뚱한 부인은 기둥을 붙잡고 웃었지

백합처럼 아름다운 여인 주변에는
건장한 사내들이 모여 있었네
몇몇은 서로의 멱살을 잡고 싸우기도 했지
술에 취한 한 사내가
그녀를 이끌고 어디론가 가려 하자
누군가 그를 한방에 쓰러뜨렸네

어린아이들은 끊임없이 깔깔거리며
어둠과 불빛 사이를 휘젓고 다녔지
한 녀석이 음식이 쌓인 테이블을 엎고
수염이 덥수룩한 요리사에게
흔쭐나고 있는 동안에도

사람들은 큰 소리로 건배했어

모두의 안녕과 행복을 위하여
　　　　　　　　　　—「번영회의 축제」부분

그는 턱을 괴고 바라보았지
한 손으로는 미지근한 맥주를 마시며
마지막으로 받은 카드는
테이블 위에 그대로 덮어두었지
평소보다 과하게 저녁식사를 한 탓인지
기분이 썩 좋지는 않았어

천장에 달린 팬을 따라
두터운 담배 연기가 돌고 있었고
그는 무거워진 눈꺼풀을 깜박이며
듣기 불편한 숨소리를 내고 있었지
그러자 마주한 친구는 이렇게 말했어

"자네, 그러고 보니 꼭 잭을 닮았군!"

모두들 낮은 소리로 웃었네
물론 그도 따라 웃었어
그러고는 약간은 찡그린 표정으로
남은 맥주를 비웠어
　　　　　　　　　　—「일요일의 포커」부분

인용한 시들은 행위와 대사가 특정한 공간에서, 특정한 분위기를 띠며 진행되고 있음을 보여준다. 작품 속 세계가 현실과 무관한 어느 먼 곳의 맥락에 속해 있는 것이다. 이 별도의 맥락이라는 느낌 때문에 시 속의 장면은 마치 고전적인 영화나 연극의 일부 같기도 하다. 그렇게 장소와 분위기가 비경험적이고 서사적이다.

  '침묵자들'이라는 부제가 붙어 있는 「산장과 태양」은 사람들이 말없이 모여 있는 산장이 배경이다. "간단한 메모를 하거나 또는/ 가만히 커피를 끓이는 일이/더 익숙한 종족"은 아무래도 설원이나 고원 지역의 어느 부족을 떠올리게 한다. 높은 산맥에 위치한 이 산장은 "신의 고비"라든지 "산맥을 넘어서지 못한 기도"와 같은 구절들에서 종교적인 엄숙함마저 감돈다. 인간의 의지로 어찌하지 못하는 자연과 섭리의 세계를 "산장의 태양은 빛나고"와 같은 장려한 구절로 묘사하고 있다. 고지대의 삶의 풍광을 엿볼 수 있다.

  「번영회의 축제」에는 축제가 한창 벌어지는 무도회장이 나온다. "누군가 단상에 올라 춤추기 시작"하고 '아름다운 여인'과 '건장한 사내들' '절름발이'와 '뚱뚱한 부인' '어린아이들'과 '요리사'가 함께 등장하여 '폭소'하고 '멱살'을 잡고 '건배'하는 와자지껄한 풍경이 묘사된다. 이것은 어른과 아이, 뚱뚱하거나 불구인 사람들이 평등하게 즐길 수 있는 문화가 형성되어 있고, 또한 축제와 춤과 요리와 건배가 일상화된 지역의 이야기이다. 이 시 역시 고유한 역사적, 지리적 풍토를 가진 사람들의 특별한 삶의 터전과 공동체, 풍습이 작품의 주요 모티브다.

'농담들'이라는 부제의 「일요일의 포커」는 천장에 팬이 돌아가는 카페가 무대인데, 자욱한 담배 연기 속에서 맥주를 마시며 포커를 하는 무리들이 등장한다. 이 건달들의 포커 놀이와 농담은 마치 드라마의 한 장면처럼 묘사된다. 카페 안의 "미지근한 맥주"와 '카드' "두터운 담배 연기" 역시 서부극을 연상케 한다. 작품의 처음부터 끝까지 이 장면이 왜 시연되는지 알 수 없으며, "자네, 그러고 보니 꼭 잭을 닮았군!"이라는 농담 역시 상황적이기만 한 것이다. 이 말이 왜 웃음을 불러일으키는지, 어떤 소통과 이해를 가져오는지 파악할 수가 없다.

이렇게 그의 시는 산장이나 카페, 무도회장을 배경으로, 또는 그 외에도 광장이나 거리, 공원, 교회, 무덤과 같은 곳을 중심으로 구성된다. 이러한 장소에서 벌어지는 이야기들은 특유의 서사적, 상황적 맥락으로 작품을 끌고 들어감으로써 현실적 접속력을 약화시킨다. 이 이야기들을 통해 시인은 지속적으로 풍경을 작성하고, 지금, 여기와 무관한 사람들, 무관한 공간을 묘사한다. 비현실성이 가동되게 하는 것이다.

이 점에 대해 특별히 지적할 필요가 있다. 우리는 우리에게 익숙한 공간이나 대상과 함께인 경우, 부득불 이에 붙들릴 수밖에 없다. 초연할 수 있다는 것은 대단히 관념적인 발상이다. 우리와 관계된 풍경이나 장소는 그냥 외형적으로 존재할 수는 없으며 우리는 무언가 다른 눈으로 이것을 바라보고 호흡하는 것이다. 이 다름은 극복되기가 좀처럼 쉽지 않은데, 불가피하게 내면과 정신의 진입이 이루어진 까닭이다.

이선욱의 시는 요컨대 지금, 여기를 지표로 하고 있지 않으며, 지금, 여기의 내면이나 정서를 내장하고 있지 않다. 정확하게 말해서 이를 피하고 있다. 대신 비현실적 공간을 기획하여 감정이 연루되지 않도록, 감정의 현재성을 부려놓지 않을 수 있는 길을 찾으려 했다. 그렇다고 해서 고원 지역이나 서양풍의 장소를 묘사함으로써 서양의 내면으로 들어선 것도 아니다. 그의 시가 서양적인 것에 내적으로 동원되어 있는 것이 아니기 때문이다. 다만 서구의 풍경을 설계하고 일종의 비현실을 입안하고 있는 것이다. 아니, 어쩌면 "슬픈 종족이란/그런 습성들이 우연히 연속되는/또하나의 황량한 상상"(「별과 빛」)이라는 말에서 알 수 있듯이, 그가 묘사한 것은 풍경이 아니라 애초에 풍경에의 상상일지도 모른다. 종족이라는 상상, 종족을 불러내어 다른 시간과 공간을 구성하는 "황량한 상상"과 마찬가지로, 내면이 들어가지 않는, 내면이 들어가지 못하게 하는 풍경이라는 상상 말이다. 이 상상을 위해서 그의 풍경은 철저히 한국적이지 않아야 했던 것이다.

4. 가설무대의 창안

거슬러 올라가보건대 우리 시문학사에서 즉각적 내면성의 소거라는 엘리엇의 생각에 닿아 있는 시인이 있다면 김기림일 것이다. 김기림은 실제로 엘리엇의 「황무지」를 의식한 「기상도」를 쓰기도 했다. 김기림은 주지하다시피 반전통적이고 서구 지향적이었다. 그는 전통적인 내면과 정신의 깊이에 붙들리지 않으려는 듯이 양풍을 차용했다. 그에게 근대라는 것은 서양풍의 형식, 외관을 의미했으며, 서양의 도시 이름이나 외래어 등도 모두 근대성을 표현하기 위한 외형들이었다. 그의 시에 비판적이고 풍자적인 이데올로기가 없지 않지만 이러한 태도 역시 깊이 있게 추구되지 않았다. 중요한 것은 그가 이해한 근대라는 것이 이러한 외형적인 것이었다는 점이다. 김기림에게 깊이가 없다는 비판이 쏟아질 수는 있지만 실제로 그가 동양인으로서 서양의 깊이를 취득할 수는 없었을 것이다. 또한 전통과 내면의 깊이를 앞세워 서양을 수용한다는 것은 한계가 분명한 일이었을 것이다. 이렇게 생각했을 때 김기림의 곤란과 시적 모험에 대한 이해가 생길 수 있다.

한 세기를 건너 후세대인 이선욱의 시에는 이전의 김기림이 고심했던 근대성 같은 문제가 물론 존재하지 않는다. 한마디로 이데올로기적인 그늘이 없다. 또한 이국의 장소들을 배경으로 하고 있음에도 불구하고 지명 하나도 등장하지 않는다. 그래서 구체적인 묘사를 하고 있지만 김기림의 양풍과는 차이가 있다. 굳이 말하면 이선욱은 실제 존재하는 어느 나라나 공간이라기보다는 일종의 양풍적인 가설무대를 창안한 것이다. 가설무대에 특정한 공간을 설정하고 인물들의 행위가 시연되도록 말이다. 풍경에의 상상이라는 것은 이러한 분위기를 가리키는 말이다. 무대는 무대여서, 무대 밖에 있는 내면이 침입할 위험이 없다. 내면의 침입이 불가능한 무대다. 물론 역사나 현실, 개인이 들어설 자리도 없다. 이것은 내면의 개입을 벗어나기 위한 대단히 치밀한 작업이다. 정신의 중력으로부터 자유로워지는 것은 한순간에 가능한 것이 아니기 때문이다. 따라서 이렇게 무대를 개설함으로써 분리를 시도하려 했다고 할 수 있다.

이것이 이선욱 시가 갖는 의미이다. 그는 풍경을 설정함으로써, 풍경을 상상하고 불러냄으로써, 내면이 아닌 일종의 외면을 건축하려 했다. 밖을 만들고 바라보려 했다. 풍경은 그가 밖으로 나아가게 하는 지표와도 같은 것이었다. 그가 끊임없이 떠올린 이국적인 상황이나 공간, 그 안에서 벌어진 대화들은 '~네'라는 전달 형식과 함께, 밖에 대한 증언의 양상으로 표출되었다. 이것은 다양한 방식으로 자아와 내면의 과부하가 걸리기 마련인 시의 독자적인 행보로 기억될 만하다. 또한 관념적인 돌파구가 아니라 구체적인 장치로 외부를 설정한 것이야말로 우리 현대시에서 의미 있는 시도이다. 현대시는 말할 것도 없고 시는 장치의 역사인 까닭이다. 이제 이번 시집에서 특별히 인상적인 시를 한 편 더 읽어보고자 한다. 무대는 무대인데 다소 예언적인 무대이다.

그러니까,

가문 벌판이었지

저녁이면 한 무리 염소들은
그늘로 떠났고
목동의 손만 홀로 남아
벌판 한가운데 놓인 탁자에서 타자를 쳤네

타자를 쳤네
캄캄한 자판을 두드릴 때마다
솔가지 타는 소리가 허공에 퍼졌고
타자기에선 부서진 사막이
조금씩 흘러내렸다네
다 닳은 잉크처럼
어둠에 날리는 글씨들과 함께
이따금씩 타점이 강하게 울렸으나
휘어지는 바람을 따라
자판을 두드리는 속도가
달라지기도 했네
목동의 손은 가벼웠지
몸은 없고 손만 남았으므로
말없이 서술하는 시간은
활자판의 중심처럼 칸칸씩 이동할 뿐
꿈꾸듯 망설이는 타법은 아니었네
다만 슬픈 꿈의 오타만이
하얀 털뭉치처럼
바닥에 뒹굴고 있었으니
궁극의 어떤 형상 같았으나
궁극에는 자라지 못할 운명이었다네
자판은 타법에 빠르게 반응하고 있었지
아니면 무언의 잦은 행갈이였을까

어딘가 어둠은 글썽거렸고

그것은 타이핑한 글씨체였다네

때로는 벌판에 도는 메아리처럼

같은 문구를 연달아 치기도 했는데

그럴 때면 땅금 갈라지듯

목동의 손뼈가

더없이 두드러지곤 했네

사방으로 길이 없는

벌판의 한가운데였지

끊이지 않는 서술의 소리를 따라

손끝에는 굳은살이 피어났고

그렇게 타자를 치던 어느 날이었다네

어둠에 날리는 글씨들은

점점 더 흐려졌고

타자기에선 부서진 낙타의 뼈가

흘러내리고 있었네

연달아 같은 문구들을 치고 있을 때였지

모가 닳은 자판 하나를

누르는 순간

무형의 뒤늦은 타점이 울렸네

무언가 손등에 떨어졌지

빗방울이었네

—「탁, 탁, 탁」 전문

이선욱 시 특유의 '~네'와 이국적 장소가 역시 나타나 있다. 벌판이 무대가 되고 있는데, 다른 시들과 마찬가지로 우리 식의 전통적인 친근함을 주지 않는다. "사방으로 길이 없는/벌판의 한가운데"는 초목이 발달한 아일랜드나 프로방스의 어느 전원을 떠올리게 하며, 한 무리의 염소를 치고 있는 목동 역시 그러한 지역의 목동에 가깝다. 이것이 한 폭의 그림처럼 아름다우면서도 풍경의 상상이나 설계처럼 보이는 것은 목동이 염소들을 돌보는 것이 아니라 타자를 치고 있는 데서 연유한다. 장치인 것이다. 목동은 염소를 놔두고 대체 무슨 타자를 치고 있는 것일까.

한마디로 이 시는 시집 전체의 징후를 보여주는 것 같다. 시집 안에서 각각의 시들이 외형적인 풍경으로 존재하듯이, 목동이 치는 타자 또한 풍경에 지나지 않아서 그 내용을 결코 알 수 없다. 목동이 내용을 보여주지 않는 것이 아니라 목동도 내용을 모르는 것이다. 목동이 곧 풍경이기 때문이다. 오직 "타이핑한 글씨체"만 떠오른다. 우리가 볼 수 있는 것은 "다 닳은 잉크" "어둠에 날리는 글씨들" "슬픈 꿈의 오타"와 같은 글씨의 표면들이다. 내용을 알 수 없는 풍경의 형식이다.

이선욱은 비교할 바 없이 아름다운 이 등단작에서 풍경의 운명을 예감한 것처럼 보인다. 대부분의 그의 시들에서 볼 수 있는 조형적 특징을 이 시도 지니고 있고, 벌판에 홀로 앉아 있는 목동도 가설적 상황이지만, "모가 닳은 자판 하나를/누르는 순간/무형의 뒤늦은 타점이 울렸네/무언가 손등에 떨어졌지/빗방울이었네"라는 마지막 부분에서 알 수 있듯이, 이 풍경에는 뜻밖의 침입자가 있다. 목동의 손등에 떨어진 빗방울이다. 빗방울은 벌판이라는 무대에 떨어진, 문득 생생한 현실처럼 보인다. 그의 시에서 잠깐이지만 풍경을 비집고 들어선 최초의 현실 같은 환기력을 지니고 있다. 그리하여 "탁, 탁, 탁" 울리는 작은 현실이 풍경의 전체를 두드리고 있는 것이다. 하지만 귀에 생생히 들리는 것만 같은 영롱한 이 빗방울 역시 목동이 치는 타자처럼 무엇인지 끝내 알 수는 없을 것이다. 빗방울이 들려주는 "무형의 뒤늦은 타점"이 마치 계시처럼 빛나고 있지만, 불현듯 도래한 이 현실마저 풍경이 되는 순간이다.

동시에 꿈을 꾼 것 같은

—황인찬의 시

    시를 쓴다는 것은 시란 무엇인가에 대한 시인의 고유한 태도를 드러내는 것에 다름아니다. 태도라는 것이 내용과 세계관뿐 아니라 시가 이루어지는 양식, 즉 주체나 자아의 위치와 양상, 언어의 도정, 시형(詩形)에의 의식 등등을 뜻하는 것이라면 말이다. 이러한 모든 것에 의해 한 시인이 이루고자 했던 것과, 그가 맞닥뜨린 곤경의 총체가 바로 시일 것이며, 시인의 태도이기도 할 것이다.

    대부분의 시는 시인이 자신의 복잡한 생각을 피력하고 추진한 결과물이지만, 좀더 예민한 시는 이 생각 자체를 돌아보고 고민하는 모습을 담고 있다. 그래서 시가 어떠한 것이라는 태도 자체를 시인 스스로 문제삼는 현장으로 보인다. 예컨대 만약 이것이 시라면 왜 저것은 시가 아니며, 시일 수는 없는가에 대한 질문의 양상으로 존재하는 것이다. 나아가 그동안 시라고 생각되었던 것에 머물지 않고 그 너머 새로운 것이 도입되는 모습을 보여주기도 한다.

2010년에 등단하여 첫 시집 『구관조 씻기기』(민음사, 2012)를 낸 이후 지금까지 짧은 시간 동안 황인찬의 시는 넓고 고른 주목을 받아왔다. 흔히 젊은 시인에게 쏟아지게 마련인 순간적 감탄사가 아닌, 문단 전반에 걸쳐 비교적 폭넓은 지지를 얻고 있다고 할 수 있다. 확실히 그는 기존의 패턴화된 태도가 아니라 자신의 실제 작업을 통해, 그 태도에서 비껴서거나 좀더 섬세하게 의문을 갖는 모습을 보여주고 있다. 어떤 싸움을 전개하기보다는 자신이 던질 수 있는 질문을 세우고 또 그 질문과 마주서고 하면서 조심스레 탐색하고 있는 것이다. 이러한 모습은 때로 고전적인 풍모를 띠는 한편 시와 매우 직접적으로 접촉하고 있다는 인상을 준다. 이상한 표현일 수 있는데 그의 품격은 낡은 갑옷을 던져버린 것에서 비롯되며 시에게 특유의 피부 감각을 되돌려 준 데 기인한다. 이러한 연유로 그의 시는 신선한 자극이었으며, 멀리까지 매력을 불러일으킨 것이다.

이제 그가 지속하고 있는 시적 탐색의 지형을 전체적으로 살펴볼 필요가 있다. 첫 시집을 상재하고 두번째 시집을 준비중이므로 적절한 시점으로 생각되기도 한다. 이것은 한 젊은 시에 대한 고찰이면서 동시에 그것의 문학사적인 의미를 검토해보는 것이기도 하다. 한 시인의 시도가 갖는 파급력과 효과를 가늠해볼 수 있을 것이다.

1. 세속(世俗)과 신성(神聖)의 공존

무엇보다 황인찬의 시가 시선을 끌고 있는 것은 두 가지의 축 때문인 것으로 보인다. 우선은 내용 면에서다. 그가 관심을 가졌던 것은 시집 전 편에 분명하게 나타나듯이 세속과 신성의 문제다. 어떻게 생각하면 물신화라고 새삼 이야기하기도 고루한 단 하나의 방향이 우리 시대를 관통하고 있다고 여겨지는 현대에, 신성이라는 문제를 들여온다는 것 자체가 새삼스럽기만 한 일이다. 그만큼 생각지도 못한 것이었다고 할 수 있다. 주지하다시피 초월적이고 정신적인 것을 향했던 상징주의 이래로 시의 시선은 계속 아래로, 지상적이고 세속적인 것으로 하향화되었다. 정신적인 것, 성스러운 것을 향하는 일은 현대에는 다분히 시대착오적인 것으로 보일 수 있는 것이다. 신성은 초월적이고 관념적인 세계와 동일시되어 오래전에 지나간 태도로 여겨지는 까닭이다. 더군다나 그 신성의 세계를 세속의 세계와 병치시키는 것은 불편하고 부담스러운 일일 수 있다. 그는 어떠한 방식으로 이 부담을 감수하고 탐색의 방향으로 삼았는가.

성가대에 들어간 것은 중학교 때였다
일요일 오후엔 찬양 연습했다
끌어내리듯 부르는 것이 나의 문제라고

노래 부르는 것을 좋아하지 않았다
기도하는 것을 좋아하지 않았다

나무로 된 긴 의자와 거기 울리는 소리가 좋았다

말씀을 처음 배운 것은 말을 익히기 전의 일이었다
그것을 배우며
하나님의 목소리는 무엇일까 생각했다

연습이 진행되는 동안
목소리가 커졌다 잦아들었다

공간이 울고 있었다

낮은 곳에 임하시는 소리가 있어
계속
눈앞에서 타오르는 푸른 나무만 바라보았다

끌어내리듯 부르지 말라는 말을 들었다

마음이 어려서 신을 믿지 못했다
                                    ─「낮은 목소리」 전문

　비교적 명료하게 황인찬 식의 태도를 보여주는 시이다. "성가대
에 들어가"서 "일요일 오후엔 찬양 연습"하는 성스러운 생활이 진술
된다. 하지만 "노래 부르는 것을", 그리고 "기도하는 것을 좋아하지
않"으며, "끌어내리듯" 찬양한다고 지적을 받는다. 하늘의 것을 땅

의 목소리로 부른다는 뜻일 것이다. 신성한 분위기에 몸담고 있지만 불가피하게 이질적 인자이다. 교회에 가는 것은 신앙의 간증을 위해서가 아니라 "나무로 된 긴 의자와 거기 울리는 소리가 좋아"서이다. 교회에 가도 성스러운 것과 일체가 되지 못하는 것이다. 그곳에서 의자라는 감각적인 즐거움을 소지하는 것이 우선이다. 신성 속에 세속의 감각이 또렷하게 놓여 있으며 이것이 시의 주요한 모티브다.

인상적인 것은 여러 차례 나타나는 세속적 진술이 이 시의 신성한 분위기를 조금도 훼손하지 않는다는 점이다. "마음이 어려서 신을 믿지 못했다"는 마지막 고백도 이 시를 전적으로 세속 쪽으로 돌리는 것은 아니다. "신을 믿지 못하"는 것이 기묘하게 신성의 아우라를 더 크게 만들지언정 세속으로 환치시키지 않는다. 신성은 신성으로, 신비하게 존재한다. "낮은 곳에 임하시는 소리가 있어"와 같이 신성이 세속으로 들어오는 듯한 구절도 비슷한 역할을 한다. 이 구절 역시 신성이 세속으로 되거나 그렇다고 해서 반대로 세속이 신성으로 변하는 것이 아니다. 성과 속은 마주하며 평형을 유지한다. 어느 한쪽으로 기울지 않은 채 서로를 보전한다. 서로를 침해하지 않는, 참으로 신비한 배치이다. 마치 이렇게 서로를 보전할 때에만 서로의 본질이 유지될 수 있는 세계라는 듯이 말이다.

황인찬 시의 매력은 여기에 있다. 섣불리 이 세계를 통합하려 하지 않는다. 세속은 세속대로, 신성은 신성대로 작동하고 있으며, 사라지지 않고 한쪽으로 용해되지 않는다. 이 공존은 아름답다. 시의 화자는 항상 세속의 세계에서 미숙과 감각의 넓이를 향유하며, 이러한 그를 감싸는 것은 신성이라는 미지의 높이다. 따라서 화자는 세속의 눈으로, 언제나 알지 못하는 가운데 신성을 접하게 되며, 이때 발생하는 신비로 시는 맺음된다. 황인찬의 시가 현묘한 서늘함을 주는 이유다. 그의 시에서 세속과 신성은 서로를 가리지 않음으로써 서로를 구하고 있는 것이다.

2. 비시(非詩)와 시(詩)의 유대

황인찬의 시에는 내용 면에서 세속과 신성의 공존보다 눈에 띄는, 어떻게 생각하면 더 중요한 축이 있다. 형식상의 문제, 바로 언어적 측면이다. 어떤 언어를 들여올 것인가, 이것이 사실 시의 전부라고 해도 좋을 것인데, 황인찬 시의 개성은 언어에서 오는 각별함이라 할 수 있다. 그는 언어에 유난히 민감하다. 민감하다는 것은 언어를 관습적으로 수용하지 않는다는 것을 뜻한다. 그는 왜 어떤 언어는 시가 될 수 있으며, 다른 언어는 시가 될 수 없는지를 지속적으로 탐문하는 자세로 시를 쓴다. 그리고 지금까지 시가 될 수 없었던 언어가 시가 될 수 있는 가능성을 모색하고 실현하는 쪽에 선다. 요컨대 시를 확장하려 시도하는 것이다.

지금까지 시가 될 수 없었던 언어란 다양하다. 시의 영역 밖에서 이른바 비시의 자리에 있었으며, 문학과 무관한 쓰임새에 속해 있던 언어들이다. 황인찬은 이러한 언어들을 폭넓게 접촉하고 시의 영역 안으로 들여놓는다. 적절한 시적 변형이나 수사를 가하지 않고 가능한 한 그대로 들여온다. 손대지 않고도 이 언어들이 시로 살아나는 것을 신기하게 바라보는 것이다.

　그의 시에서 가장 많이 나타나는 비시어는 일상어다. 일반 담론이나 구어라고도 말할 수 있는 일상어는 그가 시에서 즐기고 애용하는 것이며, 그만큼 많이 출현한다. "내가 어둡다, 말하자/네가 It's dark, 말한다"(「듀얼 타임」), ""어디 가서 차라도 한잔할래요?" 그가 한 말이었다 그는 내게 좋은 곳에 가자고 했다"(「순례」), "대체 저게 뭐지? 갑자기 그가 물어서/저건 까마귀야, 나는 대답했고/까마귀에 대해 자신 있게 말할 수 있다는 것이 또 놀랍다"(「거주자」), ""당신 생각을 오래 했어요 오래전에 나는 아팠어요" 나는 웃으면 된다고 생각했다"(「번식」), ""미안해"//끝없이 사과했다 다음 날에도 그 다음 날에도"(「방사」), "오래 보면 영혼을 빼앗길 거야, 겁이라도 주는 것처럼/비장한 표정으로 네가 말해서 정말 그러면 어떡하지? 덜컥 겁이 났지만//아무런 일도 일어나지 않는 것이다 아무것도 빼앗기지 못한 것이다 매미 소리가 징징징 울리고 있는데//이젠 정말 끝이구나, 네가 말한다"(「말종」), "괜찮아?/묻는 너에게 괜찮다고 답했다 나는 커튼을 닫았다/아니지?/묻는 너에게 아니라고 답하며"(「속도전」) 등, 누구나 가볍게, 혹은 특별한 의식 없이 주고받는 일상어가 시에 대거 포진되어 있다. 특히 "저게 뭐지?" "미안해", "괜찮아?" 등은 그 자체로 시가 될 수 있는지 일반적으로는 납득하기가 쉽지 않을 만큼 피상적으로 상용되는 일상어이기도 하다.

　그가 이러한 언어를 시 속에 들여오게 된 원인은 무엇일까. 이 문학적 화장이 없는 말들은 실로 시란 무엇인가, 시의 언어란 어떤 것인가에 대한 생각을 하게 만든다. 과연 문학적인 것과 그렇지 않은 것의 경계는 얼마나 설득력이 있는 것이며 유효한 것인가를 재고하게 하는 것이다. 그러고 보니 이 경계는 완강하지도 않으며, 어쩌면 애초에 존재하지 않는 것이 아닌가. 일상어들이 문학적 수사를 걸치고 있는 말보다 더 직접적이고 기표적으로 보이니 말이다. 그러므로 일상어들은 황인찬에게 시작(詩作)의 중요한 계기를 마련해준다. 그것이 문학적인 것이 아니기에, 정확히 말하면 시적 관습에 속하지 않은 것이기에, 문학이 보여주는 관습적 시야보다 더 생생하게 그를 자극하는 것이다.

주지하다시피 일상어의 중요성을 일찍이 간파한 엘리엇은 시가 일상어와의 접촉을 잃어버리면 안 된다고 생각했다. 뿐만 아니라 시의 혁신은 일반적인 담화로 복귀하려는 경향을 가지고 있다고 선언한다. 요컨대 문학성이라는 것이 정형화되는 것을 피하기 위한 방법은 시어가 아닌 일반 담화로의 복귀를 통해서인 것이다. 살아 있는 일상어가 지속적으로 시를 쇄신하고 확장해가는 것이다. 물론 이것은 모든 문제적 시인이 해왔던 일이다. 기존 언어의 저장소에 만족하지 않고, 구어, 일상어, 날것의 언어를, 문학적 포장이 되어 있지 않은 언어를 시로 그대로 들여와 문학을 넓혀가는 것 말이다. 우리 문학사에도 김수영을 위시하여 이런 역할을 한 시인들을 찾아볼 수 있다.

황인찬 시의 개성은 바로 이렇게 일상어를 그 누구보다 자유롭게 맞이하고 시 속에 포섭했다는 점이다. 그러나 그는 이 과정을 혁명적으로 치르기보다는 매우 신중한 모색을 통해서 탐색하듯이 진

행한다. 즉 일상어를 들여오되 이것으로 시어를 완전히 대체하는
길을 가지는 않는 것이다. 그는 비문학적 언어만큼 또한 시어나 시
적 상황을 배려하고 있다.

　　이 책은 새를 사랑하는 사람이
　　어떻게 새를 다뤄야 하는가에 대해 다루고 있다

　　비현실적으로 쾌청한 창밖의 풍경에서 뻗어
　　나온 빛이 삽화로 들어간 문조 한 쌍을 비춘다

　　도서관은 너무 조용해서 책장을 넘기는 것마저
　　실례가 되는 것 같다
　　나는 어린 새처럼 책을 다룬다

　　"새는 냄새가 거의 나지 않습니다. 새는 스스로 목욕하므로 일부
　러 씻길 필요가 없습니다."

　　나도 모르게 소리 내어 읽었다 새를
　　키우지도 않는 내가 이 책을 집어 든 것은
　　어째서였을까

　　"그러나 물이 사방으로 튄다면, 랩이나 비닐 같은 것으로 새장을
　감싸주는 것이 좋습니다."

나는 긴 복도를 벗어나 거리가 젖는 것을 보았다

　　　　　　　　　　　　　　　　　　　—「구관조 씻기기」 전문

　우선 눈에 띠는 것은 비시어의 포섭이다. 일상어나 구어 외에 연설, 책의 구절, 안내문 등이 시집에 포함되어 있는데, 「구관조 씻기기」에는 새를 키우는 방법에 관한 조류 서적이 인용되고 있다. "새는 냄새가 거의 나지 않습니다. 새는 스스로 목욕하므로 일부러 씻길 필요가 없습니다" "그러나 물이 사방으로 튄다면, 랩이나 비닐 같은 것으로 새장을 감싸주는 것이 좋습니다" 등의 구절이 인용 부호까지 통째로 들어와 있다. 이 문장들은 원래의 텍스트를 뚫고 나와 시 속에 그대로 기입된 것이다.

　이러한 장면은 그러나 문학적 상황이나 수사와 병치되고 있다. "비현실적으로 쾌청한 창밖의 풍경에서 뻗어/나온 빛이 삽화로 들어간 문조 한 쌍을 비춘다"는 구절은 비시적 상황을 무색하게 만들어버릴 만큼 깊이 있는 시적 음영을 이룬다. 탐미적인 이미지와 정조가 시적 풍경을 산출하고 있는 것이다. 그리고 몇 개의 연을 건너맨 마지막 연에서 "나는 긴 복도를 벗어나 거리가 젖는 것을 보았다"고 할 때, 이것은 실로 시의 시선이 아니라 할 수 없다. 새의 목욕에 대한 인용 뒤에 나타난 시적 암시이며, 새가 목욕하는 "물이 사방으로 튀"어 "거리가 젖는 것"으로 연상이 확산된 것이다. 시의 상상이고 수사다. 일종의 문학적 클로징인 것이다. 비시에서 시로의 순환이 이렇게 이루어진다.

황인찬 시의 중요한 특성이 이것이다. 그는 문학을 억제하고 완전히 비문학으로 이동하는 것을 그다지 달가워하지 않는다. 이런 식의 대체는 또한 반사적인 것이며 기시감이 있는 것이다. 그는 이와 같은 영웅적 결단보다는 차라리 비문학과 문학의 순환을 시도한다. 따라서 일상어로의 복귀와 시어의 탈환이 계속해서 일어난다. 비시는 시에게로, 마찬가지로 시는 비시에게로 연결되는 상호주의가 반복된다. 마치 비시와 시의 불가능한 유대 같은 것을 꿈꾸듯이 말이다. 이것은 은밀하고도 미묘한 동행이다. 그는 어떤 경우든지, 시라는 텍스트가 열려 있는 쪽으로 향하더라도 동시에 완결된 구조를 지녀야 함을 의식하고 실천하려 한다. 어느 한쪽도 양보할 수가 없는 것이다.

3. 조우

황인찬 시에 나타나는 두 개의 축은 그의 특유의 균형감각에서 비롯되는 것이다. 그는 어느 한편에 기우는 것을 좋아하지 않는다. 세속과 신성의 신비한 공존이나, 비시와 시의 접속 같은, 쉽지 않은 태도가 이를 증거한다. 사실 세속이냐 신비냐와 마찬가지로 비시적인 것과 시적인 것의 영역과 경계에 대한 단정은 논쟁적이면서도 판단에 관련된 것이다. 판단은 항상 이론적인 보류를 전제한다. 그는 이러한 메커닉한 선택에 끌리지 않는다. 대신 판단 이전이나 이후에 있으려 한다. 판단보다는 절제와 균형을 선호한다. 판단으로부터의 도피다. 따라서 대립적인 가치나 세계가 나란히 공서할 수 있게 된다.

흥미로운 것은 지금까지 살펴본 두 개의 축이 상호 유기적인 관련을 지닌 것으로 보인다는 점이다. 내용과 형식은 그의 시에서 고정되지 않고 독특하게 조우한다. 내용에서의 세속/신성의 축과 형식으로서의 비시/시의 축은 상호 교차되는 것이다. 그리하여 세속성을 담당하는 것은 주로 비시적인 일상어이며, 다른 한편 신성성을 불러일으키는 것은 시적인 장치를 갖춘 시어이다. 구체적으로 말하면 육체적이고 물질적인 세속은 직접적이고 언제나 소비적인 일상어들로 감각화되고, 미지의 성스러운 세계는 시적인 절제와 수사로 탄성화된다. 이러한 호환은 그의 시를 항시적으로 살아 있고 움직이며 신비하게 만든다.

친척의 별장에서 겨울을 보냈다 그곳에서 좋은 일이 많았다 이따금 슬픔이 찾아올 때는 숲길을 걸었다 그러나 여기서 그때의 일을 말하지는 않을 것이다

그보다는 어떤 기하학에 대해, 마음이 죽는 일에 대해, 건축이 깨지는 순간에 대해 이야기하고 싶다

이 시는 지난여름 그와 보낸 마지막 날로부터 시작된다

"이리 나와 봐, 벌집이 생겼어!"

그가 밖에서 외칠 때, 나는 거실에 앉아 있었다 불 꺼진 거실에 한낮의 빛이 들이닥쳐서 여러 가지 무늬가 바닥에 일렁였고

"어쩌지? 떨어트려야 할까?"

그가 물었지만 대답하지 않았다 벌집은 아직 작지만 벌집은 점점 자란다 내버려두면 큰일이 날 것이다 그가 말했지만 큰일이 무엇인지는 그도 나도 모른다

한참 그는 돌아오지 않는다 벌이 무섭지도 않은 걸까 그것들이 벌집 주위를 바쁘게 날아다니고 육각형의 방은 조밀하게 붙어 있고 그의 목소리가 언제부턴가 들리지 않아 무섭다는 생각이 들 때

"하지만 벌이 사라지면 인류가 멸종한댔어"

돌아온 그가 심각한 얼굴로 말하던 것을 기억한다

그때쯤 여름이 끝났던 것 같다

여름의 계곡에 두 발을 담근 두 사람이 맨발로 산을 내려왔을 때,

늦은 오후에 죽어가는 새의 체온을 높이려 애썼을 때,

창을 열어두고 외출한 탓에 침대가 온통 젖어 어두운 거실의 천장을 바라보며 잠들었을 때,

혹은 여름날의 그 어느 때,

마음이 끝났던 것 같다

다만 나는 여름에 시작된 마음이 여름과 함께 끝났을 때에 대해

말하고 싶었다 그러나 그것이 정확히 언제였는지는 도무지 알기가
어렵고

마음이 끝나도 나는 살아 있구나

숲길을 걸으면서 그가 결국 벌집을 깨트렸던 것을 떠올렸다 걸
어갈수록 숲길은 더 어둡고
가끔 무슨 소리가 들리기도 했다

그리고 이 시는 시간이 오래 흘러 내가 죽는 장면으로 끝난다

그때는 아름다운 겨울이고
나는 여전히 친척의 별장에 있다

잔뜩 쌓인 눈이 소리를 모두 흡수해서 아주 고요하다
세상에는 온통 텅 빈 벌집뿐이다

그런 꿈을 꾼 것 같았다

—「건축」 전문

이 시 역시 앞서의 시들처럼 황인찬 식의 고유한 풍경을 담아내
고 있다. 대화체의 일상어가 나타내는 세속적인 감각과 상태들, 이
와 평등하고 평행한 시적 비유의 신성한 세계가 잘 나타나 있다.

"이리 나와 봐, 벌집이 생겼어!" "어쩌지? 떨어트려야 할까?" 등의 구어체가 평이할수록, "불 꺼진 거실에 한낮의 빛이 들이닥쳐서 여러 가지 무늬가 바닥에 일렁였고"나 "세상에는 온통 텅 빈 벌집뿐이다"에서 보이는 이미지와 상징은 강렬함과 깊이를 더한다. 여기서 빛이 만들어내는 "여러 가지 무늬"는 형언할 수 없이 아름답고 성스럽게 보인다. 빛은 신에 속하는 것이다. 빛의 무늬는 신의 무늬다. 이 무늬를 바라보던 화자는 또한 "온통 텅 빈 벌집뿐"인 세상을 응시한다. "그가 결국 벌집을 깨트렸"는데, 인간에 의한 파괴 이후 화자가 발견하는 것은 세상에 가득한 "텅 빈 벌집"이다. 이것은 물론 내면에 비쳐진 신비의 세계지만, 무엇보다 인간의 이면, 신이 만든 추상이다. 그리고 이 신성한 기하학은 이미지, 은유, 비약과 같은 시적 사유와 언어에 의해서 가능해진다.

시란 무엇인가. 우리가 경험하고 통과하는 일상의 세목들과 담을 수 없이 떠내려가는 의미 없는 말들이, 이와는 전혀 다른 세계, 이해할 수 없고 나눌 수 없는, 그러나 어떤 충만하고 가득찬 것 같은 신비롭고 성스러운 세계와 만나는 장이 아닐까. 인간은 평행한 이 두 세계가 마주치는 지점이며 구부러지는 순간이 아닐까. 황인찬의 시는 바로 그 지점, 그 순간에 존재하며, 아니 차라리, 그 지점과 순간을 발생시킨다. 발생의 현장이다. 그의 시는 우리가 날마다 겪는 일들과 하는 말들이, 그보다 더 높은 의미와 상징 속으로 사라지게 하는 것이 아니다. 오직 여기 세속과 구체가 있어서, 이것이 추상과 신비를 가능하게 하는 넓이라는 것을 체감하게 해주는 것이다. 우리 눈앞에서의 진정한 조우라 할 수 있다. 마치 「건축」에서 "벌집을 깨트리"는 일과 "온통 텅 빈 벌집"이 겹치는 것처럼 말이다. 벌집은 지상과 천상이 공유하는 무늬이다. 천상과 지상이 동시에 "꿈을 꾼 것 같"은 흔적인 것이다.

제4부

읽을 수 없는 숫자들
―이상의 시와 타이포그래피

1.

시를 본다. 읽거나 이해하기 이전에 그 모습을 바라보게 된다. 시는 보인다. 행과 연이 있는 까닭이다. 시의 언어들은 행과 연으로 모여 있거나 흩어져 있다. 모여 있어도 다양한 크기의 덩어리로 모여 있고, 흩어져 있어도 그 양상이 전부 상이하다. 마치 강이나 구름이나 세계지도같이, 어떤 시는 홀쭉하고 재빠르게, 어떤 시는 느리고 방만하게 생겼다. 그러다가 예측할 수 없이 다른 모양으로 변하기도 한다. 언어의 불규칙적이고 불가해한 이합집산은 시를 가장 신비롭고 난해하게 만드는 요소이다. 왜 어떤 말들은 다른 말들과 무리지어 가까이 있고, 또다른 말들과는 거리를 두고 떨어져 존재하는가. 말의 군집과 괴리가 매 편의 시에서 독특한 행과 연으로 형성되기에 시는 우선 무늬다. 시의 즐거움은 이렇게 표면적이다. 표면을 보는 즐거움이다.

2.

이 표면에, 눈에 띄는 장소에 글자들이 놓여 있다. 시의 글자들은 감각되고 읽히고 음미된다. 시는 짧은 글이기에, 그리고 행과 연이라는 각별한 연출이 있기에 글자의 육체성, 감각성이 두드러질 수밖에 없다. 우리는 이 특별한 글자들을 하나하나 호흡하게 된다. 글자들을 천천히 접촉하고 체험한다.

그리고 이 과정에서 소비가 일어난다. 이해는 소비의 양상이다. 시가 아무리 까다로운 언어의 배치일지라도 우리는 독해의 덫을 넓고 촘촘하게 펼쳐 작품을 수용하게 되는 것이다. 잘 이해되는 시일수록 글자들은 이해의 질서 속으로 사라진다. 만약 어떤 시가 관습적 이해에 저항하면 글자들은 생경하게 남아 있다. 시간이 흘러도 문제적인 시들은 지속적으로 소비가 원활하지 않다. 소비되지 않은 시의 경우, 글자들이 파수병같이 서 있다. 시간 속에 녹지 않고 뻣뻣하게 존재한다. 우리는 이 글자들을 뚫고 들어갈 수가 없다.

3.

흔히 난해시로 불리는 것들은 대개 그렇다. 잘 이해되지 않아서 글자들이 해소되지 않는다. 우리는 계속 글자들에 부딪친다. 글자의 육체가 부각되고, 글자의 껍데기, 시의 껍데기를 대면하게 된다. 도대체 왜 여기에 이런 글자들이 서 있는 것인지 납득되지 않는 것이 난해시다. 당연히 글자의 생소한 형태, 생김새가 잘 보일 수밖에 없다.

　이상의 시는 이러한 이해 불가의 좋은 예이다. 그의 시에서 글자들이, 글자 비슷한 형태들이 유난히 눈에 띄는 것은 무엇보다 그것들이 잘 이해되지 않는다는 사실과 관련이 깊다. 무엇을 지시하는 것인지 바로 알 수 있으면 가시성의 강도는 약화될 것이다. 해독이 안 되는 시일수록 이상한 글자를 시도하고 있다는 것은 「오감도」나 「선에관한각서」 연작시만 보아도 알 수 있다. 이 시들이 유독 난해하게 여겨지는 것은 별난 모양의 선이나 숫자들, 부호들이 출현하고 있는 것과 무관하지 않다. 이상의 시에 대한 실험은 절대적으로 기표에 기인하는 것이다.

　어떻게 표기할 것인지, 글자를 열어 어떤 기호를 쓸 것인지에 대한 탐색이 이상 시의 기저를 이루고 있다는 것은 새삼스러운 일이 아니다. 하지만 표기 때문에 더 난해해진다 할지라도, 한편으로 독해의 어려움으로만 치부할 수 없는 기호 자체의 주목성도 이상 시에서 고려할 부분이다. 뜻이나 의미와의 긴장이라는 측면뿐 아니라 기호들은 그 자체로 이상 시의 구체적 실험 대상이기 때문이다. 이상은 기호를 개척한 시인이다. 그가 이상한 도형과 도표들, 기하학적 부호들, 변형된 글자나 숫자들을 사용한 것은 말할 것도 없고 글자들의 크기나 모양, 위치, 배열, 각도 등을 자유롭게 구사한 것은 별도의 유희에 해당된다. 이것은 그 자체로 디자인으로 보인다. 글자의 아름다움, 글자의 도발성, 글자의 혁명성, 글자의 비글자성 등등 그 무엇으로 불러도 좋겠지만 글자의 디자인, 기호의 미인 것은 분명하다. 이상의 디자인 감각이 의미나 메시지에 국한되지 않는 글자 자체의 시각성을 창출했다는 것이다. 따라서 이상의 시는 보는 시다. 시라는 것이 본래 시각적 환기력이 있지만, 이상의 시는 특별히 읽는 시가 아니라 보는 시라 할 수 있다. 그러나 이것이 전부가 아니다.

4.

이상의 「오감도 시 제4호」이다. 한자와 뒤집혀진 숫자, 부호 등이 어우러져 있다. 탐미적인 기표들의 세계다. 어떤 로직이나 형이상학이 숨겨져 있는지 추적할 수도 있지만 무엇보다 숫자들의 기이한 행렬이 신비롭다. 숫자들이 쌓여가고 물러나고 반복과 변주의 놀이를 하는 화면 구성이 그의 디자인 감각을 엿보게 한다. 여기서는 글자의 의미가 아니라 모양이 시선을 끈다. 우리는 이 시를 읽을 수 없다. 볼 수만 있을 뿐이다.

기호의 가시성이 극명한 이 시는 동시에 기호에 대한 의문을 불러일으키기도 한다. 이 시에서 숫자는 똑바로 읽히지 못한다. 왜 숫자들이 뒤집혀 있는가? 기호의 모양은 부정되고 있지만 또한 그대로 보존되고 있기도 하다. 그것이 멀쩡한 기호의 거울상이라는 것을 누구나 알 수 있기 때문이다. 기호는 왜곡되지 않았고 단지 뒤집혀 있을 뿐이다. 왜일까?

여기서 이 시의 핵심적인 문제가 기호의 유희에만 있는 것이 아니라 기호가 보여지는 위치를 제시하는 데 있다는 것을 생각해볼 수 있다. 구체적으로는 기호를 바라보는 주체의 위치이다. 이것은 안에서 밖을 보는 것인가, 밖에서 안을 보는 것인가? 환자를 보는 의사의 시선인가, 아니면 그러한 의사와 대칭되는 환자의 시선인가? 위치에 따라 달라지는 숫자들, 읽을 수 없는 숫자들이 나타나고 있다. '의사'와 '환자'의 대칭이 도입되면서 자연스럽게 전지적 시점, 어떤 방향에서 보아도 모든 기호를 올바르게 읽을 수 있는 전지적 시점이 파괴되고 있다. 전지적 시점이란 없다. 마찬가지로 전지적 시점을 부당하게 전제하고 있는 전지적 기호도 없다. 기호는 그 자체로는 존재하지 않는다. 단지 기호가 존재하게 되는(/보여지는) 방향이 있을 뿐이다.

이상의 「오감도 시 제4호」는 보이는 기호와 보이지 않는 주체의 시선을 동시에 제출한 시라고 할 수 있다. 그의 기호들은 도래한 혁명처럼 역동적이고 살아 있으나 이 역동성은 기호 자체의 타이포그래피에만 집중한 것이라기보다는 비가시적 주체들의 복수적 시점을 연동시킨 결과다. 비결정적인 주체들의 엇갈리는 방향이 기호들을 불순하고 위험하게 만든 것이다. 그는 시를 기호로 보여주되 이렇게 기호가 놓이는 상황성으로 기호를 활성화시키고 확대했다. 이상의 글자 뒤집기 실험이 오늘날 우리에게 의미가 있다면 전지적 시점이 파괴된 이후의 기호에 대해 성찰할 단초를 제공한다는 데 있다. 전지적 시점 없이도 기호는 유지 가능할까? 그때 기호는 어느 부분이 파괴되고 동시에 어떤 새로운 가능성이 열리는 것일까? 이것은 시적으로도 분명 야심찬 질문이지만, 무엇보다 시각디자인의 영역에서 가시적인 형태로 모색해볼 수 있는 흥미로운 일이다.

감옥에서 꺼내지는 언어들

—앙리 마티스와 트리스탕 차라

말년의 마티스는 "나 자신을 완전히 표현하며, 요즘 유행하는 구상 예술과 비구상 예술 사이의 구분법을 넘어서야 할 필요를 느낀다"고 말하곤 했다. 자신을 완전히 표현하는 것, 그것은 아마도 예술의 궁지인 자유이겠지만, 자유를 실행하는 것이겠지만, 어찌된 일인지 예술은 자유로워지려 할수록 까다롭게 되는 구석이 있다. 예술의 자유는 의식할수록 멀어지는 것처럼 보이는 것이다. 자유에의 의식은 자유를 긴장시키는 까닭이다.

구상이나 비구상이라는 것도 이러한 자유의 의식과 같은 것임이 분명하다. 필요하면서도 불필요한 사다리일 수 있다. 따라서 구상과 비구상이라는 구분을 넘어설 수 있다면, 이를 의식하지 않고 작업할 수 있다면, "완전히 표현"하는 것에 약간은 다가설 수 있을지도 모른다. 예술가에게 이것은 취향의 문제를 넘어선 것이다. 누구보다도 독특하게 취향을 선보였던 마티스에게 이 바람은 매우 절

실했던 것처럼 보이며 그는 이것을 종이 오리기 작업을 통해 이루려 했다. 건강이 나빠져 색채 작업에 오래 골몰할 수 없기도 했지만 한번 시도해본 이 일의 매력에 빠졌다. 종이 오리기를 통해 무슨 모양인지 알 수 없는 각종의 형태들이 탄생하는 것이 새로운 차원의 발생처럼 느껴지기도 했다. 그것은 공간에 대한, 공간을 채우는 대상들에 대한, 대상의 구성에 대한 새로운 이해의 시작이었다. 무엇보다 종이를 잘라냄으로써 일체의 환경에서 분리된 새로운 형태의 자유, 자유의 형태를 즐긴 것이라 할 수 있다.

마티스의 종이 작업은 입체적이면서도 평면적이고 또한 장식적이면서도 예술적인 새로운 진경이다. 어떠한 구분이나 잣대에도 동요하지 않는 모험이다. 이는 즐거움을 발산하면서도 즐거움에 갇히지 않는 현묘한 경지라 할 수 있다. 그는 여기서 구체와 추상의 경계가 스러지는 어떤 순간을 잡아낸다. 과연 마티스다. 예술을 둘러싸고 난립하는 각종의 이론적 저울질을 무색하게 하는 그의 미학은 거의 본능적 창조에 가깝다. 그의 작품은 모든 분분한 논의를 평정하고 마는 압도적 파워가 있다.

새삼, 선을 이용해 그리는 것이 아니라 가위로 잘라내는 방식이라는 데에 마음이 끌린다. 선은 연결하고 구획하고 구축한다. 시간과 공간의 동조를 통해서만 가능한 의미를 확인한다. 따라서 선은 의도와 의미를 모으고 결국에는 회로를 형성하게 마련이다. 이에 비해 가위로 잘라내는 것은 모으는 것이 아니다. 어떤 경우에도 흩어지게 하며 우연에 맡기는 쪽이다. 설계와 집적보다는 갑작스러운 출현에 가까운 것이라 할 수 있다. 가위는 건축보다는 해체하는 데에 주효하다.

생각해본다. 우리는 시를 쓸 때 언어의 선을 그리고 끌고 다니는 것은 아닐까. 선을 그려 언어를 범주화하고 영토화하는 것은 아닐까. 언어의 편대를 이끌 때, 비로소 마음이 편하고 위안을 받는 것은 아닐까 말이다. 일정한 언어의 대오를 형성하는 것, 이것을 어쩌면 시라고 쓰고 있는 것은 아닌지. 언어를 선으로 엮고, 채색하고, 그럼으로써 하나의 세계를 구축하고, 그 안에 적절하게 머무는 것을 당연하게 받아들이고 있는지도 모른다.

물론 여기에도 어떤 아름다움이 있다. 언어가 모여 뜻을 이루고, 뜻을 위한 표상의 절묘함이 있고, 이 위에 인식의 화려한 전개가 보태진다. 그런 것들을 만들어내고 그것들로 채우는 기쁨이 당연히 있다. 하지만 만든다는 것은 무엇인가. 뜻하는 바를 언어로 만들어낸다는 것은 언어를 가지고 하나의 방향으로 구부러지는 것이다. 언어가 의미로 부러지게 하는 것이다. 이와 같은 설계에는, 무언가 없다. 의미의 줄을 서지 않는 부스러기 순간들이 없다. 뜻밖의 타자가 없다. 엉뚱한 타자, 모르는 타자가 없으므로 자유와 비약이 없다.

많은 경우 그렇게 시들이 만들어진다. 의미에의 포섭으로 서성이고, 의미에서 흩어지지 못함으로써 하나의 시로 성립된다. 의미에 붙들림으로써 시로 세워지는 것이다. 그래서 이제 늘어설 것이다. 의미의 부품들이, 부품의 또다른 부품들이, 어디에서 조립되어도 의미의 복도에 발을 담그게 되는 부품들이 늘어설 것이다. 부품, 부품들, 복도와 복도들. 과연 언어는 이 복도를 넘어갈 수 있을 것인가. 부품들 사이로 흘러내릴 수 있을 것인가.

문득 생각해보니 시를 쓸 때, 언어의 선을 잇는 것이 아니라 언어를 오리기 했던 시도가 있었다.

신문을 들어라
가위를 들어라
당신의 시에 알맞겠다고 생각되는 분량의 기사를 이 신문에서
골라내라
그 기사를 오려라
그 기사를 형성하는 모든 낱말을 하나씩 조심스럽게 잘라서 푸
대 속에 넣어라
조용히 흔들어라
그다음엔 자른 조각을 하나씩 하나씩 꺼내어라
부대에서 나온 순서대로 정성들여 베껴라
그럼 시는 당신과 닮을 것이다.

「다다이스트 시 만들기」라는 트리스탕 차라의 시 아닌 시이다. 낱말을 잘라서 부대 속에 넣고 흔들어 다시 꺼내라는 그의 주문은 새삼 마티스의 작업과 흡사해 보인다. 마티스가 종이 오리기를 통해 형상의 의미로부터의 자유를 시도했다면 차라는 말 오리기를 통해 언어의 의미로부터의 탈출을 기도했다. 둘 다 의미라는 권력 지대로부터의 이탈을 시도한 것이다. 가위로 의미의 꼭짓점들을 제거한 것이다. 의미에 대한 이 화려한 복수, 탈출을 눈여겨보고 싶다. 잘라냄으로써 복구할 수 없게 되었고, 복구의 지점 자체가 사라

졌다. 이 작업들은 대단히 용기가 있고, 재미가 있다. 무엇보다 막무가내 도주하려 했다는 점에 마음이 간다. 도주는 외로운 것이며, 한번 도주하면 끝없이 도주해야 하기에, 이 돌이킬 수 없는 용기와 소모에 마음이 간다. 무력한 모험이지만 그래서 더욱 마음이 간다.

다다의 모험은 일시적이었고 재빨리 사라졌다. 그 불경건함, 혹은 소박함을 비웃으며, 역사는 다다를 폐기했다. 그러나 다른 방식으로 그 행위를 재개하는 것은 아닐까. 예술은 언제나 다다적 정신에 의해 오직 예술이 되는 것은 아닐까. 우리는 예술을 통해 의미라는 원형 감옥으로부터 지속적으로 멀어지려고 하며, 멀어질 수 있는 것은 아닌가. 이 지난한 시도를 하는 중에 어느 순간에는 의미의 감옥으로 속절없이 들어서기도 하는데, 감옥 한복판에 있을 때, 우리는 다다처럼 팔다리를 부질없이 흔들어보는 것이다. 감옥에서 팔다리를 흔들어, 짧은 순간 어딘가로 꺼내는 것이다.

텍스트는 흩어진 채로 존재할 수 있을까. 가위 아래 무정형하게 태어나는 것들의 기묘한 찰나들처럼, 감옥에서 꺼내지는 언어들의 불가해한 순간으로 있을 수 있을까. 언어의 대오에서 벗어나 의미에 포획되지 않는 잡음, 소음의 언어로 존재할 수 있을까 말이다. 아니, 오히려 그와는 정반대로, 텍스트의 이러한 운명을 막을 수 있을까. 시가 뜯겨진 언어들의 분화이길 멈출 수 있을까. 시의 언어는 언제나 아무것도 아니며, 아무것도 되지 않을 것이며, 아무것과도 결합하지 않을 것인데, 이것을 누추하게 옭아맬 수 있을까 말이다. 그러므로 이렇게 제언할 수 있을 것 같다. 시는 의미하는 곳에서 떠오르지 않는다. 떠오르는 곳에서 의미하지 않는다. 지상의 어느 한

쪽에서 솟아올랐다가 다른 한쪽으로 기울어질 뿐이다.

아직 돌아볼 줄 모르는 거칠고 비틀거리는 말들이 마음을 사로 잡는다. 조각나고 버려지는 말들, 한숨 같은, 찡그린 표정 같은, 어딘가로 계속 굴러떨어지는 말들, 뒤범벅이 되어 한없이 굴러가지만 바로 언제 그랬냐는 듯 조각조각 흩어져 아무 곳에나 멈추는 말들, 언어의 현행성에 오늘도 서본다. 현재라는 표류, 쓰잘데없는 표류, 이토록 소용없는 말들, 현재는 길과 선을 내는 언어가 아니라, 그 자체로 먼지처럼 떠도는 언어이니까.

미완성이 최고다
—이브 본느프와

파괴하고 파괴하고, 그리고 또 파괴해야만 했다.
구원은 그 대가로만 이루어진다.

대리석 속에 떠오르는 벌거벗은 얼굴을 파괴할 것.
완성이란 입구이므로 완성을 사랑할 것, 하지만 알게 되면 곧 그
것을 부정할 것이며, 죽게 되면 곧 그것을 잊어버릴 것.

미완성이 최고다.

—이브 본느프와, 「미완성이 최고다」 전문
(『두브는 말한다』, 김은주 옮김, 태학당, 1995)

많은 시가 있지만 나의 생각을 읽어주는 시를 만나기는 쉽지 않
다. 이 시를 접했을 때 나는 내 식으로, 이 시가 나의 시론적 성격을

가지고 있다고 생각했다. 중고등학교 때, 그리고 대학 시절에도 나는 내가 문학에 특별한 재능이 있는 사람이라는 생각은 하지 않았다. 나는 다만 고독했고 회의적이었다. 내게 고독이란 자유와 같은 것이었다. 혼자 있어야 편안해지고 활기를 되찾을 뿐 아니라 무엇보다 그래야 나는 움직이고 탐구할 수 있었다. 그것은 나의 생리였다. 아마 고독했기에 나는 시를 썼던 것 같다. 그것은 혼자 있는 내가 세계를 이해하는 방식이었다.

더불어 또 나는 회의적이었다. 회의적이라는 것은 비켜서는 것을 의미한다. 이것은 물론 어떤 사건으로부터, 어떤 이익으로부터, 어떤 무리로부터 비켜서는 것이겠지만 무엇보다도 자신으로부터의 비켜섬을 뜻하는 것이었다. 나는 높이 쌓아 올린 후 허무는 것을 좋아했다. 내가 쌓아 올린 것을 언제나 가장 낮은 지점으로 되돌려놓는 순간이 내게는 더 기쁨을 주었다. 내면의 건축과 이것으로부터의 거리, 내 시의 방식은 여기에 있지 않나 싶다.

본느프와의 시는 이것을 잘 나타내준다. 파괴하고 파괴하고 파괴하는 것. 누구나 인생에서 중요한 파괴를 한다. 태어남 자체도 하나의 파괴일 수 있다. 하지만 그 파괴는 지속적으로 이루어지지 않는다. 우리는 곧 쌓게 되고, 그 안에 갇힌다. 그리고 소멸해간다.

지속적으로 파괴하는 것은 이와는 반대의 길이다. 한 번이 아니라 두 번, 두 번이 아니라 세 번, 세 번이 아니라 네 번 등등으로 이어지는 파괴의 길은 그 지속성 속에서 자신의 감정, 경험, 위엄과 같은, 자신이 높이 쌓아 올린 함정에 빠지지 않게 해주며, 날마다 세계와 대면하게 해준다. 날마다 처음 태어나는 것이다. 이것이 구원이 아니고 무엇이겠는가.

내가 이 시에서 좋아하는 부분은 "대리석 속에 떠오르는 벌거벗은 얼굴을 파괴할 것"이라는 구절이다. 이 한 구절 때문에 이 시가 눈에 들어왔다. 조각가가 조각을 하는 상황처럼 예시된 이 부분은 예술이 어떠한 것인가를 독창적으로 제시한다. 조각가는 조각을 할 때 대리석 속에 숨어 있는 얼굴, 이것을 찾아내어 조각하는 일에 전력투구한다. 떠오르는 얼굴에 집중해서 그것이 사라지지 않도록, 순간을 놓치지 않고 조각해내야 하는 것이다. 그러나 그의 이러한 고투를 아랑곳하지 않고 본느프와는 말한다. 이 얼굴을 파괴하라고.

이것은 조각가의 작업의 근본을 허물라는 가혹한 명령이다. 영감이 되었든, 상상이 되었든, 추구하는 바가 되었든 자신이 추적하는 것을 파괴하는 일은 불가능에 가깝다. 하지만 이것으로부터의 도피, 이것의 파괴는 예술가에게 무서운 힘을 실어줄 것이 분명하다. 그는 한번에 토해내는 것이 아니라, 한번 토해낼 것을 삼키고 그것을 제압한 후, 그 위에 새로운 것을 건설하는 것이다. 예술가 본인에 의해서 먼저 삼켜진 작품은 그렇지 않은 경우보다 틀림없이 더 견고할 것이다.

본느프와는 완성이란 입구라고 말한다. 완성은 끝이 아니라 파괴의 시작이고, 창조의 시작이다. 때문에 완성을 사랑하지만 이를 부정할 것이며 곧 그것을 잊어버리라고 말함으로써 예술 창조의 지난한 과정을 들려주고 있다. 예술은 자신을 제압하는 하나의 형식이다. 나아가 자신이라는 성채를 제압하고 세계를 바라보는 형식이다. 본느프와는 짧은 시 속에 이것을 정확하게 기록해두고 있다.

환대하는 것과 물리치는 것

―로버트 브라우닝과 파울 첼란

　사랑을 아는 것은 쉽지 않다. 우리가 아는 것은 사랑이 아니라 대개가 사랑에 대한 것들이다. 그것은, 누구도 알 수는 없지만 결국 한 번씩은 반드시 맞이하게 되는 죽음과도 달라서, 어쩌면 한 존재가 경험할 수 없는 불가능한 것일지도 모른다. 혹은 보다 일반적으로는 진정한 미혹이어서, 우리가 그 속을 격렬하게 통과할 때조차도 그것이 도무지 경험이나 인식의 형체로 떠오르지 않는 것일 수도 있다. 사랑은 일반적인 경험이 제공해주는 유용성의 효력이나, 인식의 증진과도 같은 가치와도 크게 관련이 있지 않은 탓이다. 요컨대 사랑은 비록 가능한 것이라 할지라도 알 수는 없는 것일 수 있는데, 이러한 이유로 사랑에 대한 상상들, 생각들, 욕망들, 환상들이 그렇게 많을 것이다.

　하지만 우리는 사랑이 무엇인지 이해하려 하기보다는 사랑에 대한 수많은 담론을 줄기차게 소비해오는 쪽에 섬으로써 우연히 찾아온, 사랑이라는, 존재의 넘어짐을 위무하는 것이다. 사랑은 누군가의 이해를 받을 수 있는 것이기는커녕 자신도 알 수 없는 예외적인 재난이 되기 십상인 까닭이다. 도대체 무엇 때문에 타인이 그토록 확장되어 나의 삶의 한복판을 차지하고 뒤흔들 수 있는 것일까. 이 이상한 사건이 무엇인지 파악하기는 쉽지 않은데, 왜냐하면 타인에게로의 이러한 휩쓸림은 나의 일시성과 방편성을 전면화시키고, 나를 윤곽도 없고 사유할 수도 없는 어떤 쓰라린 덩어리로 만들어놓기 때문이다. 사랑으로 인해 존재는 그동안 인식의 주체라는 자리를 부당하게 차지하고 있었음이 폭로되는 것이다. 존재는 그 자리에서 단번에 굴러떨어져버린다. 따라서 이와 같은 사태 속에서 사랑이 어서 지나가기를 기다리고 있는 존재에게는 사랑을 이해하기보다는 단지 사랑에 대한 태도를 가질 수밖에 없는 불가피함이 있다. 다시 말하면 불가항력과도 같은 이 침입을 어떻게 맞이하고 보낼 것인가 하는 것이다. 사랑을 어떻게 처리할까.

여기, 사랑에 대한 두 가지 태도가 있다. 그것을 환대하는 것과 물리치는 것, 즉 사랑을 가능한 것으로 수용하는 것과 불가능한 것으로 스스로 금지시키는 것이 그것이다. 물론 이 상이한 태도는 생각처럼 그렇게 상반된 것도, 또 우리가 떠올릴 수 있는 유일한 두 가지 방식도 아닐 것이다. 동서고금의 많은 시들이 이 두 태도 사이에 있는 다양한 지점을 표현해왔음에서 이를 쉽게 알 수 있다. 시에서는 사실 이 양자가 항상 공존하고, 역설로 엮여 있는 것이다. 하지만 우선은 이러한 구별로 시작할 수 있을 것 같다.

1.

먼저 로버트 브라우닝의 「내 별」이라는 시는 다음과 같이 되어
있다(졸역).

내가 어느 별에 대해
알고 있는 것은
(모가 난 섬광석(閃光石)처럼)
빨간 화살을 날리기도 했다가
파란 화살을 날릴 수도 있다는 것
그것이 전부
그러나 그것도 내 친구들이
빨간, 파란 화살을 날리는 내 별을
기꺼이 보고 싶다고 말할 때까지니
그런 소리가 나오면 내 별은
새처럼 멈추고 꽃처럼 움츠린다
친구들은 내 별 위에 떠 있는 토성으로 만족해야 하리라
그들의 별이 하나의 세상인들 나와 무슨 상관이랴
내 별은 내게 영혼을 열어주었고
고로 나는 그것을 사랑하는 것이다

이 짧은 시가 눈길을 끄는 것은 사랑에 대한 순수한 신뢰와 확신

의 태도 때문일 것이다. 사랑은 가능성이 아니라 하나의 선명한 사실로 제시된다. 많은 별 중에 '내 별'이 있다는 선언은 사랑을 생생하게 현실로 전화한다. "빨간 화살을 날리기도 했다가/파란 화살을 날릴 수도 있"는 별의 광채는 그 날카로움, 눈부심, 다채로움으로 사랑의 존재를 현실적 감각으로 만드는 데 성공하고 있다. 이 광채는 사랑을 이끌고 가는 힘이 된다. 광채는 사랑을 꺼뜨리지 않는다.

물론 이 광채는 아무나 볼 수 있는 것이 아니다. 친구들이 보고 싶어하면 별은 "새처럼 멈추고 꽃처럼 움츠린다". 사랑의 광채는 누구나 볼 수 있는 공개적인 것이 아니다. 모든 사람들이 볼 수 있는 것은 개인에게 의미가 있는 작은 별이 아닌, 그 작은 별 위에 있는 커다란 '토성'이다. '토성'은 "하나의 세상"이며, 세계의 근거이고, 질서이다. 우리 모두는 실상 '토성'의 세계 안에 살고 있는 것이다.

하지만 '내 별'은 나만이 볼 수 있는 빛이다. 이것은 세계의 질서 안에 있지 않으며, 세계의 밖 어딘가에서 빛을 내는 것이다. 혹은 마찬가지의 표현이 될 수도 있지만 세계의 밖에 있기에 빛을 내는 것이라고도 할 수 있다. 이처럼 나 개인을 위해 존재하는 별의 상정은 사랑에 대한 매우 뚜렷한 태도의 제출이다. 그것은 사랑의 가능한 의미요, 사랑의 환대라 할 수 있다. 이는 "내 별은 내게 영혼을 열어주었고/고로 나는 그것을 사랑하는 것이다"라는 마지막 부분에서 다시 확인된다.

영혼은 '토성'과 같은 세계로의 외화가 되지 않는 순수한 영역이라 할 수 있다. 영혼은 세계와 섞이지 않는다. 그것은 세계로부터의 고립이기도 하지만 무엇보다도 세계의 영원한 의문이다. 세계가 쳐

들어가거나 입김을 뿜어댈 수 없는 미지이자 잉여인 것이다. 이러한 이유로 사랑이 영혼을 통해 이루어진다는 것은 "토성으로 만족해야 하"는 질서의 세계에 대한 예외의 설정이라 할 수 있다. 즉 사랑을 수용하는 것은 이렇게 세계의 보편성을 살짝 밀어내는 것이다. 브라우닝의 '내 별'의 존재와 발견은 원형적인 사랑의 테마를 순수하게 실현하고 있음으로 인해 세계의 이면을 설정하는, 하나의 뚜렷한 전범이 된다.

2.

사랑을 발견하고 환대하는 것 못지않게 사랑의 불가능성 또한 도드라진 하나의 가정일 것이다. 사랑은 왜 불가능할까. 사르트르는 두 주체가 동시에 주체가 될 수 없다는 생각을, 즉 한쪽이 주체라면 자신의 주체를 성립시키기 위해 다른 한쪽은 필연적으로 대상이 될 수밖에 없는 존재의 역설을 '시선'으로 이야기한 바 있다. 그의 의견대로라면, '시선'의 주고받음에 의해 두 주체에게는 주체와 객체의 상호 전환이 끊임없이 일어난다. 이것은 사랑에도 그대로 적용되는데, 주체란 자신이 주체이면서, 동시에 상대를 주체로 세우기 위한 대상이 될 수는 없기 때문에 두 존재의 만남이라는 의미에서의 사랑은 불가능한 것이 된다. 즉 존재의 물화, 대상화가 사랑의 불가능성을 야기하는 것이다. 이에 대해 생각해보고픈 한 편의 시가 있다. 파울 첼란의 「먼 곳의 찬미」(『죽음의 푸가』, 고위공 옮김, 열음사, 1985)이다.

너의 눈의 샘에
표류의 바다 어부의 그물이 살고 있다.
너의 눈의 샘에서
바다는 자기의 약속을 지킨다.

여기 나는
사람들 속에 머물러 있던 가슴 하나,
내 옷, 서약의 영화를 내던진다.

검은 것 속에서 더 검어지고, 더 벌거숭이가 된다.
불충실할 때 비로소 나는 충실하다.
내가 나일 때 나는 너이다.

너의 눈의 샘에서
나는 떠다니며 약탈을 꿈꾼다.

그물이 그물을 포획하였다.
우리는 포옹한 채 헤어진다.

너의 눈의 샘에서
사형수가 밧줄을 교살한다.

브라우닝과는 매우 상반되는 내용으로 되어 있는 이 시의 태도는 한마디로 사랑의 금지와 불가능이라 할 수 있다. 첼란의 시에는 사르트르의 '시선'을 연상하게 하는 '너의 눈의 샘'이 반복해서 나온다. 이 '눈'은 내가 들여다보는 너의 눈인데, 사르트르의 대상화와는 상이하게 진행된다. 사르트르의 경우에서처럼 나는 너를 보고 너를 대상화하는 것이 아니라, 너의 눈에 비친 나를 인지하게 되고, 나를 대상화하게 된다. 너를 통한 나의 대상화라고 하는 복잡한 과정이 전개되는 것이다. 인식은 너를 거쳐 나에게로 굴절된다. 한마디로 너의 눈은 나를 대상화하는 대상의 역할을 하게 되는, 이중의 대상화가 내장되어 있는 것이다.

너의 눈에 비치는 나의 모습은 어떤 것일까. "너의 눈의 샘에/표류의 바다 어부의 그물이 살고 있다"라고 했을 때 이 "표류의 바다"는 나의 객관적 상관물이라 할 수 있다. 표류하는 나라고 하는 존재가 너의 눈을 통해 보이게 됨을 뜻하는 것이다. 첼란에게 '나'라는 존재는 표류하는 존재이다. 따라서 표류하는 바다가 "자기의 약속을 지킨다"라고 한 것은 표류로 항존하는 존재의 위기를 암시하는 것으로 보인다. 바다는 바다인 한 표류를 멈출 수 없다. 나는 오직 표류로 존재한다.

표류와 더불어 "너의 눈의 샘"에서 내가 보는 것은 나의 '불충실'과 '약탈'이다. "불충실할 때 비로소 나는 충실하다"라고 하는 것은, 그리고 "내가 나일 때 나는 너이다"라고 하는 것은 표류라고 하는 바다의 존재론적 국면을 전개하고 진술한 것으로 짐작해볼 수 있다. 바다는 멈출 수 없다. 바다는 무엇엔가 충실할 수 없다. 충실하고 싶지 않아서라기보다는 충실하기가 불가능한 것이다. 그것은 표류하는 순간만이 바다이게 되는 존재의 필연이자 역설이다.

약탈 역시 이와 같은 문맥이다. 표류하는 "나는 떠다니며 약탈을 꿈꾼다". 너에게 투항하고 충실한 것이 아니라 떠다니며 너를 약탈한다. 너는 나에 의해 대상화되는 것이다. 이 존재의 약탈은 하지만 어느 일방의 방향에서만 진행되는 것은 아니다. "그물이 그물을 포획"하고, "우리는 포옹한 채 헤어진다"고 하는 것은 상호 간에 전개되는 이러한 존재의 불가피한 약탈을 직시한 것이다. 이 과정에서 나는 너를 대상화할 뿐 아니라 불가피하게 나를 대상화한다. 첼란의 시에서는 유독 너보다 나의 존재가 두드러지는데, 이 두드러짐은 "너의 눈의 샘"에 비친, 내가 바라본 나의 모습, 나의 철저한 대상화에 초점을 맞춘 것에 기인한다.

이 세계는 흔들리는 세계이다. 온전한 존재라는 가정은 성립되지 못하고 정당화되지 못한다. 사랑이라는 불명의 힘도 이 훼손된 가치의 세계를 복원하지 못한다. 표류의 물살 위에서, 물살과 물살이 그물과 그물이 서로 포획되고 분리되는 곳에서, 사랑은 목숨을 바치는 것이 아니라 "사형수가 밧줄을 교살"하는 거절과 금지의 모습을 하고 있다. 사랑도 이 세계의 예외는 되지 못하는 것이다. 사랑도 흔들리는 존재의 운명을 이기지 못한다. 오히려 존재의 운명을 사랑이 드러낸다고 할 수 있다. 운명의 가장 첨예한 장면이 바로 사랑인 것이다. 그리고 그래서, 이것은 사랑이라기보다는 오히려 사랑의 불가능을 보여주는 것이 아닐까.

첼란의 사랑은 브라우닝 식의 발견과 합일, 일체로서의 사랑과는 근본적으로 대별된다. 브라우닝의 사랑이 세계 너머의, 혹은 세계 이면의, 세계가 굴복시킬 수 없는 잠재적인 세계의 실현이라면, 첼란의 사랑은 상호 침입과 훼손, 불충실과 약탈의 사랑으로서, 다시 말하면 전형적인 사랑의 불가능에 의해 이 세계의 형상을 불현듯 가시화하고 세계 내 존재 방식을 전면화하는 것이다. 그리고 이와 같은 방식으로 세계에 형식을 부여하는 역설이라 할 수 있다.

3.

현대적 사랑이라는 이번 테마가 의미하는 것은 무엇일까. 여기서 명확하게 다른 포지션을 취하고 있는 위의 두 편의 시를 예로 들어, 간편하게 사랑은 현대적이라거나 비현대적이라는 처리를 하는 것은 적절하지 않은 것 같다. 우선 사랑은 언제나 현대적이고 비현대적이다. 현대라는 말이 경험이나 사유에서의 분석과 비판, 하지만 이를 아우르는 통합과 조망의 어려움을 폭넓게 이르는 것이라면 사랑은 현대적이다. 사랑은 순수한 영감의 세계가 되지 못하고 의식과 대상이라는 까다로운 회로 위에서 회전하는 까닭이다. 또다른 한편으로 비현대라는 말이 현대와 반대되는 의미에서의 물화되지 않는 고유한 영역의 내장이라면 사랑은 비현대적이다. 사랑은 언제나 이 세계 내 균질적인 삶에서의 다른 층위를 기대하고 이에 기거하려 하기 때문이다.

주목할 점은 사랑의 이와 같은 모순적이고 복합적인 대칭이 시에서는 때로 무심하고 유려한 방식으로 활성화되거나 해소되기도 한다는 점이다. 이를테면 사랑의 비현대적 발성은 단지 비현대적으로 기능하는 것이 아니라 시에서는 세계의 현대성을 비웃거나 무력하게 하는 것일 수 있으며, 역으로 현대적 사랑의 분열과 자의식은 시에서는 세계의 현대성을 추인하는 것이라기보다는 그것을 극단화시키고 폭로하는 것으로 작용할 수 있기 때문이다. 브라우닝의 시는 전자에 해당하고 첼란의 시는 후자의 경우에 속한다. 얼핏 보아 전통적인 사랑을 노래하는 것으로 보이는 브라우닝의 시가 분열되고 속화되어가는 현대적 삶이 완전히 덮어버릴 수 없는 예외적인 영토를 시사하고, 사랑의 불일치와 불가능을 암시하고 있는 첼란의 시가 현대적 내면 의식 그 자체이면서 이의 위기를 노정하는 것에서 알 수 있듯이 말이다.

따라서 달리 생각해보는 것이 차라리 나을 것이다. 우리가 현대적이라거나 현대적이지 않다거나 하는 담론으로 접근하기에 사랑은 가장 적당하지 않은 것 중의 하나일 수 있다. 그리고 시는 가장 협소한 곳으로 들어가 결국 넓이를 측량할 수 없는 영역을 거느리게 되는, 자체 내의 모든 담론을 휩쓸어버리고 그 위로 떠오르는 것이다. 따라서 사랑을 동기로 쓰인 시들은 일방향의 행선으로 해독되기 어려운 측면이 있고, 그것이 당연한 것이기도 하다.

요컨대 브라우닝과 첼란의 시들을 비롯하여 동서고금에 쓰인 훌륭한 사랑시들은 어쩌면 비현대, 현대, 그 어느 곳에서 비롯되는 것으로 보이든 상관없이, 비현대와 현대의 경계를 드러내고 아우르며 그 영토를 무력하게 만들어온 것인지도 모른다. 이런 이유로 생명력을 지니고 있는 사랑시는 시대적 호흡과 뉘앙스에 갇히지 않는 매력을 언제나 발휘해왔을 터이다. 우리는 이러한 사랑시를, 우리 시대 이전이나 다른 문화권에서 쓰인 것이라 할지라도 기꺼이 공유하고 가까이한다. 현대적이거나 현대적이지 않다거나 하는 진단이 무색하게 그것들은 지금, 여기에서 언제나 첨단이고, 자기 탈각이며, 미지의 효과와 충격을 복합적으로 지니고 있다. 그리고 우리는 누구나 이렇게 뚜렷한 사랑시를 쓰고 싶어하고, 읽고 싶어하는 것이다.

그래서 어떻단 말인가
—앤디 워홀과의 가상 인터뷰

이 글은 앤디 워홀이 쓴 『앤디 워홀의 철학The Philosophy of Andy Warhol: from A to B and back again』(1975; 김정신 옮김, 미메시스, 2007)을 바탕으로 워홀과의 가상 인터뷰를 진행한 것이다. 글 전체는 두 부분으로 얽혀 있는데 우선 인용부호를 사용하여 책 속의 워홀의 글을 그대로 수록함으로써 그의 생각과 상상에 가감 없이 다가가고자 했다. 괄호 안에 페이지를 표시했다. 인용부호 외의 나머지 글은 그의 삶과 사상에 근간하여 워홀과의 대화를 임의로 구성한 것이다.

L: 오늘의 인터뷰가 기대된다. 당신은 인터뷰를 수없이 많이 했고 질문과 적당히 거리를 유지하면서, 질문 밖으로도 나아가 당신이 하고픈 말들을 하기 때문이다. 사실 나는 질문이라는 것을 그다지 좋아하지 않는다.

W: 인터뷰는 재미있다. 내가 인터뷰를 즐기고 『인터뷰』에 많이 나온 것은 사람들이 나를 알아보는 데 도움을 주었다. 거리에서 내가 알지 못하는 사람들이 내게 말을 걸고 인사를 하는 것이, 그래서 어떤 땐 나의 머리 염색 색깔이 좋았다든가 하는 말을 듣는 것이 그날의 지루함을 덜어준다. 내가 유명하다는 것은 생각할 필요가 없는 것을 생각하지 않게 해준다.

L: 당신은 여러 곳에서 생각이 별로 필요하지 않다는 뉘앙스로 이야기한다. 생각의 힘이나 권능에 대해 여전히 차별적 강조가 주어지는 시대에 생각하지 않는 것이 좋은 일인가? 왜 생각이 필요 없는지 당신의 삶과 예술에서 그 이유를 듣고 싶다.

W: 내 방에 텔레비전이 네 대 있다. 고개를 돌릴 때마다 장면에서 장면으로 이동만 하면 된다. 뭔가를 생각해내는 것은 수고스러운 일이지만 그것이 이미 존재하는 것보다 더 나은 건지는 모르겠다. 나는 언젠가는 원룸에서 살고 싶고 원룸 찬양자다. 모든 것이 한곳에 모여 있고 내 팔 닿는 곳 안에 있는 것은 그것에 다가가고 찾는 시간을 단축해준다. 나는 생각에 붙들리는 것을 싫어한다. 사실 나는 생각에 아주 미숙하다. 그림에 대해서도 마찬가지다. 나는 "만일 당신이 그림에 대해 생각하지 않는다면 그것이 바로 좋은 그림이다'라고 말한다. 당신이 결정하고 선택하는 순간 그림은 실패하고 만다. 당신이 더 많이 결정할수록 그림은 더 안 좋게 나온다.

어떤 이들은 추상적으로 그린다. 그들은 앉아서 그림 생각을 한다. 그들의 생각이 스스로 무언가 하고 있다고 느끼도록 만들기 때문에 그렇게 하는 것이다. 하지만 나는 생각을 하고 있어도 내가 무언가를 한다는 느낌은 들지 않는다."(171)

L: 생산, 창의, 생각, 이런 것들에 당신이 공감하지 않는다는 것은 익히 알고 있다. 생각이 당신을 추동하는 것이 아니라면 당신은 삶이나 예술에서 무엇을 중시하는가? 아니, 중시한다는 말이 당신에게는 어울리지 않는 것 같다. 당신을 촉발시키는 것? 발동을 걸리게 하는 것? 아무튼 당신에게 흥미를 느끼게 하는 것이 있다면 말해달라.

W: 사람들은 모두 다르게 생겼고, 각기 다른 것에 발동이 걸린다. 그런 차이가 있을 뿐이다. "나는 불을 끄고 자러 갈 때 발동이 걸린다."(100) 자, 이제는 아무 할 일도 없군. 결정할 것도 없고 그냥 누우면 돼, 하는 순간 춤도 추고 노래도 부르고 방안의 물건들을 갑자기 새로 배치할 수 있을 것 같다. 함부로 내 몸이 여기저기를 가로지르는 것에 쾌감을 느낀다. 무얼 해야 할 필요가 없는 순간이 좋은 것이다. 그래서인지 모르나 "나는 늘 누구나 쓸모없다고 생각하는 일, 포기한 일에 아주 재미있는 일이 될 수 있는 잠재력이 들어 있다고 생각했다. 그것은 재활용 사업과 비슷하다. 나는 항상 미완의 일에는 유머가 들어 있다고 생각했다."(112)

L: 유머라는 말이 재밌게 들린다. 어쩌면 유머가 당신의 삶과 예술의 전략인지도 모르겠다. 나는 당신이 캠벨 수프 깡통이나 브릴로 상자를 쌓아 올리는 것이 예술 행위라기보다는 일종의 유머로 느껴진다. 그것은 왜?라는 질문을 멈추게 하는 것이고 오랜 예술로부터 해리시키는 행위처럼 보이기 때문이다. 유머가 정신적 붙들림의 반대라면, 확실히 그렇다. 당신은 쓸모없고 포기된 일, 미완의 어떤 것에 들어 있는 놓여남을 즐기는 것 같다. 당신은 평소에도 유머러스한 사람인가?

W: 사람들이 나에 대해 하는 말이 뒤죽박죽인데 그것을 싫어하지 않는다. 여럿이 모여 있을 때 그때마다 다른 내가 나타나는 것 같다. 경우에 잘 들어맞지도 않는다. "나는 안 맞는 장소에 맞는 물건으로, 그리고 맞는 장소에 안 맞는 물건으로 있기를 좋아한다. 당신이 이 둘 중 하나가 될 때, 사람들은 당신에게 스포트라이트를 비추거나 침을 뱉거나 당신에 관해 나쁜 기사를 쓰거나 당신을 두들겨 패거나 사진을 찍거나 당신이 '뜨고 있다'고 말한다. 그러나 안 맞는 장소에 맞는 사람으로 있거나 맞는 장소에 안 맞는 사람으로 있는 것은 항상 재미있는 일이 벌어지기 때문에 가치가 있다."
(182)

L: 잘 "안 맞는 사람"이 내가 느끼는 당신이다. 그래서인지 당신은 떠다니고 눈에 띈다. 당신의 헤어스타일이나 차림새만 봐도 그렇다. 무언가 부적절하다. 그런데 왠지 안 맞는 것이 당신에게 딱 맞

는다고나 할까? 여기에 모순과 재미가 있는 것 같다.

W: 나는 무언가 안 맞고 틀린 것이 좋다. 거기서 재미가 스며나 온다. 영화를 보면 나는 "아마추어 연기자나 서툰 연기자밖에 이해하지 못한다. 그들은 무슨 연기를 하든 잘 들어맞지 않고 그래서 거짓이 있을 수 없다. 내가 만일 연기자를 캐스팅한다면 그 배역에 안 맞는 사람을 쓸 것이다. 배역이 안 맞는 사람들이 나에게는 언제나 너무 잘 맞는 것처럼 보인다."(101) 이것은 모순이 아니라 직관이다. 나는 항상 내가 좋다고 느끼는 대로 한다. 그러면 쉽고 결과도 좋다.

L: 당신과 이야기하는 것은 쉽고 명료하고 재미있다. 누가 나에게 당신을 소개하라고 하면 나는 당신을 재미있는 사람이라 할 것이다. 만약 자신을 소개하라고 하면 당신은 어떻게 하겠는가? 아니, 당신은 대체로 자신을 어떻게 소개해왔는가?

W: 많은 자리에서 나를 소개할 일이 있다. 나는 나를 소개하는 일로 돈을 버는 사람이다. 물론 그 내용을 다 기억은 하지 못한다. 언제나 다르게 말하기 때문이다. 심지어는 같은 질문에 대해서도 금방 다르게 말한다. 말하자면 "나는 신문사마다 다른 자서전을 제공한다. 그럴 때 사람들은 내가 매체들을 '놀린다'고 말한다."(97) 이 말을 부정하지 않는다. 내가 신문사들을 놀리는 건지도 모른다. 어쩌면 나를 놀리는 것일 수도 있다. 그런데 한번 생각해보자. 언제

나 같은 정보를 신문사들에 주는 것은 더 놀리는 일이 아닌가?

L: 당신의 일에 대해 이야기를 해보자. 모두가 알다시피 당신은 엄청난 양의 작품을 제작했다. 실크스크린으로 똑같은 것을 한꺼번에 찍어냈고 앞으로도 무한하게 찍어낼 수 있다. 공장에서의 생산과 작가의 예술품이 다를 수 있는지, 혹은 전혀 다르지 않은 것인지 하는 케케묵은 질문을 한번 더 해보고 싶다. 예술이라는 행위는 이제 무엇을 지칭하는가?

W: 내가 하는 일이 예술인지 아닌지 하는 것에 별로 관심이 없다. 어차피 계속 달리 불리게 될 일이다. 다만 예술이든 아니든 "나는 무슨 일이든 양이야말로 가장 좋은 계량 기준이라고 생각한다." (170) 그것은 눈에 보인다. 양이 많으면 효과가 커진다. 내가 판화를 하는 이유이다. "피카소가 죽었을 때 나는 한 잡지에서 그가 생전에 4천 점의 걸작을 그렸다고 쓴 기사를 읽고, '이야, 나는 하루에 그렇게 할 수 있다'라는 생각을 했다. 그래서 시작했다. 그 그림들은 모두 같은 것이므로 모두 걸작이 될 것들이었다."(170) 판화는 단박에 많은 걸작을 가능하게 해준다. 그것은 욕망만큼 무한 증식될 수 있는 것이다. 왜 걸작이 세상에 하나 혹은 단지 몇 개여야 하는가?

L: 당신의 말이 맞다 할지라도 판화는 당연히 당신이 직접 할 필요가 없다. 당신의 공장에서 생산된, 당신이 제작하지 않은 판화를

당신의 작품이라고 얘기할 수 있는가? 다시 예술이라는 행위에 대해 어떻게 생각하는지 당신의 입으로 직접 듣고 싶다.

W: 예술이라는 말을 특별하게 쓰고 싶지 않다. 나는 언어를 함부로 내뱉고 싶고 무차별하게 사용하는 것을 좋아한다. 예술도 마찬가지이다. "내가 병원에 있는 동안 스태프들이 사업을 운영해나갔다. 나 없이도 일이 진행되고 있었으니 나는 일종의 키네틱 비즈니스를 했던 것이다. 나로서는 그것이 좋았다. 왜냐하면 그즈음의 나는 비즈니스를 최고의 예술이라고 생각했기 때문이다. 비즈니스 아트는 예술 다음에 오는 단계이다. 나는 상업 아티스트로 출발했지만 비즈니스 아티스트로 마감하고 싶다. 나는 아트 비즈니스맨, 또는 비즈니스 아티스트이기를 원했다. 비즈니스에서 성공하는 것은 가장 환상적인 예술이다. 히피가 유행하던 시절, 사람들은 비즈니스의 개념을 격하했다. 그들은 말하기를 '돈은 더러운 것이다' 또는 '일하는 것은 추하다'라고 했다. 그러나 돈 버는 일은 예술이고 일하는 것도 예술이며 잘되는 비즈니스는 최고의 예술이다."(112)

L: 비즈니스를 예술이라고 하면 예술이 아닌 것이 무엇이겠는가? 생산, 유통, 판매, 경영, 관리, 자본주의 사회에서 일어나는 모든 사회적 행위들을 예술이라고 할 것이다. 그것은 새로운 시각이라기보다는 예술에 대한 '사기'로 조롱받을 소지가 있다. 당신도 익히 들은 바 있을 터이다. 당신은 자신의 작품에 붙여지는 이런 낙인에 대해 조금도 개의치 않는 것 같다. 어떻게 생각하는가?

W: 예술은 본래 사기다. 애써 소장할 필요가 없는 것들을 소장하게 한다는 점에서 그렇다. 그것은 더구나 비싼 가격에 팔린다. 예술가들은 대우받는다. 시대별로 차이가 있지만 지금도 어느 정도는 그렇다. 어느 시대고 예술가로서 "당신이 사기꾼이라면 당신은 여전히 높은 곳에 모셔진다. 당신은 책을 낼 수 있고, 텔레비전에 출연할 수 있으며, 인터뷰를 할 수 있다. 당신은 경하의 대상이며, 아무도 당신을 무시하지 못한다. 왜냐하면 당신은 사기꾼이기 때문에."(104) 이것이 예술 세계에서 벌어지는 일이다. 예술은 무에서 출발해 최고의 값이 나가는 어떤 가치를 차지하는 것이고 그것은 또 사람들이 원하는 크기에 부응한다. 예술에서 "사람들이 다른 어떤 것보다 스타를 원하는"(104) 것이다.

L: 당신에게 예술은 돈이나 지위, 자본주의적 가치와 잘 부합하는 것으로 보인다. '사기'라는 것도 수완이 좋은 비즈니스맨을 떠올리게 한다. 예술을 반자본, 반권력, 반체제로 숭앙하는 보편적인 예술가들이나 평론가들과 다르다. 실제로 당신은 예술로 돈을 추구하는가? 돈은 당신의 일에 어떤 도움이 되는가?

W: 돈은 언제나 새롭게 보인다. "돈은 내게 순간이다. 돈은 나의 기분이다."(159) 나는 돈이라는 물건을 좋아한다. 이것을 보면 기분이 좋아지는데, 일단 잘 만들어졌다. 실제로 "미국 화폐는 디자인이 아주 좋다. 나는 단지 돈이 뜨는 것을 보기 위해 스태튼 아일랜드

페리에서 이스트강으로 돈을 던진 적이 있다."(159)

L: 돈이 아름답다는 당신의 말이 충분히 감각적이어서 잘 이해가
된다. 그런데 어딘지 돈에 대한 페티시즘 같기도 하다.

W: 인간의 욕망은 모두 페티시즘에 기반한다. 나는 특별히 돈을
좋아한다. "돈에는 어떤 특별 사면 같은 것이 있다. 돈을 쥐고 있을
때, 나는 내 손이 그렇듯이 지폐에도 병균이 없다고 느낀다. 내가
손으로 돈을 넘길 때 돈은 나에게 완전히 깨끗한 물건이 된다. 나
는 그 돈이 어디서 왔는지 누가 그것을 만졌는지 무엇으로 만졌는
지 모른다. 내가 돈을 만지는 순간 그것의 과거는 지워진다."(160)
돈은 마술이다. 돈만큼 대부분의 사람들에게 높은 만족도를 고르게
주는 것이 많지 않을 것이다. 돈은 더럽지 않고 매번 최대치의 만족
이 된다. 돈으로 용서를 구할 수도 있고 마음을 줄 수도 있다. 돈은
그것이 놓여진 상황과 공간을 정당화한다.

L: 당신은 예술이라는 말을 특별히 쓰는 것을 싫어한다 했는데,
웬일인지 어떠한 이야기를 해도 예술에 대한 이야기로 들린다. 돈
으로 구체화했는데 그것 역시 예술의 상황과 공간에 대한 것으로
여겨진다. 공간이라는 것은 판화나 오브제나 어떠한 작업에도 예술
에 특별한 것이지 않은가? 이미 양에 대한 이야기도 했고, 당신에
게는 실제로 쌓아올리기 위해 넓은 공간을 차지하는 작품이 많다.
공장이라는 작업 장소도 그렇다. 당신에게 공간이란 어떤 가능성과

즐거움을 주는가? 외형적으로만 보았을 때는 당신은 공간에 늘 무언가를 설치해놓음으로써 공간을 신용하고 호출하는 쪽은 아닌지. 그런데 그것은 한편으로 공간에 대한 배반이 아닐까.

W: 내가 무언가를 공간에 놓을 때, 나는 그것이 쓰레기라고 생각한다. "비어 있어야 하는 공간에 집어넣을 쓰레기를 사람들에게 만들어주고 있"(166)는 것이다. 나는 공간은 단지 공간으로, 방해를 받지 않을 때 공간이라고 생각한다. 무언가 놓여질 때 공간은 위축되는 것이다. 따라서 "사물을 볼 때 나는 항상 사물이 차지하는 공간을 본다. 그리고 언제나 그 공간이 다시 나타나기를, 되돌아오기를 원한다. 왜냐하면 그 안에 뭔가가 있을 때 그 공간은 상실된 공간이기 때문이다. 어떤 아름다운 공간 안에 놓여 있는 의자 하나를 본다고 하자. 그 의자가 얼마나 아름답든 간에 나에게는 평범한 공간만큼 아름다울 수 없다."(166) 예술은 공간을 낭비하는 것이며, 훼손과 회복을 등가에 놓는 버릇이라 할 수 있다. 공간을 침해함으로써 공간의 귀환을 꿈꾸는 것이다.

L: 사물과 공간이 분리되지 않는 경우는 어떠한가? 사물은 공간을 차지하면서 스스로 공간이기도 하다. 인간 역시 공간을 차지하면서 공간 자체가 아닌가? 존재하는 것들은 자신의 배경과 구별될 수 없는 측면이 있다. 구별하는 것은 우리의 생각일 뿐이다. 당신의 작업에서도 이러한 분리가 작위적으로 일어난다고 볼 수 있는가

W: 그렇다. 분리를 작동시키는 것이다. 이것은 내가 하고 있는 일들을 보게 해준다. "공간은 모두 하나의 공간이고 사고는 모두 하나의 사고이다. 그런데 내 마음은 공간을 작은 공간들로 나누고 또 나누고 사고를 작은 사고들로 나누고 또 나눈다. 커다란 콘도미니엄처럼. 가끔 나는 하나의 공간과 하나의 사고를 생각한다."(165) 이 과정은 멈추지 않는다. 하나에서 여러 작은 공간들로, 작은 공간들에서 하나의 공간으로 왕복을 하는 것이다. 그리고 모든 것이 함께 있을 것이다.

L: 우리의 생활이 이렇게 되어 있는 것 같다. 당신의 원룸도 이런 것이 아닐까. 이러저러한 물건들과 공간들이 원룸 안에 들어 있고, 이것들은 다시 하나의 룸을 이루고, 그럴 것이다. 우리의 미래도 비슷하지 않을까.

W: 슈퍼에 갈 때마다 그런 생각을 한다. "물건을 파는 슈퍼마켓과 쓰던 물건들을 다시 사는 슈퍼마켓이 있어야 한다. 그것들이 대등해지기 전까지는 필요 이상의 쓰레기가 생길 것이다. 사람들은 전부 되팔 수 있는 물건을 가지고 있게 되고 그렇게 해서 누구든 돈을 가지고 있게 될 것이다. 모든 사람이 팔 물건이 있기 때문이다. 우리는 모두 무언가를 갖고 있지만 거의 대부분은 팔 만한 물건이 아니다. 오늘날에는 새로운 물건을 너무 좋아하는 풍조가 만연하고 있다. 사람들은 빈 깡통과 닭고기 뼈, 샴푸 병, 다 본 잡지 들을 팔 수 있어야 한다. 우리는 좀더 유기적이어야 한다. 나는 사람들이 먹

고 싸는 것에 대해 생각한다. 나는 왜 사람들이 먹은 것을 다 받아서 재생한 뒤 입으로 다시 보내는 튜브를 등뒤에 만들어 달지 않는지 의문이다. 그렇게 하면 음식을 사거나 먹는 일을 두 번 다시 생각하지 않아도 될 것이다. 배설물을 보지 않아도 될 터이고 더럽지도 않을 것이다. 원한다면 되돌려보내는 튜브에 인공적으로 색을 칠할 수도 있을 것이다. 분홍색으로."(168) 이것이 내가 생각하는 세계다. 모든 것은 충족되어 있다. 공급되어 있다는 말이 더 적절할 것이다. 다만 아직도 그리고 앞으로도 계속 편중되고 판단될 뿐이다. 생각이라는 것에 의해.

L: 당신의 이야기를 듣다보면 예술이라는 것이 흔해빠진 오브제에의 불가능한 도달, 존재하지 않는 평준화에의 실현 같기만 하다. 그런데 사람들은 지금도 예술을 다르고 특별하게 생각하는 것 같다. 예술을 언제나 다른 길을 향하는 시도로 생각하는 것이다. 아직도 무언가를 열심히 뒤지고 다니는 별난 인종들이 모여 있는 곳이 예술 세계 아닌가? 주어진 삶을 떠나 특별한 일요일을 찾아 헤매는 부류 말이다.

W: 특별하지 않더라도 "나는 일요일을 싫어한다. 꽃가게와 서점 외에는 모든 가게가 문을 닫기 때문이다."(155)

L: 일요일을 싫어하면 휴가도 싫어하는가? 당신이 휴가를 보내는 모습이 잘 안 떠오른다. 오랜만의 휴가를 얻는다면 당신은 무얼

하고 싶은가?

W: "휴가를 가질 수 있다면 나는 어디도 가고 싶지 않다. 나는 그냥 내 방으로 가고 싶다. 베개를 부풀려놓고 텔레비전 두 대를 켠 다음, 리츠 크래커 상자를 열어놓고 러셀 스토버 캔디 상자를 뜯은 다음 『TV 가이드』를 제외한 가판대에서 파는 모든 최근 잡지를 가져다놓는다. 나는 자기 식으로 시간을 보내는 동안 빈둥거리며 지내는 것이 너무 좋다. 내 방에서 시간은 너무나 천천히 간다. 모든 일이 너무 빨리 일어나는 것은 바깥뿐이다."(136) 내 방과 바깥의 시간의 차이 때문에 나는 사람들과 박자가 잘 맞지 않고 그들이 날 이상하게 여기는 것에 익숙하다. 하지만 나는 나를 이상하게 여기지 않는다. 그리고 물론 그들과 잘 지낸다. "그래서 어떻단 말이야, 이것은 내가 말하기 좋아하는 말 중 하나이다. 그래서 어떻단 말인가."(132)

발표 지면

제1부

그러나 시를 쓴다는 것 『파란』 2016년 여름호

그냥 무엇 『문학과사회』 2011년 겨울호

시는 어디에 있는가―표면의 시학 『현대시학』 2012년 3월호

시는 상상하지 않는다 『포지션』 2014년 여름호

현대시는 현대에 기대지 않는다 『문학사상』 2014년 7월호

은유 없는 세계 은유 없는 시 『시와세계』 2015년 여름호

반(反)묘사 『시와세계』 2015년 가을호

메타시는 없다 『시와세계』 2015년 겨울호

어떤 시를 옹호해야 할 것인가―개척이냐 세련이냐 『포지션』 2013년 봄호

지향하지만 지향하지 않는 것 『현대시학』 2014년 8월호

세상의 모든 노이즈를 경유하려는 듯이―섀넌, 정보, 시 『현대시학』 2016
년 3월호

인명 찾아보기

표면의 시학
ⓒ 이수명 2018

1판 1쇄 2018년 7월 20일
1판 2쇄 2024년 8월 9일

지은이 이수명
펴낸이 김민정
편집   김필균 도한나
디자인 윤종윤 이주영
저작권 박지영 형소진 최은진 서연주 오서영
마케팅 정민호 박치우 한민아 이민경 박진희 정유선 황승현
브랜딩 함유지 함근아 박민재 김희숙 이송이 박다솔 조다현 정승민 배진성
제작   강신은 김동욱 이순호
제작처 영신사

펴낸곳 난다
출판등록 2016년 8월 25일 제406-2016-000108호
주소 10881 경기도 파주시 회동길 210
전자우편 nandatoogo@gmail.com | 트위터 @blackinana | 인스타그램 @nandaisart
문의전화 031) 955-8865(편집) 031) 955-2689(마케팅) | 팩스 031) 955-8855

ISBN 979-11-88862-12-2 (03810)

＊ 이 도서의 국립중앙도서관 출판예정도서목록(CIP)은 서지정보유통지원시스템 홈페이지
(http://seoji.nl.go.kr)와 국가자료공동목록시스템(http://www.nl.go.kr/kolisnet)에서 이용하실
수 있습니다. (CIP 제어번호 : 2018015312)